BASTEI
LÜBBE
TASCHENBUCH

Weitere Titel der Autorin:

Heiße Tage, geile Nächte (In: Caprice – Sex und Glamour)

Als E-Book erschienen:

In der Serie Shadows of Love:
Dunkle Leidenschaft

In der Serie Caprice:
Steamy Days, Sensual Nights

Hearts of Stone – Guardian Wings

Inka Loreen Minden

HOT HEROES

Drei Romane in einem Band

BASTEI LÜBBE
TASCHENBUCH

BASTEI LÜBBE TASCHENBUCH
Band 17 508

MIX
Papier aus verantwortungsvollen Quellen
FSC® C083411

Originalausgabe

Titelillustration: © Christin Wilhelm, www.grafic4u.de
Umschlaggestaltung: Christin Wilhelm, www.grafic4u.de
Satz: Urban SatzKonzept, Düsseldorf
Gesetzt aus der Palatino
Druck und Verarbeitung: CPI books GmbH, Leck – Germany
Printed in Germany
ISBN 978-3-404-17508-6

5 4 3 2 1

Sie finden uns im Internet unter www.luebbe.de
Bitte beachten Sie auch: www.lesejury.de

Burning

Kapitel 1 – Mr Oberheld

Im nächsten Leben will ich einen Mann, der genau so ist wie Evan Cooper.

Aktuell muss ich mich damit begnügen, ihn seufzend anzuschmachten, während ich mit der Fotografin Clara in einem glutheißen Hinterhof in Queens stehe und drei halbnackte Feuerwehrleute beobachte, die sich in Szene setzen. Evan schüttet sich gerade Wasser aus einer Flasche über den Kopf, und das kühle Nass läuft über sein schwarzes Haar, das gut geschnittene Gesicht und den durchtrainierten Oberkörper. Er trägt nur eine schwarze Einsatzhose sowie Stiefel – genau wie seine zwei Kollegen – und ist wohl der sexyste Firefighter in New York. Ach was, in ganz Amerika! Am liebsten würde ich ihn ablecken.

»Das ist spitze!«, ruft Clara ihren »Models« zu, während sie knipsend um sie herumgeht. Clara Jewison ist bereits sechzig, aber sie macht immer noch, wie auch in den unzähligen Jahren zuvor, die Bilder für den *Hottest Heroes Calendar*, dessen Einnahmen zum großen Teil an gemeinnützige Einrichtungen gespendet werden. Ihr Assistent Mario, ein zwanzigjähriger Bursche in Käppi, T-Shirt und Bermudas, hilft ihr mit den Requisiten und hält einen kreisrunden Reflektor gegen die Sonne. Dieser ist mit einer weißen Spezialfolie bespannt, um schattenarmes, weiches Licht auf die Models zu werfen.

Heute stehen Aufnahmen mit den Feuerwehrmännern an, morgen sind die heißesten Ärzte dran, danach kommen noch Polizisten, Soldaten ... eben alle sexy Helden dieser Stadt. Clara ist ganz in ihrem Element und für ihr Alter äußerst agil. Sie trägt ein hellblaues Hosenkleid, das ihre schlanke Figur betont, und hat sich ein Kopftuch über ihr kurzes graues Haar gebunden.

Ich bin halb so alt wie sie und fühle mich gerade wie achtzig. Die Sonne brennt erbarmungslos auf uns nieder, und die Hofmauern lassen die Hitze kaum entweichen. Leider gibt es kaum Schatten; mein Hirn kocht, und mein T-Shirt sowie die Pants kleben an meiner Haut. Am liebsten würde ich mir auch eine Flasche Wasser über den Kopf kippen.

Konzentriere dich auf die Arbeit, Mila, ermahne ich mich und mustere die aufgeschlagene Seite meines Notizblocks. Weil ich ständig zu Evan starren muss und meine Vorstellungskraft mit mir durchgeht, habe ich noch kein einziges Wort geschrieben. Bloß mehrere kindische Blümchen habe ich gemalt, um wenigstens so zu tun, als würde ich Aufzeichnungen machen.

Kein Problem! Ich tippe meine Gedanken später direkt in den Computer. Zumindest die anständigen, nicht die Fantasien von Evan und mir zusammen im Bett.

Mila, du hast einen Freund! Frank wäre wenig begeistert von deinen Wunschträumen.

Frank muss sich keine Sorgen machen. Evan Cooper würde mich nicht einmal mit der linken Arschbacke ansehen. Er umgibt sich nur mit diesen Hochglanzmagazin-Püppchen, die mindestens fünfzehn Jahre jünger sind als er. Offenbar braucht der perfekt aussehende Mann auch die optisch passende Frau.

Also komme ich leider nicht in Frage.

Wieder lasse ich meinen Blick über Evans Körper schweifen. Er würde altersmäßig perfekt zu mir passen, denn ich finde, fünfunddreißig Jahre ist das ideale Alter für einen Mann. Er hat seinen jugendlichen Leichtsinn hinter sich gelassen, Lebenserfahrung gesammelt, sich die Hörner abgestoßen, ist gelassener und nicht mehr auf der Jagd nach dem Vollkommenen ...

Als mir Evan unter halb gesenkten Lidern verruchte Blicke zuwirft – warum auch immer –, konzentriere ich mich schnell auf Clara. Verdammt, habe ich ihn angestarrt? All diese Punkte treffen schließlich nicht auf ihn zu. Dieser Mann wird wohl nie erwachsen werden.

Tief durchatmend packe ich den Block in meine kleine Handtasche und lasse beinahe den Stift fallen, als Evan mir zuzwinkert. »Ich hoffe, Sie haben sich nur Gutes über mich notiert, Miss Groth.« Er leckt sich einen Wassertropfen von der Lippe, woraufhin ich beinahe in Ohnmacht falle – was natürlich allein an der Hitze liegt!

»Wie immer nur das Beste«, erwidere ich krächzend, wobei mein Gesicht glüht. Evan Cooper hat noch *nie* mit mir gesprochen. Seine Stimme schickt prickelnde Schauer über meinen Körper und versetzt jeden Nerv in Schwingungen. Flirtet er mit mir, damit ich ausschließlich Gutes über ihn berichte?

Er grinst mich ein weiteres Mal an, sodass mir feurige Glut bis in die Zehenspitzen schießt, und schenkt seine Aufmerksamkeit wieder Clara.

»Ihr seid Naturtalente, Jungs«, sagt sie schmunzelnd. »Noch ein paar Aufnahmen, dann habe ich alles im Kasten.«

Clara ist mittlerweile eine gute Bekannte geworden, und seit einigen Jahren fragt sie mich jedes Mal, ob ich über das Shooting berichten möchte. Natürlich lasse ich mir so viele heiße Kerle auf einem Fleck nicht entgehen. Evan ist bereits das dritte Mal dabei – deshalb wundere ich mich, warum er mich heute beachtet. Er hat mich sonst nie eines Blickes gewürdigt.

Ich würde ihn so gerne interviewen, habe aber bisher noch keinen Termin vereinbart. Meine Angst ist zu groß, dass ich kein Wort herausbringe oder zu stottern anfange, wenn ich mit ihm allein bin. Dieser Kerl bringt mich nur mit seiner Anwesenheit durcheinander, und ich weiß nicht einmal wirklich, warum das so ist. Schließlich habe ich einen Freund, den ich liebe und niemals betrügen würde!

Die anderen beiden Feuerwehrmänner neben ihm, die sich nun ebenfalls mit Wasser übergießen, sind auch sexy. Der eine namens Brian ist schlanker und ein Riese, der andere sieht wie ein Bodybuilder aus, etwas kleiner, mit Schultern breit wie ein Schrank und hantelgestählten Oberarmen. Evan ist irgendwas dazwischen und wirkt nicht künstlich aufgepumpt. Vielleicht liegt es an dieser Natürlichkeit, dass ich ihn am attraktivsten finde, oder an seinem gewissen Extra. Er ist der Star der Feuerwache in Queens und bekannt wie ein bunter Hund. Es vergeht kaum eine Woche, in der nicht ein Artikel in irgendeiner Zeitung über ihn steht und von seinen erfolgreichen Einsätzen berichtet wird. Evan Cooper ist hilfsbereit, engagiert und tollkühn; ein wahrer Held! Oder lediglich ein waghalsiger Draufgänger, der gerne im Rampenlicht steht. Zuletzt hat er zwei Kleinkinder aus einem brennenden Gebäude gerettet. Er ist zurück in die Flammen gerannt, obwohl das Haus kurz vor dem Einsturz stand. Kaum war er mit den Kindern draußen, krachte es in sich zusammen.

Sein Mut lässt ihn unglaublich attraktiv auf mich wirken. Mit solch einem Helden an meiner Seite hätte ich nichts mehr zu befürchten. Er muss eine ganze Schar an Schutzengeln haben. Ob die auch so sexy sind wie er?

»Ich will euch noch mal alle drei zusammen«, sagt Clara und wendet sich dann an ihren jungen Assistenten. »Mario, reich Brian bitte die Axt. Evan, du hängst dir das zusammengerollte Seil über die Schultern und drehst mir den Rücken ...«

Himmel, immer wenn ich Evans Tattoo sehe, das seinen ganzen Rücken bedeckt, durchläuft mich ein Zittern. Im Tribal-Stil zieht sich ein symmetrisches Flammenmuster in Schwarz- und Grauschattierungen vom Hosenbund bis zu seinem Nacken. Schade, dass ich wegen der großzügig geschnittenen Einsatzhose seinen knackigen Hintern nicht richtig erkennen kann. Aber der Bundansatz der Unterhose ist zu sehen. Trägt Evan knappe Slips oder weite Shorts? Bestimmt Letzteres; ein Mann wie er ist sicher großzügig ausgestattet und möchte seinem besten Stück möglichst viel Freiraum bieten.

»... Mila?«

Als Clara meinen Namen sagt, schaue ich sofort zu ihr. »Hm?«

Sie lacht. »Stell bitte noch mal die Nebelmaschine an. Ich weiß, es ist heiß und wir sehnen uns alle nach einem klimatisierten Raum und Drinks mit Eiswürfeln, aber wir sind wirklich gleich fertig.«

Verdammt, ich habe nicht mitbekommen, dass sie mit mir geredet hat. Wie peinlich!

Schnell lege ich den Schalter an dem kleinen, viereckigen Gerät um, und sofort strömt künstlicher Rauch zwischen die Beine der Männer.

Ich stelle mich schräg hinter Clara, damit ich sie nicht störe, aber trotzdem alles sehen kann. Meinen Blick habe ich schon wieder auf Evan gerichtet.

»Rückt noch ein wenig mehr zusammen, Jungs!«, befiehlt

sie. »Ja, so ist es klasse!« Sie knipst und gibt weitere Anweisungen: »Und jetzt dreh dich bitte um, Evan.«

Tröpfchen glitzern auf seiner attraktiven Männerbrust, und er benetzt mit der Zunge seine Unterlippe. Als ich den Kopf hebe, trifft mich abermals der verführerische Blick aus seinen hellgrauen Augen.

Hilfe, Evan sieht plötzlich aus, als wollte er mich vernaschen!

Doch bereits eine Sekunde später konzentriert er sich wieder auf die Kamera.

Habe ich mir seinen verruchten Blick nur eingebildet?

Verdammte Hitze! Ich muss wirklich zusehen, dass ich in die Redaktion komme. Schließlich habe ich die Ehre, in der Zeitung von diesem Shooting berichten zu dürfen. Ich habe eine eigene Kolumne in der *Queens Glamour*, die wöchentlich erscheint: Milas Schnatterbox. Deswegen werde ich von einigen Kollegen belächelt, aber mir macht der Job Spaß. Dadurch habe ich Kontakt zur Prominenz von New York – zumindest zu solchen Berühmtheiten wie Evan –, und die Leute lieben es, den neusten Klatsch über ihre Stars zu lesen. Natürlich ist das kein seriöser Journalismus, aber das soll es auch nicht sein. Die Leser wollen unterhalten werden und intime Einblicke in das Leben der Reichen und Berühmten erhalten.

Ich lese und sammele alles über meine persönlichen Favoriten – wie zum Beispiel über diesen sexy Feuerwehrmann. Leider weiß ich deshalb auch, dass Evan seit Kurzem mit der viel jüngeren Serien-Schauspielerin Thea Bongard zusammen ist. Gegen ihre blonde Mähne, die langen Beine und ihren Bekanntheitsgrad kann ich natürlich nicht anstinken. Ich bin nun mal einen guten Kopf kleiner als er, keine Bohnenstange und nur ein unbedeutendes Licht am Schreiberhimm… Mila, Schluss jetzt!

»So, wir haben es geschafft. Ihr wart spitze!« Clara bedankt sich bei jedem der Firefighter mit einem Wangenküsschen. Danach folge ich ihr zu einem aufgestellten Sonnenschirm in der Ecke des Hofes, während ihr Assistent Mario die Requisiten wegräumt.

Time to say goodbye …

»Das war doch mal wieder ein gelungenes Shooting«, meint sie, und gemeinsam sehen wir beide auf das Display ihrer Digitalkamera. Sie klickt die Bilder durch, und immer, wenn Evan in Großaufnahme zu erkennen ist, möchte ich sie fragen, ob sie mir das Foto schicken kann. Das Bild, auf dem er sich Wasser über das Gesicht schüttet, ist besonders sexy geworden. Evan hat den Kopf in den Nacken gelegt und die Augen geschlossen; der Mund ist leicht geöffnet. Sein Hals ist gestreckt, weshalb sich sein Kehlkopf hervordrückt. Wow, wie kann jemand nur so natürlich sexy aussehen.

Ich traue mich nicht, mich zu ihm umzudrehen. Hinter uns höre ich die Firefighter mit Mario reden, kann aber nicht verstehen, was sie sagen, weil Clara mit mir spricht. Doch irgendwie habe ich das Gefühl, dass Evan mir auf den Hintern starrt. Vielleicht hätte ich doch nicht die kurzen Shorts anziehen sollen. Ich bin ja schließlich kein junges Ding mehr; andererseits muss ich Po und Beine auch nicht verstecken. Bei mir ist alles etwas rundlicher, aber immer noch schön stramm – meinem Crosstrainer sei Dank.

»… und ich schicke dir dann später alles per Mail«, sagt Clara.

Ich mache nur »Hm«, weil ich ihr immer noch nicht zuhöre. Ich sollte wirklich langsam los, bevor ich Evan überhaupt nicht mehr aus dem Kopf bekomme.

Daher verabschiede ich mich mit einer Umarmung und einem Küsschen von Clara, winke beim Vorbeigehen Mario und den Feuerwehrmännern gespielt lässig zu und verschwinde durch eine schmale Gasse aus dem Hinterhof. Auf der Straße steht ein roter Kleinbus, mit dem Logo der Feuerwache: ein stilisierter schwarzer Phönix, der aus Flammen emporsteigt.

Ich mache mich auf den Weg zur U-Bahn, weiche den Passanten aus, die während ihrer Pause zum Mittagessen eilen, und checke unterwegs mein Handy. Mein Chef hat drei Mal angerufen und mir eine Nachricht hinterlassen. Er will wissen, ob ich ihm bis heute Abend den Artikel über die ausgeraubte Eisprinzessin liefern kann. Schnell tippe ich eine Antwort, dass ich ihm die druckfertige Fassung bereits heute Morgen per E-Mail geschickt habe – macht der Mann nie seine Augen auf? –, als mir einfällt, dass ich Clara noch fragen muss, ob sie mir ein Foto schickt, das ich verwenden darf. Oder hat sie bereits erwähnt, dass sie mir eins schicken will? Verdammt, hätte ich doch aufgepasst! Ich bin sonst nie so unkonzentriert, aber Evan und diese sengende Hitze haben mein Hirn verkohlt.

Deshalb eile ich zurück und bin schon fast wieder beim Bus der Firefighter, als die Männer aus der schmalen Gasse treten.

Reflexartig ducke ich mich hinter eine große Mülltonne, die auf dem Bürgersteig steht, und tue so, als würde ich das Riemchen an meinen Sandalen weiter stellen. So geschwollen, wie meine Füße sind, sollte ich das vielleicht auch tatsächlich tun.

Was ist denn los mit mir? Wieso verstecke ich mich? Ich hätte doch an ihnen vorbeigehen können!

Ich ärgere mich über mich selbst und möchte mich gerade aufrichten, als einer der Männer sagt: »Du musst es immer wieder tun, was, Captain?«

»Ich weiß nicht, wovon du sprichst«, erklingt es hörbar amüsiert.

Das war eindeutig Evan. Sein Timbre hat sich schon in mein Gehirn gebrannt. Außerdem hat man ihn vor Kurzem zum Captain befördert.

Neugierig luge ich um die Tonne herum und unterdrücke gerade noch ein enttäuschtes Seufzen. Zu meinem Leidwesen haben sich alle ihre T-Shirts übergezogen. Gemeinsam laden sie die Äxte, das Seil und die anderen Requisiten in den Bus.

Nun treten Clara und Mario auf die Straße, scherzen noch einmal kurz mit den dreien und steigen in Claras alten Bentley.

Verdammt, nun werde ich sie wohl anrufen müssen. Ich müsste ohnehin längst zurück in der Redaktion sein, aber ich kann mich nicht losreißen. Ich bin zu neugierig, worüber die Männer reden.

Brian räuspert sich. »Du hast genau bemerkt, wie diese kleine Journalistin dich angeschmachtet hat.«

Verflixt! War das so offensichtlich?

Mein Herz pumpt auf einmal so schnell, dass mir schwindelig wird.

Evan erwidert nichts, sondern schmunzelt nur.

»Und wir haben bemerkt, wie du sie angesehen hast«, setzt sein Kollege hinzu.

»Quatsch.« Evan schüttelt den Kopf und fährt sich durch sein Haar. »Jetzt lasst uns endlich einsteigen.«

»Nicht so schnell.« Brian lehnt sich gegen die Tür. »Du stehst auf sie, Cap, gib's zu.«

Ich kann kaum glauben, was ich höre. Evan Cooper steht auf mich? Das wäre ja … Ich weiß nicht, was das wäre, denn im Moment bin ich einfach nur baff, und in meinem Magen sucht ein einsamer Kolibri verzweifelt den Ausgang.

»Vielleicht solltest du sie zum Essen ausführen. Ihr wärt ein hübsches Paar.«

»Brian, es reicht jetzt.« Evan wirft einen entnervten Blick in den Himmel.

Nun meldet sich der andere Feuerwehrmann. »Brian, unser Captain ist doch mit Thea zusammen.«

»Genau, und jetzt lasst uns endlich einsteigen.« Evan schiebt seinen Kumpel zur Seite und öffnet die Fahrertür. Dann kratzt er sich schief grinsend am Nacken. »Ich hab nur mit ihr geflirtet, damit sie was Nettes über mich schreibt. Zufrieden?«

Äh … Was?

Plopp, meine Traumblase ist geplatzt.

Brian schmunzelt. »Stimmt, sie arbeitet ja für dieses Klatschblatt. Das geht natürlich gar nicht, wenn sie dir etwas Übles andichtet.«

Evan stößt ein künstliches Lachen aus. »Na, das würde einigen sicher gefallen.«

Hört sich an, als hätte Evan Cooper nicht nur Freunde. Nun gut, jetzt hat er einen Gegenspieler mehr, dieser Vollidiot.

Boah, ich koche! Mit mir flirten, damit ich was Nettes über ihn schreibe? Das kannst du vergessen!

»Habt ihr gesehen, wie ich sie verunsichert habe?«, fragt er und setzt sich hinters Steuer. »Sie wäre völlig überfordert mit mir. Sie macht einen recht verklemmten Eindruck.«

Was er noch so von sich gibt, kann ich nicht mehr hören, denn er schließt die Tür.

Am liebsten will ich zu ihm laufen und ihm meine Meinung geigen. Dass ich einen Freund habe und wir wilden, hemmungslosen Sex genießen, oh ja! Und dass ich so einen Egomanen wie ihn gar nicht als Partner möchte!

Gutes Aussehen ist eben nicht alles. Da lobe ich mir Frank.

Der ist zwar kein heldenmütiger Feuerwehrmann, sondern Ausfahrer für die *Queens Glamour,* aber er verhält sich nicht wie ein aufgeblasener Trottel und würde mich nie hintergehen. Bei Evan Cooper schreit jede Zelle danach!

Zum Glück habe ich sein wahres Ich kennengelernt und weiß nun, woran ich bei ihm bin. Mir wird schon etwas einfallen, um ihn in meinem Artikel nicht gut davonkommen zu lassen. In Zukunft kann er mir gestohlen bleiben, und das Interview wird es auch nicht mehr geben.

Ja, er hat schon viele Leben gerettet, er *ist* ein Held. Trotzdem ist er auch ein eingebildetes Arschloch. Egal, wie mutig oder gut aussehend er ist.

Evan Cooper ist für mich gestorben.

Kapitel 2 – Ein Jahr später

Auch weniger gut aussehende Männer sind Arschlöcher, wie mir mein Ex klargemacht hat, als er mich mit der Kollegin aus der Buchhaltung betrogen hat. Wahrscheinlich existieren Männer nur, um Frauen unglücklich zu machen. Gott sei Dank arbeitet er jetzt bei einem anderen Kurierdienst, daher besteht keine Gefahr, dass ich ihm in der Redaktion über den Weg laufe.

Wir sind, nachdem wir uns kennengelernt hatten, relativ bald zusammengezogen – also ich hatte mich bei ihm einquartiert. Darum muss ich mir nun eine neue Bleibe suchen. Wobei er mich nicht rausgeschmissen hat, sondern ich ihn verlassen habe. Denn er hat gedacht, er könnte mit der anderen hin und wieder ein bisschen rummachen und ich wäre seine Hauptgeliebte. Ts, unglaublich, was sich manche Kerle einbilden!

Da ich weiß, wie schwer es ist, in New York von heute auf morgen eine bezahlbare Bleibe zu finden, habe ich meine Beziehungen spielen lassen und Mrs Ciara McKee angerufen. Sie ist die Frau eines Immobilien-Moguls und als Schneiderin selbstständig tätig. Ihre Vintage-Brautkleider im 20er-Jahre-Stil finden großen Anklang. Nach meinem Interview und einem Artikel in der *Queens Glamour* im letzten Jahr konnte sie sich vor Aufträgen nicht mehr retten und bot mir an:

Sollte ich jemals ihre Unterstützung benötigen, sei sie für mich da.

Und voilà – ich habe sie angerufen und war Frank bereits am darauffolgenden Tag los. In den nächsten drei Wochen kann ich kostenlos in einem alten, vierstöckigen Backsteingebäude wohnen, das gerade geräumt wird. In einem Monat soll es abgerissen werden, um einem Hightech-Hochhaus zu weichen, das Ciaras Mann dort errichten lässt. So lange habe ich also Zeit, um mir etwas Neues zu suchen. Und falls ich nichts finde, kann ich übergangsweise zu Alfie und Brandon ziehen. Die beiden waren ohnehin dagegen, dass ich ganz allein in dem Haus lebe, doch ich möchte ihnen keine Umstände bereiten.

»Die Kisten brauche ich gar nicht erst auszupacken«, murmele ich, während ich einen besonders schweren Karton aus dem Kofferraum des Range Rover ziehe und an dem alten, kastenförmigen Gebäude nach oben blicke, sodass Regentropfen auf meine Brille prasseln. Ein bisschen mulmig ist mir schon. Ich muss mir dringend noch ein paar Vorhängeschlösser besorgen.

Ciara hat mir den Schlüssel für eine Zwei-Zimmer-Wohnung im zweiten Stock gegeben. Dort wohnte bis vor Kurzem eine alte Dame, die nun in ein Heim gezogen ist. Sie hat fast all ihre Möbel zurückgelassen, was mir gelegen kommt, außerdem war die Mieterin eine sehr ordentliche Person. Der Boden und die Möbel sind alt und abgenutzt, aber alles ist sauber. Nur ein neues Bett von Ikea habe ich mir geleistet … Also so schlecht ist meine Lage nicht. Die Wohnung befindet sich immerhin in der Nähe meiner Arbeitsstelle, und ich zahle drei Wochen lang keine Miete. Hauptsache, ich muss Frank nicht mehr sehen.

Ich habe immer gedacht, ich hätte Frank wirklich geliebt,

aber sein Betrug hat mir vergleichsweise wenig Schmerzen zugefügt. Wir waren wohl doch nicht wirklich füreinander bestimmt und haben in den letzten Monaten eher wie Bruder und Schwester zusammengelebt; vom Sex mal abgesehen. Frank konnte und wollte ständig; danach hat er sich mit einem Bier vor den Fernseher begeben oder ist mit seinen Kumpels einen trinken gegangen. Ach ja, zum Putzen war ich natürlich auch gut genug.

Besser, ich bleibe ohne Mann. Im Moment habe ich ohnehin die Schnauze voll. Für den Spaß zwischendurch habe ich meinen batteriebetriebenen Freund, und über Kinder habe ich nie wirklich nachgedacht. Zwar tickt meine biologische Uhr, aber wohl noch nicht laut genug, um mir gleich den nächstbesten Kerl zu suchen.

Mit dem Karton voller Bücher quäle ich mich die Stufen im Treppenhaus hinauf, und zum ersten Mal verfluche ich meinen Lesekonsum. Ich muss dringend auf E-Books umsteigen.

»Die Hälfte haben wir geschafft, Süße«, sagt Alfie, der mir von oben entgegenkommt. »Soll ich uns einen Kaffee besorgen? Ich habe vorhin einen Donut-Shop in der Nähe gesehen.«

»Kaffee *und* Donuts wären super«, antworte ich, bevor ich die Kiste am Geländer abstütze und mir eine feuchte Haarsträhne aus dem Gesicht puste. Blöder Regen – passt genau zu meiner Stimmung. Meine Brille ist beschlagen, und ich sehe bestimmt wie ein nasser Pudel aus, aber das ist mir egal. Ich will aktuell keinem Mann gefallen. Und Alfie hat mich bereits in weitaus schlimmerer Verfassung erlebt.

»Okay, dann lauf ich mal los!« Schon sprintet er davon.

Ich beneide ihn für seinen Elan. Er steckt immer voller Energie und guter Laune.

Ich habe Alfred Harper vor vielen Jahren in einem Coffee-Shop kennengelernt, in dem er heute noch arbeitet, und wir haben uns auf Anhieb verstanden. Alfie ist schwul, der liebenswerteste Mensch, den ich kenne, meine allerbeste Freundin und glücklich mit einem Arzt – sein Name ist Brandon – liiert. Alfie sieht heute noch fast genauso aus wie bei unserer ersten Begegnung: groß, zaundürr und mit einer frechen Undercut-Frisur, die ihn wie zwanzig wirken lässt. Dabei ist er ebenfalls dreißig. Außerdem trägt er stets lange Stoffhosen und langärmlige Shirts, selbst im Hochsommer, zudem Abdeckschminke mit Lichtschutzfaktor 50. Aber das liegt an seiner Hautanomalie, der Weißfleckenkrankheit. Sie ist nicht ansteckend, doch Alfie schämt sich deswegen.

So hat eben jeder seine Besonderheiten. Alfie ist im Augenblick der Einzige, dessen Anwesenheit ich ertragen kann. Ich bin so froh, dass er an diesem Sonntag frei hat und mir beim Umziehen helfen kann, denn ich besitze kein Auto. Brandon hat mir zuliebe heute darauf verzichtet, mit dem Range Rover ins Krankenhaus zu fahren, und sich ein Taxi genommen. Die beiden sind meine Helden. Leider konnte ich meinen heißgeliebten Crosstrainer nicht mitnehmen; das Teil ist riesig, sauschwer und lässt sich nicht komplett auseinanderbauen. Deshalb passt er nicht in den Wagen und steht noch bei Frank. So ein Mist. Er hat mich ein kleines Vermögen gekostet.

Okay, diesen Karton muss ich noch hochtragen, dann habe ich mir eine Pause verdient.

Gerade, als ich das erste Stockwerk erklimmen will, höre ich über mir schnelle Schritte.

Alfie ist doch eben erst rausgegangen?

Ich biege um die Kurve und – pralle mit jemandem zusammen. Der schwere Karton entgleitet meinen Fingern und landet krachend zwischen unseren Füßen. Zum Glück nicht auf meinen Zehen; die wären sonst platt. Daneben liegt ein großer blauer Müllsack, der offenbar meinem Gegenüber die Sicht versperrt hat.

Ich reiße den Mund auf, um den großen Kerl in Jeans und T-Shirt anzufahren, aber nur ein Krächzen verlässt meinen Hals. Das darf jetzt nicht wahr sein – vor mir steht Evan Cooper!

»Entschuldigen Sie«, sagt er und sieht mich mit schuldbewusstem Blick an. »Ich habe nicht damit gerechnet, dass noch jemand hier ist. Ich hoffe, Sie haben sich nicht wehgetan?«

Mechanisch schüttele ich den Kopf. Immer noch besitzt Evans Stimme dieses Timbre, das sofort ein Prickeln durch meinen Körper schickt. Er hat sich optisch kaum verändert; vielleicht erkenne ich ein paar Fältchen um seine Augen, was auch daran liegen kann, dass ich ihm so nah bin. Ich rieche sogar sein Aftershave. Dezent, nicht zu aufdringlich, orientalisch, mysteriös.

Sofort versteife ich mich und presse die Kiefer zusammen. Egal, wie verräterisch meine Sinne auf diesen Mann reagieren, mein Verstand hat auch noch ein Wörtchen mitzureden.

Er bückt sich, um meinen Karton aufzuheben, wobei er leise ächzt. »Was haben Sie da drin? Ziegelsteine?«

Was ist los, Evan? Überfordert wegen ein paar Bücher? Sind deine Muckis bloß Zierde?

Wahrscheinlich hat er sich die nicht antrainiert, sondern irgendwelche Pillen geschluckt.

Während ich ihn mit bösen Gedanken torpediere, sieht er mich erneut an. Eindringlicher.

»Mila Groth?« Seine schwarzen Brauen schieben sich zusammen. »Sind Sie das?«

»Ja, *sie* ist es«, antworte ich eine Spur zu laut und alles andere als freundlich.

Himmel, warum benehme ich mich wie eine Kratzbürste?

Weil es dir stinkt, dass du aussiehst wie eine zerrupfte Vogelscheuche, flüstert mir meine innere Stimme zu.

Ach, halt die Klappe!

»Was machen Sie hier?«, will er wissen, wobei er mich immer noch viel zu intensiv mustert, sodass ich mir beinahe nackt vorkomme.

Leise räuspere ich mich. »Ich ziehe ein.«

»Und ich ziehe aus.« Er stellt den Karton auf das Geländer und hält ihn mit einer Hand fest. »Ich dachte, ich sei der Letzte im Haus. Sie wissen schon, dass ...«

»Ja, es ist auch nur vorübergehend.«

Er starrt mich an, als erwarte er eine Erklärung, aber diese Genugtuung werde ich ihm nicht geben. Evan macht ohnehin den Eindruck, als wüsste er genau über meine Situation Bescheid – was natürlich Unsinn ist.

Ach, seine Blicke bringen mich völlig durcheinander!

Ein paar Wimpernschläge lang bin ich enttäuscht, dass er nicht mit mir unter einem Dach wohnt. Und warum trage ich ausgerechnet heute meine ausgeleierte Jogginghose, ein viel zu großes T-Shirt und meine Brille, anstatt der Kontaktlinsen, verdammt!

Zum Glück übernimmt schnell wieder die Vernunft das Regime, und ich bin froh, dass ich nicht Tür an Tür mit ihm leben werde. Allein die Vorstellung, ihn in der Nähe zu wissen, verursacht mir Magengrummeln.

Trotzdem freue ich mich ein wenig: Mister Oberheld kann sich tatsächlich an mich erinnern. Wow, warum bin ich ihm im Gedächtnis geblieben? Und dass er ausgerechnet jetzt auszieht, deute ich als Omen. Ich meine – wie unwahrscheinlich ist es, dass Evan hier gewohnt hat und wir uns über den Weg laufen? Das ist bestimmt ein Wink des Schicksals, das mir sagen will: Der Typ ist nichts für dich.

Nachdem wir uns mehrere Sekunden lang angeschwiegen haben und mir bereits Hitze die Wangen versengt, fragt er: »Wo soll der hin?«, und deutet auf den Karton.

»Ähm …« Ich will nicht, dass er meine Bücher nach oben schleppt. Nur weiß ich nicht, wie ich ihm das diplomatisch beibringen soll. Urplötzlich möchte ich nicht mehr gemein zu ihm sein. Warum? Weil ich an seinem Unterarm die handflächengroße vernarbte Haut, auf der kaum noch Haare wachsen, sehe? Hat er sich dort verbrannt, als er letztes Jahr den Unfall hatte?

Na toll, jetzt tut er mir auch noch leid.

»Welches Stockwerk?«, will er wissen, und ich antworte monoton: »Zweites.«

Einer seiner Mundwinkel hebt sich leicht, und dieses sanfte Lächeln fährt tief in meinen Bauch.

Denk dran, was er von dir hält, ermahne ich mich. Der Kerl spielt doch nur mit dir! Er weiß genau, wie er auf Frauen wirkt.

Er lässt seinen Müllsack im Hausgang liegen und geht mit meinem Karton voran, sodass mir nichts anderes übrig bleibt, als auf seinen knackigen Hintern zu starren.

Na, fantastisch …

Ich hatte mir nach dem Vorfall beim Fotoshooting geschworen, keine Artikel mehr über ihn zu lesen, aber ich war zu neugierig, was ihm zugestoßen ist. Leider hat man nicht viel erfahren, nur dass er während einer Löschübung unter brennenden Trümmern begraben wurde. Ein Kollege konnte ihn jedoch schnell befreien, außerdem hat Evan Schutzkleidung getragen. Er war wohl eine Weile krankgeschrieben, und es wurde sehr still um ihn. Danach habe ich ihn aus den Augen verloren. Es scheint ihm jedoch gut zu gehen; zumindest macht er auf mich einen sehr guten Eindruck.

Also, ich meine gesundheitlich!

Im zweiten Stock angekommen, steuert er auf die offene Wohnungstür zu, betritt mein Reich und stellt den Karton zu den anderen in die Küche. »Also wenn ich noch was tragen soll ...«

»Nein, danke«, sage ich schnell. »Mein Freund hilft mir, der holt uns nur gerade Kaffee.«

Evans Lächeln flackert. »Den Kaffee hätte ich Ihnen gerne angeboten, aber mein Apartment ist so gut wie leer.« Er deutet nach nebenan.

Ich hätte Tür an Tür mit ihm gewohnt? Meine Beine werden weich.

Hektisch kratzt er sich am Nacken. »Ich habe nur noch etwas Krempel im Keller.«

Will er jetzt mit mir Small Talk machen? Warum ist er plötzlich so nett? Und wie bekomme ich ihn aus meiner Wohnung? Seine gesamte Präsenz macht mich nervös.

»Vielen Dank, wir schaffen den Rest allein.« Ich schiebe mir die Brille in die feuchten Haare, woraufhin ich Evan leicht verschwommen wahrnehme. Leider ist er immer noch viel zu scharf. »Wir sehen uns ja wahrscheinlich in drei Wochen zum Shooting? Ich berichte wieder über den Kalender.«

»Ich werde diesmal nicht mitmachen.« Seine Stimme klingt auf einmal kühler, und ein Schatten huscht über sein Gesicht.

»Warum nicht?«

Er vergräbt die Hände in seinen Hosentaschen, senkt den Kopf und schweigt.

In dem Moment höre ich Alfie durchs Haus rufen: »Kaffee und Donuts!«

Ich habe Evan das Shooting hoffentlich nicht verdorben? Scheiße, jetzt fühle ich mich richtig mies. Clara reißt mir den Kopf ab, wenn sie herausfindet, dass ich schuld an seiner Abwesenheit bin. Sie war nicht begeistert, als ich im letzten Artikel geschrieben habe, dass Evan mit Überheblichkeit anstatt Sexappeal geglänzt hätte. Natürlich habe ich nicht erwähnt, dass er sich über mich lustig gemacht hat, aber ein paar weitere spitze Worte sind gefallen. Deshalb habe ich vom Chef eine Rüge bekommen. Er hat mir immer vertraut und mir freie Hand gelassen. Aber seit diesem Vorfall muss ich ihm alle Artikel zur Endkontrolle vorlegen; weshalb ich noch einen Grund habe, auf Evan wütend zu sein. Dabei habe ich es selbst vermasselt.

Mann, dieser Kerl verwirrt mich!

»Also dann …« Er hebt die Hand zum Abschied. »Genießen Sie Ihren Kaffee. Vielleicht läuft man sich ja mal wieder über den Weg.«

»Ja«, krächze ich, und bevor ich ihn fragen kann, ob ich der Grund für seine Absage bei Clara bin, ist er verschwunden.

Wenige Sekunden später tritt Alfie ein, in jeder Hand eine Papiertüte. »Was war denn das für ein Schnuckelchen?«, fragt er mit einem Blick über die Schulter, bevor er die Tüten auf den Tisch stellt.

Seufzend lasse ich mich auf einen der beiden alten Holzstühle fallen. »Evan Cooper.«

»*Der* Evan Cooper? Deshalb kam er mir so bekannt vor.« Er pfeift leise und setzt sich ebenfalls. »Er sieht ja noch genauso verführerisch aus wie früher.«

»Warum sollte er nicht?«

Alfie senkt die Stimme und beugt sich leicht vor. »Na, er hatte doch diesen schrecklichen Unfall und wurde schwer verwundet.«

»Schwer?« Sofort schlägt mein Herz ein paar Takte schneller.

»Ähm ... Habe ich gehört.«

»Ich habe nie etwas Genaueres über den Unfallhergang in der Presse gelesen. Was ist denn wirklich passiert?«

»Ach, das ist doch Schnee von gestern, oder? Lass uns das Thema wechseln. Dieser Typ sorgt nur für schlechte Laune.« Alfie grinst schief, reißt die Tüten auf und reicht mir einen heißen Pappbecher, aus dem es herrlich nach Kaffee duftet. Dann fragt er: »Magst du lieber den Donut mit Vanille oder Schokolade?«

»Schoki«, antworte ich schmunzelnd. »Das weißt du doch. Und jetzt her damit! Ich brauche ganz viel Zucker, um mich besser zu fühlen.«

Alfies Lächeln verschwindet. »Was war denn gerade los, Süße? Wieso stand Evan Cooper in deiner Küche?«

»Ich dachte, wir wollten das Thema wechseln?«

»Touché.«

Nachdem er mir den Donut gegeben hat, nehme ich einen großen Bissen und lasse mir die Schokolade auf der Zunge zergehen. »Wer braucht schon einen Evan Cooper, wenn man *das* hier haben kann?«, sage ich mit vollen Backen.

Alfie hebt die gezupften Brauen. »Du schwärmst also immer noch für ihn?«

»Quatsch.« Nachdem ich runtergeschluckt habe, berichte ich ihm haargenau, was passiert ist. Ich verschweige auch nicht, dass ich mir Vorwürfe mache, weil Evan sicher meinetwegen nicht zum Shooting kommt.

»Ach, der Kalender wird auch ohne ihn heiß, und eine kleine Abreibung hatte der Kerl verdient.« Alfie grinst frech. »Außerdem ist er nicht der einzige Hottie da draußen. Brandon hat einen neuen Kollegen auf der Station: Dr. Butler. Ich sag's dir, der ist so was von heiß, Single und stockhetero. Genau deine Kragenweite.«

Ich knülle eine Papiertüte zusammen und werfe sie an seinen Kopf. »Wehe, du verkuppelst mich! Du weißt, wie ich das hasse.«

Abwehrend hebt er die Hände und grinst mich verrucht an. »Schon gut, war einen Versuch wert.«

Ich bin froh, dass Alfie hier ist, um mich abzulenken. Das wird mir helfen, Evan zu vergessen. Leider hat sich der wehmütige Ausdruck seiner Augen bereits in mein Hirn eingebrannt.

Kapitel 3 – Unverhofftes Wiedersehen

Genau das, was ich jetzt brauche, denke ich, als ich bis zum Kinn ins heiße Schaumbad sinke.

Alfie ist vor einer halben Stunde gegangen. Danach habe ich alle Kisten, die Dinge enthalten, die ich nicht auspacken werde, in die Speisekammer gestellt. Die übrigen Boxen kamen oben drauf, damit ich erst mal die Wohnung reinigen kann, bevor ich es mir hier halbwegs gemütlich mache. Anschließend habe ich ewig die kleinen In-Ear-Kopfhörer für mein iPhone gesucht. Nachdem ich sie endlich in meiner Handtasche gefunden hatte, habe ich mir Wasser in diese winzige alte Wanne eingelassen. Zu zweit hätte man darin niemals Platz.

Nun gebe ich mir die volle Dröhnung *I Love it* von *Icona Pop* in Dauerschleife. Dieser Song über eine gescheiterte Beziehung passt perfekt zu meiner Stimmung, und ich singe ihn lautstark mit, weil sowieso niemand mehr im Haus ist. Evan ist bestimmt auch schon weg.

Mann, immer noch spukt der Kerl durch meinen Kopf!

Es ist Nachmittag, und es hat aufgehört zu regnen. Sonnenstrahlen erhellen das kleine Fenster, das zum Glück mit einer matten Folie bezogen ist, die vor neugierigen Blicken aus dem Nachbarhaus schützt.

Vielleicht gehe ich noch ein wenig raus, drehe eine Runde

im nahe gelegenen Park und hole mir danach was vom Italiener. Da ich keinen Fernseher habe, werde ich mich heute Nacht wohl mit einem Buch ins Bett kuscheln und vorher vielleicht noch meinen letzten Artikel überarbeiten. Auf das Auspacken kann ich weitgehend verzichten; das lohnt sich nicht, schließlich muss ich bald wieder umziehen. Wenigstens habe ich kaum Krempel. Von den meisten unnützen Sachen hatte ich mich bereits getrennt, als ich zu Frank gezogen bin. Eigentlich besitze ich neben Unmengen an Büchern und Klamotten nicht viel.

Ich hebe meinen Arm aus dem warmen Nass, wische die Finger an dem Handtuch ab, das neben meinem iPhone auf dem Wannenrand liegt, und rufe meine Nachrichten auf. Frank hat sich nicht gemeldet. Kein »Bitte komm zu mir zurück, ich brauch dich ...«. Kein »Kannst du mir verzeihen?«.

Sicher vergnügt er sich wieder mit der Tussi aus der Buchhaltung. Wenn ich ihm so wenig bedeutet habe, bin ich gleich viel froher, ihn jetzt los zu sein, als weitere Lebenszeit mit ihm zu verschwenden.

Ob Evan noch mit dieser Schauspielerin zusammen ist?

Verflucht, wieso denke ich unentwegt an diesen Kerl? Weil ich mir Vorwürfe mache? Lässt er das Shooting tatsächlich meinetwegen sausen, oder steckt etwas anderes dahinter? Ich muss später unbedingt das Netz nach Artikeln über seinen Unfall durchforsten.

Schwach höre ich ein Klopfen, das sicher von meinem geschundenen Herzen kommt, und singe noch lauter, lasse alles raus. Es ist wirklich befreiend.

»I don't care!«, gröle ich inbrünstig, *»I love i...«* Als mir ein Ohrstöpsel herausgezogen wird, reiße ich die Augen auf und stoße einen spitzen Schrei aus. Vor meiner Badewanne steht

Evan und hält eine Axt in der Hand! Er wirkt atemlos und aufgebracht.

Oh Gott, er will mich umbringen!

Er sagt etwas – zumindest bewegen sich seine Lippen, und er sieht mich dabei mit eindringlichem Blick an. Aber ich verstehe kein Wort, weil mein Herz panisch rast und ich nach Luft schnappe, wobei ich mit dem Rücken in der Wanne so weit nach hinten rutsche, wie ich kann, und meine Arme vor der Brust verschränke.

»Was machst du hier?«, erklingt meine schrille Stimme, die ich wie aus weiter Ferne wahrnehme. Ist er ein verrückter Psycho? Will er über mich herfallen?

»Raus!«, ruft er, läuft zum Fenster und macht es auf, sodass mich jeder im Nachbarhaus sehen könnte, sollte er herüberschauen!

»Spinnst du?«

»Komm endlich aus der Wanne, Mila!«, sagt er mit resoluter Stimme und hält mir meinen rosa Frottee-Bademantel vor die Nase, der auf einem Hocker gelegen hat. Mit der anderen Hand umklammert Evan immer noch die Axt. »Mach schon, das Leck ist riesig!«

»Leck?« Ich habe keine Ahnung, wovon er spricht.

»Gas, Mila! Hörst du mir nicht zu?«

Erst jetzt kann ich das Puzzle zusammensetzen. Sein plötzliches Auftauchen, die Axt, das offene Fenster ... und es riecht durchdringend nach verfaulten Eiern. Verdammt! »Gas!«

Sofort springe ich aus der Wanne, reiße Evan den Mantel aus der Hand und schlüpfe hinein. Und obwohl ihm ebenfalls Panik ins Gesicht geschrieben steht, entgeht mir nicht, dass sein Blick kurz über meine nackte Gestalt huscht.

»Woher hast du die Axt?«, will ich wissen.

»Ich bin Feuerwehrmann, vergessen?«

»Aber man hat doch keine Axt zu Hause!«

»Ich schon! Zu deinem Glück, denn du hast mein Klopfen nicht gehört, deshalb habe ich dein Schloss aufgehebelt.«

Er hat meine Tür kaputt gemacht?

Evan geht aus dem Badezimmer und öffnet hektisch weitere Fenster in der Küche, während ich ihm tropfend folge und Schuhe suche. Meine Sneaker, die ich vorhin anhatte, stehen mitten im Weg, deshalb schlüpfe ich schnell hinein.

Energisch packt er mich an der Hand. »Na los, wir müssen hier raus!«

Noch bevor ich meinen Mantel richtig zugebunden habe, zerrt Evan mich Richtung Wohnungstür.

»Mein Handy!« Ich will zurücklaufen, um es aus dem Badezimmer zu holen, doch Evan lässt mich nicht.

»Scheiß auf dein Handy – komm!«

Ich stolpere hinter ihm her, und im Vorbeigehen kann ich gerade noch meine große Handtasche vom Küchentisch schnappen, in der sich all meine wichtigen Dokumente und wenigen Wertsachen befinden. Dann rennen wir auch schon die Stufen nach unten. Evan befiehlt mir, die Luft anzuhalten, während wir über das Treppenhaus nach draußen laufen.

* * *

Nun sehe ich wirklich aus wie eine Vogelscheuche. Wenigstens kann ich in Evans Pick-up warten, den er zwei Häuser weiter geparkt hat, während er alles regelt. Kaum waren wir draußen, hat er seine Kollegen verständigt und die Passanten abgehalten, dem Gebäude zu nahe zu kommen. Der Gasgeruch hat sich in der gesamten Straße verteilt. Aus sicherer Entfernung habe ich zugesehen, wie Evan alles managte, bis die Feuerwehr da war.

Tief atme ich durch und ziehe den Bademantel fester zu, obwohl ich unter dem Frottee schwitze. Zum Glück hat der Ford verdunkelte Scheiben, sodass mich keiner sieht. Die Sonne hat sich auch wieder hinter dicken Wolken verkrochen, sonst wäre es im Inneren bereits zu heiß geworden.

Ich wünschte, ich hätte mein Telefon hier. In meiner Handtasche befindet sich zwar Kleingeld, und somit könnte ich von einem Münzfernsprecher Alfie anrufen. Aber erstens traue ich mich in diesem Aufzug nicht unter Leute – die würden ja denken, ich bin aus der Psychiatrie geflohen! –, und zweitens weiß ich Alfies Nummer nicht auswendig. Das ist der Fluch der digitalen Revolution. Früher habe ich die Nummern all meiner Freunde im Schlaf runterleiern können.

Ich krame noch ein wenig in der Tasche und fluche. Fuck, wo ist mein Geldbeutel? In ihm sind meine Kreditkarten, meine ID-Card und mein Presseausweis! Er muss sich noch auf dem Küchentisch befinden – ich muss ihn dort liegen gelassen haben, als ich Alfie die Donuts bezahlt habe. Hoffentlich kann ich schnell wieder in die Wohnung.

Um mir die Zeit zu vertreiben, beobachte ich die neugierigen Passanten und die Firefighter, die alles absperren, und inspiziere Evans Wagen. Ich sehe auch nur deshalb alles scharf, weil ich mir vor dem Baden noch meine Kontaktlinsen reingetan habe. Nun frage ich mich, warum ich das gemacht habe. Weil ich gehofft habe, ich würde Evan noch einmal über den Weg laufen?

In den Ablagefächern der breiten Mittelkonsole liegen ein paar Münzen, eine Packung Kaugummi, ein kleines Quadrat aus Kunststoff mit zwei Knöpfen dran, bei dem es sich bestimmt um einen Garagenöffner handelt, und abgelaufene Parktickets. Ich hebe die breite Armlehne an, unter der sich ein geräumiges Fach verbirgt, und finde dort einen Schraubenzieher, Arbeitshandschuhe und anderen Männerkram. Für einen Vertreter der männlichen Spezies hält Evan seinen Ford überraschend sauber. Franks Klapperkarre war dagegen eine wandelnde Müllhalde.

Es kommt mir wie Stunden vor, als sich Evan endlich blicken lässt und zu mir ins Auto steigt.

»Kann ich wieder in meine Wohnung?«, frage ich, weil ich mich sehr unwohl fühle. Schließlich sitze ich quasi nackt in seinem Wagen!

Evan fährt sich über das Gesicht und schüttelt den Kopf. »Leider nein. Offenbar hat jemand im Keller absichtlich ein Leck in die Gasleitung gemacht.«

»Was?« Sofort setze ich mich kerzengerade hin und starre zu den drei Feuerwehrwagen, die die ganze Straße verstopfen. »Wer sollte denn so was tun?«

»Keine Ahnung.«

»Alter Falter!« Seufzend lehne ich mich zurück. Fuck, von einem Mist zum nächsten. Das ist nicht meine Woche.

Evan deutet auf die Sachen, die er hinten auf die Ladefläche gestellt hat. »Zum Glück hab ich noch mein restliches Zeug aus dem Keller geräumt, sonst hätte ich es nie bemerkt und du ...« Er räuspert sich und sieht mich erneut so seltsam eindringlich an, dass ein Prickeln meine Haut überzieht. »Gas und Strom sind abgestellt. Der Schaden ist groß und kann nicht schnell behoben werden.«

»Verdammt! Wo soll ich denn jetzt hin?« Ich sinke tiefer in den Sitz und schließe die Lider. Das darf doch nicht wahr sein!

Nach einigen Sekunden des Schweigens antwortet Evan: »Du kommst erst mal zu mir. Ich habe genug Platz. Da kannst du dich auch umziehen.«

Zu ihm?

Ich reiße die Augen auf und mustere ihn ein wenig skeptisch. »Ähm ... okay. Danke.« Das träum ich jetzt, oder? Evan lädt mich zu sich nach Hause ein? »Kann ich was aus der Wohnung holen?«

»Nein, die lassen keinen rein; die Polizei ist auch schon da und hat alles abgesperrt. Aber vor Ort sind meine Leute, also kann ich sicher schnell nach oben gehen und deine Sachen holen. Das Gas hat sich mittlerweile verflüchtigt. Was brauchst du?«

»Auf jeden Fall mein Handy und meinen Laptop – der steht auf dem Küchentisch – und etwas zum Anziehen. Am besten die Sachen, die ich mir vor dem Baden aufs Bett gelegt hatte. Und meine Brille, die müsste sich beim Laptop befinden, genau wie mein Geldbeutel. Den brauche ich unbedingt!«

»Okay, bin gleich wieder da.« Er steigt aus und joggt zurück.

Nachdenklich sehe ich ihm nach. Das ist doch nicht der Evan Cooper, den ich hassen wollte? Habe ich ihm vielleicht unrecht getan?

Allerdings bin ich nicht sehr erfreut bei dem Gedanken, dass er womöglich in dem Karton mit meiner Unterwäsche herumwühlt. Obwohl ... dann sieht Mister Oberheld gleich, dass ich keine verklemmte Maus bin. Ich besitze einige gewagte Dessous und eine feine Sammlung an Dildos und Vibra... Fuck!

Stöhnend sinke ich noch tiefer in den Sitz. Hoffentlich wühlt er nicht in meiner Unterwäsche! Wenn er diesen riesigen rosa Gummischwanz zum Aufblasen findet, den Alfie mir letztes Jahr zum Geburtstag geschenkt hat, oder das Minivibrator-Notfallset oder die Penis-Trillerpfeife ... Oh Gott, nein, ich sterbe! Für seine Scherzartikel könnte ich Alfie gerade erwürgen. Aber wegschmeißen konnte ich sie auch nicht. Witzig sind sie ja.

Ich versuche mich mit anderen Gedanken abzulenken und frage mich, wieso jemand absichtlich eine Gasleitung in einem fast unbewohnten Haus zerstört.

Moment ... Das war doch nicht etwa Evan?

Stockend hole ich Luft, und mir wird heiß und kalt zugleich. Von wegen, er hatte noch Krempel im Keller. Was, wenn er absichtlich dieses Leck geschaffen hat, um mich aus der Badewanne zu entführen? Oder damit er jetzt in meinen Sachen wühlen kann oder ...

Oh Gott, er will, dass ich mit zu ihm komme, damit er sich wegen des gemeinen Artikels an mir rächen kann! Mir geht die Axt in seiner Hand nicht aus dem Kopf.

Vorsichtig drehe ich mich um. Diese mörderische Waffe liegt nun hinter meinem Sitz im Fußraum. Ob er mich bei sich zu Hause damit zerstückeln will? Mein Herz rast, und erneut bricht mir Schweiß aus allen Poren.

Quatsch, Mila, du liest zu viele Thriller!

Außerdem hätte es Evan dann viel einfacher haben können. Er hätte mit der Axt meine Wohnungstür aufgebrochen und mich dort gefangen gehalten, und niemand hätte etwas mitbekommen, weil wir die einzigen Bewohner im ganzen Haus sind. Und wenn er mich entführen wollte, hätte er sicher nicht die Feuerwehr gerufen oder so weit weg geparkt.

Ja, wieso steht das Auto so weit entfernt, wenn er den Keller ausgeräumt hat? Er musste jedes Mal die ganze Strecke zurücklegen.

Okay, dafür gibt es eine logische Erklärung. Hier ist es wirklich schwer, einen Parkplatz zu finden.

Bevor meine Gehirnzellen noch mehr Verrücktheiten aushecken, beginne ich zu summen, höre aber schnell damit auf, um nicht noch mehr den Anschein einer Irren zu erwecken.

Oh Mann, was für ein verflucht ätzender Sonntag.

Schneller als erwartet tritt Evan mit einem Karton im Arm aus dem Haus und wird von einem Polizeibeamten aufgehalten, der gerade noch einen Obdachlosen befragt hat. Evan deutet in meine Richtung, danach sieht der Polizist in den Karton.

Hallo?

Evan zieht etwas daraus hervor und hält es dem Mann unter die Nase. Ist das mein Geldbeutel?

Die beiden reden miteinander, und Evan nickt noch einmal in meine Richtung, bevor er zu mir sprintet.

Er ist leicht außer Atem, als er die Tür aufmacht. »Hab dem Beamten deine Personalien gegeben und gesagt, dass du mit zu mir kommst. War das okay für dich?«

»J-ja«, stammele ich.

Er schiebt den Karton auf den Fahrersitz und bleibt draußen stehen. »Ich hoffe, damit kannst du was anfangen. Noch mal darf ich sicher nicht in deine Wohnung. Brian konnte mich rein- und wieder rausschmuggeln.«

Ich erinnere mich schwach an Brian. Er hatte damals nach dem Shooting behauptet, Evan würde auf mich stehen.

»Hier, der Schlüssel zu deiner Speisekammer, in der sich die Umzugskartons befinden. Ich hab alles, was noch rumlag, dort eingesperrt.«

»Danke dir.« Wow, der Mann denkt echt an alles.

Ich beuge mich über die breite Mittelkonsole zur Fahrerseite hinüber, um in der Kiste zu wühlen und als Erstes meinen Geldbeutel an mich zu nehmen. Mein Kopf befindet sich nun fast auf selber Höhe wie Evans, und nur wenige Zentimeter trennen uns voneinander. Erneut rieche ich sein Aftershave. Wie kann ein Mann nur so gut duften? Am liebsten möchte ich an seinem Hals schnuppern.

Ich lasse mir nicht anmerken, dass ich ihn anziehend finde, und schnappe mir mein Handy, das auf meinem Laptop liegt. Darunter finde ich meine ausgebleichte Lieblingsjeans, einen bequemen BH und ein hellblaues T-Shirt. Außerdem hat Evan mir noch eine leichte Jacke, ein paar Socken, andere Shirts und diverse Slips eingepackt. Die züchtigen aus Baumwolle. Also hat er offenbar doch nicht tiefer gewühlt – was mir irgendwie auch wieder stinkt. Spätestens jetzt hält er mich sicher für ein graues Mäus… Plötzlich prickeln meine Brustwarzen, und ich kann Evans Blicke darauf fühlen. Verdammt, weil ich mich zu ihm gebeugt habe, ist mein Bademantel am Kragen aufgeklafft und bietet ihm wahrscheinlich eine hervorragende Sicht bis zu meinem Bauchnabel!

Vor Scham möchte ich im Boden versinken. Aber ich beachte ihn nicht weiter und lasse mir auch sonst nichts anmerken. Stattdessen richte ich mich langsam auf, froh, dass meine Nippel nun wieder bedeckt sind, und lächele ihn so natürlich wie möglich an. »Danke, da ist alles Wichtige drin.«

»Okay«, sagt er mit rauer Stimme, wobei er mich wie der große böse Wolf anschaut, der Rotkäppchen verschlingen will. Anschließend räuspert er sich leise, nimmt den Karton und stellt ihn auf den Rücksitz, bevor er sich hinters Steuer begibt und den Wagen startet. Dann dreht er mitten auf der Straße um, und wir lassen die blinkenden Einsatzwagen hinter uns.

Ich versuche Evan zu ignorieren, weil mein Gesicht immer noch in Flammen steht, und wähle auf meinem Handy die Nummer von Alfie. Hoffentlich kann er mich bei Evan abholen. Einerseits will ich mehr über diesen sexy Feuerwehrmann wissen, andererseits verursacht mir allein seine Gegenwart so viel Herzklopfen, dass ich ultranervös bin und mir mein Smartphone fast aus der Hand fällt.

Zwischen Evan und mir gibt es so eine gewisse Spannung, das fühle ich deutlich. Ich weiß nur noch nicht, ob sie rein sexueller Natur ist oder ob mehr dahintersteckt. Hatte Brian damals doch recht, und Evan wollte etwas von mir?

Verdammt, geh schon ran, denke ich und warte darauf, endlich Alfies Stimme zu hören. Stattdessen meldet sich nur seine Mailbox. Mist! Wahrscheinlich ist er gerade bei Brandon im Krankenhaus und bringt ihm was zu essen. Das macht er immer, wenn er frei hat.

»Gibt es noch was Neues wegen des Lecks?«, frage ich Evan, während ich das Telefon in meine Handtasche stecke. Ich kann die peinliche Stille zwischen uns schlecht ertragen – ich meine: Er hat meine Brüste gesehen!

Als er nicht antwortet, blicke ich zu ihm. Er starrt auf die Straße, dabei stehen wir vor einer roten Ampel. »Evan?«

Ohne mich anzuschauen, murmelt er: »Ich will dich nicht beunruhigen.«

»Nun sag schon!«

Mit der Hand fährt er sich über sein Gesicht, bevor er mich ernst ansieht. »Offenbar wollte jemand das Haus in die Luft jagen. Die Polizei hat einen primitiven Zeitzünder gefunden, gebastelt aus einem Prepaid-Handy.«

»Was?« Mein Herz, das heute ständig aus dem Takt gebracht wird, wummert heftig gegen meine Rippen. »Das war ein Anschlag?« Okay, *das* traue ich Evan nicht zu. Schließlich ist er der Held von Queens!

»Davon wird ausgegangen. Zum Glück hat der Zünder nicht funktioniert, sonst würden wir nicht mehr hier sitzen.«

»Scheiße ...«, flüstere ich kraftlos. »Wer tut so was? Ich

meine – das Gebäude wird doch in ein paar Wochen abgerissen!«

Seine Augen werden groß. »Womöglich hat das sogar etwas damit zu tun! Jemand will vielleicht das neue Bauvorhaben vereiteln oder Rache, weil die Bewohner alle raus mussten.«

Ja, das klingt glaubhaft. Tatsächlich bin ich sogar erleichtert über diese Begründung. Ich hätte mir auch nicht wirklich vorstellen können, dass Evan dahintersteckt. Ich meine – der Mann ist ein Held! Er hat bereits viele Menschen gerettet. Er hat *mich* gerettet.

Hinter meinem Brustbein erwärmt es sich. Hat Evan sich gerade einen Pluspunkt bei mir verdient?

Scheint so.

Er räuspert sich leise. »Ich bitte dich, keine Story darüber zu schreiben, bis die Sache aufgeklärt ist. Eigentlich hätte ich dir das mit dem Zeitzünder gar nicht erzählen dürfen.«

»Meine Lippen sind versiegelt.« Ich werde sicher keine Ermittlungen behindern, zumal ich selbst zu gerne wissen will, wer hinter der Sache steckt.

Hinter uns hupt jemand, und Evan fährt weiter. Offensichtlich hat auch er nicht mitbekommen, dass es grün geworden ist. Ich bin sowieso immer noch viel zu abgelenkt und aufgewühlt. »Müssen wir nun eine Aussage bei der Polizei machen?«

»Wahrscheinlich. Ich werde später auf jeden Fall anrufen, um von unserem Verdacht zu berichten«, sagt er und biegt in eine ruhigere Nebenstraße ab. Hier stehen hauptsächlich hell gestrichene Einfamilienhäuser in wunderhübschen Gärten. »Ich kenne den Beamten ganz gut, dem ich vorhin deine Personalien und meine neue Adresse dagelassen habe. Deshalb durften wir auch gleich gehen. Ich habe ihm auch gesagt, dass du ... erst einmal bei mir wohnst.«

Wohnen? Was ... »Du gehst also davon aus, dass ich länger bei dir bleibe?«

»Du kannst so lange bleiben, wie du willst.«

»Sicher, Cowboy«, sage ich überheblich, und etwas von der alten Wut auf ihn blubbert wieder an die Oberfläche. Ich sollte reinen Tisch machen, bevor ich mich erneut ins Unglück stürze. »Warum tust du das, Evan? Ist das wieder eins deiner Spielchen?«

Sofort dreht er mir den Kopf zu und schiebt die Brauen zusammen. »Wovon sprichst du?«

Ich schnaube. »Du hast keine Ahnung, oder?«

»Ich weiß nur, dass du irgendwas gegen mich hast. Dein letzter Artikel über mich war ziemlich fies.«

So, wie er das sagt, mit einem Schwung Traurigkeit in der Stimme, bekomme ich sofort wieder ein schlechtes Gewissen. »Ich hatte vor, nur Nettes über dich zu schreiben.«

»Und warum hast du deine Meinung geändert?«

Er biegt noch einmal ab, in eine ältere Wohnsiedlung. Hier stehen überwiegend kleine, zweistöckige Einfamilienhäuser aus rotem Backstein. Sie erinnern mich an das Haus, in dem Carrie und Doug aus der Serie *King of Queens* gewohnt haben. Ein paar Autos parken am Straßenrand, in einem Vorgarten spielen zwei Jungs Federball – ansonsten ist es hier eher ruhig.

Die Wolkendecke reißt auf, und die Abendsonne schickt ihre warmen Strahlen nach unten. Wie idyllisch. Hier würde es mir gefallen.

»Ich musste nach dem Shooting noch einmal zurück«, erkläre ich ihm, »weil ich etwas mit Clara besprechen wollte, und da habe ich gehört, wie du mit deinen Kollegen über mich geredet hast.«

Seine Brauen schieben sich noch weiter zusammen, sodass

sich zwei tiefe Falten zwischen seinen Augen bilden. Offenbar hat er immer noch keine Ahnung.

»Okay, dann helfe ich dir mal auf die Sprünge. Du hast ihnen erzählt, dass ich einen verklemmten Eindruck mache und mit dir überfordert wäre.«

Sein Gesicht verfinstert sich, und er starrt wieder auf die Straße. Klingelt es nun bei ihm?

»Und als du gesagt hast, du hast nur mit mir geflirtet, damit ich etwas Nettes über dich schreibe, war ich stinksauer.«

»Shit«, sagt er, bremst herunter und fährt eine kleine Auffahrt hoch, bevor er vor der Garage eines der süßen kleinen Häuser stehen bleibt.

»Ja, ich habe mich ziemlich beschissen gefühlt, Mr Oberheld.«

Er greift in die Mittelkonsole, um auf den Garagenöffner zu drücken, und das Tor fährt hoch. Hier wohnt er also. Neben der Garage liegen der Hauseingang und ein breites Fenster, ansonsten gibt es nur noch ein weiteres Stockwerk.

Evan schweigt, während er hineinfährt. Licht flackert über uns auf, und als er den Ford abstellt, höre ich das leise Summen des Tores, das hinter uns zugeht. Rechts davon befindet sich eine Tür, die vermutlich ins Gebäude führt. Gott sei Dank, dann bekommt mich niemand in dem Aufzug zu Gesicht.

Vor uns stapelt sich Werkzeug in offenen Regalen aus Metall, neben mir stehen Umzugskisten. Ich werde kaum die Tür öffnen können.

»Warte, ich helfe dir«, sagt er, steigt schnell aus und läuft auf meine Seite.

Die Tür geht nur einen schmalen Spalt auf, sodass ich mich hindurchzwängen muss. Da der Wagen sehr hoch ist, gleite ich direkt in Evans Arme. Ich will mich umdrehen, um meine

Handtasche aus dem Fußraum zu holen, aber in diesem Moment fällt die Tür zu, und Evan drückt mich leicht gegen den Pick-up, sodass ich die Wärme seines Körpers durch meinen dicken Bademantel spüre. Sein anziehender Geruch ist übermächtig.

Verflucht, Evan, was machst du? Ich kann dir kaum widerstehen. Bitte spiel nicht mit mir …

Ich lege den Kopf in den Nacken, um zu ihm hochzusehen, und habe seine Lippen direkt vor Augen. Er öffnet sie leicht, und seine Hände berühren meine Taille.

Himmel, will er mich küssen? Mit diesem herrlich weich aussehenden, perfekt geformten Mund?

Ich würde ihn nicht aufhalten wollen, aber mein Verstand hat sich noch ein Quäntchen Vernunft bewahrt. Deshalb sage ich leise: »Ich will das jetzt zwischen uns klären, Evan. Sonst rufe ich meinen Freund an und lasse mich von ihm abholen.«

»Du hast einen Freund?« Er weicht leicht zurück, aber nur mit dem Kopf. Seine Hände halten mich weiterhin fest, während meine wie gelähmt an den Seiten herabhängen. »Ich dachte, du wüsstest nicht, wohin du sollst?«

»Schwulen Freund«, sage ich schnell, weil ich will, dass er wieder näher kommt. Scheiß auf die Vernunft! »Also, warum hast du das damals zu deinen Kollegen gesagt?«

»Bei dem Shooting …« Er drückt sich wieder an mich, seine Hände gleiten an meinen Seiten höher. »… konnte ich mich kaum auf die Fotografin konzentrieren, weil mich deine Anwesenheit verrückt gemacht hat. Ich wusste, dass du wieder dort sein wirst, um zu berichten, und ich hatte mich schon Tage vorher auf dich gefreut. Ich weiß nicht, warum, aber du hast etwas an dir …« Sein Atem streift mein Gesicht, und er leckt sich über die Unterlippe.

Weiß er, wie wuschig mich das macht? Ich könnte ihn auf der Stelle küssen. Ich *will* ihn küssen, doch ich wurde gerade erst enttäuscht. Ich will nicht schon wieder verletzt werden.

»Was habe ich an mir?«, möchte ich wissen.

»Du bist klug, und deine Texte sind witzig. Ich lese sie gerne.«

»Du liest Klatsch?«

»Überrascht?« Seine Lippen streifen meine Wange, und er flüstert: »Aber verrate es keinem.«

Meine Haut prickelt, und das Kribbeln zieht sich von meiner Wange über den ganzen Körper, sodass sich meine Brustwarzen aufrichten. »Dann stehst du auf intelligente Frauen?«

»Ich stehe auf kluge und gut aussehende Frauen.«

Er findet mich gut aussehend? Ich bin kein solcher Hungerhaken wie seine Exfreundinnen.

Sein Unterleib drückt sich an meinen Bauch, und ich fühle seine Erregung. Evan hüllt mich regelrecht mit seiner großen Gestalt ein, sodass ich zwischen ihm und dem Wagen eingesperrt bin. Ich bin allein mit ihm – mit einem Mann, der viel größer und stärker ist als ich und eine Erektion hat – in seiner Garage, irgendwo in Queens! Ich war während der Fahrt so abgelenkt, dass ich nicht einmal weiß, wo wir uns genau befinden. Außerdem bin ich unter meinem Bademantel splitternackt. Er bräuchte ihn nur herunterzureißen …

Das sollte mir Angst machen, und ich denke kurz an die Axt und diesen verrückten Tag. Seltsamerweise fühle ich mich aber sicher und an seiner Seite so aufgehoben wie nie. Außerdem erregt mich seine leicht dominante Art.

Endlich nehmen meine Arme wieder ihren Betrieb auf, und ich lege die Hände an seine seitlichen Rückenmuskeln. Der

Latissimus ist bei ihm sehr ausgeprägt und gibt seinem Oberkörper diese sexy V-Form.

Seine Lippen sind nur noch Millimeter von meinen entfernt. »Es tut mir sehr leid, was ich gesagt habe, Mila. Ich fand dich wirklich heiß und habe ernsthaft mit dir geflirtet, aber ...« Er zögert kurz, und eine Hand gleitet tiefer, legt sich über dem Frottee auf meinen Po. »Ich war doch mit Thea zusammen und wollte nicht, dass sie von meinen Kollegen erfährt, dass ich andere Frauen anmache. Sie war sehr eifersüchtig.«

War? Dann ist er wohl nicht mehr mit ihr zusammen. »Ja, das hätte deinem Helden-Image schaden können«, sage ich spitz und schmunzele. Dabei zittere ich, weil mich seine übermächtige Präsenz erregt.

»Ich war ein Idiot.«

»Mir tut es auch leid, dass du in meinem Artikel so schlecht weggekommen bist.«

»Ich hatte es verdient«, murmelt er, bevor er seine Lippen auf meinen Mund drückt.

Kurz wird mir so schwindelig vor Überraschung und Lust, dass mir schwarz vor Augen wird. Ich kneife sie zu, kralle die Finger in seine weichen Haare und küsse ihn, als hätte ich mich Jahre danach gesehnt. Was ich irgendwie auch habe. Merklich angespornt durch meine Reaktion drängelt sich seine Zungenspitze in meinen Mund. Wir knutschen wild und hemmungslos wie Teenager, sodass es schmatzt und unsere Lippen ganz feucht werden.

Ich wünschte, er würde meinen Mantel aufreißen, meine Brüste kneten, sie lecken und an ihnen saugen, um mich dann auf die Motorhaube zu heben. Dort würde Evan meine Beine spreizen und mich hart und hemmungslos nehmen. Aber so etwas passiert natürlich nur in Filmen. Wenn ich mich jetzt auf die Motorhaube setzen würde, würde ich mir wohl den Hintern verbrennen und eine Million Insekten an meinem Arsch kleben haben.

Ob Evan auch an Sex denkt? Ich fühle, dass er stark erregt sein muss, so heftig wie er atmet und sich an mich drängt. Dennoch hält er sich zurück, küsst mich zärtlicher und weicht schließlich lächelnd ein paar Zentimeter nach hinten, um mich anzusehen.

Mein Gesicht glüht. Ach was, mein Körper steht in Flammen! Ich brenne für Evan; und nur er kann dieses Feuer löschen.

Was denkt er jetzt? Und wie geht es weiter? Ich komme doch gerade aus einer gescheiterten Beziehung – will ich mich gleich in ein neues Abenteuer stürzen?

Und obwohl in meinem Kopf tausend Fragen herumwirbeln, will ich als Erstes wissen: »Du warst also im Keller und hast plötzlich Gas gerochen?« Okay, mein Unterbewusstsein hält immer noch an der Theorie fest, dass Evan etwas damit zu tun haben könnte.

Er legt eine Hand an meine Wange, um sie mit dem Daumen zu streicheln. Dabei sieht er mich verträumt an. »Als ich von meinem Wagen zurückkam, um den letzten Karton zu holen, roch ich das Gas nicht nur, sondern vernahm ein Zischen. Ich bin dann sofort nach oben gelaufen und habe bei dir geklopft, aber du hast so laut gesungen, dass du nichts gehört hast.«

»Peinlich«, sage ich schief grinsend.

»Keine Sorge, du kannst gut singen.«

Ich lache. »Es ist unheimlich, wenn du mich vollschleimst.«

»Ich habe schließlich einiges bei dir wiedergutzumachen.«

»Ich will, dass du es ehrlich meinst, Evan.«

»Du kannst wirklich gut singen«, wiederholt er schmunzelnd.

»Sicher. Deshalb hast du auch mit einer Axt im Bad gestanden. Ich hatte echt Schiss vor dir.«

Sein Lächeln schwindet. »Das tut mir leid. Ich konnte nicht klingeln, denn jeder elektrische Funke hätte das Gas entzünden können. Außerdem hättest du mich ja gar nicht gehört. Zum Glück hatte ich noch die Axt in meiner Wohnung. Deshalb bin ich schnell nach nebenan gelaufen, hab sie geholt und damit deine Tür aufgehebelt.«

Nun werde ich auch ernst, lege meine Hände an seine Wangen und sage: »Danke, dass du mich gerettet hast.«

»Das ist mein Job, Mila.« Sein Mund kommt wieder ganz nah. »Aber ich hätte dich auch gerettet, wenn ich kein Feuerwehrmann wäre.«

»Gut zu wissen«, flüstere ich, bevor diesmal ich diejenige bin, die ihn zuerst küsst.

Kapitel 4 – In der Höhle des Löwen

Nachdem wir uns in der Garage bestimmt zehn Minuten geküsst haben, sind wir ins Haus gegangen. Ich glühe immer noch, als wir die Küche betreten. Evan trägt den Karton mit meinen Sachen, ich meine Handtasche.

Ist das gerade wirklich alles passiert? Wahrscheinlich liege ich noch in der Badewanne und träume. Alles dreht sich in meinem Kopf, meine Gefühle spielen verrückt, und ich bin verwirrt. Doch ich kann dieses Männchen in meinem Magen nicht ignorieren, das dort drin einen Freudentanz aufführt. Ich weiß genau, was das bedeutet: Ich bin dabei, mich in Evan zu verlieben.

»Du renovierst wohl gerade?«, frage ich, weil der Küchenboden mit Folie bedeckt ist. Überall stehen Farbeimer und stapelweise terrakottafarbene Fliesen. Außerdem fehlt die komplette Einrichtung!

»Äh, ja«, antwortet er, wobei er sich am Kopf kratzt. »Sieht aber nur hier unten so schlimm aus. Oben ist fast alles fertig. Und keine Angst, du musst nicht verhungern. Im Keller ist noch ein alter Kühlschrank.« Er deutet auf eine Tür im hinteren Teil des Hauses und lächelt schief. »Ich habe jede Menge Mikrowellenfutter hier.«

Wir gehen weiter durch eine Schwingtür und landen im Wohnzimmer. Hier fallen mir zuerst ein großes Fenster und die Haustür auf, die ich schon von außen gesehen habe, sowie eine Holztreppe, die nach oben führt. Außer einer schwarzen Ledercouch und einem tiefen Bord mit einem Flachbildfernseher steht hier nur noch ein Esstisch mit zwei Stühlen. Darauf befinden sich eine Kaffeemaschine, eine Mikrowelle und Geschirr.

»Im Wohnzimmer will ich noch einen neuen Boden verlegen und tapezieren, bevor ich weitere Möbel anschaffe.« Die alten Tapeten wurden bereits von den Wänden gerissen, was wenig einladend aussieht. Ich kann mir aber vorstellen, dass es sicher sehr schön wird, wenn alles fertig ist. Das Untergeschoss hat einen guten Schnitt; geräumig, offen, mit einer Durchreiche zur Küche, aber nicht zu groß. Gemütlich.

»Hast du das Haus gekauft?«, will ich wissen.

»Nein, geerbt.« Er geht zur Treppe, und ich folge ihm. »Das ist mein Elternhaus. Dad ist schon vor Jahren gestorben und meine Mutter vor drei Monaten.«

»Das tut mir sehr leid.« Der Tod meiner Mum steht mir plötzlich wieder vor Augen. Vor fünf Jahren starb sie an Krebs. Mein Vater lebt noch, irgendwo in Kanada. Er hat uns verlassen, da war ich sechs. Ich habe kaum Kontakt zu ihm.

Während Evan meinen Karton nach oben trägt, sagt er: »Mum war schon sehr alt, hatte hunderte Wehwehchen und zuletzt einen Schlaganfall, der von einer Gefäßverengung im Gehirn kam. Der schnelle Tod war für sie eine Erlösung.«

Er sagt das so kühl, doch ich spüre, dass er bedrückt ist. Ich war wochenlang mit den Gedanken woanders, als meine Mutter gestorben ist. Ich werde das Thema besser nicht mehr anschneiden.

»Hier sah alles schon heruntergekommen aus. Deshalb habe ich mich entschieden, komplett zu renovieren.«

Wir betreten einen kleinen Flur, der mit hellem Parkett ausgelegt ist und von dem zwei Türen abzweigen. Die Wände sind in einem zarten Gelb gestrichen, die Türen frisch getüncht. Es riecht schwach nach Farbe.

»Da hinten, über der Garage, ist mein ehemaliges Kinderzimmer.« Evan deutet auf die Tür, die weiter weg ist. »Der Raum ist leer, und ich weiß noch nicht, wofür ich ihn nutzen werde. Im Moment stehen nur meine Hantelbank und ein Crosstrainer darin.«

»Darf ich den Crosstrainer auch benutzen?« Ich vermisse ihn schon. Täglich habe ich eine Stunde darauf gestanden, und die Anstrengung hat mich den Ärger mit meinem Chef vergessen lassen. Er hat Glück, dass ich meinen Job liebe.

Evan lächelt. »Klar.« Danach öffnet er die Tür, die näher liegt, und wir betreten sein Schlafzimmer.

Wow, hier ist wirklich alles neu gemacht worden. Der Boden ist mit demselben hellen Parkett ausgelegt wie der Flur. Ein breites, einfaches Doppelbett mit knallroter Bettwäsche steht an der Wand, daneben gibt es einen weißen Einbauschrank und gegenüber vom Bett eine Sitzecke am großen Fenster mit ebenfalls roten Polstern.

»Minimalistisch, aber schick«, sage ich, während Evan den Karton aufs Bett stellt. »Gefällt mir sehr gut.« Ich mag es, wenn nirgendwo Klimbim steht. Da muss man weniger Staub wischen, und alles wirkt größer, einladender.

»Wirklich?« Plötzlich erstrahlt sein Gesicht. »Besonders stolz bin ich auf das Badezimmer.«

Wir gehen durch die nächste Tür, und ich stehe in einem kleinen Raum, den Evan optimal genutzt hat. Der Boden ist mit anthrazitfarbenen Fliesen ausgelegt, an den Wänden befinden sich hellgraue Fliesen in Natursteinoptik. Es gibt eine gläserne Duschkabine, eine geräumige Eckbadewanne, schwarze Hochglanz-Möbel und ein rechteckiges weißes

Waschbecken. Alles erscheint wieder sehr modern und zeitlos.

»Wow!« Leise pfeife ich durch die Zähne und drehe mich zu ihm. »Du machst das wirklich alles selbst?«

Er zuckt mit den Schultern. »Das meiste. Ich hatte ja sonst nicht viel zu tun. Beim Fliesenlegen hat mir jedoch ein Kumpel geholfen.«

»Ich bin wirklich beeindruckt.« Evan ist der Heimwerkerkönig unter den Feuerwehrmännern.

»Freut mich sehr, dass es dir gefällt.« Er lächelt mich breit an, dann gibt er mir einen schnellen Kuss auf den Mund. »Du kannst dich hier frischmachen. Bediene dich einfach; nimm dir, was du brauchst.«

Bei der Doppeldeutigkeit seiner Worte werden meine Augen groß, und wir lachen.

Ich zeige auf meinen Bademantel. »Zuerst muss ich mich aus meinem Kokon schälen und aus der Raupe einen Schmetterling machen.«

»Ich mag Raupen«, raunt er und kommt mir erneut ganz nah. »Doch Schmetterlinge mag ich noch viel lieber.« Er fährt mit den Fingern in mein zerzaustes Haar und schenkt mir einen weiteren Kuss.

Als ich die Hände auf seinen Bauch lege und unter sein Shirt schlüpfen möchte, zuckt er zurück und grinst schief.

Er ist doch wohl nicht schüchtern?

Oder ... verdammt! Was, wenn er eine Freundin hat? Er hat nur gesagt, dass er nicht mehr mit Thea zusammen ist, oder? Der Mann verwirrt mich ständig, sodass ich mir nicht einmal mehr unsere Gespräche merken kann.

Im ganzen Haus habe ich bisher keine Spuren einer anderen Frau gesehen, nicht mal von seiner Mutter – schließlich hat er alle alten Möbel bereits entsorgt.

Evan fährt sich über den Nacken und geht zurück ins Schlafzimmer. »Du kannst es dir hier gemütlich machen und in meinem Bett schlafen. Im Schrank ist auch ein kleiner Fernseher; du musst nur die Tür öffnen.«

»Vielen Dank.« Ich räuspere mich. »Und ... wo schläfst du?«

»Unten im Wohnzimmer.«

Schade. Noch ein Indiz, dass er mit jemandem zusammen ist?

Er schiebt die Hände in die Hosentaschen und begutachtet seine Schuhe.

Verdammt, ich muss es wissen! Daher frage ich vorsichtig: »Du lebst also nicht mehr mit dieser Schauspielerin zusammen?«

Er schüttelt den Kopf. »Wir haben nie zusammen gewohnt. Thea hat mit mir Schluss gemacht, nachdem ich den Unfall hatte.«

»Das tut mir leid.«

»Muss es nicht. Es hat sowieso nicht gepasst.« Er schnaubt. »Sie war ein Flittchen. Ich dachte damals, so eine Frau passt zu mir. Ich war verdammt dumm.«

»Und heute bist du schlauer?«

Er grinst verschmitzt. »Ich hoffe es.«

Bei seinen durchdringenden Blicken wird mir schon wieder heiß. »Also bist du jetzt Single?« Ich muss das fragen, weil ich dem Frieden nicht recht glauben will.

»Ja. Nach Thea hatte ich keine Freundin mehr.« Er zieht mich in die Arme und sieht mich ernst an. »Und ich hätte dich sonst auch nicht geküsst.«

Aus seinem Mund klingt das glaubhaft. Aber wenn ich eines gelernt habe, dann, dass Männer gute Lügner sind.

»Was ist dir eigentlich genau passiert? Ich hab das damals nicht so verfolgt, weil ...«

»Du mich nicht ausstehen konntest.« Er lächelt milde und macht einen Schritt zurück.

Sofort vermisse ich seine Nähe.

»Ich war wirklich ein Idiot.«

Während eine unangenehme Pause entsteht und wir die Möbel mustern, knurrt mein Magen.

»'tschuldigung«, murmele ich. »Hatte heute nur einen Donut.« Weil mich die Sache mit Frank so aufgeregt hat, habe ich am Morgen nichts herunterbekommen, und danach waren Alfie und ich mit dem Umzug beschäftigt.

Evans Mundwinkel zuckt. »Ich erzähle dir mal in einer ruhigen Minute, was mir passiert ist. Zuerst muss die Raupe gefüttert werden. Worauf hat sie Hunger? Chinesisch? Italienisch? Oder Mikrowellenfraß?«

»Pizza wäre lecker. Gibt dein Kühlschrank so was her?« Ich könnte tatsächlich ein ganzes Blech verschlingen.

»Mit Pizza kann ich leider nicht dienen, aber ich kenne einen Italiener in der Nähe. Ich hol uns schnell was Frisches. Was für eine Pizza magst du?«

»Eine mit Schinken und Champignons wäre prima.«

»Kommt sofort!«, sagt er und verlässt das Schlafzimmer.

Erneut kann ich nicht fassen, in was für einer Situation ich mich befinde. Nun stehe ich bei dem ehemaligen Mann meiner Träume im Schlafzimmer und bin quasi bei ihm eingezogen. Nur übergangsweise, versteht sich, dennoch bin ich nicht wirklich sein Gast, oder? Immerhin haben wir uns geküsst! Wozu macht uns das? Zu einem Paar?

Mila, das schlag dir gleich mal aus dem Kopf, ermahne ich mich. Evan hat gerade gesagt, dass er bisher Schlampen bevorzugt hat. Die entsprechen wohl eher seinem Lebensstil: Spaß haben, solange es anhält, und dann ab zur nächsten Tussi.

Evan Cooper ist kein Mann für eine Frau. Evan Cooper ist schließlich der Held aller.

***

Während Evan außer Haus ist, springe ich kurz unter die Dusche, sprühe mir danach frech sein Männerdeo unter die Arme, schlüpfe in Jeans sowie T-Shirt und rufe Alfie an. Diesmal geht er sofort ans Telefon.

»Süße, was gibt es?«

»Ähm …« Jetzt habe ich mir gar nicht überlegt, was ich ihm berichten soll. Weil ich Evan versprochen habe, die Ermittlungen nicht zu gefährden, bekommt Alfie nur die Kurzfassung zu hören. »Es gab ein Gasleck bei mir im Haus, und ich kann im Moment nicht dort wohnen. Aber Evan war noch da und hat mir angeboten, dass ich bei ihm bleiben kann.« Ich hasse es, Alfie nicht die Wahrheit erzählen zu können, aber immerhin habe ich ihn nicht angelogen.

Nach ein paar Schweigesekunden dringt mir erneut seine Stimme entgegen. »Sag bloß, du meinst den Evan, über den du dich heute noch aufgeregt hast?«

Zerknirscht beiße ich mir auf die Unterlippe und setze mich aufs Bett. »Ich glaube, er ist doch kein so übler Kerl.«

»Besser als ich?«, klingt es verschnupft aus dem Lautsprecher.

Sofort verkrampft sich mein Herz. »Ich wollte euch nicht weiter belästigen, ihr habt schon so viel für mich getan.«

Ich vernehme ein Schnauben. »Na ja, wenigstens brauchst du keine Angst zu haben, dass er über dich herfällt.«

»Danke auch«, antworte nun ich verschnupft und sehe mich wieder in dem hässlichen Bademantel, ungeschminkt und mit verstrubbelten Haaren.

»So hab ich das nicht gemeint!«, ruft Alfie, sodass ich das Telefon weiter weg halten muss. »Tut mir leid, Süße. Es liegt nicht an dir, sondern an ihm.«

»Was liegt an ihm?«

»Dass er dich anmacht ... *nicht* anmacht!«

»Kannst du mal weniger kryptisch sein?«, frage ich und möchte ihm am liebsten unter die Nase reiben, dass wir uns längst geküsst haben. Aber dann würde er mich mit Anrufen und Nachrichten bombardieren.

»Nein«, flüstert er, »sonst bringt Brandon mich um.«

»Was hat Brandon damit zu tun?«

Als Evan von unten ruft: »Pizza ist da!«, verabschiede ich mich schnell von Alfie. »Ich muss Schluss machen, aber ich melde mich wieder. Bussi.«

»Ich will jede Stunde eine Statusmeldung!«, höre ich Alfie noch sagen, bevor ich ihn vor lauter Nervosität wegdrücke.

Wovon hat er geredet? Ich werde meinen Freund später fragen. Solange Evan hier ist, möchte ich Alfie nicht ausquetschen.

Ich schlüpfe erneut in die Sneaker und laufe die Treppe nach unten. Evan hat zwei große Pizzaschachteln auf den Tisch gestellt, und der leckere Duft von Käse, Tomaten und Gewürzen wabert mir bereits entgegen.

»Was magst du trinken?« Er dreht sich zu mir um, und ich bemerke, dass er zwei Flaschen in der Hand hält. Als sein Blick an mir entlangwandert, bleibt ihm kurz der Mund offen stehen. »Alter Falter.«

»Hey, das ist mein Spruch.« Grinsend zucke ich mit den Schultern. »Was ist denn?«

Ich weiß wirklich nicht, was er hat. Ich trage doch nur meine bequemen Sachen. Nun gut, das rosa T-Shirt liegt eng an und betont meine Brüste. Und die Jeans sind aus einem

Stretch-Stoff, was vorteilhaft ist, denn meine Oberschenkel und mein Po gehören eher der Burger- und nicht der Salatklasse an. Egal – ich stehe zu meinen Formen und verstecke sie nicht. An mir ist wenigstens alles echt und immer noch knackig.

Im Gegensatz zu vorhin sind meine Haare nun gekämmt, ich trage meine Kontaktlinsen und habe dezenten Lippenstift aufgelegt. Den hatte ich zum Glück in meiner Handtasche.

»Du bist kein Schmetterling«, sagt er, »sondern ein verdammt heißer Käfer.«

Das bringt mich schon wieder zum Erröten. »Bist du immer so großzügig mit dem Verteilen von Komplimenten?«

Als ich beim Tisch ankomme, stellt er die Flaschen ab und zieht mich an sich. »Du gefällst mir nun mal. Mehr noch als vor einem Jahr.«

Er kneift leicht die Lider zusammen, berührt fast meine Nase mit seiner und starrt mich eindringend an. »Du hast 'ne irre Augenfarbe. Braun-grün mit kleinen schwarzen Punkten in deiner Iris.«

Ist das wieder ein Kompliment?

»Es ärgert mich, dass ich letztes Jahr, nachdem ich deinen Artikel gelesen hatte, nicht einfach zu dir gegangen bin, um mit dir zu reden. Aber dann kam mir so vieles dazwischen, wie der Unfall, Arztbesuche, der Tod meiner Mutter, die Renovierung ...« Er senkt die Lippen auf meinen Mund und murmelt. »Ich hätte das alles schon eher haben können.«

Wow ... »Stopp!« Ich drücke ihn schmunzelnd von mir. »Ich finde dich heiß, Evan, und ich mag dich wirklich. Aber ich bin keine dieser Frauen, die Männer mit ihrer DNA markieren und danach wegschmeißen können. Ich habe gerade eine gescheiterte Beziehung hinter mir und will nicht gleich in die nächste Katastrophe schlittern.«

»Das verstehe ich«, erwidert er trocken und setzt sich hin. »Ich habe Wasser oder Cola. Was möchtest du?«

Mist – habe ich ihn gerade als Katastrophe bezeichnet? Bin ich verrückt? Ich habe Evan-Superman eine Abfuhr verpasst! Und jetzt ist er beleidigt. Typisch Mann …

Ich setze mich auf den anderen Stuhl und klappe den Pizzakarton auf. »Cola, bitte.«

Er schenkt mir etwas in ein Glas und reicht es mir, ohne mich anzusehen.

»Danke.« Beim Anblick der dick mit Champignons und Schinken belegten Pizza läuft mir das Wasser im Mund zusammen. Nur unser kleiner Zwist liegt mir nun bestimmt im Magen, und leider weiß ich nicht, was ich jetzt mit Evan reden soll!

Zuerst: Themawechsel. »Da zwischen uns alles geklärt ist, kannst du ja nun zum Shooting kommen. Ich werde dich diesmal auch hervorragend dastehen lassen.« Ich nehme ein vorgeschnittenes Pizzastück aus dem Karton, beiße ab und lasse mir die Tomatensauce und den Käse auf der Zunge zergehen. Dabei grinse ich Evan an. Hoffentlich habe ich es mir bei ihm nicht verscherzt. »Ich bin so froh, dass ich noch mal darüber berichten darf. Clara ist zum Glück nicht so nachtragend wie mein Chef.«

Nachdenklich kaut er auf seiner Salamipizza mit grünen Peperoni und antwortet, nachdem er runtergeschluckt hat: »Ich komme trotzdem nicht. Das hat aber nichts mit dir, uns oder dem Artikel zu tun.« Er wirkt dabei weiterhin ernst.

Evan *ist* beleidigt! Ich wusste es … »Womit hat es dann zu tun?«

»Ich war monatelang nicht im Einsatz und bin erst seit Kurzem wieder im Dienst … hinter dem Schreibtisch. Da finde ich, haben sich andere Kollegen in diesem Jahr mehr qualifiziert.«

Klingt plausibel. »Schade, ich fand dich nämlich von allen Firefightern immer am sexysten.« Männer lieben es, wenn man ihnen Honig um den Bart schmiert, oder? Außerdem ist das die Wahrheit! »Aber ich bin wirklich froh, dass es nicht meinetwegen ist.«

Falten bilden sich auf seiner Stirn, und er wirkt … zerknirscht? Nein, das bilde ich mir nur ein.

»Dann stehst du auf mich, weil ich gut aussehe?«

Oh Mann, wohin führt dieses Gespräch? »Ich glaube, halb Queens steht auf dich.« Wieder nicht gelogen. »Ja, du siehst gut aus, verdammt gut sogar. Ich meine, welche Frau fährt nicht auf durchtrainierte, perfekte Männerkörper ab? Letztes Jahr beim Shooting hast du mir ganz schön eingeheizt.« Mila, hör auf, jetzt wird es peinlich!

Leider quellen die Worte weiterhin aus meinem Mund. »Und dein Tattoo ist der Hammer. Hat bestimmt höllisch wehgetan.« Dieses Tribal, das sich wie Flammen seinen Rücken hinaufwindet … Ich will es dringend noch mal sehen.

Er schweigt einige Sekunden, bevor er fragt: »Hast du auch eins?«

Ich schüttele den Kopf. »Noch nicht, aber sobald ich für mich das perfekte Motiv gefunden habe, will ich mir eins machen lassen. Ich weiß nur noch nicht, was und wo.«

»Ich hätte nicht gedacht, dass du nur nach Äußerlichkeiten gehst.« Er klingt verschnupft und widmet sich wieder seiner Pizza.

Jetzt hat er mich beleidigt, aber er hat alles Recht, sich zu revanchieren. »Na, deine inneren Werte kenne ich schließlich noch nicht.« Leiser setze ich hinzu: »Außer dem einen Gespräch, das ich belauscht habe …« Mist, das war nun wieder unfair von mir. Immerhin habe ich ihn mittlerweile besser kennengelernt.

Er greift über den Tisch, um seine Hand auf meine linke zu legen. Immer noch wirkt er ernst und ruhig, nur in seinem Blick liegt etwas Aufgewühltes. »Der Unfall hat mich verändert, Mila. Ich habe verstanden, was wirklich wichtig ist im Leben.«

Er klingt so aufrichtig und auch ein wenig traurig, dass mir ein kalter Schauder über den Rücken läuft.

Ich lege mein Pizzastück hin, um meine rechte Hand auch noch auf unsere Finger zu legen. »Was ist dir passiert?«

Er schlägt die Augen nieder und seufzt schwermütig. »Ich habe eine Brandübung in einer ehemaligen Lagerhalle organisiert, wie schon unzählige Male zuvor, und bereits am Vortag alles präpariert und gesichert. Wir haben ein Areal außerhalb der Stadt, in dem wir unter perfekten Bedingungen Ernstfälle nachstellen können. Am Tag der Übung habe ich gezielt Feuer gelegt, damit unser Nachwuchs mit uns proben kann. Ich war im Gebäude, um zu überwachen, wie sich der Brand ausbreitet, aber irgendwas stimmte nicht. Die Rauchentwicklung war zu hoch, das Feuer zu heiß. Also habe ich rausgefunkt, dass noch niemand das Gebäude betreten soll.«

Als er schweigt, hake ich behutsam nach: »Und dann?«

»Und dann gab es eine Explosion, alles stürzte ein, und ein Kollege hat mich rausgeholt.«

»Wie schlimm warst du verletzt?«, frage ich leise und drücke seine Hand. Der Appetit ist mir vergangen, ich habe auch keinen Hunger mehr. Ich mag mir nicht vorstellen, wie traumatisch der Unfall für ihn gewesen sein muss. Ich bin so froh, dass er jetzt bei mir am Tisch sitzen kann.

Er mustert mich kurz und lächelt schwach. »Ich habe ein paar Verbrennungen davongetragen, aber ich habe überlebt.«

Ich beuge mich weiter über den Tisch, um über die Narben auf seinem Unterarm zu streichen. »So wie diese?«

»Hm«, brummt er, ohne mich anzusehen.

»In der Presse stand nie, welche Verletzungen du erlitten hast, und danach wurde es ruhig um dich.«

»Ich wollte nicht, dass mein Helden-Image Schaden nimmt, und bin sehr froh, dass alle, die Details vom Unfall wussten, nicht an die Öffentlichkeit gegangen sind.« Seine Stimme wird lauter. »Ich war so stolz darauf, ein guter Firefighter zu sein. Das war alles, was ich hatte. Was mich ausmachte!«

»Jeder macht mal Fehler, Evan.«

»Ich darf keine Fehler machen!«, knurrt er und klingt richtig wütend. »Ich bin Captain! Ich trage die Verantwortung! Wie immer hatte ich alles mehrmals gecheckt. Ich bin stets sehr genau. Und es war auch alles in Ordnung ... habe ich gedacht.« Er schließt die Augen und lässt den Kopf hängen. »Ich habe versagt. Und das macht mir am meisten zu schaffen. Stell dir vor, mir wäre ein Fehler im Einsatz passiert.«

Erneut streiche ich über seine verblassenden Narben am Arm. »Du kannst nicht immer alle retten, Evan.«

Er hebt den Kopf, um mich fest anzublicken. »Oder wenn ein Kollege unter den Trümmern begraben worden und meinetwegen gestorben wäre?«

»Ist er aber nicht.«

Er zieht den Arm zurück und reibt sich über das Gesicht. Merklich gefasster fährt er fort: »Vielleicht ist es ganz gut, dass ich nur noch am Schreibtisch sitze.«

»Wer hat das angeordnet?«

»Ich selbst«, murmelt er, und ich weiß sofort, warum er das getan hat: aus Angst, erneut zu versagen und andere zu gefährden. Evan hat solch ein großes Heldenherz, dass sich mein eigenes verkrampft. Was für ein Mann! Er hat zum Wohle aller das aufgegeben, was er am meisten liebt, obwohl ihn der Bürojob sichtlich anödet. Evan ist ein Mann der Tat; sein Platz ist im Einsatzwagen, er will Menschen retten. Nur das erfüllt ihn.

»Wie lange willst du denn den Papierkram erledigen?«, frage ich vorsichtig.

Er zuckt mit den Schultern. »Mein Therapeut meint, ich sei noch nicht so weit, um wieder mit den Jungs rauszufahren.«

Sein Therapeut? »Und was denkst du?«

»Dass ich mir keine Fehler mehr erlauben darf, um nicht suspendiert zu werden.« Frustriert schnaubend verschränkt er die Arme vor der Brust und lässt den Kopf hängen. »Ich war lange genug zu Hause; meine Ersparnisse sind fast aufgebraucht. Dann lieber Bürojob als gar keinen Job.«

Ich spüre, dass er mir etwas verschweigt. Aber ich will ihn nicht drängen, mehr über den Unfall zu erzählen. Ich habe bemerkt, wie oberflächlich er den Hergang beschrieben hat. Ich weiß immer noch nicht, was genau passiert ist. Wurde er wirklich unter den Trümmern begraben? Hat er sich etwas gebrochen? Wie lange war er im Krankenhaus? »Hast du nichts für deinen Dienstausfall oder für den Unfall bekommen? Keine Entschädigung?«

»Mein Fehler, keine Entschädigung«, knurrt er und sieht mich dabei weiterhin nicht an.

Es fällt ihm sichtlich schwer, über all das zu sprechen, aber immerhin tut er es und zeigt Gefühle. Wenn auch hauptsächlich Zorn. Dennoch ist er ein unglaublich starker Mann, und ich finde es bewundernswert, dass er sich überhaupt öffnet, mir, einer Person, die er kaum kennt! Ich muss ihm wirklich etwas bedeuten.

Ich stehe auf und gehe zu ihm, um ihn von hinten zu umarmen. »Es wird alles wieder gut, Evan. Es ist nie zu spät für einen Neuanfang.«

Er legt den Kopf in den Nacken und lächelt mich an. »Das ist genau das, was ich will. Einen Neuanfang mit allem.« Er dreht sich zu mir, um mich auf seinen Schoß zu ziehen, sodass ich seitlich auf ihm sitze und er mich an meinem Po festhält. »Können wir auch noch mal von vorne anfangen, Mila? So, als hätten wir uns gerade erst kennengelernt und noch nicht geküsst?«

»D-du willst also eine Beziehung mit mir?«, stammele ich.

»Ich will es zumindest probieren«, antwortet er in ernstem Tonfall. »Wenn du es auch willst. Ich habe mich geändert und bin nicht mehr der unbeständige Draufgänger. Vor meinem Unfall wollte ich lediglich oberflächliche Beziehungen und meine Freiheiten. Ich habe nur für meinen Job gelebt, hatte kaum Zeit, habe Doppelschichten gemacht, wenn Not am Mann war. Die Arbeit war mein Leben, meine Leidenschaft, und meine Kollegen waren meine Familie. Ich war mit den Jungs nach Feierabend noch oft aus, oder wir haben zusammen Sport gemacht.«

Das klingt so, als würde er sich heute nicht mehr mit ihnen treffen. Hat er sich zurückgezogen oder sie?

Als er kurz an seiner Unterlippe knabbert, möchte ich ihn am liebsten küssen. Ich halte mich aber zurück, da ich ihn nicht ablenken will.

»Ich gestehe«, fährt er zerknirscht fort, »dass ich mich in meinem Ruhm gesonnt habe. Ich habe es genossen, ein Held zu sein und dass alle Zeitungen über mich berichtet haben. Das hat mich high gemacht. Es war wie eine Droge.«

»Danke, dass du so ehrlich zu mir bist«, sage ich, als er nicht mehr weiterspricht, sondern mich einfach nur ansieht.

Ich lege einen Arm um seinen Hals und küsse seine Stirn.

»Vielleicht ist es ganz gut, dass ich nicht mehr im Mittelpunkt stehe. Das hat einigen nicht gefallen.«

»Kollegen?«, frage ich, und er nickt.

»Trotzdem hat mich ausgerechnet Jacob Mason, der mir immer besonders eifersüchtig erschien, aus dem brennenden Gebäude geholt. Seitdem ist er der neue Held der Feuerwache.«

»Ich habe noch nie etwas von Jacob Mason gehört«, gestehe ich und ernte von Evan ein schelmisches Lächeln.

»Gut.« Seine Hände gleiten höher, und sein Griff um meine Taille verstärkt sich.

Ich mag es, auf seinem Schoß zu sitzen, ihm nahe zu sein und mich mit ihm zu unterhalten.

Immer noch weicht sein Blick nicht von meinem Gesicht. »Als ich dich beim Kalender-Shooting sah, wollte ich dich verführen.«

»Was?«, stoße ich überrascht aus. »Wieso?«

»Keine Ahnung, es hat einfach *bang* gemacht. Du hast so unglaublich süß und sexy ausgesehen in deinen Shorts – und wie du an deinem Stift rumgekaut hast ...«

Hab ich?

»Aber womöglich hat mir auch die Hitze das Hirn versengt.« Er schmunzelt, und plötzlich erkenne ich wieder den alten, verruchten Evan. »Als ich bemerkt habe, dass du auf mich stehst, hat es mir Spaß gemacht, dich durcheinanderzubringen. Doch ich habe gespürt, dass du kein Mädchen für zwischendurch bist und Besseres verdient hast als mich. Und ich war noch nicht so weit, mich auf etwas Festes einzulassen, obwohl ich mich damals vom Fleck weg in dich verguckt habe.«

Ich keuche überrascht auf. Er hat was?

»Und als ich dich heute wiedergesehen habe, hielt ich das für einen Wink des Schicksals.«

»D-du wolltest also wirklich was von mir?«, frage ich. »Du hast nicht nur mit mir geflirtet, damit ich dich in meiner Kolumne in den höchsten Tönen lobe?«

»Ich wollte dich wirklich«, raunt er mit verklärtem Blick. »Und ich will dich noch immer. Willst du mich auch?«

Wie könnte ich diesem Mann, der mich mit einem herzzerreißenden Hundeblick ansieht, etwas abschlagen? Er hat so viel verloren in den letzten Monaten. Den Job, den er liebte, seine Mum und seinen Stolz. Ich würde ihm gerne wieder ein bisschen Licht bringen, ihm Mut machen.

»Ich will dich«, wispere ich daher und habe nur Augen für seinen Mund. Evan öffnet ihn leicht und befeuchtet die Lippen abermals mit der Zunge. Dann lächelt er.

War es wirklich dieser Unfall, der ihn so verändert hat? Angeblich verändert hat – ich weiß schließlich nicht, ob er mir lediglich etwas vorspielt, um mich rumzukriegen. Falls er spielt, dann meisterhaft.

Mila, hör auf, in jedem Mann nur das Negative zu sehen …

»Küss mich«, fordert er mit rauer Stimme und legt eine Hand an meinen Po, wobei er wieder kurz über seine Unterlippe leckt.

Ich kann ihm nicht länger widerstehen, fühle mich seinen Gesten und Worten willenlos ausgeliefert. Ohne zu zögern grabe ich die Finger in sein Haar und presse die Lippen auf seinen Mund.

Evan keucht auf, wobei er mich fester an sich zieht und mir mit der Zunge entgegenkommt. Abermals stecken unsere Küsse voller Gier und Leidenschaft, wir legen keine Zurückhaltung an den Tag. Ich positioniere mich anders auf ihm, sodass ich nun mit geöffneten Beinen auf ihm sitze und meinen Schritt an ihm reiben kann.

Verdammte Jeans – ich wünschte, ich wäre nackt!

Ich spüre, wie sich seine Erektion gegen mich drängt, und ich habe nur noch den Wunsch, Evan die Kleidung runterzureißen und von ihm genommen zu werden. Daher rutsche ich zurück, um die stattliche Beule durch seine Hose zu streicheln. Als ich unter sein Shirt schlüpfen möchte, zieht er schnell meine Hand weg und hebt mich auf die Platte.

»Ich weiß nicht, wie lange ich dir noch widerstehen kann, Mila«, sagt er schwer atmend. »Seit meinem Unfall hatte ich keinen Sex mehr. Ich bin so geil, dass ich dich gleich auf dem Tisch nehmen könnte.«

Dann nimm mich, möchte ich sagen, aber ich kann Evan nur fasziniert anstarren. In seinem Blick liegen so viel Lust und Gier, dass ich allein davon feucht werde.

»Entweder …«, raunt er, »du gehst jetzt hoch und sperrst dich im Schlafzimmer ein, oder ich komme mit dir und ficke dich.«

Seine direkten Worte gehen mir durch und durch. Niemals zuvor hat ein Mann auf diese Weise mit mir gesprochen! Und mir gefällt es.

»Schlafzimmer. Mit dir«, bringe ich bloß atemlos hervor.

Schon packt er mich, hebt mich an meinem Hintern hoch, und ich schlinge die Beine um ihn.

Als er mich die Treppe nach oben trägt, küssen wir uns, und brennende Glut flackert in seinen Pupillen.

»Letzte Chance«, knurrt er, wobei er die Schlafzimmertür aufstößt.

Als ich nichts sage, lässt er mich aufs Bett gleiten, stellt sich ans Fußende und beginnt, seine Hose zu öffnen. Er macht kein Licht – durch die Vorhänge dringt die letzte Helligkeit des Tages und leuchtet den Raum matt aus. Weil Evan vor dem Fenster steht, sehe ich nur seine Silhouette. Ich liebe seine große, wohlgeformte Gestalt mit den breiten Schultern, den schmalen Hüften und den langen Beinen.

Während ich mich ebenfalls ausziehe, beobachtet er mich. Auch wenn ich seine Augen nur erahnen kann, spüre ich seinen Blick überall auf mir.

Als ich nur noch meine Unterwäsche trage, hat er sich gerade mal seiner Jeans entledigt. Darunter trägt er eng anliegende Shorts, die seine halben Oberschenkel bedecken, soweit ich das erkennen kann, aber langsam gewöhnen sich meine Augen an das schummrige Licht.

Evan steht einfach nur da und betrachtet mich. Wenn er sich nicht ganz auszieht, sehe ich nicht ein, warum ich …

Überrascht keuche ich auf, als er plötzlich über mich kriecht. Dabei stützt er sich mit den Ellbogen neben meinem Kopf ab.

Wieder küssen wir uns gierig, und er schafft es, meinen BH zu öffnen, indem er mit einer Hand in den Spalt zwischen der Matratze und meinem Rücken fährt. Als sich ihm meine Brüste schutzlos präsentieren und sich ihm die Nippel sehnsuchtsvoll entgegenrecken, zögert er nicht lange und saugt sie abwechselnd in den Mund.

Stöhnend drücke ich ihm meinen Oberkörper entgegen und zerwühle sein Haar. Kribbelnde Lustimpulse schießen von den Brüsten zwischen meine Schenkel.

»Du riechst nach mir«, stellt er fest, legt meinen linken Arm über den Kopf und schnuppert an meiner Achsel.

Ich kichere, weil er mich kitzelt. »Ich musste dein Deo benutzen, hab ja schließlich keins hier.«

»Du kannst alles von mir benutzen«, raunt er.

Sofort manifestieren sich unanständige Bilder in meinem

Kopf, wie er gefesselt in seinem Bett liegt und ich ihn reite. Ein großer, wehrloser Mann unter mir hätte was ... Doch im Moment genieße ich, dass er die Führung übernommen hat. Ich will mich fallen lassen, mich ihm hingeben, mich berauschen lassen und den Ärger mit Frank vergessen. Den Schmerz mit neuer Leidenschaft bekämpfen.

»Wenn du mir solch ein Angebot machst«, sage ich süffisant, »will ich auch alles von dir.«

Hilfe, seit wann bin ich so direkt und lasse mich auf solche Abenteuer ein? »Ich gehe normalerweise nicht schon am ersten Tag mit einem Mann ins Bett!«, setze ich deshalb schnell hinzu und grinse ihn verrucht an. »Doch bei so einem Prachtexemplar kann ich nicht Nein sagen.«

Evan macht mich einfach schwach. So schwach, dass ich nur noch Unsinn rede. Besser, ich halte die Klappe und genieße einfach.

Evan erwidert nichts und hat wieder diesen nachdenklichen Gesichtsausdruck aufgesetzt. Ganz schlau werde ich aus ihm nicht.

Als ich ihm das Shirt ausziehen will, gleitet er küssend an meinem Bauch tiefer und zerrt mir den Slip von den Hüften.

»Nicht so gierig«, sagt er mit dunkler Stimme, dann spreizt er meine Beine und taucht mit dem Kopf dazwischen.

Heiliger Bimbam! Wer von uns ist denn hier der Gierige?

Zuerst küsst er nur die Innenseiten meiner Schenkel, aber er arbeitet sich schnell zum Zentrum meiner Lust vor. Mein Kitzler pocht, und ich kann meinen weiblichen Duft riechen. Ich schwimme bereits in meiner Creme und kann es kaum erwarten, Evan in mir zu spüren. Leider trägt er immer noch sein T-Shirt und die Shorts. Wie viel Zeit will er sich denn noch lass ...

Als seine Zunge zwischen meine Schamlippen fährt, dreht

sich die Zimmerdecke. Kraftvoll drückt er meine Schenkel auseinander, während er mich ausleckt. Mein Kitzler hämmert zum Takt meines Pulses; Stromstöße durchzucken meinen Unterleib. Ich komme schon jetzt beinahe, denn Evan weiß genau, wie er mich bearbeiten muss. Seine Zunge vollführt verrückte Tänze, seine Lippen spielen an meinem empfindsamsten Punkt. Meine Erregung nähert sich gefährlich nah der Zielgeraden – da murmelt er: »Kondome … Nachttisch.«

Endlich!

Ich strecke die Hand aus, um die Schublade zu öffnen, und fördere eine neue Packung heraus. Eine Großpackung mit fünfzig Stück!

»Feierst du hier Orgien?«, frage ich atemlos.

Er taucht mit dem Kopf zwischen meinen Schenkeln auf und hält mir die Hand hin. Ich kann sein Gesicht kaum noch sehen, so dunkel ist es geworden, aber in seiner Stimme schwingt ein wenig das schlechte Gewissen mit, als er sagt: »Die Schachtel stammt noch aus der Zeit … ist schon älter.«

Ich reiße sie auf, reiche ihm ein Tütchen, und er setzt sich, mir den Rücken zugewandt, auf die Bettkante, um sich den Präser überzustreifen. Immer noch trägt er sein T-Shirt und die Shorts! Ist er schüchtern? Evan Cooper?

Als er sich mir wieder zuwendet und auf mich kriecht, erhasche ich nur einen kurzen Blick auf seine Erektion, die aus seiner Hose ragt und im Dunkeln beinahe bedrohlich wirkt. Evan küsst mich, drängt mit seinem Knie meine Beine auseinander und versinkt in meiner Hitze.

Himmel, fühlt sich das gut an!

Ich bin so feucht, dass er ohne Probleme in mich gleiten kann. Evan dehnt mich, füllt mich aus und stößt schließlich tief in mir an einen Punkt, von dem ich bisher nicht wusste, dass es ihn gibt. Wärme flutet meinen Bauch; und alles prickelt, klopft und pocht. Dieser Mann weiß, welche Knöpfe er bei mir drücken muss, denn ich kann mich nicht erinnern, jemals so schnell so heftig erregt gewesen zu sein. Doch ich halte mich zurück, will den Höhepunkt hinauszögern, um sein Spiel länger zu genießen. Außerdem will ich ihn endlich nackt! Daher fahre ich mit beiden Händen unter sein Shirt, um seine wunderbar weiche Haut am Rücken zu streicheln.

»Will dich ansehen«, murmele ich, wobei ich ihm zärtlich in die Unterlippe beiße. Zwar macht es mich an, dass er noch halb angezogen ist, während ich vollkommen nackt bin. Doch wenn ich schon mit dem heißesten Kerl von Queens schlafe, will ich auch alles von ihm sehen! Oder zumindest spüren, denn bald sehe ich überhaupt nichts mehr.

»Ich bin nicht mehr derselbe, Mila«, raunt er.

»Sagtest du schon.«

»Ich ... dreh dich um. Ich will dich von hinten.«

Von hinten? Jetzt?

Ich hätte ihn gerne auf mir, bin jedoch zu erregt, um weitere Gedanken an sein seltsames Verhalten zu verschwenden. Offenbar hat er bestimmte Vorlieben. Solange es mir Spaß macht, spiele ich natürlich gerne mit.

Kaum habe ich mich auf alle viere gestellt, verteilt er zärtliche Bisse auf meinem Po und flattert mit der Zunge verdächtig nah an meinem Hintertürchen vorbei. Er will doch keinen Analverkehr? Ich habe das noch nie ausprobiert! Außerdem ist es mir schrecklich peinlich, dass er mich dort leckt.

Als er tatsächlich direkt mit der Zunge über meinen verbotenen Eingang fährt, vergrabe ich das Gesicht im Kissen. Himmel, das fühlt sich ja gar nicht so schlecht an.

Evan kniet sich hinter mich und zieht meine Pobacken auseinander. Ich möchte ihm gerade sagen, dass ich noch nicht dazu bereit bin, als er dann doch zwischen meine Schamlippen gleitet.

»Na, schon Angst bekommen, was?«, fragt er mit dunkler Stimme, doch ich höre das Lächeln darin. Danach versenkt er sich so tief in mir, dass mir ein Stöhnen entweicht.

Ihm jedoch auch, und ich habe das Gefühl, dass er kurz vor dem Höhepunkt steht. »Nicht bewegen«, raunt er und packt mich fest an den Hüften.

Weil er mich zuvor hereinlegen wollte, möchte ich es ihm heimzahlen und wackle mit dem Hintern.

Seine Finger krallen sich in meine Pobacken. »Nicht!«

»Rache ist süß«, sage ich und lasse meine Hüften noch mehr kreisen.

Er gleitet aus mir, und ich höre ihn heftig atmen. »Das bekommst du zurück.« Schon klatscht seine flache Hand auf meine geschwollenen Schamlippen. Nicht fest, aber es reicht, um ein prickelndes Brennen zu hinterlassen.

Verdammt, das macht mich tatsächlich geil!

Evan verteilt sanfte Klapse auf meinem Geschlecht und fährt zwischendurch mit zwei Fingern in mein feuchtes Tal, um meinen Kitzler zu malträtieren. Ich mag es etwas härter, sobald ich sehr erregt bin, aber vor allem will ich ihn wieder in mir spüren! Deshalb drücke ich ihm meinen Po entgegen, doch er verwöhnt mich weiterhin mit sanften Schlägen und seinen Fingern.

Ich erinnere mich, was er gesagt hat: dass er seit dem Unfall keinen Sex mehr hatte. Dafür war seine Beherrschung bisher exorbitant.

»Evan«, flehe ich, »fick mich endlich wieder, ich komme gleich!«

»Das wollte ich hören«, raunt er, packt mich erneut seitlich an den Pobacken und stößt in mich.

Als er mich ausfüllt, zieht sich mein Inneres sofort um ihn zusammen. Und als Evan auch noch mit einer Hand um meine Taille greift, um meinen Kitzler zu massieren, überquere ich den Gipfel. In diesem Moment kommt auch Evan zum Höhepunkt. Ich höre ihn ungehemmt stöhnen, und seine Stöße werden langsamer, gehen noch tiefer, während kribbelnde Energie durch meinen Unterleib strömt. Das süße Ziehen dringt bis in meine Nippel, die so hart sind, dass es beinahe schmerzt. Ich fühle mich eins mit ihm und kann nicht glauben, dass das wirklich gerade passiert. Evan und ich!

Noch gestern hätte ich ihn zum Teufel geschickt. Zum Glück hat sich zwischen uns alles aufgeklärt.

Nachdem wir wieder zu Atem gekommen sind, löst er sich aus mir und geht sofort zum Fenster, um den Vorhang zu schließen. Kurz darauf erstrahlt das Deckenlicht, sodass ich meine Augen zukneifen muss und unter die Decke schlüpfe. Jetzt, wo mich die Dunkelheit nicht mehr einhüllt, bin ich nicht ganz so mutig.

Evan offenbar auch nicht, denn er gesellt sich nicht zu mir, sondern verschwindet eine Entschuldigung murmelnd ins Badezimmer. Ich höre die Toilettenspülung, dann das Waschbecken, und kurze Zeit später steht er wieder im Zimmer, immer noch in T-Shirt und Shorts.

Er kratzt sich am Nacken, bevor er sich zu mir an die Bettkante setzt, um mich zu küssen. Sein Gesicht strahlt, auch wenn er offenbar versucht, ernst zu bleiben. Dann grinst er doch und kratzt sich am Kopf. »Ich hoffe, das ging dir jetzt nicht zu schnell.«

»Nein, ich wollte es schließlich so«, antworte ich und grinse ebenfalls.

Kann er nicht einfach zu mir unter die Decke kommen, um mit mir zu kuscheln?

Mein Wunsch wird leider nicht erhört, denn Evan bleibt weiterhin an meiner Seite sitzen und fragt: »Bist du schon müde?«

Nicht wirklich, möchte ich antworten, als er hinter vorgehaltener Hand gähnt.

Evan scheint müde zu sein – wobei ich glaube, dass die meisten Männer nach dem Sex sofort einschlafen könnten – und ich sage deshalb: »Ein bisschen.«

Eigentlich müsste ich nach dem Umzug erschöpft sein, aber durch mich pumpt immer noch zu viel Adrenalin wegen des aufregenden Tages.

»Wann musst du denn morgen raus?«, will er wissen.

»Ich fange erst um zehn an.« Ich darf nicht vergessen, mir den Handywecker zu stellen.

Er steht auf, geht auf die andere Seite und nimmt sich ein Kissen. »Ich leg mich unten hin, dann ... wecke ich dich nicht. Ich muss morgen nämlich schon früher raus.« Nachdem er auch noch die Überdecke an sich genommen hat, dreht er mir den Rücken zu und verlässt den Raum.

Was zum ...

Ich bin viel zu perplex, um ihm nachzulaufen und zu fragen, was das jetzt für eine Aktion war. Erst schläft er mit mir, wobei ich kaum etwas von ihm zu sehen bekomme, dann verschwindet er gleich im Badezimmer und lässt mich allein!

Ich schlucke hart und ziehe die Decke höher. Fuck! Hat er mir doch nur etwas vorgespielt?

Wut und Enttäuschung fressen sich wie Säure durch meinen Magen, sodass er sich verkrampft und mir speiübel wird. Mühsam unterdrücke ich meine Tränen und stehe erst Minuten später auf, um ins Badezimmer zu gehen. Ich dusche lange – denn dann sieht wenigstens niemand, dass ich heule –, bemitleide mich ganz schrecklich und fluche, weil ich keine Eiscreme da habe. Erst Frank, dann Evan ... Männer scheinen in mir lediglich ein Spielzeug zu sehen. Ich habe aber auch Gefühle!

Immer noch wütend, schlüpfe ich in ein T-Shirt und eine Jogginghose, die Evan in die Kiste gepackt hat, und krieche wieder ins Bett. Allerdings bin ich jetzt wirklich kein bisschen mehr müde.

Ich überlege, ob ich den Fernseher einschalten oder Alfie anrufen soll – immerhin hat er mir schon zwei Nachrichten geschrieben –, entscheide mich jedoch, mutig zu sein und Evan zur Rede zu stellen. Ich werde keine Minute länger hierbleiben, wenn er mich verarscht hat. Mir ist es im Moment auch egal, dass ich Alfie und Brandon bitten müsste, mich abzuholen, wo auch immer ich bin ...

Barfuß tapse ich zur Tür und öffne sie. Der Flur liegt im Dunkeln, deshalb lausche ich. Ob Evan überhaupt unten ist? Vielleicht ist er ja mit seinen Kumpels ausgegangen, um seinen Stich zu feiern.

Als ich ein Stöhnen höre, verkrampft sich mein Magen erneut. Er hat da unten doch keine Frau?

Jetzt reicht es, ich muss wissen, was mit dem Mann nicht stimmt!

Ich mache im Flur Licht und gehe die Treppe nach unten. Die Helligkeit dringt bis ins Wohnzimmer, sodass ich die Couch erkennen kann, auf der Evan liegt. Er wälzt sich zur Seite, wobei er fast von der schmalen Sitzfläche fällt und erneut dieses seltsame Stöhnen ausstößt. Erst als ich bei ihm stehe, erkenne ich, dass er schläft und offenbar einen Albtraum hat.

»Evan?«, wispere ich und streiche ihm vorsichtig über den Kopf. Seine Stirn ist feucht, und ich glaube auch seine Wimpern. »Wach auf.«

Er sagt etwas, das ich nicht verstehe, weil er so undeutlich spricht. Dabei atmet er schnell, panisch.

»Was ist denn nur geschehen, Evan?«, flüstere ich und streiche ihm erneut über das Haar.

»Ich bin kein Held mehr, Mila«, murmelt er, bevor er die Augen aufreißt und mich anstarrt.

»Alles wird wieder gut, Evan. Komm mit rauf.« Behutsam ziehe ich ihm die Decke weg, und er richtet sich auf.

»Habe ich geredet?«

»Hm.«

»Was habe ich gesagt?«

»Unverständliches Zeug.«

Er atmet lange aus und wirkt erleichtert. »Seit dem Unfall schlafe ich schlecht. Ich würde dich nur wecken.«

Schämt er sich wegen seiner Albträume? Hat er sich deshalb hier unten hingelegt? »Das ist mir egal«, sage ich und strecke die Hand aus. »Komm einfach mit rauf. Ich fühle mich schrecklich allein da oben.« Aufmunternd lächele ich ihn an, obwohl ich mich am liebsten hier unten zu ihm legen möchte. Nur leider ist kein Platz.

Zum Glück steht er auf und lässt sich von mir ins Schlafzimmer führen. Dort lösche ich das Licht und lege mich zu ihm unter die Decke.

»Ich muss noch meinen Wecker stellen«, sage ich leise.

Während ich ihm den Rücken zudrehe, um nach dem Handy auf dem Nachttisch zu tasten, kuschelt er sich von hinten an mich. So bleibt er liegen und rührt sich nicht, und ich traue mich nicht, mich zu bewegen, bis ich ihn ruhig atmen höre. Die ganze Nacht bleiben wir eng aneinandergeschmiegt liegen, und ich glaube, er hat keinen Albtraum mehr.

Was ist nur los mit dir, Evan? Wann wirst du mir sagen, was mit dir geschehen ist?

Kapitel 5 – Gerüchte und Tatsachen

Als ich am nächsten Morgen mit meinem Lieblingssong *Downtown* von Petula Clark geweckt werde, ist die andere Hälfte des Bettes leer. Helligkeit dringt durch einen schmalen Spalt im Vorhang, und ich brauche einen Moment, um zu verstehen, dass ich nicht in Franks Wohnung bin, sondern Evan neben mir gelegen hat. Ich habe seinen Wecker nicht gehört, falls er ihn überhaupt gestellt hat.

Ich luge zum kleinen Radio, das auf seinem Nachttisch steht und neben dem auch mein Handy liegt. Offenbar ist Evan vorher wach geworden. Vielleicht hat er doch nicht so gut geschlafen.

Sofort richte ich mich auf, sodass mir schwindelig wird. Ich bin bei Evan, und wir hatten Sex!

Grinsend lasse ich mich in die Kissen zurückfallen. Ich und Evan – un-fucking-fassbar!

Mein Grinsen erstirbt, als mir einfällt, wie ich ihn gestern auf der Couch vorgefunden habe. In der Mittagspause muss ich unbedingt Alfie ausquetschen, um zu erfahren, was mit diesem Mann los ist. Hoffentlich arbeitet er heute.

Bist du heute im Hot Pot?, tippe ich ins Handy und schicke ihm die Nachricht.

Keine zehn Sekunden später erhalte ich Antwort: *Bin da. Sehen wir uns mittags? Sterbe vor Neugier.*

Ich kann direkt sehen, wie nervös er ist und deshalb an seiner Kette mit dem kleinen Schutzengel-Anhänger spielt, den ihm Brandon geschenkt hat. *Komme vorbei, heb mir einen Triple-Choc-Cookie auf!*

***

Keine fünf Minuten später laufe ich fertig angezogen die Treppe hinunter, in der Hoffnung, Evan noch zu treffen, obwohl ich weiß, dass er früher anfangen muss. Leider ist das Haus verlassen. Aber auf dem Tisch finde ich einen Zettel, auf dem ein Schlüsselbund sowie ein Bleistift liegen. Ich ziehe das Blatt hervor und versuche, seine Schrift zu entziffern. Offenbar war er in Eile.

Liebe Mila,

bitte nimm die Schlüssel. Einer ist für die Haustür, die anderen für die Tür zur Garage und den Wagen.

Kaffee ist in der Kanne, Waffeln in der Mikrowelle.

Freue mich auf dich.

Bis später

Evan

Hier noch meine Handynummer …

Er hat mir einen Haustürschlüssel gegeben? Damit hätte ich jetzt nicht gerechnet. Und er überlässt mir sein Auto? Frank hätte mich nicht mal auf einem Parkplatz mit seiner alten Karre fahren lassen!

Evan überrascht mich immer wieder.

Ich bin schon ewig nicht mehr Auto gefahren und schon gar nicht mit so einem Riesenschlitten, weshalb es in der Garage stehen bleibt. Aber mein Herz erwärmt sich trotzdem, weil Evan mir tatsächlich seinen Wagen anvertrauen würde und er für mich darauf verzichtet hat.

Verdammt, ich weiß immer noch nicht genau, wo ich bin.

Während ich mir Kaffee eingieße und die kalten Fertigwaffeln aus der Mikrowelle hole, orte ich über das Navigations-Programm des Smartphones meinen Standort und kenne mich endlich aus. Zwei Straßen weiter war ich früher schon einmal, denn dort hat eine ehemalige Schulfreundin von mir gewohnt.

Ich zoome die Karte heran, um mir die Verkehrsanbindungen anzusehen. In der Nähe gibt es eine Bushaltestelle, von dort komme ich zur Subway und bin in einer halben Stunde in der Redaktion. Perfekt.

Nachdem ich eine Waffel verschlungen, mit Kaffee nachgespült und Evans Nummer gespeichert habe, schreibe ich unter seine Nachricht: *Freue mich auch auf dich. Bis heute Abend!* Dann mache ich mich auf den Weg.

***

Die wenigen Stunden bis zur Mittagspause sind heute zum Glück nicht allzu stressig, obwohl mein Chef wie immer Druck macht. Er schiebt Panik, dass nicht alle Artikel rechtzeitig fertig werden. Zum Glück muss ich meinen Text über die beiden Gewinner einer Tanz-Show nur noch einmal Korrektur lesen und zwei Interviewtermine ausmachen.

Zwischendurch chatte ich auf der Toilette und im Kopierraum heimlich mit Evan – weil mein Chef das während der Arbeitszeit nicht gerne sieht – und komme mir wie ein Schulmädchen vor. Wir sprechen nicht über gestern Nacht oder den Sex, eher über unseren Tag und dass er mit mir Autofahren üben möchte. Es würde mir tatsächlich gefallen, mit seinem großen Wagen die Straße am Rockaway Beach entlangzucruisen – aber nur, wenn er dabei ist. Evan gibt mir Sicherheit.

Er musste einen Stapel Behördenkram erledigen und hat gleich einen Termin auf der Polizeiwache. Ein Beamter möchte noch seine Aussage aufnehmen. Wenn er seinen Wagen dabei gehabt hätte, hätte er mich abgeholt.

Komme mit den Öffentlichen, schreibe ich ihm. *Bin schon ein großes Mädchen.*

Ja, das bist du, antwortet er und schickt einen Zwinker-Smiley mit.

Ich glaube, ich habe mich in ihn verliebt.

***

Während der Mittagspause mache ich mich auf den Weg, um Alfie in dem kleinen Coffee-Shop um die Ecke zu besuchen. Die Sonne knallt auf die Straße und bringt den Teer zum Kochen. Die Hitze steht zwischen den Häusern; jeder versucht schnell wieder nach drinnen zu kommen.

Ich trage meine langen Jeans, weil mir Evan keine Kleider oder Shorts eingepackt hat, und bin froh, als ich den klimatisierten Laden betrete. Leider waren meine luftigen Sachen noch in anderen Kisten verstaut; Evan hat sie wohl nicht gefunden. Ich brauche sie jedoch dringend, sonst gehe ich ein.

Immer wenn ich das Hot Pot betrete, fühle ich mich ein halbes Jahrhundert zurückversetzt. Ich liebe die Einrichtung im Stil der Sixties, die roten Polsterbänke, die runden Formen der Möbel und Lampen, die bunten Farben. Alfie trägt heute ein langärmliges Hemd in Pink und steht hinter der Theke am Kaffeeautomaten. Als sein Blick auf mich fällt, winkt er mich gleich zu sich.

Grinsend setze ich mich auf einen Barhocker, der Ähnlichkeit mit einer Sanduhr hat, beuge mich zu Alfie und gebe ihm zwei Küsschen auf die Wange.

»Endlich«, sagt er und stellt mir meinen Lieblings-Schokoladen-Cookie und einen Milchkaffee hin. »Ich dachte schon, du kommst nicht.« Nervös zupft er an seiner Kette, wobei er erwartungsvoll die Brauen hebt. »Jetzt erzähl schon!«

Ich lache. »Zuerst brauche ich Zucker.«

Während ich den leckeren Cookie verdrücke, bringt Alfie einer Gruppe Männer in Anzügen Sandwiches. Viele Leute kommen in der Mittagspause in das Café; es ist immer gut besucht. Als Alfie zu mir zurückeilt, bittet er Trixie, eine ältere Mitarbeiterin, die auch schon ewig hier arbeitet, kurz seine Kunden zu übernehmen.

»Eigentlich wollte ich ja Informationen von dir«, erkläre ich, nachdem ich meinen letzten Bissen mit einem großen Schluck Kaffee heruntergespült habe. »Was wolltest du mir gestern am Telefon nicht sagen?«

Er verdreht die Augen. »Weil ich wieder meinen Mund nicht halten konnte.«

»Bitte, ich hab nicht so viel Zeit. Wenn du also auch noch meine Neuigkeiten …«

»Okay, okay, du Erpresserin.« Er beugt sich zu mir und blickt mich verschwörerisch an. »Du weißt, wie ich Brandon kennengelernt habe?«

»Klar.« Ich kann mich noch sehr gut erinnern, wie glücklich Alfie war, als er sich in seinen Arzt verliebt hat und diese Liebe erwidert wurde. Brandon ist der Hautspezialist im Krankenhaus, und viele verzweifelte Patienten wenden sich an ihn. Alfies weiße Flecken sind harmlos; seine Haut bildet einfach keine Pigmente mehr. Für viele Menschen ist genau das jedoch eine große psychische Belastung. Alfie ging es sehr schlecht deswegen, sein halber Körper ist davon betroffen. Er dachte, er findet nie einen Mann, der ihn mit diesem Makel liebt, bis er Brandon begegnete. Bei den beiden war es quasi Liebe auf den ersten Blick. »Warum fragst du mich das?«

Nach kurzem Zögern sagt er: »Brandon ist auch Evans Arzt.«

»Und?« Gebannt halte ich die Luft an. Nach letzter Nacht und Evans seltsamem Verhalten beim Sex habe ich eine Vermutung, hoffe jedoch, dass sie sich nicht bestätigt.

»Du weißt, dass ich dir nichts sagen darf. Brandon hat sich nur mir anvertraut, als die Presse versucht hat, ihn auszuquetschen. Das hat ihn damals ziemlich mitgenommen.«

»Das tut mir leid.« Ich weiß, wie diese Geier sind, und möchte niemals wie sie werden.

»Dafür kannst du doch nichts, Süße.«

»Sag Brandon danke von mir, dass er unnachgiebig geblieben ist. Evan leidet immer noch sehr unter dem Unfall.«

Alfie nickt. »Das glaube ich dir. Er soll so schwer verletzt gewesen sein, dass er …« Als er plötzlich wegsieht und so tut, als hätte ein Kunde nach ihm gewunken, könnte ich ihn erwürgen.

»Also entweder du rückst endlich mit der Sprache raus, oder du hörst auf, mich anzufixen!«

Er beugt sich näher zu mir und senkt die Stimme. »Ich erzähle dir das nur, weil du meine allerbeste Freundin bist und ich dir vertrauen kann.«

»Ich werde bestimmt nichts weitergeben. Ich schwöre es dir hoch und heilig, auf unsere Freundschaft.«

Erneut spielt er an dem Engel-Anhänger und sagt erst Sekunden später: »Seine Verletzungen waren so schlimm, dass er seitdem nicht mehr … kann. Also im Bett.«

»Oh.« Nachdem ich einige Sekunden geschwiegen habe,

schüttele ich den Kopf. »Du musst falsch informiert sein. Er kann. Glaub mir.« Und wie er kann.

»Was?«, ruft er, sodass sich die Kunden zu ihm drehen. Zum Glück flüstert er, als er mich fragt: »Ihr habt miteinander geschlafen? Warum hast du mir nichts erzählt?«

Ich höre kaum noch, was Alfie sagt, denn schlagartig wird mir so vieles klar. Warum Evan kein Licht gemacht, sich nicht ausgezogen und mich von hinten genommen hat. Oh Gott ... Plötzlich habe ich Bilder von Brandopfern vor Augen. Grässlich entstellte Menschen mit schwersten Verbrennungen.

Nein, Evan ist sicher nicht so schlimm verletzt. Er hat Narben auf seinen Armen, wahrscheinlich ähnliche auf seinem Bauch oder ... Unterleib. Schämt er sich dafür?

Ich habe damals beim Shooting bemerkt, wie gerne er seinen Traumkörper präsentiert. Für einen eitlen Mann, der so viel Wert auf sein Äußeres legt, ist es sicher schrecklich, keinen makellosen Körper mehr zu haben. Verdammt, und ich dumme Kuh habe auch noch betont, wie attraktiv ich ihn finde! Meine Worte hallen durch meinen Kopf: Welche Frau fährt nicht auf durchtrainierte, perfekte Männerkörper ab?

Scheiße ...

»Mila!« Als Alfie meine Hand drückt, komme ich wieder zu mir. »Was ist passiert? Hat dir der Kerl wehgetan?«

»Nein, ich habe ihm wehgetan«, murmele ich erstickt. Dann bricht alles aus mir hervor, und ich erzähle Alfie, was sich zwischen mir und Evan zugetragen hat.

»Süße«, sagt er mit einem traurigen Lächeln. »Du erwischst aber auch immer die komplizierten Typen.«

»Ich muss ihm unbedingt sagen, dass es mir unwichtig ist, wie er aussieht.«

»Ernsthaft?« Alfie wirft mir einen skeptischen Blick zu und lächelt schelmisch.

»Du weißt, wie ich das meine.« Ich trinke den letzten Schluck aus dem Becher und sehe auf die Uhr meines Handys. Ich sollte zurück in die Redaktion, doch ich habe immer noch Fragen an Alfie. »Ich muss wissen, was Evan passiert ist. Hast du Informationen über den Unfall?«

»Leider weiß ich nicht mehr als das, was in der Zeitung stand. Dass ein brennendes Gebäude über ihm eingestürzt ist und er daran schuld sein soll.«

»Das belastet ihn auch sehr.«

»Ich könnte aber Brandon fragen.«

»Nein, lass nur, ich werde Evan selbst fragen. Ich will es von ihm hören.«

Als plötzlich mein Telefon auf der Theke vibriert und Evans Name aufleuchtet, nehme ich es sofort in die Hand, um seine Nachricht zu lesen.

Hi Mila, ich war gerade bei der Polizei, um meine Aussage zu machen. Leider gibt es bisher keine Erkenntnisse über den Täter. Sie möchten dich aber auch befragen. Du sollst heute noch vorbeikommen.

Darauf habe ich überhaupt keine Lust.

Evan teilt mir die Adresse mit und bietet mir an, mich nach der Arbeit abzuholen und hinzufahren. Dieses Angebot nehme ich jetzt doch gerne an, denn ich möchte nicht allein zur Polizei.

»Ist ja ein wahrer Gentleman, dein Evan«, sagt Alfie schmunzelnd. Er hat natürlich mitgelesen.

»Mal sehen. Am Anfang geben sie sich ja alle noch Mühe.«

Wohlig seufzend wickelt Alfie den Finger um seine Kette. »Brandon ist immer noch zuvorkommend wie am ersten Tag.«

»Du hast aber auch Glück mit ihm.« Was die beiden haben, haben nicht viele. Ich freue mich sehr für meinen Freund.

»Ich wünsche dir, dass du das auch einmal findest, Süße. Vielleicht schon mit deinem Feuerwehrmann?«

»Wenn er mich heute abholt, werde ich ihn im Auto ausquetschen. Dort kann er nicht Reißaus nehmen.«

»Du böses Ding du«, säuselt er theatralisch und macht eine affektierte Handbewegung. »Halte mich bloß auf dem Laufenden!«

»Mach ich«, verspreche ich, gebe ihm ein Küsschen zum Abschied und trete voller Tatendrang hinaus in die Hitze.

***

Am späten Nachmittag hat mich Evan pünktlich vor der Redaktion abgeholt und ist mit mir zur Polizeiwache gefahren. Dort habe ich meine Aussage gemacht, was zum Glück schnell ging, und Evan hat mich bei sich zu Hause abgesetzt. Er muss noch zum Baumarkt, Farbe kaufen. Im Gesicht und auf seiner Kleidung – T-Shirt und Bermuda-Shorts – hat er Farbspritzer, weil er nach der Arbeit begonnen hat, die Küche zu streichen. Er sieht so unglaublich süß aus, einfach zum Anbeißen.

Evan wirkte während der Fahrt glücklich und hat mich gefragt, was ich davon halte, wenn er die Wand mit der Durchreiche einreißt und stattdessen eine Theke mit Barhockern als Raumteiler integriert. Der Gedanke kam ihm während des Streichens.

Ich finde die Idee toll, und auch, dass er mich in seine Überlegungen einbezieht. Er wirkte derart euphorisch, dass ich es nicht über mich gebracht habe, das heikle Thema »Unfall« anzuschneiden. Außerdem habe ich völlig vergessen ihn zu fragen, ob wir noch bei mir vorbeifahren und Kleidung holen könnten. Ich vermisse langsam meinen Rasierer und diverse andere Hygieneartikel.

Nun warte ich bei ihm zu Hause, bis er zurückkommt. Ich wollte unter die Dusche springen, aber meine Neugier ist größer. Ich habe mich daran erinnert, im Durchgang zwischen Garage und Küche Kartons gesehen zu haben, und wenn ich mich nicht irre, lagen in einem Zeitungen und Briefe. Ob ich dort etwas zum Unfallhergang finde?

Ich will wirklich nicht schnüffeln, aber wenn dort alles so offen herumliegt, möchte ich doch zumindest einen Blick darauf werfen. Vermutlich habe ich auch genug Zeit, bis Evan vom Baumarkt zurück ist. Außerdem höre ich ihn bestimmt, denn die Garage liegt gleich daneben.

Ich stelle meine Handtasche auf den Tisch im Wohnzimmer und gehe durch die Küche. Die Plane knistert unter meinen Schuhen, und es riecht nach Farbe. Evan hat sich für ein zartes Gelb entschieden, und ich bin wirklich gespannt, wie er die Küche einrichten wird. Auf jeden Fall hat er einen guten Geschmack und ein Händchen für solche Dinge.

Im Durchgang stoße ich sofort auf die Kartons und nehme die erste Zeitung, die obenauf liegt. Es ist die *Queens Times*, und Evans Gesicht ziert die Titelseite. *Held von Queens schwer verletzt*, steht dort, und ich überfliege schnell den Artikel. Leider erfahre ich nichts Neues. Weder was genau geschehen ist, noch welcher Art seine Verletzungen waren.

Weitere Zeitungen berichten Ähnliches, dann folgen ältere Ausgaben, in denen über seine Rettungsmissionen berichtet wird: Evan Cooper befreit zwei Kleinkinder aus brennendem Dachgeschoss, das kurze Zeit später einstürzt ... Star der Feuerwache bewahrt Hund vor dem Ertrinken und springt selbst haarscharf dem Tod von der Schippe ... Firefighter schneidet eingeklemmte Frau aus loderndem Wagen ...

Himmel, was für ein Draufgänger! Hat ihn die Sucht nach Anerkennung zu solchen Taten getrieben, war er lebensmüde oder wirklich Feuerwehrmann mit Leib und Seele? Vermutlich Letzteres, wenn ich an sein großes Herz denke. Er ist ein guter Mensch.

Ich halte die Luft an, als ich am Boden der Kiste Unterlagen vom Krankenhaus finde. Bezahlte Rechnungen von seinen Behandlungen und ... Operationen!

Mein Herz rast so stark, dass mir das Blut in den Ohren rauscht. Ob diese Dokumente mir Aufschluss über seine Wunden geben können? Will ich wirklich nachsehen?

Ich kann nicht. Es kommt mir falsch vor, so tief in Evans Privatleben zu wühlen, dass ich die Rechnungen ungesehen zurücklege und die Zeitungen wieder darauf staple.

»Mila?« Als ich plötzlich hinter mir seine Stimme höre, zucke ich zusammen und fahre herum.

»Evan!« Er steht an der Küchentür und blickt mich fassungslos an. »Was machst du schon hier?«

»Hatte meinen Notizzettel vergessen.«

Shit, er hat bestimmt vor dem Haus geparkt, deshalb habe ich ihn nicht gehört.

Sein Gesicht verfinstert sich. »Die Frage lautet eher: Was machst *du* hier?«

»Herausfinden, was mit dir nicht stimmt.« Er hat mich auf frischer Tat ertappt, also will ich nichts leugnen. Das hätte ohnehin keinen Zweck.

Sein Blick wird immer dunkler; seine Brauen schieben sich zusammen. In der Hand hält er einen Zettel, den er nun in der Faust zusammenknüllt. »Bist du auf der Suche nach einer Story?«

Seine Stimme klingt scharf, und seine Worte schneiden in meine Brust. »Nein! Ich will dich einfach nur verstehen.«

Als er mich weiterhin anstarrt, ohne etwas zu erwidern, sage ich: »Ich habe mir nur die Zeitungen angesehen.«

»Und? Fündig geworden?«, knurrt er.

Mir geht es plötzlich sehr schlecht. In meinem Magen hat sich ein riesiger Klumpen gebildet, und mein Hals ist wie zugeschnürt. Warum war ich nur so unvorsichtig? Ich habe alles kaputt gemacht! Evan sieht so wütend aus, dass ich beinahe Angst vor ihm bekomme.

»Du verschweigst mir etwas, Evan«, fahre ich behutsam fort. »Ich kann nicht mit einem Mann zusammen sein, der nicht ehrlich zu mir ist.«

»Und ich kann nicht mit einer Frau zusammen sein, die nur auf der Suche nach einer Story ist!« Er dreht sich resolut um und marschiert zurück in die Küche.

Meine Beine wollen mich kaum noch tragen, dennoch folge ich ihm. Er steht mitten im Raum, wendet mir den Rücken zu und lässt den Kopf hängen.

Verdammt, ich will nicht, dass es auf diese Weise zwischen uns endet!

»Ich wollte dich weder hintergehen noch verletzen, Evan. Und schon gar nicht bin ich auf der Suche nach einer Story.« Ich schlucke hart und versuche, ruhig zu bleiben. »Ich will dich doch nur verstehen! Was ist los mit dir?«

»Du willst wirklich wissen, was mit mir los ist?« Er wirbelt herum, und Zorn funkelt in seinen grauen Augen. »DAS ist los!« Er zerrt sich sein Shirt über den Kopf, wirft es auf den Boden und starrt mich mit vor Wut verzerrtem Gesicht an.

Ich war darauf vorbereitet, dass er am Bauch Verletzungen hat, aber nicht auf den Anblick. Dabei ist es zum Glück nicht schlimmer, als in meinen Vorstellungen, aber schlimm genug.

Ich unterdrücke den Wunsch, mir die Hand vor den Mund zu schlagen, und betrachte von der anderen Seite des Raumes möglichst gefasst das Geflecht an rötlichen und bereits verblassenden Narben um seinen Nabel. Offenbar hat Evan mehrere Hauttransplantationen bekommen, denn die streifenartigen Areale sind durch die Narben optisch abgegrenzt. Dennoch ist alles gut verheilt. Aber auch auf seiner Brust hat er ähnliche verheilte Wunden wie an den Armen.

Ich weiß nicht, was ich sagen soll, weil ich das Gefühl habe, dass alles falsch sein könnte, was meinen Mund verlassen wird. Keinesfalls will ich Evan noch mehr verletzen.

Er schnaubt abfällig. »Ich wollte nicht, dass du mich so siehst, nachdem du gesagt hast, dass dir mein Körper gefällt. Nun sieh mich an! Ich habe nichts mehr, nicht einmal mehr mein gutes Aussehen!«

Dummer, eitler Mann, denke ich, beiße mir jedoch auf die Zunge, um das nicht auszusprechen. Ich kann nachfühlen, wie schwer all das für jemanden sein muss, der immer Wert auf sein Äußeres gelegt hat. Nicht umsonst hat er sich für den Kalender ablichten lassen. Ich habe gemerkt, wie stolz er auf seinen Body ist.

»Ich geh jetzt duschen«, knurrt er. »Wenn du dann weg bist, kann ich das verstehen.«

Er dreht sich um und verschwindet durch die Tür ins Wohnzimmer.

Verdammt noch mal! Ich wollte nicht, dass es zwischen uns eskaliert. Aber jetzt weiß ich wenigstens endlich, warum er sich mir gegenüber so seltsam verhalten hat und weshalb er nicht zum Shooting kommen wird. Doch wieso zum Henker glaubt er, dass ich ihn jetzt verlassen werde?

Ich trete ins Wohnzimmer, aber Evan ist nicht dort. Ein Blick aus dem Fenster zeigt mir, dass sein Auto auch noch in der Auffahrt steht und er nicht darin sitzt. Also ist er tatsächlich nach oben gegangen?

Ich erklimme die Stufen und höre das Rauschen der

Dusche bereits im Flur, denn die Tür zum Schlafzimmer steht offen.

Soll ich warten, bis er aus dem Bad kommt?

Nein, ich werde zu ihm reingehen und ihm zeigen, wie viel er mir bedeutet und wie egal es mir ist, dass er keinen perfekten Körper hat. Ich meine – wer hat den schon? Außerdem wollte ich ohnehin duschen, also kann ich gleich alles in einem Aufwasch erledigen. Daher schlüpfe ich schnell aus meiner Kleidung, werfe sie auf die Polsterbank der Fensternische und öffne vorsichtig die Badezimmertür.

Evan steht in der Duschkabine, mir den Rücken zugewandt, und stützt beide Hände an der Wand ab. Er lässt den Kopf hängen und sich vom Wasser berieseln. Es läuft über sein Haar und den tätowierten Rücken bis über seinen knackigen Hintern.

Mein Herz zieht sich bei seinem Anblick zusammen.

Als ich die Glastür öffne, zuckt er zusammen und wirft einen erschrockenen Blick über die Schulter. »Mila!« Hastig wendet er wieder den Kopf ab. »Sieh mich nicht an!«

Ich sage nichts, sondern schmiege mich von hinten an ihn. Ich lege meine Wange zwischen seine Schulterblätter, wobei es mir egal ist, dass Wasser über mein Gesicht läuft, und schlinge die Arme um seinen Oberkörper.

Er lässt es zu, und daher bleibe ich einfach mit ihm unter der Dusche stehen. Ich höre, wie schwer er atmet, und bemerke seine Anspannung, aber er stößt mich nicht weg.

Deshalb werde ich wagemutiger und küsse seinen Rücken. »Ich wollte schon immer dein Tattoo genau ansehen«, sage ich und fahre mit dem Zeigefinger das flammenartige Tribal nach, während ich meine andere Hand weiterhin auf seinem Bauch liegen habe. »Es muss ja ewig gedauert haben, bis es fertig war.«

»Du musst nicht nett zu mir sein, wenn du es nicht ehrlich meinst«, knurrt er und dreht sich endlich um. Immer noch sieht er wütend und verletzt aus.

Ich versuche, meinen Blick über seiner Gürtellinie zu halten, schaffe es jedoch nicht.

Oh Gott, unterhalb seines Bauchnabels sieht es noch schlimmer aus, ein Geflecht aus Narben und transplantierter Haut. Und nun erkenne ich auch, woher die Transplantate kommen, denn zwischen seinen Oberschenkeln hat er ebenfalls Narben. Daher auch die langen Shorts ...

»Hast du das Monster nun genug begafft?«, grollt er.

Jetzt kann ich nicht mehr ruhig bleiben. »Du machst mich langsam echt wütend, Evan! Wieso denkst du so schlecht von mir?«

»Keiner will das, keine Frau ... Niemand!« Er deutet auf die Narben und auf seinen Penis, an dem offenbar die Vorhaut entfernt wurde. Auch dort erkenne ich Narben. »Ich bin ein Monster!«

»Denkst du, es geht mir nur um dein Aussehen?«

Er atmet weiterhin schwer, antwortet jedoch gefasster: »Kam so rüber.«

Zärtlich streiche ich über seine feuchte Wange und die Bartstoppeln. »Ich mag den Mann, der du geworden bist oder vielleicht auch schon immer warst. Eine hübsche Hülle ist nicht so wichtig wie ein hübsches Inneres.«

Die Anspannung fällt sichtlich von ihm ab, seine Gesichtszüge werden weicher, und er atmet lange aus. »Du könntest damit leben?«

Am liebsten möchte ich die Augen verdrehen, ich kann mich jedoch gerade noch beherrschen. Dank Alfies Geschichte weiß ich, wie sensibel Männer sind. Viel verletzlicher als Frauen. »Der Einzige, der damit leben muss, bist du«, sage ich sanft. »Aber ich stehe dir gerne zur Seite und unterstütze dich, wo ich kann.«

»Warum?«, fragt er leise.

»Weil du ein guter Mensch bist, Evan, und ich mit dir zusammen sein möchte. Ich will dich besser kennenlernen.«

»Was?« Ungläubig starrt er mich an und fasst an meine Schultern. Zum ersten Mal, seit ich mit ihm unter der Dusche stehe, schweift sein Blick über meinen nackten Körper. Dann lächelt er und zieht mich fest an sich.

Seufzend lehne ich mich an seine Schulter und schmiege mich an ihn. Ich genieße seine Nähe, seine Wärme, die beginnende Erektion, die gegen meinen Unterleib stupst … alles an ihm. Erneut stehen wir eine Weile eng beieinander und halten uns einfach fest, bis er murmelt: »Ich will dir alles erzählen.«

Schwerfällig löse ich mich von ihm und stelle das Wasser ab. »Lass uns im Bett weiterreden, bevor uns Schwimmhäute wachsen.«

Ich hole ein großes Handtuch, mit dem ich Evan abreibe. Als ich vorsichtig über seinen Bauch tupfe, nimmt er es mir aus der Hand und sagt: »Es tut nicht mehr weh.« Er rubbelt sich schnell trocken, dann wickelt er mich in dem Tuch ein und hebt mich hoch.

»Evan!« Vor Überraschung kreische ich auf und klammere mich an seinen Schultern fest.

Er trägt mich auf seinen Armen ins Schlafzimmer, legt mich auf dem Bett ab und schließt die Vorhänge. Danach macht er das kleine Licht am Nachttisch an.

Ich betrachte ihn unverhohlen, während er vor dem Bett steht und ich mich aus dem feuchten Handtuch schäle. Er wirkt auf mich wie ein in seinem Stolz verletzter Krieger. Stark, aber mit einer wunden Seele.

»Ich habe nicht gedacht, dass mich noch eine Frau will«, raunt er.

»Wie kannst du so was denken, du dummer Kerl?« Ich werfe das Handtuch auf ihn, und er fängt es schmunzelnd auf, um es ins Bad zurückzutragen.

Anschließend schlüpft er zu mir unter die Decke und sieht mich ernst an. »Thea hat mich kurz nach dem Unfall verlassen. Sie hat quasi im Krankenhaus mit mir Schluss gemacht.«

»Warum?«

»Sie hat sich vor mir geekelt.«

»Was für eine Bitch«, murmele ich, woraufhin ich von ihm ein weiteres Lächeln ernte.

»Ja, das war sie.« Er kratzt sich am Kopf und starrt zur Decke. »Dabei hätte ich wirklich jemanden zum Reden gebraucht. Außer meinem Therapeuten und Dr. Livingston hatte ich niemanden.«

Er meint Brandon. Ob ich ihm sagen soll, dass ich seinen Arzt kenne?

Nicht jetzt. Nun soll er sich alles von der Seele reden.

»Meine Mutter wollte ich auch nicht belasten. Sie war ohnehin völlig außer sich, als sie von meinem Unfall erfahren hat, und meine Kollegen sollten auch nicht ...« Er räuspert sich und wirft mir einen kurzen Blick zu. »Nach der Operation habe ich keinen mehr hochbekommen. Zuerst wegen der Wunden, danach ...« Er zuckt mit den Schultern. »Ich hatte Depressionen und fühlte mich nicht mehr wie ein richtiger Mann.«

Also das hatte Alfie dann wohl gemeint; Evans Probleme waren aber offenbar eher psychischer Natur, denn es scheint ja noch alles zu funktionieren.

Am liebsten möchte ich ihn in meine Arme ziehen, aber ich habe Angst, dass er dann nicht mehr weiterredet. Der einstige

Frauenschwarm und Held der Menschen in Queens fühlte sich plötzlich nutzlos. Sein Handicap hat ihm so vieles genommen, und sein Stolz war in vielerlei Hinsicht verletzt und ist es noch. Daher strecke ich ihm nur meine Hand hin, und er nimmt sie in seine.

»Ich hatte seitdem keine Frau mehr«, sagt er. »Aber als ich dich wiedergesehen habe, hat sich der miese kleine Nichtsnutz auf einmal geregt. Nach so langer Zeit.«

Vorsichtig rücke ich näher und kuschele mich in seine Armbeuge. »Er weiß halt, wer ihm guttut.«

»Deswegen war ich so euphorisch, dass ich nicht nachgedacht und dich einfach gefragt habe, ob du mit mir zusammen sein willst. Aber als wir dann ...« Leise räuspert er sich. »Ich habe mich einfach nicht getraut, es dir zu sagen, aus Angst, dass du mich ...«

»Dass ich dich verstoße wie Thea?«

»Hm.«

Ich lege einen Arm um seine Brust und schmiege mich an ihn. »Scheint so, als müsstest du mich noch sehr viel besser kennenlernen.«

»Unbedingt«, raunt er und küsst meine Stirn.

Als ich zu ihm aufblicke, sieht er mich intensiv an. Dankbarkeit flackert in seinen Pupillen auf, aber auch Lust. Dieser Mann hatte seit Monaten keinen Sex mehr, von unserem gestrigen Erlebnis abgesehen. Er dachte, er könnte nie wieder bei einer Frau liegen, daher weiß ich genau, was er jetzt möchte. Ich will es auch, doch zuvor habe ich noch eine wichtige Frage. »Was ist denn nun wirklich passiert in diesem Gebäude?«

»Ich wurde unter einem Trümmerhaufen und zwei Balken begraben. Einer davon brannte, obwohl ich ihn nicht präpariert hatte, und er lag genau über meinem Unterleib. Zum

Glück trug ich die volle Schutzausrüstung und den Helm, denn ich hatte einen heftigen Schlag auf den Kopf bekommen und war wohl auch kurze Zeit bewusstlos. Meine Kollegen haben später gesagt, es sei ein Wunder, dass ich den Einsturz überlebt habe. Das habe ich aber auch nur meinen Männern zu verdanken. Sie haben keinen Moment gezögert, sind unter die Trümmer gekrochen und haben mich rausgeholt. Jacob Mason war als Erster bei mir und konnte den brennenden Balken weghebeln, aber es war schon zu viel Zeit verstrichen. Der Anzug hält fünf Minuten lang 250 Grad aus oder zehn Sekunden lang 800 Grad Celsius. Obwohl das Feuer schnell gelöscht war, kam es mir wie eine Unendlichkeit vor.«

Es muss für Evan schrecklich gewesen sein, unter einer brennenden Last zu liegen und darauf zu warten, bei lebendigem Leib gegrillt zu werden. Kein Wunder, dass er immer noch Albträume hat. So gerne würde ich ihm einen Teil seines Ballastes abnehmen.

»Dann muss ich mich wohl bei Mr Mason bedanken«, sage ich, bevor ich mich seitlich auf Evan lege, um ihn zu küssen.

Er packt mich an den Hüften und zieht mich ganz auf seinen Körper. »Mason sonnt sich immer noch in seinem Ruhm. Er führt meinen Zug an, solange ich hinter dem Schreibtisch sitze. Er wird nicht erfreut sein, wenn ich zurückkomme.«

»Jetzt kommst du erst mal in mir«, raune ich und lecke lasziv über seine Lippen.

Ich erkenne mich kaum wieder, doch es macht mich an, diesen starken Kerl unter mir liegen zu haben und zu wissen, dass er ewig auf Sex verzichten musste. Ich will ihn so heiß machen, dass er vor Erregung nicht weiß, was mit ihm geschieht.

»Hör auf, auf diese Weise mit mir zu reden, oder ich ficke

dich die ganze Nacht, sodass du morgen nicht mehr laufen kannst.«

»Deal?« Unschuldig blicke ich ihn an, und wir müssen beide lachen.

Ich rutsche ein Stück nach unten und hocke nun genau auf seiner Erektion. Sie schmiegt sich zwischen meine Schamlippen, und ich bewege mich sanft vor und zurück, um sie mit meiner Creme zu benetzen. Ich bin sicher genauso scharf auf ihn wie er auf mich, doch ich will nicht, dass es zu schnell geht. Evan soll es genießen.

Nachdem wir uns gierig geküsst haben, rutsche ich noch tiefer, um über seine Brustwarzen zu lecken.

Evan stopft sich ein Kissen unter den Kopf und sieht mir zu, während ich mich küssend tiefer vorarbeite. Mit Fingern, Lippen und Zunge erforsche ich seinen Bauch. Ob er meine Berührungen fühlen kann? Ich kenne mich mit solchen Verletzungen nicht aus. Aber offenbar spürt er sehr wohl etwas, denn er stöhnt leise, und seine Atmung beschleunigt sich.

Evan beobachtet mich genau, wie ein lauerndes Raubtier. Lust flackert in seinen Augen auf, aber auch Angst. Befürchtet er, dass ich aufspringe und davonlaufe? Das werde ich sicher nicht tun.

Als ich zwischen seinen Beinen knie, drücke ich seine Schenkel auseinander und küsse auch dort seine Narben. Evans Penis zuckt, und ein klarer Tropfen perlt aus der Eichel. Ich umfasse die Wurzel seiner Erektion mit Daumen und Zeigefinger, dann lecke ich den Tropfen auf.

Evan wirft stöhnend den Kopf zurück und wispert meinen Namen. Er hält nun die Augen geschlossen, aber ich will ihn ansehen. Seine Narben machen mir keine Angst, und sie stoßen mich auch nicht ab. Mit der Zunge fahre ich über die zerstörte Haut an seinem Penis. Sie spannt sich straff um seinen

Schaft, als wäre sie zu eng. Seine pralle Eichel glänzt purpurn, und ich muss sie zwischen die Lippen saugen.

»Mila ...«, stöhnt er und hebt den Kopf.

Sofort lockere ich den Griff. »Hast du Schmerzen?«

»Also ich war ... lange nicht mehr so hart. Die Narben ...« Seine Wangen röten sich. »Ich habe eine Creme bekommen, die ich täglich einmassieren muss, doch er wollte nie richtig steif werden. Ich konnte ni...«

Ich setzte mich auf und drücke ihm den Zeigefinger auf die Lippen. »Wo ist die Creme?«

»In meinem Nachttisch«, raunt er. »Ist rein pflanzlich.«

Ich hole die Tube heraus, gebe etwas von dem vaselineartigen Inhalt auf meine Finger und warte, bis er sich erwärmt hat. Danach verreibe ich alles auf Evans Penis und massiere ihn kräftig.

»Wenn ich doch schon eher meine private Krankenschwester gehabt hätte«, murmelt er, verdreht die Augen und legt den Kopf zurück auf das Kissen. Danach zieht er die Beine an und krallt die Finger ins Laken. »Ich komme gleich.«

»Danke für die Warnung«, sage ich süffisant, küsse noch einmal seine glänzende Spitze und widme mich seinen Hoden. Ich küsse auch sie, lecke darüber und vergrabe meine Nase unter dem Hautsack. Wie gut Evan dort duftet, männlich, herb und erregend.

»Jetzt ist Schluss«, knurrt er, setzt sich auf und dreht mich auf den Rücken. »Genug gespielt.«

Er holt ein Kondom aus dem Nachttisch, und ehe ich michs versehe, liegt er auf mir. Gierig saugt er meine harten Knospen zwischen die Lippen, sodass elektrisierende Impulse von meinen Brüsten durch meinen Körper rasen. Mit neckenden Bissen arbeitet er sich tiefer vor, drückt meine Beine auseinander und versenkt die Zunge in mir. Hart leckt er mich aus, sodass mir schwindelig vor Erregung wird und mein Kitzler gegen seine Zunge hämmert. Er nimmt seine Finger dazu und quält mich lustvoll, bis ich nur noch Sternchen sehe. Mein Schoß glüht, mein Inneres bettelt darum, ihn zu spüren.

Endlich zieht er sich das Kondom über, packt mich an den Hüften und versenkt sich mit einem Stoß tief in mir.

Oh verdammt, warum fühlt sich das so gut an?

Nun bin ich diejenige, die hilflos stöhnend den Kopf zurückwirft und sich Evan entgegendrückt. Während er mich mit einer Hand seitlich an einer Pobacke hält, fährt er immer wieder in mich, dehnt mich und füllt mich aus. Mit der anderen Hand knetet er meine Brüste oder reibt mit dem Daumen über meine Klit.

»Evan«, wimmere ich hilflos und fasse in seinen Nacken, um ihn an mich zu ziehen. Ich will ihn auf mir spüren, sein Gewicht fühlen.

Ich kralle die Finger in seinen Rücken und nehme die Beine weit auseinander, damit ich alles noch intensiver erleben kann. Evan stößt so tief in mich, dass sich einer dieser seltenen inneren Orgasmen ankündigt, die mich jedes Mal in andere Sphären tragen. Ich verkrampfe mich um seine Erektion, als wollte ich sie nicht mehr hergeben, bevor mein Innerstes von lustvollen Krämpfen gepackt wird. Während ich hemmungslos stöhne und mich von der elektrisierenden Welle wegtragen lasse, erreicht auch Evan den Höhepunkt. Seine Stöße werden langsamer, und seine Muskeln am Hals spannen sich an. Im Moment der völligen Ekstase wirkt er auf mich so attraktiv wie nie zuvor. Er ist mein starker Krieger, ein Held mit einer tragischen Geschichte. Mein Herz blutet, wenn ich ihn ansehe, und zur selben Zeit schlägt es hart vor Zuneigung. Ich will diesem Mann zeigen, dass er begehrenswert und liebenswert ist.

Jahrelang hat er sein Leben für andere riskiert, jetzt möchte ich ihm sein Leben und seine Leichtigkeit zurückgeben.

Schwer atmend hält er über mir inne, die Augen geschlossen. Als er sie Sekunden später öffnet, sind seine Wimpern feucht. Doch er lächelt, und ich lächle zurück.

Und diesmal verschwindet er nicht, sondern wir gehen zusammen ins Badezimmer, machen uns für die Nacht fertig und sehen uns eng aneinandergekuschelt im Bett einen Film an, bis uns die Augen zufallen.

Nach dem heutigen Tag habe ich Evan noch mehr in mein Herz geschlossen. Ich weiß schon jetzt, dass ich ihn nie wieder hergeben möchte.

Kapitel 6 – Helden und Antihelden

Es ist schön, am Morgen neben Evan aufzuwachen und ihm beim Schlafen zuzusehen. Sein Gesicht wirkt entspannt, sein Mundwinkel zuckt. Ob er gerade etwas Schönes träumt? Er hätte es verdient.

Ich bin so froh, dass ich endlich weiß, was ihm passiert ist und ihn bedrückt. Ich bin aber auch neugierig, wie es mit uns weitergeht. Auf jeden Fall brauche ich dringend mehr meiner persönlichen Sachen. Hoffentlich kann ich bald in die Wohnung.

Als der Wecker auf dem Nachttisch angeht und die Morgennachrichten ertönen, schlägt Evan die Lider auf und lächelt mich an.

»Wie hast du geschlafen?« Sanft streichele ich über seine stopplige Wange.

»Mit geschlossenen Augen«, raunt er schlaftrunken.

»Ah, der Klassiker.«

Sein Grinsen wird breiter, bevor sich seine Hand besitzergreifend auf meine nackte Brust legt. »Ich habe keinen Bock auf den ganzen Verwaltungskram. Am liebsten würde ich liegen bleiben.«

Genüsslich strecke ich mich und genieße seine Berührung. »Ich würde auch viel lieber den ganzen Tag mit dir im Bett verbringen, aber ich brauche dringend noch ein paar Sachen aus meiner Wohnung. Und um zehn muss ich spätestens in der Redaktion sein, oder mein Chef bekommt mal wieder einen seiner berühmten Tobsuchtsanfälle.«

»Verdammt«, murmelt Evan plötzlich, sein Grinsen erlischt, und er setzt sich auf. »Ich habe in einer Stunde einen Termin bei meinem Therapeuten. Hätte ich fast vergessen.«

»Na, dann ...« Ich schlage ebenfalls die Decke zurück und springe aus dem Bett. »Wer zuerst im Bad ist!«

* * *

Nach dem Frühstück, das diesmal aus einer Schüssel Cornflakes und Kaffee bestanden hat, ruft Evan in der Zentrale an, um herauszufinden, ob ich zurück in meine Wohnung kann.

»Hey, Julia«, sagt er in sein Handy, »du kannst dich doch bestimmt daran erinnern, dass in dem Haus, in dem ich meine Wohnung hatte, Gas ausgeströmt ist.« Er nickt und schaut mich dabei ständig an, als hätte er Angst, ich würde mich plötzlich in Luft auflösen. »Genau, kann ich von dort noch was holen? Ja, ich weiß, dass die Anschlüsse gesperrt sind. Ich will ja auch nicht mehr dort einzieh... Ja, gib mir mal Jacob.« Er verdreht die Augen, hält die Hand über das Handy und flüstert schmunzelnd: »Julia ist bei uns für die Abrechnungen zuständig und wirklich fit darin, aber sonst sitzt sie oft auf der Leitung.«

»Holt sie den Jacob, der dich gerettet hat?«, frage ich leise, und Evan nickt.

»Er wollte gerade nach Hause, hatte Nachtschich...« Er nimmt die Hand vom Smartphone, und sein Lächeln verschwindet. »Hey, Jacob ... Ja, ich wollte noch mal ins Haus ... Nein, nicht in den Keller, was aus der Wohnung holen ...

Wann?« Er zuckt mit den Schultern. »Hab jetzt noch einen Termin, aber danach. Warum? Schnüffelt die Polizei noch rum?« Evan kratzt sich am Nacken und nimmt einen Schluck Kaffee, während vermutlich Jacob spricht.

»Ja«, meint Evan, »die haben noch nichts herausgefunden. War wahrscheinlich so ein Spinner, der das neue Bauvorhaben boykottieren wollte. Hat er auch geschafft. Solange die Ermittlungen laufen, darf das Haus nicht abgerissen werden.«

Nach einer weiteren Pause, in der Jacob wohl noch etwas erwidert, was ich nicht hören kann, weil das Handy nicht auf laut gestellt ist, sagt Evan schief grinsend: »Und … Jacob? Bald übernehme ich den Haufen wieder. Ich vermisse euch schon … Ja, mir geht es viel besser, und ich fühle mich der Aufgabe gewachsen.« Als er auflegt, lächelt er mich an und küsst mich auf den Mund. »Dank dir.«

»Das freut mich.« Ich stehe auf und nehme meine Handtasche, danach gehen wir durch die Küche in die Garage. »Wie findet es Jacob, dass er bald wieder die Nummer zwei ist? Er steht doch unter dir im Rang, oder?«

»Er wurde vor Kurzem ebenfalls zum Captain befördert. Trotzdem findet er das sicher nicht so toll, wenn ich zurückkomme.« Er hält mir die Wagentür auf, damit ich einsteigen kann, und nimmt dann auf dem Fahrersitz Platz. »Er war schon immer scharf auf meinen Posten und eifersüchtig, weil ich ständig in der Zeitung war. Außerdem würde er gerne in unserer Feuerwache bleiben. Wenn ich meinen Posten wieder besetze, muss er sich woanders bewerben, denn wir haben bereits genug Captains. Und …« Evan kratzt sich an einer Braue, wobei er mich mit schuldbewusstem Blick ansieht. »Ich habe ihm auf einer Wohltätigkeitsveranstaltung vor zwei Jahren das Mädchen weggeschnappt, das er sich angeln wollte. Das hat er mir nie verziehen. Dabei sollte er mir dankbar sein.«

»Sag nichts. Sie war eine Bitch.«

Er grinst schief. »Ich hoffe du weißt, dass ich nicht mehr dieser arrogante Egoist bin?«

»Du warst nie ein Egoist, Evan, sonst hättest du dein Leben nicht für Fremde aufs Spiel gesetzt. Und ob du arrogant bist, muss ich noch rausfinden.« Er hat offenbar immer auf der Sonnenseite des Lebens gestanden. Ich habe seine Geschichte lange genug verfolgt. Deshalb habe ich ein bisschen Angst, mich unwiderruflich in ihn zu verlieben. Ich will keine weitere Nummer in seinem Leben sein.

»Ich kann es niemals mehr gutmachen, was ich über dich gesagt habe, oder?«

Er schaut mich derart zerknirscht an, dass ich lachen muss. »Mal sehen. Fangen wir damit an, dass ich meine Sachen brauche.« Schnell blicke ich auf die Uhr an meinem Telefon. »Wann hast du denn den Termin?«

»In zwanzig Minuten.«

»Liegt die Praxis deines Therapeuten auf dem Weg zu meiner Wohnung?«

»So ungefähr ... Warum?«

»Setz mich doch einfach dort ab, dann kann ich ganz in Ruhe alles zusammenpacken, und wenn du zurückkommst, holst du mich wieder ab.«

Während hinter uns das Tor hochfährt, blickt er mich stirnrunzelnd an. »Ich würde dich aber nur ungern in dem Gebäude allein lassen.«

»Was soll denn passieren? Gas und Strom sind abgestellt.«

»Nein, ich komme mit. Lieber sage ich meinen Termin ab.«

»Das kann ich nicht von dir verlangen. Wir können auch

heute Abend hinfahren. Ich halte es schon noch einen weiteren Tag in langen Hosen aus.«

***

Alles Diskutieren hat nichts geholfen, Evan ist stur geblieben – worüber ich insgeheim froh bin, denn allein in dem verlassenen Gebäude wäre mir schon mulmig zumute gewesen. Daher halten wir wenige Minuten später vor dem Haus, in dem ich vorübergehend hätte wohnen sollen. Wir haben Glück und finden diesmal einen Parkplatz fast vor dem Eingang – vermutlich, weil die meisten Leute schon unterwegs zur Arbeit sind. Der Himmel ist strahlend blau, und der Wettermann hat uns einen heißen Tag versprochen. Ich freue mich schon auf meine kurzen Hosen. Dennoch will ich mich beeilen, damit es Evan noch rechtzeitig zu seinem Termin schafft. Sonst hätte ich ein sehr schlechtes Gefühl.

Während er den Motor abstellt, beobachte ich einen Obdachlosen, der vor dem roten Backsteingebäude schwerfällig Sachen einsammelt und sie in einen alten Einkaufswagen legt. Er trägt einen langen braunen Mantel und löchrige Handschuhe. Auf seinem Kopf wachsen kaum noch Haare; seine Halbglatze ziert ein Sonnenbrand.

»Den habe ich schon mal gesehen«, sage ich und deute durch die Scheibe auf den Mann. »Die Polizei hat mit ihm gesprochen, als ich auf dich im Wagen gewartet habe. Was, wenn er was mit dem Gasleck zu tun hat?«

»Luke? Glaube ich nicht.«

»Du kennst seinen Namen?«

»Ja, er hatte früher einen eigenen Laden, wurde schwer krank, hat alles verloren und lebt seitdem auf der Straße. Ich habe ihm jeden Morgen Geld für Kaffee gegeben und ein bisschen mit ihm geplaudert.« Evan zieht den Schlüssel ab und lehnt sich zurück. Dabei bewundere ich seine langen Beine, die in den Jeans gut zur Geltung kommen. Ich traue mich aber nicht mehr, ihm zu sagen, dass ich ihn sexy finde. Trotz seiner schweren Verletzungen könnte ich mir keinen heißeren Mann vorstellen als meinen Firefighter.

»Du bist einfach zu gut für diese Welt, Evan.« Sicher hat er auch Fehler – wer hat die nicht –, doch alles was ich bisher von ihm gehört oder gesehen habe, zeigt mir, dass er ein ordentlicher Kerl ist.

»Ich geb mein Bestes.« Schulterzuckend drückt er mir den Schlüssel in die Hand. »Sperr dich ein, falls du Angst vor Luke hast. Er tut dir aber nichts. Außerdem sieht dich keiner in meinem Auto.« Er deutet auf die verdunkelten Scheiben.

»Was hast du vor?«

»Ich überprüfe schnell, ob alles in Ordnung ist, danach hole ich dich.«

»Definitiv zu gut für diese Welt«, murmele ich und gebe ihm einen Kuss.

Anschließend steigt er aus, und ich lasse die Scheibe einen Zentimeter herunter, damit ich hören kann, was er zu Luke sagt.

»Wie geht es dir?«, fragt er den alten Mann, der ihm ein zahnlückiges Lächeln schenkt.

»Evan!« Doch sofort verfinstert sich das Gesicht des Alten. »Ich hatte gerade eine unschöne Begegnung.«

»Was ist denn passiert?«

»Ein Typ war hier, hat mich aus dem Haus geworfen und meinen Einkaufswagen die Treppe runtergeschubst. Ich wollte in einer der leerstehenden Wohnungen übernachten, solange das Gebäude noch nicht abgerissen wird.«

Oje, er hat doch wohl nicht in meinem Bett geschlafen?

Oder meine Sachen verkauft? Schließlich hat Evan die Tür aufgebrochen und das Schloss zerstört! Hoffentlich sind meine Kisten noch in der Abstellkammer eingesperrt.

Ich möchte bereits aussteigen, als Evan mir einen warnenden Blick zuwirft, der deutlich sagt: Bleib sitzen. Dann fragt er Luke: »Was war das für ein Mann? Ein Polizist?«

Der Obdachlose schüttelt den Kopf. »Keine Ahnung; er hatte einen leichten Bartschatten und ein rotes Käppi auf, das er tief über die Augen gezogen hat. Ansonsten war er normal gekleidet, Jeans und T-Shirt. Ich weiß aber, wie sein Auto aussah. Es war ein weißer Dodge Charger.«

Evan runzelt die Stirn. »Was wollte er hier?«

»Er ging ins Haus, hat mich rausgeworfen und mir gedroht, dass ich hier verschwinden soll, oder er ruft die Polizei. Ungefähr fünf Minuten später kam er wieder raus und ist davongefahren.«

»Hatte er was dabei?«

»Nur eine große Sporttasche, als er hineinging.«

Evan kratzt sich am Nacken, bedankt sich bei Luke für die Informationen und kommt zurück zu mir.

Nachdem ich die Scheibe ganz heruntergelassen habe, sagt er: »Bleib im Wagen, Mila.«

»Geh nicht da rein. Ich habe ein seltsames Gefühl.«

»Jacob fährt einen weißen Dodge. Ich kenne doch die Jungs; sicher haben sie sich einen Streich erlaubt.« Er zwinkert mir zu. »Die machen so was öfter. Wahrscheinlich hängt eine Gummipuppe in meiner Küche.«

»Oder in meiner«, sage ich schief grinsend. »Um uns zu ärgern.«

»Niemand weiß bisher von uns, Mila. Ich wollte es heute meinem Therapeuten erzählen.«

Stimmt. Er hat mich beim Telefonieren nicht erwähnt. »Du

schaffst deinen Termin immer noch, wenn du dich beeilst, und ich mache dann auch ganz schnell.«

Ich deute auf den Rücksitz. »Aber nimm bitte deinen Tomahawk mit, Indianer, damit du der aufblasbaren Mietmuschi gleich die Luft rauslassen kannst.«

Lachend holt er die Rettungsaxt. »Ich mag deinen Humor.«

»Evan ...« Ich beuge mich näher zum offenen Fenster und frage leise: »Warum war Jacob so gemein zu Luke?«

»Manchmal hat er solche Ausraster. Mit ein Grund, warum er nicht eher befördert wurde. Doch in letzter Zeit hatte er sich eigentlich ganz gut im Griff.« Er gibt mir noch einen Kuss, danach fahre ich die Scheibe wieder nach oben und beobachte, wie Evan ins Haus geht.

Luke hat mittlerweile all seine Habseligkeiten eingesammelt und setzt sich merklich erschöpft auf die Stufe vor dem Eingang.

Der arme Mann. Vielleicht sollte ich ihm sagen, dass er in meiner Wohnung übernachten kann. Auch wenn es weder Gas noch Strom gibt, hätte er wenigstens ein weiches Bett, und in einer der Kisten müssten auch noch ein paar Konservendosen sein.

Ich nehme meine Handtasche, steige aus dem Wagen und sperre ab. Gerade, als ich mich Luke nähern möchte, gibt es einen ohrenbetäubenden Knall, der meine Lungen erschüttert und mein Trommelfell fast zum Platzen bringt. Die Haustür wird aufgedrückt und schlägt gegen Lukes Rücken, heiße Luft strömt an mir vorbei, und Glassplitter regnen auf uns herab. Ich ducke mich instinktiv, wobei ich die Arme über dem Kopf verschränke.

Erst nachdem ich kein Klirren mehr höre, traue ich mich, die Augen zu öffnen, und blicke nach oben. Flammen lodern aus drei Fenstern im zweiten Stock. Oh Gott, Evans Wohnung brennt!

Luke, der immer noch zusammengekauert auf der Stufe sitzt, starrt mich angsterfüllt an. Im ersten Moment kann ich kaum atmen und mich nicht bewegen. Evan … Er ist da drin!

In meinen Ohren klingelt es, und ich bekomme das Geräusch der Explosion nicht aus dem Kopf, fühle mich wie gelähmt. Ich weiß nur: Ich muss zu Evan!

Endlich setzen sich meine Beine in Bewegung, und ich stolpere zu Luke. »Geht es Ihnen gut?«

»Nichts passiert.« Sein Gesicht hat sämtliche Farbe verloren. »Aber … Evan!«

»Ich weiß«, antworte ich erstickt und drücke ihm meine Tasche in die Hand. »Rufen Sie die Feuerwehr und einen Krankenwagen!« Dann renne ich ins Innere.

Rauch dringt mir entgegen, ich rieche Benzin und höre es über mir knacken. Im Treppenhaus werfe ich einen Blick nach oben und sehe, dass das alte Holzgeländer brennt. Dort oben flackert und knistert es, an den Wänden tanzen Flammen, als hätte sich das Tor zur Hölle geöffnet.

»Evan!«, rufe ich, wobei ich immer zwei Stufen auf einmal nehme. »Evan!«

Es wird heißer, je näher ich dem Feuer komme, und als ich die zweite Etage erreiche, habe ich das Gefühl, dass meine Augenbrauen jede Sekunde Feuer fangen. Ich kann meine Lider kaum offen halten, da ich wegen des Rauchs fast nichts sehe, und muss husten. Daher knie ich mich hin und kann ein wenig aufatmen, weil in der Nähe des Bodens die Sicht klarer ist. Sofort erkenne ich wenige Meter vor mir Evans schwarzes Haar.

»Evan!« Ich krabbele zu ihm. Er liegt unter brennenden Holzplatten begraben, nur sein Kopf schaut hervor. »Evan!«

Während nur einen Meter von uns entfernt Flammen aus seinem Apartment züngeln, packe ich die Reste der Tür an Stellen, die nicht brennen, und ziehe sie von ihm herunter. Zum Glück hat sich das Feuer noch nicht durchs Holz gefressen; ich erkenne keine Brandspuren an Evan. Nur sein Gesicht ist voller Ruß, sein Haar versengt.

Hustend knie ich mich zu ihm und rüttele an seinen Schultern. »Evan!«

Tränen verschleiern meine Sicht, mein Hals wird eng. Warum bewegt er sich nicht? Bitte, lieber Gott, lass ihn nicht tot sein!

Ich habe keine Zeit, seine Vitalfunktionen zu überprüfen, denn das alte Holztreppenhaus fängt immer mehr Feuer, die Flammen züngeln bereits um Evans Schuhe. Daher stelle ich mich hinter ihn, packe ihn unter den Armen und ziehe ihn zu den Stufen.

Verdammt, Evan wiegt eine Tonne!

Ich hatte noch nie besonders viel Kraft und wundere mich, dass ich es schaffe, ihn eine halbe Etage tiefer zu zerren, obwohl meine Muskeln höllisch brennen und mein Rücken wehtut. Die Panik, ihn zu verlieren, mobilisiert all meine Kräfte.

Es schmerzt mich wahrscheinlich mehr als ihn, dass seine Beine über die holprigen Stufen schleifen. Dabei verliert er einen Schuh, doch das bekomme ich nur am Rande mit. Das Feuer über uns breitet sich immer mehr aus, frisst sich nach oben.

Völlig außer Atem lege ich ihn im Zwischengeschoss ab. »Evan!«

Jetzt erst erkenne ich, dass er aus einem Ohr blutet. Außerdem hat er kleinere Schnittverletzungen an den Armen.

Ich weiß nicht, was ich tun soll, bin erneut wie gelähmt. Es gab eine Explosion in seiner Wohnung; die Druckwelle könnte seine Lungen oder andere Organe verletzt haben. Evan könnte in diesem Moment innerlich verbluten, und ich kann nur zusehen!

Und wo bleibt der verdammte Krankenwagen?

»Evan«, sage ich erstickt und streiche über sein Gesicht. »Sag bitte was.«

Ich beuge mich tief über ihn, um mein Ohr vor seinen Mund zu halten. Sanft stößt sein Atem dagegen.

Gott sei Dank, er lebt!

»Mila«, wispert er plötzlich, und ich zucke zusammen.

»Evan!«

Schwerfällig hebt er die Lider.

»Gott, Evan! Ich dachte, du bist tot!«

»Was ... passiert?«

»Es gab eine Explosion in deiner Wohnung.« Mein Herz rast so heftig, dass mir schwindelig wird. Er lebt!

»Erinnere mich nur noch, dass ich vorsichtig die Tür aufgedrückt habe und zur Seite gegangen bin, falls Jacob einen Eimer Wasser ...« Er hustet schwach, und Blut spritzt mir entgegen.

»Pst, nicht reden.« Ich lege seinen Kopf auf meinen Schoß.

»Hallo?«, höre ich Luke von unten rufen. »Der Krankenwagen ist unterwegs! Was ist mit Evan?«

»E-er ist verletzt!«, rufe ich zurück.

»Können Sie rauskommen?«

»Ich versuche es! Bleiben Sie unten!«

Da reißt Evan die Augen auf. »Feuer!« Er starrt in die Flammen, die über uns lodern, doch der meiste Rauch zieht zum Glück nach oben ab. Trotzdem muss ich ständig husten, und es wird immer heißer.

»Wir müssen raus!« Obwohl er kaum sprechen kann und offensichtlich sehr geschwächt ist, versucht er, sich aufzusetzen, es klappt jedoch nicht. »Geh«, wispert er. »Das Treppenhaus könnte über uns einstürzen.« Dann verdreht er die Augen und schließt die Lider.

»Ich lass dich nicht allein!« Resolut packe ich ihn wieder unter den Armen und schaffe es mit letzter Kraft, ihn in den ersten Stock zu zerren. Hier ist es kühler, doch ich kann das verdammte Feuer über uns hören, und der Rauch breitet sich ebenfalls aus. Ich bekomme immer schwerer Luft.

»Du bist die stärkste Frau, die ich kenne«, sagt er hustend, nachdem er wieder zu sich gekommen ist. »Deshalb lässt du mich jetzt hier.«

»Niemals«, knurre ich. »Du hast mich gerettet. Jetzt bin ich dran.« Erneut fasse ich unter seine Arme, da setzt er sich – einen Fluch murmelnd – auf, und ich helfe ihm, über die Stufen noch ein halbes Stockwerk tiefer zu rutschen.

»Nur noch eine Treppe, dann hast du es geschafft!« Ich schlage ihm leicht auf die Wange, damit er bei Bewusstsein bleibt, aber er kann kaum die Augen offen halten und driftet wieder weg.

»Du bist das Beste, was mir passiert ist, Mila«, wispert er noch, bevor sein Körper völlig erschlafft.

»Evan!« Wie eine Million Nadelstiche fühlt es sich an, als sich ein innerer Schmerz durch meine Eingeweide frisst. »Du bleibst bei mir! Ich hab mich doch gerade erst in dich verliebt, verdammt!«

Wie aus weiter Ferne höre ich Sirenen, und ich rufe nach Hilfe, während ich mich über Evan beuge und an ihm rüttele. Plötzlich ziehen mich Feuerwehrmänner von ihm weg und bringen mich nach draußen.

Luke drückt mir meine Tasche in die Hand, ich werde zu einem Rettungswagen gebracht.

Alles spielt sich wie in einem Traum ab.

Sie tragen Evan raus, und ich darf bei ihm im Rettungswagen mitfahren, bekomme Sauerstoff. Aber ich will diese nervige Maske nicht, mir geht es gut. Ich erzähle dem Notarzt, was passiert ist, und muss ständig zu Evan sehen, während sie ihn untersuchen und einen Zugang legen. Er bekommt einen Tropf und ebenfalls Sauerstoff.

»Wird er überleben?«, frage ich unzählige Male, erhalte jedoch keine Antwort. Alle sind zu beschäftigt, und ich kann nur wispern, meine Kraft hat mich verlassen.

Warum?, frage ich mich ständig. Warum Evan? Was hat er getan? Wer hat ihm das angetan?

Wir erreichen das Krankenhaus, in dem auch Brandon arbeitet. Ich habe es seit Mums Tod nicht mehr betreten, weil ich früher so oft hier gewesen bin, dass es mir bei dem Geruch nach Desinfektionsmitteln und all den schlimmen Erinnerungen immer noch den Magen zusammenzieht. Hier lauert an jeder Ecke der Tod – ich kann die armen Seelen beinahe sehen, wie sie an der Wand stehen und beobachten, wie Evan durch die kahlen Gänge geschoben wird.

Ein großer Mann mit blondem Haar und einem weißen Kittel eilt uns entgegen. Es ist Brandon!

Als er bei Evan ist, geht es mir gleich ein bisschen besser. »Du musst ihn retten«, flehe ich ihn an, und zum ersten Mal blickt er zu mir.

»Mila? Geht es dir gut?«

»Ja«, wispere ich. »Aber Evan …«

Der Notarzt übergibt Evan an die Ärzte und erklärt, was geschehen ist. Brandon hat keine Zeit für mich, konzentriert sich ganz auf Evan. »Er ist bewusstlos. Organe und Gefäße könnten verletzt sein. Computertomografie ... OP vorbereiten!«

Wir werden getrennt, und eine Schwester kümmert sich um mich. Sie besteht darauf, dass ich ebenfalls untersucht werde. Ich könnte eine Rauchgasvergiftung haben. »Ist Ihnen schlecht oder schwindelig? Haben Sie Kopfschmerzen?«

Ich habe alles und noch viel mehr, aber wahrscheinlich nicht wegen des Rauchs, sondern weil ich nur an Evan denken kann.

»Wird er überleben, Schwester?«, frage ich unter Tränen, während ein Arzt versucht, mich mit dem Stethoskop abzuhören.

Ich habe keine Ahnung, in welchem Raum ich bin oder wie ich hierher oder auf die Liege gekommen bin, denn ich will nur zu Evan. Ständig sehe ich ihn vor mir, wie er unter den brennenden Resten der Tür liegt und aus seinem Ohr blutet.

»Trinken Sie das, ist zur Beruhigung«, sagt die Schwester und reicht mir einen kleinen Plastikbecher mit einer durchsichtigen Flüssigkeit.

»Ich will mich nicht beruhigen!« Will sie mich ausknocken? Ich muss bei Bewusstsein bleiben, muss wissen, was mit Evan ist!

»Bitte.« Immer noch hält sie mir den Becher hin. »Das ist rein pflanzlich.«

Ich schlucke die Flüssigkeit, die nach Alkohol schmeckt, damit die Frau mich in Ruhe lässt. Wärme breitet sich in meinem Magen aus, und ich lasse den Arzt seine Arbeit tun. Danach werde ich auf ein Zimmer gebracht, aber nichts hält mich dort. Ich laufe durch die Gänge, suche den OP und frage jeden, wo Evan ist. Schließlich erfahre ich, dass er noch untersucht wird, aber ich darf nicht zu ihm.

Bitte, bitte lass ihn überleben!

Evan hatte in seinem Leben einen immensen Verschleiß an Schutzengeln. Hoffentlich haben sie ihn nicht verlassen, weil sie nicht länger für diesen leichtsinnigen Kerl arbeiten wollen. Ich bete, dass sich noch einer getraut hat, über ihn zu wachen.

Ich muss Alfie anrufen, ich brauche ihn jetzt. Ansonsten drehe ich noch durch.

***

Zwei Stunden später sitze ich endlich an Evans Bett, halte seine kühle Hand und studiere sein regloses Gesicht. Es ist nicht mehr schwarz, aber seine Brauen sind versengt, ebenfalls das Kopfhaar.

Zum Glück musste er nicht operiert werden, aber er war bewusstlos und hat jede Menge Prellungen und ein geplatztes Trommelfell davongetragen. Das Blut aus seinem Mund kam von einem Biss auf die Zunge; seine Lungen sind okay. Aber er muss noch ein paar Tage zur Beobachtung im Krankenhaus bleiben, weil innere Verletzungen nie ganz ausgeschlossen werden können. Ich bete, dass er wirklich okay ist, und singe eine Dankeshymne auf seinen furchtlosen Schutzengel.

Alfie ist ebenfalls im Raum und unterhält sich leise mit Brandon, während ich darauf warte, dass Evan endlich die Augen aufschlägt. Er ist noch benebelt von den Schmerzmitteln.

Als es nach einer gefühlten Ewigkeit so weit ist, springt mein Herz hart gegen die Brust. Nie war es schöner, in seine hellgrauen Augen zu sehen. »Wie fühlst du dich, Evan?«

Er lächelt mich an, dann murmelt er: »Als hätte mich ein Pferd getreten.«

Ich kann nicht anders und muss ihn küssen. Vorsichtig, denn er hat eine kleine Wunde an der Unterlippe. »Ich bin so froh, dass du lebst.«

Eine Träne stiehlt sich aus meinem Augenwinkel und tropft auf seine Wange. Schnell wische ich sie mit dem Handrücken weg und lächele schief. Ich bin überglücklich.

»Bei dir alles in Ordnung?«, fragt er leise.

»Mir geht es gut.«

»Wie schlimm ist es?«

»Das soll dir Brand… Dr. Livingston sagen.« Ich richte mich auf, ohne Evans Hand loszulassen, und deute auf die beiden Männer, die auf der anderen Seite des Bettes stehen. »Darf ich dir meine zwei besten Freunde vorstellen? Alfie und Brandon.«

»Dr. Livingston ist …« Evan hebt die Brauen. »Sie sind ein Freund von Mila?«

Schmunzelnd zuckt Brandon mit den Schultern. »Offenbar ist die Welt sehr klein.«

»Scheint so«, sagt Evan und wendet sich an Alfie. »Sie habe ich schon mal gesehen.«

Mein Freund nickt lächelnd. »Willkommen zurück.«

Nachdem Evan herzhaft gegähnt hat und Probleme hat, die Augen offen zu halten, fragt er: »Wie sieht es aus, Doc?«

»Sie hatten wirklich Riesenglück.« Brandon späht in die Patientenakte, die er in der Hand hält. »Der Großteil der Druckwelle ist an Ihnen vorbeigegangen, den Rest hat die Tür abgehalten, genau wie die herumfliegenden Splitter. Wir mussten drei Schnittwunden am Arm nähen, Sie haben ein leichtes Schädel-Hirn-Trauma und andere kleinere Verletzungen davongetragen, wie zum Beispiel eine Ruptur des Trommelfells. Aber auch das wird von allein heilen. Wären Sie in der Wohnung gewesen, hätten Sie nicht überlebt.«

Evan schließt kurz die Augen und atmet hörbar aus. »Ich kann mich nicht mehr daran erinnern, wie ich die Tür geöffnet habe. Ich weiß nur noch, dass ich sie mit einer Hand aufstoßen wollte, ohne einzutreten, weil ich an einen Scherz meiner Kollegen dachte.«

»Dass sie einen Wassereimer auf den Türrahmen gestellt hätten«, sagt Brandon.

»Hm«, brummt Evan.

Tief atme ich durch und drücke seine Hand. »Das hat dir das Leben gerettet.«

»Eigentlich war es Luke«, meint Evan. »Wenn er nicht erwähnt hätte, dass er Jacobs Wagen gesehen hat ...«

Brandon nickt. »Mila hat uns alles erzählt. Sie haben diesem Mann und Mila Ihr Leben zu verdanken.«

Erneut gilt Evans Blick nur mir, und er lächelt mich an. Dann sagt er so leise, dass es hoffentlich nur ich verstehe: »Ich werde mich beizeiten ausgiebig bei dir bedanken, mein Engel. Und dich danach übers Knie legen, weil du nicht auf mich gehört hast.«

Hitze schießt mir in die Wangen, und ich räuspere mich. »Vor der Tür wartet noch Besuch.« Evan hat seinen Kollegen und besten Freund Brian als Notfallkontakt bei Brandon hinterlassen. Ich fand es fair, ihn zu informieren. Auch wegen der Sache mit Jacob.

Ich hole den schlanken Mann herein, der in etwa in Evans Alter ist, aber fast einen Kopf größer. Dabei ist Evan schon nicht klein. Er trägt Jeans, Cowboystiefel und ein hellblaues Hemd. Fehlt nur noch der Stetson ...

»Brian!« Sichtlich überrascht hebt Evan die Brauen und macht Anstalten sich aufzurichten, aber sein Freund stoppt ihn.

»Halt, keine Kniefälle, Cap!«

Die beiden umarmen sich grinsend, und Brian fragt ihn: »Was machst du immer für Sachen? Du scheinst ja sämtliche Katastrophen magisch anzuziehen.« Schnell schenkt er mir einen entschuldigenden Blick und richtet sich auf. »Anwesende ausgenommen.«

»Keine Ahnung, was das Universum gegen mich hat«, murmelt Evan. »Aber schön, dass du da bist, Brian.«

»Wie lange wolltest du mir deine Freundin verheimlichen?«

»Wir kennen uns erst seit wenigen Tagen«, erklärt ihm Evan und kratzt sich am Kopf.

Ich habe mich vor der Tür mit Brian unterhalten. Evan hat sich seit dem Unfall sehr zurückgezogen, sich kaum noch mit ihm getroffen. Ich habe Brian gesagt, dass es nicht an ihm liegt, sondern daran, dass Evan in Schuldgefühlen ertrinkt. Ich hoffe, die beiden sprechen sich aus und finden wieder zusammen. Im Moment scheinen alle zwei glücklich zu sein, sich zu sehen.

»Gibt es schon Informationen, was die Explosion ausgelöst hat?«, will Evan von seinem Freund wissen, dann hustet er.

Ich reiche ihm ein Glas Wasser, das er mit zittrigen Händen an die Lippen führt.

»Bisher konnte ich nur in Erfahrung bringen, dass es sich um eine Bombe gehandelt hat, die an einem Benzinkanister angebracht war.«

»Bombe?« Ich schlucke. »War sie von Mason?«

Brian schnaubt. »Seine krankhafte Eifersucht auf Evan war noch nie normal. Aber ich kann nicht glauben, dass er zu so etwas fähig ist.«

Da stimme ich ihm zu. Der Mann hat Evan schließlich gerettet! »Woher sollte er auch wissen, wie man eine Bombe baut?«

»Das wäre das geringste Problem«, sagt Brian. »Er ist Feuerwehrmann und kennt sich mit der Materie aus. Außerdem findet man heute alle möglichen Anleitungen im Internet. Wir waren schon bei einigen Einsätzen, da haben sich diese Bastler nicht nur die Hände weggesprengt …«

Evan nickt. »Ich hoffe, sie finden den Kerl. Und ich hoffe, dass es nicht Jacob ist.« Er nimmt noch einen Schluck, dann reicht er mir das Glas, und ich stelle es zurück auf den Tisch.

»Du siehst ganz schön verbrutzelt aus, Cap. Wenn dich Mila nicht weggezogen hätte …« Brian räuspert sich. »Scheint, als hätten wir eine neue Heldin.«

»Scheint so.«

Ich möchte gar nicht weiter nachdenken, was passiert wäre, wenn er in die Wohnung gegangen wäre oder, oder, oder …

Neue Tränen sammeln sich in meinen Augen, und auch Evans Augen schimmern.

»So!«, sagt Brandon in resolutem Ton. »Der Patient braucht jetzt dringend Ruhe.«

Alle verabschieden sich von ihm und verlassen den Raum, nur ich bleibe noch am Bett sitzen.

Brandon steht mit Alfie an der Tür. »Mila?«

»Noch eine Minute.«

Er nickt und schließt die Tür; ich bin mit Evan allein.

»Ich komme gleich morgen wieder, bevor ich in die Redaktion fahre«, verspreche ich ihm.

»Wo wirst du übernachten?«

»Heute bleibe ich bei Alfie und Brandon.«

Er nickt. »Gut. Am besten bleibst du bei ihnen, bis ich hier rauskomme. Was hoffentlich bald ist.« Er greift nach meiner Hand und zieht mich zu sich, sodass ich mich auf seiner Brust abstützen muss. »Bevor du gehst, musst du mir aber noch was verraten.«

»Das wäre?«

»Habe ich mich verhört oder geträumt, als du gesagt hast, du hättest dich in mich verliebt?«

»Du hast das wirklich mitbekommen?«

Er lächelt verschmitzt. »Also stimmt es?«

»Ja.« Mein Gesicht erhitzt sich. »Ich weiß, das ging ziemlich schnell.« Wahrscheinlich war ein Teil von mir schon immer in ihn verliebt.

»Wenn man seinen Seelenpartner gefunden hat, kann es nicht schnell genug gehen«, raunt er und legt die Hand in meinen Nacken, um mich noch näher zu ziehen. »Ich habe mich bereits in dich verliebt, als du mir den Karton auf die Füße geworfen hast.«

Mein armes Herz rast schon wieder, diesmal jedoch vor Freude. »Wehe, du meinst es nicht ernst, Evan Cooper. Ich habe noch viele Kartons, die ich dir auf die Füße werfen kann. Sie sind bloß ein wenig angekohlt und aufgeweicht, wie Brian mir verraten hat, aber der Großteil des Inhalts hat überlebt.« Dank der Feuerwehr konnte ein Übergreifen auf weitere Wohnungen und Stockwerke verhindert werden. Nur meine heißgeliebten Bücher werden das Löschwasser wohl nicht verkraftet haben. Wird Zeit, dass ich wirklich auf E-Books umsteige.

»Ich werde den Jungs sagen, dass sie deine Sachen bergen und zu mir bringen sollen.«

»Also darf ich wieder bei dir wohnen?«, frage ich schmunzelnd.

»Hm …«, raunt er und flüstert an meinen Lippen: »Solange du willst.«

Epilog – Ein paar Monate später

Um all die unschönen Vorkommnisse hinter uns zu lassen, haben wir beschlossen, drei Wochen Urlaub in Thailand zu machen. Evan und ich haben einen Ort gewählt, der möglichst weit weg liegt und wo die Menschen immer ein Lächeln übrig haben. Das Hotel in der Nähe von Khao Lak ist traumhaft – mehrere kleine Hütten mit Privatpool stehen zwischen Palmen und anderen Bäumen – und der Strand ist offenbar einer Robinsonade entsprungen. Kilometerlanger heller Sand, blaues Wasser, sanft gerundete Felsen und jede Menge Palmen. Da der Strand zum angrenzenden Naturschutz-Reservat gehört, dürfen hier keine Liegestühle und Schirme stehen. Deshalb halten sich die meisten Gäste an den Hotelpools auf, was ich als sehr angenehm empfinde.

Der achte Tag unserer Auszeit ist angebrochen. Evan und ich schlendern am reich gedeckten Frühstücksbuffet unseres Hotels entlang und lassen es uns gutgehen. Ich glaube, nach diesem Urlaub wiege ich mindestens vier Kilo mehr. Egal. Hauptsache, Evan geht es wieder besser. Die letzten Monate waren erfüllt von Gerichtsverhandlungen mit jeder Menge Papierkram. Leider hatte sich herausgestellt, dass Jacob der Bombenleger war. Außerdem hat er auch das Gasleck geschaffen und war dafür verantwortlich, dass das Übungsgebäude brennend über Evan zusammengestürzt ist.

Jacob hat alles gestanden, nachdem die Polizei belastende Beweise in seiner Wohnung gefunden hatte: Rechnungen vom Baumarkt für das Bombenzubehör und eine Art Videotagebuch auf seinem Computer, in dem er detailreich erzählt, wie er seine Taten plante. Das alte Haus kam ihm als Tatort gerade recht, genau wie die Story mit dem vereitelten Bauvorhaben.

Als Jacob hörte, dass Evan seinen alten Posten wiederaufnehmen würde, wollte er ihn endgültig beseitigen. Jacob hätte ihn bereits beim ersten Mal sterben lassen, wenn die Kollegen nicht vor Ort gewesen wären. Danach hatte Jacob gehofft, Evan würde seinen Verletzungen erliegen.

Nun sitzt der Dreckskerl in einer Anstalt. Außerdem musste er finanziell büßen und wird auch alles Geld, was er in den nächsten Jahren hinter Gittern erwirtschaftet, abgeben müssen.

Evan wollte keinen Cent annehmen, um endlich mit der Geschichte abzuschließen. Einen Großteil hat er Luke gegeben, dem er sein Leben verdankt, und den Rest einer Unterkunft für Obdachlose gespendet. Luke hat dort Arbeit gefunden und endlich wieder ein Dach über dem Kopf.

Aber was war Jacobs Motiv? Eifersucht auf Evan? Weil Evan als Held gefeiert wurde, gut aussehend und erfolgreich war und von allen Frauen umschwärmt wurde?

Die Ärzte haben ein Gutachten erstellt und gemeint, Jacob Mason sei psychisch krank. Hätte er es wirklich geschafft, Evan umzubringen, hätte es wohl nicht lange gedauert, und er hätte sich ein neues Opfer gesucht. Jacobs Videoaufzeichnungen müssen wirklich gruselig gewesen sein. Offenbar ist er so gestört, dass auch Therapien ihn nicht zur Vernunft bringen können. Ich bin wirklich froh, dass dieser Mann nicht mehr frei herumlaufen darf.

In der wenigen Freizeit, die Evan und mir in den letzten Wochen blieb, haben wir gemeinsam die Küche und das

Wohnzimmer fertig renoviert. Ich bin so glücklich mit Evan. Mit ihm zusammenzuziehen war die beste Entscheidung meines Lebens.

»Probier mal diesen Schoko-Muffin«, sagt er und legt ihn mir einfach auf den Teller. »Der wird dir schmecken.«

»Ich weiß, davon hatte ich gestern schon drei«, antworte ich grinsend. »Hast du das nicht mitbekommen?«

Er zwinkert mir zu, umarmt mich von hinten und blickt mir über die Schulter in den Ausschnitt meines Shirts. »Ich pass doch nicht auf, was du auf dem Teller hast.«

Ich habe geglaubt, nach dem dritten Anschlag auf sein Leben würde Evan in ein noch tieferes Loch fallen, stattdessen ging es ihm besser.

Zu wissen, dass die misslungene Brandübung nicht seine Schuld war, hat ihn trotz des zweiten Unfalls nicht weiter zurückgeworfen, sondern endlich befreit. Er kann seinen heißgeliebten Job wieder ausüben, wobei er mir versprochen hat, sich nicht mehr so kopflos wie früher in jedes Inferno zu stürzen. Außerdem trifft er sich regelmäßig mit Brian und den anderen Kollegen, so wie früher.

Clara hat ihn gefragt, ob er für ihren neuen Kalender »Helden mit Handicap« Modell stehen möchte.

Evan überlegt es sich. Sie ist ihm aber nicht böse, falls er absagt, und ich bin froh, dass sie ihn nicht unter Druck setzt. Evan muss jetzt zur Ruhe kommen.

Auch wenn einige Wunden vielleicht niemals verheilen werden, kann ich sagen: Alles ist gut geworden.

***

Nach dem Frühstück machen wir uns auf zum Baden. Evan trägt Shorts, ein T-Shirt, einen Strohhut sowie einen Rucksack und ich im Grunde dasselbe – bloß, dass ich mir noch unsere Badetücher unter den Arm geklemmt habe. Doch wir gehen diesmal nicht zum Strand, sondern fahren ein kleines Stück mit einem geliehenen Moped an der Küste entlang und wandern danach auf einem schmalen Pfad durch den Dschungel. Dabei laufe ich hinter Evan her und starre ständig auf den Boden, aus Angst, auf ein giftiges Tier zu treten. Es soll hier Skorpione und Schlangen geben, aber ich habe bisher zum Glück außer Eichhörnchen, Fledermäusen, Fröschen und Vögeln nichts Gefährliches gesehen.

»Und wir sind sicher auf dem richtigen Weg?«, frage ich Evan und wische mir mit dem Unterarm Schweiß von der Stirn. Ich freue mich schon auf eine Abkühlung.

Zwischen den Bäumen steht die Luft, während am Meer meist eine angenehme Brise weht. Wir haben bestimmt über fünfunddreißig Grad, dabei ist es noch Vormittag.

»Jay hat mir den Weg genau beschrieben.« Evan hält an und dreht sich zu mir um. Dann legt er den Zeigefinger an die Lippen.

Ich höre das Säuseln des Windes in den Baumkronen und wünschte, wenigstens ein Hauch würde zu uns nach unten gelangen. Ich vernehme wirres Zwitschern über uns und ein unheimliches Rascheln unter dem Laub zu meiner Rechten, während ein Tier ständig »Gweko«, ruft. Es würde mich brennend interessieren, ob das ein Papagei ist. Es soll hier welche geben, aber gesehen habe ich sie bisher nur in unserem Reiseführer.

»Hörst du das Rauschen?«, fragt Evan und schiebt sich die Sonnenbrille ins Haar. Er wirkt so sexy auf mich, dass ich ihn schon wieder abknutschen könnte. Allein diese stahlgrauen Augen in seinem gebräunten Gesicht … hach, zum Dahinschmelzen! Dazu die Grübchen in seinen Wangen, wenn er lächelt. Ähnliche Grübchen hat er auch über seinem Knackarsch.

Nachdem ich mir genug Appetit geholt habe, um beinahe über ihn herzufallen, nehme ich das sanfte Rauschen auch wahr. »Dann los, bevor ich zerfließe!«

Ich dränge mich lachend an ihm vorbei und jogge auf dem schmalen Weg weiter, bis sich vor mir der Dschungel lichtet und ich eine hohe Felswand erblicke. Über mehrere Kaskaden fällt Wasser in ein grün schillerndes Becken. Es ist so klar, dass ich den Grund und jede Menge bunter Fische erkennen kann.

»Wow, ist das schön hier!« Staunend bleibe ich neben Evan auf einem ein Meter hohen Felsen stehen und schaue hinunter in das smaragdgrüne Nass. »Kennst du den Film *Die blaue Lagune?* So sieht es hier aus.«

»Ja, Jay hat nicht übertrieben, als er sagte, das sei das Paradies.«

Jayden Grant arbeitet in unserem Hotel als Fremdenführer und bietet auch Rundflüge mit seinem Leichtflugzeug an. Evan und ich haben gestern die traumhaften Küsten und Inseln aus der Vogelperspektive bewundert. Das war ein Erlebnis, das ich nie vergessen werde.

Danach hat Evan mit Jay an der Bar ein Bier getrunken, während ich am Pool gesessen und meinen neuen E-Book-Reader eingeweiht habe. Bis zu diesem Zeitpunkt war ich noch nicht dazu gekommen, weil Evan und ich entweder ständig unterwegs oder auf horizontaler Ebene beschäftigt waren. Aber der Reader ist wirklich praktisch. Ich konnte zwanzig Bücher mitnehmen, ohne dass unser Gepäck auch nur ein Gramm schwerer wurde.

Als Evan von der Bar zurückkam, hat er mir von diesem geheimen Wasserfall erzählt. Offenbar hat uns Jay in sein

Herz geschlossen, denn normalerweise verrät er diesen Ort, den nur Einheimische kennen, keinem. Jay kommt mehrmals die Woche her, um allein zu sein und nach der Arbeit auszuspannen. Evan musste ihm hoch und heilig versprechen, dieses Geheimnis für sich zu behalten.

Schnell schäle ich mich aus der Kleidung und den Schuhen, bis ich nur noch meinen schwarzen Bikini trage, und springe direkt vom Felsen in das Becken. Ich tauche unter und berühre leicht mit den Füßen den Grund. Das Wasser ist etwas kälter als das Meer oder der Pool – die beide kaum Abkühlung bieten – und deshalb herrlich erfrischend.

Als ich auftauche, lasse ich mich auf dem Rücken treiben und spritze Evan an, der weiterhin auf dem Felsen steht. »Komm rein, es ist fantastisch!«

Ihm ist es immer noch unangenehm, vor anderen seinen Bauch zu zeigen, aber nur weil er es nicht mag, wenn ihn deswegen alle anstarren. Deshalb lässt er sein T-Shirt am Hotelstrand meistens an. Jetzt zieht er es jedoch aus und wirft es zu unseren Sachen auf den Felsen. Zum Glück hat er vor mir keinerlei Scheu. Tatsächlich scheint ihm heute der starke Morgenkaffee in den Kopf gestiegen zu sein, denn er schlüpft sogar aus den Badeshorts! Dann streckt er die Brust raus, trommelt mit den Fäusten darauf und ruft: »Tarzan wollen Jane!«

Prustend drehe ich mich um und verschlucke mich fast vor Lachen, während er hinter mir elegant ins Becken hechtet. So schnell ich kann, kraule ich die wenigen Meter bis zum Wasserfall. Leider sind meine Schwimmkünste nicht herausragend, und Evan hat eindeutig die bessere Kondition, weshalb er mich kurz vor dem Ziel von hinten packt und an sich zieht.

Spielerisch beißt er in meinen Hals und raunt: »Tarzan hungrig.«

Ich drehe mich in seinen Armen um und klammere mich wie ein Äffchen an ihn, obwohl ich den Grund berühren kann, wenn ich mich auf die Zehenspitzen stelle. Da Evan größer ist als ich, schauen seine Schultern ein Stück aus dem Wasser.

»Was, wenn uns jemand sieht?«, frage ich und genieße, wie sich seine beginnende Erektion an meinen Schoß drängt.

»Hier ist doch keiner.«

»Und wenn Jay kommt?«

Evan lächelt verschmitzt, wobei er meine Pobacken knetet und mit mir durchs Wasser geht. »Der muss sicher arbeiten, schließlich leitet er vormittags meist eine Tour.« Hungrig küsst er mich auf den Mund. »Komm mit.«

Evan zieht mich weiter zum Wasserfall, und ich erkenne dahinter einen Hohlraum, eine kleine Ausbuchtung im Felsen. »Hier können wir uns verstecken.«

Weil der Fluss nicht viel Wasser führt, würden uns Ankommende wohl trotzdem sofort erkennen. Aber ich tue Evan den Gefallen, klettere den Felsen mit wenigen Schritten empor und stelle mich mit ihm hinter die rauschende Wand. Hier ist es kühler und schön schattig.

Erneut muss ich ihn anblicken, diesen schönen, starken Mann, und habe ein Déjà-vu. So sah er aus, als er sich beim Fotoshooting den ganzen Inhalt einer Flasche über den Kopf geschüttet hat. Wasser läuft aus seinen schwarzen Haaren über sein männlich geschnittenes Gesicht, und einzelne Tropfen verfangen sich in den Bartstoppeln. Evan hat beschlossen, sich während des Urlaubs nicht täglich zu rasieren, weshalb er auf mich den Eindruck eines verwegenen Piraten macht.

Männer haben es gut. Sie schauen auch mit Gestrüpp hervorragend aus. Vor allem Evan. Ich muss jeden Tag die Klinge zücken, wenn ich nicht Beine wie ein Reh haben möchte.

»Küss mich, mein wilder Dschungel-Boy«, raune ich und ziehe ihn am Nacken zu mir.

Das lässt er sich natürlich nicht zweimal sagen, sondern schließt sofort seine Arme um meinen Körper. Seine ersten Küsse sind gierig, wie so oft, als hätte er mich wochenlang nicht gesehen, und ich liebe es, so stark von ihm begehrt zu werden. Sein großer erhitzter Körper macht mich an, und ich grabe die Finger in seine knackigen Pobacken, um ihn noch fester an mich zu ziehen.

Ich liebe es, ihn innerhalb kürzester Zeit steinhart machen zu können.

Die Gischt des Wasserfalls benetzt unsere Körper, macht sie glitschig. Unsere Hände gleiten auf und ab, streicheln, verwöhnen.

»Dreh dich um«, befiehlt er. »Hände an den Felsen.«

Ich gehorche und frage unschuldig über meine Schulter: »Warum?«

»Ich will dein Tattoo sehen.«

Vor ein paar Wochen habe ich mir oberhalb meines Steißbeins einen Phönix stechen lassen. Seine ausgebreiteten orangeroten Flügel reichen fast bis zu meiner Taille, und sein langer Schweif ziert meine rechte Pobacke.

Lasziv recke ich Evan meinen Hintern entgegen und grinse verschmitzt, als er mir mein Bikinihöschen bis zu den Knien zieht. Dann fährt er mit der Hand zwischen meine Beine, um sie auf meine Scham zu pressen.

»Heiß, feucht und bereit«, sagt er.

Ich stöhne leise, als er mich dort streichelt. Dabei küsst er meine Schultern, den Rücken und schließlich mein Gesäß, geht hinter mir in die Knie und beißt zärtlich zu. Er zieht meine Pobacken auseinander, um durch das tiefe Tal zu lecken, was mich noch heißer macht.

»Ich steh auf dich und dein sexy Tattoo«, raunt er.

Und ich weiß, worauf er außerdem abfährt. Ich habe diese Spielart mit Evan zum ersten Mal erforscht und er mit mir, weil sich seine früheren Beziehungen nicht getraut haben. Wir finden es verrucht und verboten, wenn wir Analsex haben. Deshalb strecke ich ihm meinen Hintern noch weiter entgegen.

Er steht auf, fährt mit beiden Händen unter mein Bikini-Oberteil, um meine Brüste zu kneten, und küsst mich, während er seine Erektion zwischen meinen Pobacken reibt.

»Willst du wirklich?«, fragt er.

»Probieren wir es doch aus.«

Ein Keuchen an meinem Ohr verrät mir, dass ihm die Idee sehr gefällt. Er geht leicht in die Knie und drückt seine Eichel zwischen meine Schamlippen.

»Falscher Eingang«, sage ich grinsend.

»Ich weiß«, antwortet er atemlos. »Aber wir haben kein Gleitgel hier.«

Mist, das hatte ich völlig vergessen.

»Doch das bekommen wir schon hin. Spreiz deine Beine weiter!«

Ich mag es, dass wir experimentieren und keine Scheu haben. Mit Evan ist mir nichts peinlich. Er kennt jeden Winkel meines Körpers, jede Falte, jede Delle, jedes Pölsterchen, genau wie ich bei ihm bereits jeden Zentimeter erforscht habe.

Ich steige aus dem Bikini-Höschen und stelle meine Beine weiter auseinander. Als Evan in mich dringt, nimmt er seine Hand dazu, um über meine Klitoris zu reiben. Vielleicht bin ich etwas anders als andere Frauen, denn ich mag es, möglichst gleich am Anfang direkt dort berührt zu werden. Seit ich mit Evan zusammen bin, werde ich sehr schnell erregt. Und feucht.

Es schmatzt, und die Gischt, die sich auf meinem Rücken sammelt und als Tropfen an meiner Wirbelsäule hinabläuft, sorgt für zusätzliche Feuchtigkeit.

»Versuchen wir es«, murmelt Evan, zieht sich zurück und drückt seine Eichel zwischen meine Pobacken.

Ich vertraue ihm so sehr, dass ich mich recht schnell entspannen und ihn aufnehmen kann. Allein der Gedanke, dass er mich von hinten in meinen verbotenen Eingang nimmt, erregt mich ungemein.

Zuerst dringt seine glitschige Eichel ein, dehnt den äußeren Ring und drängelt gegen den inneren Muskel. Er gleitet immer tiefer, bis ich ihn ganz aufgenommen habe. Ich fühle mich gedehnt, und alles pocht um Evans Erektion. Ich liebe es.

Als er sich langsam in mir zu bewegen beginnt, streichelt er wieder meine Klitoris. Es fühlt sich alles ein bisschen anders an ohne Gleitmittel, nur mit Wasser und meiner Creme, jedoch besser. Ich habe Evan nie zuvor so intensiv in mir gespürt.

»Du bist unglaublich, Mila«, raunt er, streichelt mit der einen Hand meine Brust, mit der anderen stimuliert er mich zwischen den Beinen. »Ich bin so glücklich, dich zu haben.«

Seine Worte erwärmen mein Inneres, seine Berührungen setzen meinen Körper in Flammen, und Evan ist der Einzige, der dieses Feuer löschen kann.

Er bewegt sich immer noch vorsichtig in mir, und ich stoße kurz mein Becken nach hinten, um ihm zu zeigen, dass er mehr Gas geben darf. Ich liebe seine rücksichtsvolle Art. Er würde mir nie absichtlich wehtun.

Er reibt mich schneller zwischen den Beinen, und seine große, leicht raue Hand auf meiner empfindsamsten Stelle schickt pulsierende Stromstöße durch meinen Körper. Als sich die angestaute Lust explosionsartig in einem Orgasmus entlädt, bestehe ich nur noch aus berauschenden Gefühlen. Meine Brustwarzen prickeln, meine Klitoris pocht, und ich stöhne so laut, dass ich wahrscheinlich sämtliche Tiere im Dschungel verscheuche. Als mein Inneres zur Ruhe kommt und ich die Nachwehen des Höhepunktes genieße, gleitet Evan noch einmal tief in mich. Dann zieht er sich zurück und verteilt sein Sperma auf meinen Pobacken. In warmen Schüben trifft es auf meine Haut und läuft an mir herunter. Dabei spüre ich Evans Blicke auf meinem Hintern. Er liebt es, mich zu markieren.

»Aber das darfst du jetzt sauber machen«, sage ich und wende mich grinsend zu ihm um.

Er küsst mich atemlos und zieht mich an sich. »Ich mache, was du willst, wenn wir das noch mal wiederholen.«

Ich lache. Typisch Mann. »Was ich will?«

»Solange es im Bereich des Möglichen liegt.«

»Ich wünsche mir eigentlich nur, dass es zwischen uns immer so sein wird wie jetzt.«

»Das wünsche ich mir auch«, sagt er und blickt nach oben an die Höhlendecke. »Hast du gehört, Universum?«

Hach, dieser Kerl ist einfach zum Knutschen. Nie hätte ich gedacht, dass Männer so romantisch, humorvoll und sensibel sein können. Ich weiß nicht, ob das schon immer alles in ihm gesteckt hat oder ob erst das Schicksal seine wahre Natur herausgekitzelt hat.

Egal, wie es ist – ich bin glücklich mit Evan.

Ich rücke mein Bikinioberteil zurecht, hebe mein Höschen auf und steige mit Evan hinunter ins Becken. Er rubbelt seine Spuren von meinem Körper, danach ziehe ich mein Unterteil an. Wir legen uns im Becken auf den Rücken und lassen uns Hand in Hand treiben. Über uns drehen sich der blaue Himmel, die grünen Baumkronen und die Felsen. Bunte Vögel und Schmetterlinge fliegen vorbei, und ich fühle mich wie im Paradies.

Als plötzlich etwas in meinen Unterschenkel zwickt, fahre ich schreiend auf und tauche unter, doch ich finde mich gleich in Evans Armen wieder.

Ich klammere mich an seinen Hals und suche den Übeltäter. »Ich glaube, mich hat ein Fisch gebissen!« Während ich umständlich die Stelle an meinem Bein inspiziere und dabei in Evans Armen zapple – ich kann zum Glück nichts erkennen –, sieht mich Evan einfach nur grinsend an. »Ich liebe dich, Mila.«

»Ich weiß«, murmele ich an seinen Lippen. »Und dafür liebe ich dich.«

»Du liebst mich, weil ich dich liebe?«

Sehr geistreiche Antwort, Mila, denke ich, aber ich wurde gerade angegriffen und bin noch ein wenig aufgeregt. In dem Becken leben doch keine Piranhas? »Ich liebe dich, weil du mein Held bist. Du hast mich vor dem Monsterfisch gerettet.«

»Die Gründe sind mir eigentlich auch egal«, raunt er und küsst mich erneut. »Möchtest du lieber an einen Ort ohne Killerfische?«

»Nur, wenn der auch so schön ist wie der hier.«

»Jay hat gesagt, wenn wir dem Flussverlauf folgen, kommen wir an einen kleinen, unberührten Strand. Wollen wir uns den noch ansehen?«

»Mit dir will ich mir alles ansehen, mein Held«, antworte ich. »Wohin du gehst, gehe auch ich.«

Happy End

Stranded

Kapitel 1 – Ein Cowboy in Thailand

Es würde mich wirklich interessieren, wieso es einen waschechten australischen Cowboy in das Heaven Resort nach Thailand verschlagen hat.

Von meinem Arbeitsplatz aus werfe ich Jayden unauffällig schmachtende Blicke zu. Ich habe einen Schreibtisch im großzügig gestalteten Eingangsbereich des Hotels und sitze quasi im Freien. Nur das tempelähnliche Dach der Lobby schützt mich vor Sonne und Regen, und jede Menge Ventilatoren sorgen dafür, dass sich die Hitze nicht staut.

Wenige Meter entfernt steht Jayden an eine Säule gelehnt und unterhält sich mit einem Urlauber, der einen Rundflug bei ihm buchen möchte. Mein heimlicher Schwarm trägt einen Strohhut, der wie ein Stetson aussieht, ein kurzärmliges Hemd, knielange braune Hosen und Flipflops. Die Hände hat er lässig in den Hosentaschen vergraben, und seine verspiegelte Sonnenbrille sowie der Bartschatten unterstreichen sein cooles Aussehen noch. Mit seiner gebräunten Haut, den hohen Wangenknochen, dem markanten Kinn und dem sinnlichen Mund ist er eine Mischung aus Indiana Jones und Hugh Jackman, als er den Drover im Film *Australia* gespielt hat.

Ob er zu mir herschaut? Ich habe oft das Gefühl, ein Prickeln auf meinem Gesicht oder anderen Körperteilen zu spüren, wenn Jayden in der Nähe ist, doch leider kann ich wegen der Brille seine Augen nicht sehen. Dabei hat er wirklich faszinierende Iriden. Sie besitzen die Farbe von Smaragden.

Nur mühsam kann ich den Blick von ihm abwenden und richte meine Aufmerksamkeit auf mein Clipboard mit der Namensliste. Gleich fährt der Bus nach Phang Nga ab, und ich muss noch die Gäste einsammeln, die sich für die Tempeltour angemeldet haben. Ich darf Jayden nicht zu offensichtlich anstarren; Chi, der nur einen Meter entfernt von mir an seinem Tisch sitzt, hat mich schon einmal gefragt, ob ich etwas mit ihm habe. Ich glaube, Chi wollte herausfinden, ob ich Single bin. Zu meinem Leidwesen verkehren Jayden und ich nur rein freundschaftlich miteinander und essen morgens oder während der Mittagspause zusammen, wenn er nicht gerade unterwegs ist. Ansonsten ist bisher nichts zwischen uns passiert.

Chi hingegen hat mich erst vorgestern gefragt, ob ich mit ihm für eine Nacht nach Phuket fahren will. Angeblich, um dort ein Musical anzusehen. Aber die Absicht dahinter war ziemlich offensichtlich. Chi ist ein junger Thailänder, mit seinen sechsundzwanzig Jahren genauso alt wie ich und hat ein paar Jahre in San Francisco gelebt, bevor er wieder zurück in seine Heimat gegangen ist. Er arbeitet hier ebenso wie ich als Reiseleiter, sieht gut aus, hat ein perfekt geschnittenes Gesicht, dichtes schwarzes Haar und eine ansprechende, schlanke Figur ... Doch er reizt mich nicht. Ich finde ihn wirklich nett, aber auch unendlich langweilig. Er hat keine Ecken und Kanten.

Das klingt jetzt gemein, aber derart »glatte« Menschen haben mich noch nie interessiert.

Jayden hingegen wirkt reifer und besitzt Ausstrahlung, was womöglich auch daran liegt, dass er bereits über dreißig ist. Nun gut, er scheint manchmal grundlos schlechte Laune zu haben, zieht sich nach Feierabend zurück und gibt nur selten etwas von sich preis – aber genau das reizt mich. Ich will wissen, wer er ist, was er will, *wen* er will.

Bisher habe ich nur einmal beobachtet, wie er mit einer Engländerin, die ohne Begleitung reiste, geflirtet hat – also scheint er immerhin auf Frauen zu stehen. Ansonsten lebt er wie ein Eremit oder »Einzelgänger«, wie Chi sagt. Dann darf ich mich wohl geehrt fühlen, dass sich Jayden wenigstens mit mir unterhält.

In seiner Freizeit unternimmt er allein Dschungeltouren oder fliegt mit seiner Maschine zu irgendwelchen einsamen Inseln. Weiß der Kuckuck, was er dort macht.

Der Urlauber, der einen Rundflug buchen wollte, ist inzwischen verschwunden. Dafür unterhält sich Jay jetzt, immer noch an der Säule lehnend, mit einem großen schwarzhaarigen Mann und einer kleineren Frau, die ihr Haar zu einem Knoten aufgedreht hat. Das sind Mr Cooper und dessen Lebensgefährtin Mrs Groth. Die beiden haben sich ebenfalls für die Tempeltour angemeldet und sind die letzten auf meiner Liste. Nun habe ich einen Grund, zu ihnen – und Jay – zu gehen.

Unauffällig wische ich meine feuchten Hände unter dem Tisch am Rock ab, nehme mein Clipboard und stehe auf. Ich bin völlig verschwitzt; mein beiges Hemd, das ich während der Arbeit tragen muss, bringt mich noch um. Ich kann es kaum erwarten, mir in der Pause die Kleidung vom Leib zu reißen und in meinen Bikini zu schlüpfen.

Ich liebe meinen Job, die Kollegen sind durchweg freundlich, und die Hotelanlage ist ein Traum. Sie wurde auf einem Hang errichtet, mit Blick aufs Meer, und die Poollandschaft so gestaltet, dass sich kleine Wasserfälle zwischen Palmen und

Brücken kaskadenartig in den Hauptpool am Fuß des Hügels ergießen.

Nur das feuchtheiße Klima setzt mir zu. Obwohl meine Mutter Thailänderin ist, bin ich in New York aufgewachsen und war bloß ein paarmal mit meinen Eltern und meinem älteren Bruder Keno im Urlaub hier. Wir haben die halbe Welt durchquert, weil Mum und Dad ein Reisebüro besitzen und sich gerne selbst vor Ort einen Eindruck von den Gegebenheiten verschaffen.

Nachdem ich meine Ausbildung in unserem Familienunternehmen beendet hatte und ein paar Monate in einer Zweigstelle in New York beschäftigt war, habe ich mich entschlossen, in Thailand zu arbeiten. In der Großstadt hatte ich stets das Gefühl zu ersticken. Aber das lag nicht nur am Smog, sondern auch an meinen Eltern. Ich liebe sie über alles, doch ich will nicht immer in ihren Fußstapfen laufen.

Hier kann ich ich selbst sein, ohne dass sie mir auf die Finger sehen oder Erwartungen haben, die ich vielleicht nicht erfüllen kann oder will. Und wer möchte nicht in einem Land arbeiten, in dem andere Urlaub machen? Dabei kommt es mir zugute, zweisprachig aufgewachsen zu sein. Ich hatte also die perfekten Voraussetzungen für diesen Job.

Als ich Jay und die beiden Touristen erreiche, klemme ich mir das Clipboard unter den Arm, lege meine Handflächen zu einem Wai aneinander und begrüße sie lächelnd. »Sawasdee.«

Die beiden Urlauber lächeln zurück und nicken.

In Thailand gibt man sich nicht die Hand, generell ist in diesem Land vieles anders als in Amerika. Hier spricht man sich immer mit Vornamen an, zieht die Schuhe aus, wenn man ein Haus betritt, und schimpfende, wütende Leute verlieren ihr Gesicht. Unmut wird einfach weggelächelt. Außerdem ist es verpönt, jemandem über den Kopf zu streichen, weil der Kopf heilig und Sitz der Seele ist.

Dabei würde ich gerade jetzt so gerne Jayden den Strohhut abziehen und mit den Fingern durch sein dunkles Haar fahren, um zu fühlen, wie es beschaffen ist.

»Mr Cooper, Mrs Groth«, sage ich und deute auf den weißen Van, der vor der Rezeption im Hof parkt. »Ihr Bus fährt in fünf Minuten. Ich wünsche Ihnen eine schöne Tour.«

Die beiden bedanken sich, verabschieden sich von uns und gehen zum Fahrzeug.

Ich sehe ihnen kurz nach, wobei ich neben Jayden stehen bleibe, ein Taschentuch aus meiner Rocktasche ziehe und mir die Stirn abtupfe. Dann frage ich ihn: »Wie hältst du es nur unter deinem Hut aus? Mein Hirn gart jetzt schon.«

Er verschränkt die Arme und verzieht einen Mundwinkel zu einem sexy Lächeln. »Du wirst dich an die Hitze gewöhnen.«

Muss er mich so ansehen? Macht er das bewusst?

Nein, er lächelt immer auf diese Art. Das habe ich schon oft bei ihm beobachtet.

»Wie lange bist du noch mal in Thailand?«, will ich wissen, obwohl ich ihn das schon einmal gefragt habe. Mir fällt jedoch gerade nichts anderes ein, worüber ich mit ihm reden könnte. Die Nähe dieses Mannes macht mich stets unkonzentriert.

»Zwölf Jahre.«

»Dann ist es kein Wunder, dass du dich längst akklimatisiert hast.«

Jay stößt sich von der Säule ab, und es sieht danach aus, als wolle er gehen. Verdammt!

Rede mit ihm, Ranja, bevor er wieder wegläuft! »Und du vermisst Australien kein bisschen?«

»Nicht wirklich.« Er sieht auf mich herunter und runzelt

unter seinem Hut die Stirn. »Ich war schon länger nicht mehr dort.«

Er hat mir bisher sehr wenig von seinem früheren Leben in Australien erzählt. Ich weiß nur, dass er die Ranch seines Vaters hätte übernehmen sollen, die jetzt sein Bruder führt. Aber wieso, weshalb, warum hat er es nicht getan? Immer, wenn ich darauf zu sprechen kam, hat er sofort das Thema gewechselt.

Ich sollte meine Neugier drosseln, wenn ich Jay als Freund behalten möchte. Daher rede ich lieber wieder über allgemeine Dinge. »Ich habe jetzt drei Stunden Pause und brauche dringend eine Abkühlung.«

»Die gönne ich mir nun auch.«

»Pool oder Strand?«, frage ich, obwohl beides nicht wirklich für Erfrischung sorgt. Die hohe Luftwärme und die starke Sonneneinstrahlung heizen das Wasser auf Badewannentemperatur auf. Aber egal, wofür er sich entscheidet – dort werde auch ich sein. Bisher habe ich ihn weder am Pool noch am Strand getroffen. Dabei bin ich doch so neugierig, wie er unter seinem Hemd aussieht!

»Nichts davon«, antwortet er schmunzelnd und tippt zum Abschied an seinen Hut. »Ich bevorzuge Ruhe und Abgeschiedenheit.« Er dreht sich um und sagt: »Man sieht sich!«, dann marschiert er durch eine schmale Passage zwischen Rezeption und Fitnessraum davon. Der Weg führt zu den Unterkünften der Angestellten, die im hintersten Bereich des Hotels liegen.

War das eben eine Abfuhr? So schnell wirst du mich nicht los, Jayden!

Sofort hefte ich mich an seine Fersen, da ich ohnehin denselben Weg nehmen muss. »Du bist verdammt fies, Cowboy! Ich hasse es, wenn du Geheimnisse vor mir hast.«

Plötzlich bleibt er stehen und dreht sich abrupt zu mir um, sodass ich in ihn hineingelaufen wäre. Doch im letzten Moment hält er mich an den Schultern fest. Mit einem verwegenen Grinsen raunt er: »Ich weiß nicht, ob einem Stadtkind wie dir gefallen würde, wo ich hingehe.«

Oh Gott, so nah war er mir noch nie! Ich kann sein Aftershave riechen, rauchig und würzig. Dieser Mann duftet nach Abenteuer und wilder Natur. Er kommt mir manchmal wie ein Löwe vor. Ein einsamer Löwe.

»Böse durch und durch«, sage ich milde lächelnd, als ich wieder Luft bekomme, und kann nur in seine grünen Augen starren. Seine Sonnenbrille ist durch den Beinahe-Zusammenstoß ein Stück seinen Nasenrücken heruntergerutscht, weshalb mich Jay über den Rand des Gestells mustert. »Ich platze gleich vor Neugier!«

Er hält mich immer noch fest, und so wie er mich jetzt ansieht, durchdringend und interessiert, hat er mich nie zuvor angeschaut. Oder doch? Ich fühle erneut dieses Prickeln überall auf mir.

Das bilde ich mir sicher bloß ein.

Schnell weicht er vor mir zurück, nimmt den Hut ab und fährt sich durchs Haar. »Wie schnell kannst du deine Badesachen packen?«

Ich versuche, ein Grinsen zu unterdrücken, und antworte möglichst gefasst: »Ich wäre in zehn Minuten abmarschbereit.« Wahnsinn! Jayden Grant nimmt mich mit zum Schwimmen!

»Perfekt.«

Wir gehen weiter, und mit zittrigen Knien laufe ich auf dem schmalen Weg hinter ihm her, bis wir bei den Unterkünften ankommen. Sie liegen in einem zweistöckigen Gebäude; Jay und ich wohnen im Erdgeschoss.

»Dann hole ich dich in zehn Minuten ab. Aber zieh feste Schuhe an!« Mit diesen Worten lässt er mich vor meiner Zimmertür stehen und verschwindet im Apartment nebenan.

Mein Herz rast so stark, dass ich kaum die Tür aufsperren kann. Meine Hände zittern noch mehr als meine Knie.

Ich weiß, dass das kein Date ist – schließlich nimmt er mich nur mit zum Baden –, dennoch kommt es mir so vor.

Die ersten Minuten irre ich planlos durch mein kleines Zimmer, das ähnlich wie die Räume der Gäste eingerichtet ist, ziehe mich aus und kann mich nicht entscheiden, welchen Bikini ich tragen soll. Dabei habe ich nur drei! Nehme ich nun den schwarzen, den mit den Blümchen oder den weißen?

Ich schließe die Augen, schnappe mir blindlings den unschuldig weißen Bikini und schlüpfe hinein. Danach werfe ich ein Handtuch, Sonnencreme und etwas zu trinken in meinen Umhängebeutel und krame meine Turnschuhe aus dem Schrank, die ich das letzte Mal auf dem Flug hierher anhatte.

Anschließend stelle ich mich vor den Spiegel an der Garderobe. Herrje, wie ich aussehe, wie ein kleines, dünnes Thaimädchen ohne Oberweite. Ich habe wirklich viel von meiner Mutter geerbt. Mein Dad fährt auf ihren zierlichen, burschikosen Körper ab.

Ja, das sind Dinge, die eine Tochter nicht wissen will, aber das habe ich des Öfteren mitbekommen.

Es war eine Liebesheirat; die beiden haben sich kennengelernt, als Dad in Thailand Urlaub gemacht hat – Mum hatte in der kleinen Wäscherei ihrer Eltern gearbeitet. Die zwei scheinen auch heute noch glücklich zu sein. Ich vermisse sie sehr, dennoch bereue ich meine Entscheidung, in Thailand zu arbeiten, nicht.

Ob ich Jay gefalle? Er ist so groß und ich bin ein Mäuschen.

Kurz überlege ich, mir ein Kleid überzuziehen, entscheide mich dann jedoch für ein weißes T-Shirt und meine kakifarbenen Shorts. Kaum habe ich meine Turnschuhe geschnürt, klopft es auch schon an der Tür.

»Komme!«, rufe ich, schnappe mir den Beutel und reiße die Tür auf. Ich kann nicht anders und muss Jayden angrinsen. »Ich hätte noch eine Minute übrig gehabt.«

Frech grinst er zurück. »Ich wollte nur gucken, wie du mit Extremsituationen umgehen kannst.«

»Hey!« Meine kleine Faust saust auf seinen Oberarm – natürlich nicht zu fest, schließlich wäre es eine Schande, diesem herrlichen Exemplar einen Makel zuzufügen. »Ich gehöre nicht zu den Frauen, die stundenlang im Bad brauchen.«

»Hast du auch nicht nötig«, sagt er und drückt mir einen Motorradhelm in die Hand. »Los geht's.«

Noch bevor ich richtig registrieren kann, dass er mir gerade ein Kompliment gemacht hat, frage ich: »Wir fahren?«

»Ja, unser Ziel liegt aber nur ein paar Minuten von hier entfernt.«

Während wir den Weg zur Rezeption einschlagen, mustere ich seinen knackigen Hintern. Jay trägt dieselbe Kleidung wie zuvor, nur statt der Flipflops hat er nun Stiefel an. Ansonsten hängt ein großes Messer in einer Scheide an seinem Gürtel, und er hat eine Wasserflasche dabei.

Oje, wo will er mich hinbringen? »Machen wir einen Dschungeltrip?«

Als er kommentarlos mit den Schultern zuckt, würde ich ihm am liebsten in den Hintern treten. Doch wir sind bereits an der Rezeption angelangt, und ich muss mich benehmen. Ich bin mit einem älteren Bruder groß geworden und musste mich oft beweisen. Nur deshalb komme ich auf solche wenig damenhaften Ideen.

Wir gehen an Chi vorbei, der immer noch hinter seinem Tisch sitzt und uns merkwürdig ansieht, so als ob er Schmerzen hätte.

Verdammt, denkt er jetzt, ich hätte ihn angelogen?

»Wo fahrt ihr denn hin?«, will er auch prompt wissen und klingt leicht verschnupft.

»Einkaufen«, antwortet Jay kühl, dreht um, bleibt vor dem Tisch stehen und stützt sich mit beiden Händen auf der Platte ab. »Sollen wir dir was mitbringen?«

»Äh ... nein, danke.« Chi weicht zurück und räuspert sich. Dabei wird seine Gesichtsfarbe eine Nuance dunkler, und er wendet sich hektisch den Unterlagen zu.

Ich verkneife mir ein Lächeln, bis wir auf den großen Vorhof des Hotels treten. »Du kannst lügen, ohne rot zu werden.« Kopfschüttelnd blicke ich Jayden an. »Was, wenn er etwas gewollt hätte?«

»Hätte er nicht«, antwortet Jay.

Jetzt muss ich laut lachen. »Du hast ihn auch ganz schön eingeschüchtert.«

Wir gehen an dem quadratischen Brunnen vorbei, in dem Goldfische schwimmen, und ich frage mich, wie sie in dieser Hitze überleben können. Kaum haben wir kein Dach mehr über dem Kopf, ist die Sonne kaum auszuhalten.

»Chi steht total auf dich, oder?«, fragt Jay, während wir auf einen Unterstand zumarschieren, unter dem bestimmt vierzig Mofas, Roller und Motorräder parken. Die meisten Angestellten kommen mit dem Zweirad zur Arbeit.

»Ich denke schon«, sage ich.

»Und stehst du auch auf ihn?« Erneut mustert er mich über den Rand seiner Brille.

»Ich sage nichts mehr, bevor du mich nicht einweihst, wo wir hinfahren.«

Wir halten bei einem schwarzen Motorrad, das offenbar ihm gehört, denn er zieht einen Schlüssel aus der Hosentasche und steckt ihn ins Zündschloss. Danach drückt er mir seine Wasserflasche in die Hand. »Halt bitte mal.«

»Ich kann sie bei mir reintun.« Kaum verschwindet sie in meinem Beutel, nimmt er mir den Helm aus der Hand, setzt ihn mir auf und schließt ihn. Ich spüre seine rauen Finger an meinem Kinn.

Jay steht so dicht bei mir, dass ich erneut weiche Knie bekomme.

»Habe ich dir jetzt deinen Helm weggenommen?«, frage ich mit belegter Stimme und umklammere mit den Fingern die Kordel meines Beutels.

»Für die kurze Strecke brauche ich keinen.«

»Was, wenn wir in eine Kontrolle kommen?« Soweit ich weiß, herrscht hier Helmpflicht, auch wenn sich die wenigsten daran halten.

»Kommen wir nicht. Nicht auf diesem Weg und zu dieser Zeit. Die kontrollieren höchstens in der Stadt.«

»Na, dein Vertrauen möchte ich haben.«

»Du musst mir eines versprechen, Ranja«, sagt er und beugt sich noch näher zu mir.

Ich mag es, wenn er mich Ranja und nicht Aranja nennt.

»Was?«, frage ich krächzend.

»Du darfst niemandem von dem Ort erzählen, den ich dir gleich zeigen werde, denn ich liebe diese Abgeschiedenheit heiß und innig.«

Abgeschiedenheit … Ich allein mit Jayden Grant! »Ich verspreche es.«

Als ich denke, er möchte mich küssen – was Quatsch ist, denn das wäre mit Helm auf dem Kopf sehr umständlich –, schwingt er seine langen Beine über den Sitz. Danach dreht er sich mit dem Oberkörper um und hält mir die Hand hin, um mir hoch zu helfen.

Ich klettere auf den Sitz und schultere den Beutel, dann startet Jay die Maschine.

»Halte dich an mir fest!«, befiehlt er, und keine Sekunde später habe ich schon die Arme um ihn geschlungen.

Das Abenteuer kann beginnen.

Kapitel 2 – Tiger und Küsse

Am liebsten möchte ich nie vom Motorrad absteigen.

Ich genieße die Fahrt mit Jay. Zuerst hat er die Maschine sicher die abschüssige Straße hinuntergesteuert – das Hotel liegt auf einem Hügel – und nun cruisen wir die kleine Anhöhe hinauf, auf der der Nationalpark beginnt. Felswände und Bäume ragen auf der einen Seite in die Höhe, die andere gibt den Blick auf die Hotels, den Strand und das Meer frei. Der Wind weht um meinen Körper und kühlt mich ein wenig ab, denn ich glühe. Jay endlich unauffällig berühren zu dürfen erhitzt jede meiner Zellen.

Meine Hände liegen an seinem Bauch, und ich spüre nur Muskeln. Die Versuchung ist groß, mich an seinen Rücken zu schmiegen, ich traue mich aber nicht. Außerdem stört der Helm.

Wieso hat dieser Mann solch eine immense Wirkung auf mich?

Schon bei unserer ersten Begegnung kurz nach meiner Ankunft war es um mich geschehen. Er verließ gerade sein Zimmer, während ich vor meiner Tür stand, und ich konnte nur in seine grünen Augen starren. Es war, als würde er mich mit ihnen hypnotisieren, mich mit seinen Blicken ausziehen. Ich hatte das Gefühl, dass ich dieselbe Wirkung auf ihn hätte. Doch innerhalb von Sekunden war der Zauber verflogen, als hätte Jay einen inneren Vorhang zugezogen. Er begrüßte mich freundlich, stellte sich vor und sagte einfach nur: »Es wird dir hier gefallen«, bevor er an mir vorbeischlenderte, mit diesem sanften Wiegen in seinen Hüften.

Und er hatte recht, so recht.

Der Wald wird zu beiden Seiten dichter, und das Meer ist nicht mehr zu erkennen. Wenige Minuten später biegen wir in einen breiten Kiesweg ein, und die Schranke vor der kleinen Holzhütte der Parkverwaltung zwingt uns zum Halten. Jay parkt die Maschine an der Seite, wo es schön schattig ist, und wir steigen ab. Dann hilft er mir wieder mit dem Helm und befestigt ihn am Lenker.

In New York würde der Helm keine fünf Minuten dort hängen bleiben, aber in Thailand ist eben vieles anders.

»Noch ein paar Minuten zu Fuß, dann sind wir da«, erklärt Jay und nimmt mir gentlemanlike meinen Beutel ab.

Hat er kein Handtuch dabei? Trägt er eine Badehose unter der Kleidung? Gehen wir überhaupt zum Schwimmen?

Ich weiß, dass es in der Nähe einen Wasserfall gibt, der bei den Touristen beliebt ist. Aber den Ort kann man nicht als ruhig bezeichnen.

Jay zahlt für mich bei der Verwaltung den geringen Eintritt, damit wir den Nationalpark betreten dürfen, dann marschieren wir los, einen ausgetretenen Pfad entlang, der durch den Dschungel führt. Allerdings verlassen wir bald den ausgeschilderten Weg, indem wir uns an einer Absperrung aus alten Holzlatten vorbeizwängen und einem anderen Pfad folgen, der kaum zu erkennen ist.

»Dürfen wir hier laufen?«, frage ich Jay, der vor mir geht.

Ohne sich zu mir umzudrehen, antwortet er: »Wenn man sich immer an alle Regeln hielte, würde man manchmal die besten Dinge verpassen.«

»Wenn wir verhaftet werden, behaupte ich einfach, du hast mich entführt«, sage ich grinsend.

»Hier wird keiner verhaftet, nur weil er den Weg verlässt.« Nun dreht er sich doch kurz zu mir um und schmunzelt. »Dieser Pfad wurde vor vielen Jahren gesperrt, weil ein paar Touristen die Schönheit der Natur nicht zu schätzen wussten. Sie haben überall ihren Müll verteilt und damit eine gefährdete Fischart bedroht. Betreten von nun an auf eigene Gefahr.«

Mit Jayden an meiner Seite fühle ich mich relativ sicher. Er lebt schließlich schon viele Jahre hier und hat weit gefährlichere Orte erkundet, wie er mir einmal beim Mittagessen erzählt hat.

Ich beginne, die Stille zu genießen, und höre nur das Rascheln des Laubes, das unsere Schritte verursachen, den Wind, der über die Baumkronen streicht, und ein paar Vögel. Das Blätterdach spendet angenehmen Schatten, dafür steht die feuchtheiße Luft zwischen den Bäumen. Ich freue mich riesig auf die versprochene Erfrischung.

Als Jay plötzlich das Messer zieht, macht mein Herz einen Satz. »Was ist los?«

Er wirft einen amüsierten Blick über die Schulter. »Angst vor Tieren?«

Sofort bleibe ich stehen. »Ist da eins?« Ich weiß, dass es in Thailand Schlangen, Spinnen und Tausendfüßler gibt, die einem gefährlich werden könnten. Entdeckt habe ich aber noch keines dieser Tiere.

Jays Grinsen verschwindet. »Keine Sorge, die meisten sind weg, lange bevor wir kommen. Sie spüren die Erschütterung unserer Schritte.« Er hebt das Messer über seinen Kopf, um damit eine Liane auf die Seite zu ziehen, die mit tausenden langen Stacheln besetzt ist. Ich habe solch eine gruselige Pflanze noch nie gesehen.

»Ich mag nur keine Skorpione«, sage ich mit zittriger Stimme, während ich mich dicht an Jay und der Liane vorbeidrücke. »Ich finde den gebogenen Stachel horrormäßig und habe Angst vor dem Gift.«

»Ich kann dich beruhigen«, sagt er und geht wieder voran. »Weder Skorpione noch Spinnen sind hier so giftig, dass sie einen Menschen töten können. Ihr Biss oder Stich ist mit einem Bienenstich vergleichbar.«

»Puh, das ist gut zu wissen. Und wie sieht es mit Schlangen aus?«

»Da ist Vorsicht geboten. Es gibt ein paar sehr giftige Arten wie die Königskobra oder Brillenschlange.«

Panisch blicke ich auf Jays Stiefel, die ihm weit über die Knöchel reichen. Und ich trage nur Turnschuhe!

»Solange du die Tiere in Ruhe lässt und genügend Abstand hältst, tun sie dir nichts. Kommst du ihnen zu nahe, greifen sie an. Sie sind sehr aggressiv. Deshalb habe ich auf meinen Trips meist ein Antiserum dabei.«

»Sehr beruhigend«, antworte ich ironisch. »Klingt, als wärst du schon mal gebissen worden?«

»Fast.« Er geht drei Schritte rückwärts und lächelt mich an. »Das ist aber schon Jahre her.«

Dieser Mann scheint die Gefahr zu lieben. Ob er deshalb keine Freundin hat?

Natürlich habe ich bei ein paar Angestellten, die Jay schon länger kennen, vorsichtig nachgefühlt. Niemand hat ihn je mit einer Frau gesehen oder wusste, ob er schon einmal eine Freundin hatte. Aber die Thais sind diesbezüglich ohnehin zurückhaltend. Bereits Kuscheln in der Öffentlichkeit ist verpönt. Und es gibt kaum Personal, das aus der westlichen Welt kommt. Also muss ich selbst herausfinden, ob ich eine Chance bei ihm habe.

»Bist du ein sehr abenteuerlustiger Mensch, oder was reizt dich und deine Kunden, einen Dschungeltrip zu machen?«

»Die meisten suchen tatsächlich das Abenteuer. Andere wollen den Alltag vergessen, ihren stressigen Job, die Sorgen. Mit sich und der Natur in Einklang sein. Zur Ruhe finden, den Kopf frei bekommen ...«

Während Jay erzählt, frage ich mich, was seine Motive sind. Er spricht nie direkt über sich, verallgemeinert viel, und wenn es zu privat wird, wechselt er das Thema.

Was hast du für ein Geheimnis, mein sexy Cowboy?

Immer tiefer wandern wir in den Dschungel hinein, vorbei an riesigen Farnen, haushohem Bambus, Lianen und anderen Schlingpflanzen. Eine Schar gelber Schmetterlinge flattert um unsere Köpfe, wir sehen einen Termitenhaufen und einen Vogel mit einem blau schillernden Gefieder.

»Ist bei deinen Ausflügen schon einmal etwas passiert?«, möchte ich wissen.

Der Weg wird steiler, und Jay muss mir die Hand reichen, damit ich den ausgewaschenen Pfad nach oben komme. Langsam geht mir die Puste aus. Wir gehen vielleicht erst zehn Minuten, aber bei dieser Hitze erscheint es mir wie Stunden.

»Ein Tourist hat sich mal das Bein gebrochen, als er einer säugenden Elefantenkuh zu nahe kam und trotz meiner Warnung Fotos machen wollte«, erzählt er mir. »Sie ist auf ihn losgegangen, er konnte weglaufen, ist dann jedoch an einer Wurzel hängen geblieben.«

»Elefanten sind gefährlich?« Ich dachte immer, die seien friedlich.

»Das sind wilde Tiere, und sie verstehen wie alle anderen Vierbeiner keinen Spaß, wenn man sich ihren Babys nähert. Einige Elefanten haben es sogar auf Motorräder abgesehen.«

»Vielleicht haben sie die Menschen einfach satt«, murmele ich. »Was gibt es hier eigentlich noch für größere Tiere, die uns gefährlich werden können?«

»Bisons, Wildschweine und Tiger«, erklärt er seelenruhig.

Mein Herz macht einen Satz. »Es gibt hier Tiger?« Plötzlich fühle ich mich beobachtet, sehe in jedem Busch die glühenden Augen einer lauernden Riesenkatze, und meine Pulsfrequenz steigt auf über zweihundert!

»Hey ...« Jayden dreht sich um und legt mir eine Hand auf die Schulter. »In diesem Teil des Landes wurde in den letzten Jahren kein Tiger mehr gesehen. Aber ja, es gibt schätzungsweise noch dreihundert dieser Tiere in Thailand.«

»Bist du schon mal einem begegnet?«

»Nein. Ich war vor zwei Jahren mit einem Guide in einem Nationalpark unterwegs, der weit im Norden liegt, um Tiger und Leoparden zu suchen. Wir haben aber nur ihre Spuren gefunden.«

Leo... Ich schlucke erneut. »Können wir das nächste Mal bitte im Pool plantschen?«

Seine Mundwinkel zucken. »Keine Sorge, schönes Mädchen, dir wird nichts passieren.«

»Du findest mich schön?«, frage ich rau und muss mich räuspern.

Er lässt mich los und dreht sich wieder um, sodass ich sein Gesicht nicht sehen kann. Sachlich, ohne ein Lächeln in der Stimme, antwortet er: »Aranja bedeutet doch *schönes Mädchen*, oder?«

»Stimmt«, sage ich überrascht. »Und ich dachte schon, du machst mir ein Kompliment.«

Er zuckt mit den Schultern. »Wer weiß?«

Ich werde aus dem Kerl nicht schlau! »Du willst mich nur von meinen Ängsten ablenken.«

»Und?« Erneut grinst er über seine Schulter hinweg. »Hat es geklappt?«

Schmunzelnd schüttele ich den Kopf. »Vielleicht.« Er weiß bestimmt genau, wie er auf mich wirkt. »Mit dir an meiner Seite fühle ich mich sicher, Cowboy. Du wirst mich beschützen.«

Ich erwarte eine heroische Antwort wie: Selbstverständlich würde ich dich mit meinem Leben verteidigen. Stattdessen sagt er: »Ich kann dir beibringen, wie du hier draußen überlebst.«

Ich möchte erst enttäuscht sein, weil er sich meinetwegen nicht einmal theoretisch vor das Maul eines hungrigen Tigers werfen würde. Doch die Idee mit dem Survival-Kurs ist nicht schlecht. Dann wäre ich oft mit Jay zusammen, allein mit ihm unterwegs. »Ich denke darüber nach.«

Ich beobachte Jaydens geschmeidige Bewegungen, wobei er mir selbst wie ein Tiger vorkommt, während ich wie ein Trampeltier durch den Urwald stapfe, und das trotz meiner zierlichen Konstitution.

Ich will ihn gerade fragen, wann wir endlich da sind, als ich ein deutliches Rauschen vernehme. Kühlere Luft weht uns entgehen, und nachdem wir noch einige Meter zurückgelegt haben, öffnet sich der grüne Vorhang. Er gibt eine Felswand frei, über die in mehreren Stufen Wasser nach unten fällt und sich in einem grünschillernden Becken sammelt.

»Ist das traumhaft!« Ich springe auf einen der großen runden Felsen, die so um das natürliche Becken verteilt sind, als hätte sie ein Riese absichtlich dorthingelegt. Von hier oben kann ich bis auf den Grund blicken. Das Wasser ist glasklar, und bunte Fische spielen darin Fangen.

Das Becken besitzt einen natürlichen Überlauf. Das Wasser schwappt über Steine und ergießt sich in einen schmalen

Fluss, der in Richtung Meer fließt – das ich von hier aus allerdings nicht sehen kann.

Jayden gesellt sich zu mir und deutet nach unten. »Ihnen haben wir diese Abgeschiedenheit zu verdanken. Die gelben Fische gehören einer bedrohten Art an.«

Das hatte er zuvor erwähnt. »Und dann geriet dieser Ort in Vergessenheit.«

»Hm.« Er stellt meinen Beutel auf den Felsen, legt seinen Hut und die Sonnenbrille daneben und zieht sich sein Hemd über den Kopf. Ein gebräunter, flacher Bauch kommt zum Vorschein.

Holla die Waldfee!

Ich will nicht zu genau hinsehen, muss aber weitere Blicke auf ihn werfen. Schließlich habe ich Jayden noch nie oben ohne gesehen. Seine Brust ist sanft gewölbt, nicht übermäßig aufgepumpt, und passt zu seinem schlanken, durchtrainierten Körper. Was mir jedoch sofort auffällt, ist die Narbe, die quer über seine linke Brust verläuft und sogar den Warzenvorhof streift. Als hätte ihn vor langer Zeit jemand mit einem Messer geschnitten.

»Was hast du denn da gemacht?«, will ich prompt wissen.

Seine Miene verdüstert sich, und er macht eine wegwerfende Handbewegung. »Ach, ist schon ewig her.«

Verflixt, mein Mund war mal wieder schneller als mein Gehirn. Wahrscheinlich hat er sich auf einem seiner Dschungeltrips verletzt, und es ist ihm peinlich, mir davon zu erzählen.

Okay, Themawechsel! »Wie hast du von diesem Wasserfall erfahren?«

»Ich habe ihn vor drei Jahren zufällig entdeckt, als ich abseits der Pfade umhergewandert bin.« Er stellt einen Fuß auf einen höheren Stein und öffnet den Stiefel. »Für mich ist es das Paradies.«

»Das ist es wirklich.« Erneut muss ich Jay betrachten und das Spiel seiner Muskeln bewundern. Sein Rücken ist genauso gebräunt wie wahrscheinlich auch sein restlicher Körper. »Danke, dass du mir diesen Ort gezeigt hast.« Und deinen sexy Body. Halleluja, wieso darf ein Mann so verboten gut aussehen? »Ich werde dein Geheimnis hüten.«

Vehement drehe ich meinen Kopf in eine andere Richtung und versuche mich auf das Naturschauspiel zu konzentrieren, weil ich Jay nicht zu offensichtlich anstarren möchte. Er hingegen scheint mich nicht aus den Augen zu lassen, während ich mir meine Sachen ausziehe. Ich fühle seine Blicke überall auf mir, und ein Prickeln breitet sich auf meiner Haut aus.

Als ich schließlich nur noch den Bikini trage, klettere ich an dem Felsen nach unten und halte meinen großen Zeh ins Wasser. Es ist herrlich kühl und viel erfrischender als das Meer. Neugierig wende ich mich zu Jay um. Mittlerweile hat er nur noch eng anliegende schwarze Shorts an.

Ach, du dickes Ei!

Ähm ... so meinte ich das nicht, seine ... also sie sehen ... Okay, er scheint schon gut bestückt zu sein, aber ...

Verdammt, der Kerl bringt mich noch völlig um den Verstand!

»Ist das Baden hier sicher?«, krächze ich.

»Ich lebe noch, oder?«, antwortet er schmunzelnd, stößt sich vom Felsen ab und hechtet anmutig ins Becken. Er taucht fast bis zum Grund hinunter und macht dort mehrere kräftige Schwimmzüge, bevor sein Kopf wieder an die Oberfläche kommt.

Er dreht sich um, wobei er mir winkt, und ich sehe, dass er im Becken stehen kann. »Na los, Angsthäschen!«

Ich will ihm zeigen, dass ich ebenfalls einen Kopfsprung

beherrsche, denke aber im letzten Moment daran, dass ich einen Bikini trage. Bei meiner geringen Oberweite könnte das Oberteil verrutschen. Diese Blöße möchte ich mir nicht geben, daher gleite ich vom Rand ins Wasser.

»Ist das kalt!«, rufe ich grinsend, damit Jay mich durch das Rauschen des Wasserfalls hört.

»Gut, oder?« Er taucht erneut und schwimmt unter Wasser an mir vorbei. Die bunten Fische nehmen vor ihm Reißaus, aber das erkenne ich nur am Rande. Ständig muss ich Jay ansehen, seine geschmeidigen Bewegungen beobachten.

Ich kraule zu einem runden Felsen am Rand, der ein Stück aus dem Wasser ragt, und setze mich darauf, um nur die Füße in das kühle Nass hängen zu lassen.

Als Jay vor mir auftaucht, grinst er mich verschmitzt an. »Ist es wirklich so kalt?« Er heftet seinen Blick auf mein Bikini-Oberteil. Als ich den Kopf senke, schießt mir Hitze in die Wangen. Meine Brustwarzen sind hart und spitz wie Kieselsteinchen!

»Mir ist nicht kalt«, sage ich und verschränke schnell die Arme vor der Brust. Tatsächlich ist mir schon wieder heiß, und ich weiß nicht, ob sich meine Nippel wegen Jayden oder wegen des Wassers zusammengezogen haben.

»Jetzt komm wieder rein! Wenn du schon hier bist, musst du das genießen.« Lachend zieht er an meinem Bein, sodass mir nichts anderes übrig bleibt, als ins Becken zu gleiten.

Was wird das? Eine Anmache? Oder nur ein bisschen Necken unter Freunden?

Seit einem Monat arbeite ich nun hier, und während dieser Zeit habe ich Jayden besser kennengelernt. Wir verstehen uns prima, jedoch – zu meinem Leidwesen – nur auf freundschaftlicher Ebene. Ich fühle mich einsam, vermisse Sex und alles, was dazugehört, möchte mich aber nicht dem Nächstbesten an den Hals werfen. Bei mir klappt es im Bett nur, wenn ich mehr für den Mann empfinde als Freundschaft, und das tue ich für Jay definitiv. Leider hat er bisher keinen meiner subtilen Annäherungsversuche erwidert. Zum Essen in der Angestelltenkantine trage ich meist Shirts mit einem gewagteren Ausschnitt und beuge mich besonders oft über den Tisch, oder berühre Jay hin und wieder wie zufällig ... Und einmal hatte ich sogar die verzweifelte Idee, nur mit einem Handtuch bekleidet vor seiner Tür zu stehen und zu fragen, ob er mir sein Shampoo leiht. Aber das habe ich mich dann doch nicht getraut. Ich wollte bereits aufgeben, doch nun weiß ich nicht, ob ich nicht noch einen Versuch wagen soll.

Hier sind wir allein, unter uns, keine Angestellten, die uns beobachten. Zum ersten Mal kommt mir Jayden lockerer vor. Fröhlicher. Nicht so ernst und nachdenklich wie sonst.

»Du bist noch viel zu trocken«, sagt er und legt eine Hand auf meine Schulter.

Sofort schwimme ich grinsend von ihm weg. »Wehe, du tauchst mich unter, das hasse ich!«

Er verfolgt mich, packt meinen Fuß und zieht daran.

»Jay! Ich kann hier nicht stehen!« Panisch schnappe ich nach Luft und rudere mit den Armen, weil ich es wirklich hasse, untergetaucht zu werden.

Da legt sich plötzlich sein Arm um mich und zieht mich an seinen warmen Körper.

»Hab dich«, raunt er und sieht mich stirnrunzelnd an. »Du hast ja wirklich Angst.«

Atemlos klammere ich mich an seinen Schultern fest und warte, dass sich mein wild schlagendes Herz beruhigt. »Als ich ein Kind war, hat mich ein Schulfreund unter Wasser gedrückt, und ich dachte, ich müsste ertrinken. Seitdem mag ich solche Spiele nicht.«

Ich komme mir dumm und hilflos vor, obwohl ich eine gute Schwimmerin bin. Jay denkt bestimmt, ich gehöre zur Sorte »empfindliches Frauchen«, aber das möchte ich auf keinen Fall sein. Wahrscheinlich habe ich nun meine Restchance bei ihm verspielt, und er wird mich gleich loslassen. Stattdessen verstärkt sich sein Griff um meine Taille, er streicht mir eine Haarsträhne hinters Ohr, und sein Blick wirkt verklärt, als wäre er mit seinen Gedanken hunderte Meilen von mir entfernt.

»Keine Angst, Nu«, murmelt er. »Hier bist du sicher.«

Nu? Das ist Thailändisch und bedeutet »Maus«. Hier ist es üblich, dass jeder neben seinem normalen Namen auch einen Spitznamen hat, mit dem ihn seine Familie oder Freunde ansprechen.

»Ist das nun mein Kosename?«

»Was?« Sein Blick klärt sich und sein Griff wird lockerer.

»Du hast mich *Nu* genannt.«

Mein wild pochendes Herz hat sich noch kein bisschen beruhigt. In Jaydens Griff zu hängen, ist wie ein Spaziergang auf einem brodelnden Vulkan. Heiß und aufregend, weil man nie weiß, ob er nicht jeden Moment ausbrechen könnte.

Ich hoffe, Jay kommt endlich aus sich heraus. So wie er mich mustert, empfindet er mehr als Freundschaft für mich. Er starrt mich eindringlich an, atmet schwerer, und sein Arm schlingt sich wieder fester um mich.

Ich umklammere mit meinen Beinen seinen Unterleib und lege eine Hand in seinen Nacken. Unentwegt muss ich ihn ansehen, jede feine Falte um seine Lippen und Augen betrachten, die Bartstoppeln, die hohen Wangenknochen, diesen symmetrischen Mund, die dichten, dunklen Wimpern, in denen ein Wassertropfen hängt, und vor allem seine durchdringenden grünen Augen.

Dieses fast schon perfekte Gesicht hat nur einen Makel: Eine Narbe ziert sein Kinn, und an dieser Stelle wachsen keine Haare. Doch sie stört kein bisschen, im Gegenteil, sie lenkt den Betrachter erst recht auf ihn.

Seine Lippen teilen sich, und er leckt sich kurz mit der Zunge darüber.

Himmel, Jay, küss mich doch endlich!

Aber das tut er nicht, sondern er fragt: »Sind Mila und Evan länger weg?«

Ich brauche ein paar Sekunden, um zu verstehen, von wem er spricht. »Du meinst Mrs Groth und Mr Cooper?«

Er nickt.

Erneut hat er das Thema gewechselt. Ich weiß immer noch nicht, warum er mich Nu genannt hat und was er wirklich von mir will. »Ja, sie sind mindestens fünf Stunden unterwegs, denn sie machen heute die große Tempeltour. Warum?«

»Nur so.«

»Jay!« Dieser Kerl macht mich eines Tages wirklich noch wahnsinnig! »Du stellst mir Fragen, aber ich bekomme nie Antworten. Wieso?«

Sein rechter Mundwinkel hebt sich. »So bin ich eben.«

»Ach, erzähl mir mal was Neues.«

Er seufzt hörbar und blickt zum strahlend blauen Himmel. »Ich hab die beiden gestern hier beim Ficken erwischt. Ich glaube, die treiben es wie die Karnickel.«

Er sagt *Ficken* frei heraus, ohne rot zu werden. Niemals zuvor haben wir darüber geredet.

Meine Klitoris pocht, und ich dränge mich dichter an ihn, doch gleichzeitig pulsiert ein schmerzhafter Stich durch meine Brust. Er hat zwei Touristen von diesem Ort erzählt, aber vor mir hat er ihn wochenlang geheim gehalten?

Ich lasse mir nicht anmerken, dass ich beleidigt bin, und krächze: »Haben sie dich gesehen?«

»Natürlich nicht. Die waren auch viel zu beschäftigt, um irgendwas zu bemerken.«

»Wie lange hast du sie beobachtet?«, möchte ich wissen.

»Nur ein paar Minuten.«

»Minuten?« Lachend schlage ich auf seinen Oberarm. »Du Spanner!«

»Hey, du weißt, wie das hier ist. Zwei Menschen zu sehen, die sich in der Öffentlichkeit küssen, ist ja schon fast wie ein Unfall. Aber wenn sie auch noch ficken ... Man *muss* einfach hinsehen.«

»Wenn man sich liebt, gehört Küssen in der Öffentlichkeit dazu«, sage ich, wobei ich mir vorstelle, dass wir uns auch endlich küssen. »Zumindest in unserer Welt.«

»Wann hast du zuletzt geliebt?«, raunt er.

»Das ist schon eine Weile her. Und du?«

»Schon ewig nicht mehr.«

Das ist die erste konkrete Auskunft, die ich von ihm bekomme. Dabei wirkt er ein wenig melancholisch, und ich frage mich, wie er »lieben« interpretiert. Mit dem Körper oder auch mit dem Herzen?

»Wenn man lange genug keinen Sex mehr hatte«, sagt er, »vermisst man ihn irgendwann auch nicht mehr.«

Das halte ich für eine glatte Lüge, besonders aus seinem Mund. Ich bin mir sicher, dass Jay nicht im Zölibat gelebt hat. Und er sieht aus, als würde er jede Sekunde über mich herfallen wollen. Außerdem drückt sich etwas, das immer härter wird, zwischen meine geöffneten Beine.

Ich will Jayden, will ihn so sehr! Sollte er mich hier und jetzt nehmen wollen, würde ich es wahrscheinlich zulassen.

»Jeder sehnt sich doch nach Nähe, oder?«, frage ich. Wobei … Es gibt tatsächlich Menschen, die kein Verlangen nach Sex haben. Aber Jay und asexuell? Niemals! Der Beweis seiner Lust versteift sich unentwegt.

Erneut kommt sein Kopf näher, und ich muss auf seinen sündhaften Mund starren. Seine Unterlippe ist ein wenig dicker als die obere. Er ist durch und durch ein interessanter Mann.

»Spürst du denn ein Verlangen?«, raunt er.

Immer, wenn ich an dich denke, möchte ich sagen, verkneife mir den Kommentar aber. Ich bin weiterhin unsicher, was er für ein Spiel treibt. »Natürlich spüre ich hin und wieder ein Verlangen.« Wie in diesem Moment.

Ich verstärke den Druck meiner Finger in seinem Nacken, mein Unterleib drängt gegen seinen. Jay ist mittlerweile steinhart, und was ich fühle, ist nicht von schlechten Eltern. Das Pochen meiner Klit wird stärker, und meine Brustwarzen sind jetzt wirklich vor Erregung hart. Sie schmerzen leicht, weil sie sich nach Jays Berührungen sehnen.

Er keucht leise und schließt die Lider, als ich mich an ihm reibe. »Und – was ist jetzt zwischen Chi und dir?«

»Nichts!« Können wir nicht endlich mal zur Sache kommen, bevor ich durchdrehe? »Tatsächlich denkt Chi, dass du und ich …« Schnell beiße ich mir auf die Unterlippe.

Jay reißt die Augen auf. »Er denkt, wir sind zusammen?«

»Ja«, hauche ich.

Er starrt mich wieder mit diesem seltsam durchdringenden Blick an, und ich bin mir sicher, dass er weiß, was ich für ihn empfinde. Dass … ich seit unserer ersten Begegnung in ihn verliebt bin.

Eine seiner dunklen Brauen hebt sich, und er geht mit mir

durchs Becken, weiter weg vom rauschenden Wasserfall. »Du hattest sicher schon eine Menge Sex, oder?«

Was ... Hör auf zu reden und küss mich endlich! »Wie kommst du da drauf?«

Wieso kann er, ohne rot zu werden, über dieses Thema sprechen?

Weil er derjenige ist, der schon eine Menge Sex hatte. Gewiss, so muss es sein.

»Eine solch hübsche Frau wie du, die Männern offen zeigt, dass sie Interesse an ihnen hat, muss erfahren sein.« Plötzlich scheinen seine Augen zu glühen, und er hat etwas Dämonenhaftes an sich, doch seine Stimme klingt weiterhin ruhig, einlullend. »Nun erzähl schon. Hattest du viel Sex?«

Wenn ich Ja sage, hält er mich für eine Schlampe, bei Nein für ein Mauerblümchen.

Habe ich ihn wirklich so offensichtlich angemacht?

Ja, habe ich, weil ich dachte, er würde es nicht merken. »Eine Expertin bin ich nicht direkt, aber ...«

»Aber?«

»Ein paar Erfahrungen konnte ich sammeln.«

Er hebt mich an den Hüften hoch und setzt mich auf einen flachen Stein, sodass er nun zwischen meinen geöffneten Schenkeln steht. Sein Mund befindet sich nur Zentimeter vor meiner intimsten Stelle.

»Welche?«, will er wissen, wobei er mit verklärtem Blick zu mir aufsieht.

Jayden, reiß mir endlich das Höschen runter und besorg es mir!

»Wird das ein Verhör?«, frage ich atemlos. Ich sehe es nicht ein, dass er alles von mir wissen will, er aber nie viel von sich preisgibt.

Plötzlich bin ich unsicher, weil ich immer noch nicht weiß, was hier läuft. Ich fühle mich wie ein Mädchen ohne Erfahrung, sodass ich krampfhaft nach einem Thema suche, über das wir uns unterhalten können. Daher plappere ich munter drauflos. »Weißt du, wer Evan Cooper ist? Er war einmal der Held von Queens, ein bekannter, sehr wagemutiger Feuerwehrmann. Bis … Ach, das ist eine lange Geschichte. Auf jeden Fall hat er einige Gerichtsverhandlungen hinter sich und scheint nun endlich ein ruhigeres Leben zu haben. Ist die Welt nicht klein?«

»Stehst du auf Helden?«, fragt er düster. »Ich bin nämlich keiner.«

Ich beuge mich zu ihm hinunter, um durch sein feuchtes Haar zu fahren. Ich muss ihm endlich sagen, was ich für ihn empfinde! Sonst wird das noch ewig so zwischen uns weitergehen. Vielleicht traut er sich nicht, den Anfang zu machen? »Ich mag dich so, wie du bist, Jay.«

Er nimmt meine Hand, drückt sie an seine Wange und raunt: »In mir schlummert etwas Dunkles, Ranja.«

Etwas Dunkles? »Was bedeutet das? Hast du etwas … Schlimmes getan?« Mir wäre das im Augenblick beinahe egal, so sehr will ich ihn!

Er blickt mich an, als müsse er genau überlegen, was er mir sagt. Nach einer gefühlten Ewigkeit murmelt er: »Ich bin nicht fähig, eine Beziehung zu führen.«

Er will also nur Sex? Hat er mich hierhergebracht, um mit mir eine schnelle Nummer zu schieben?

»Lass uns doch einfach Spaß haben«, höre ich mich sagen und ziehe meine Hand zurück. Natürlich bin ich enttäuscht, weil ich mir mehr erwartet hatte. Doch mein anderes, verruchtes Ich, das offenbar in mir lebt, setzt noch hinzu: »Ohne Verpflichtungen.«

Seine Miene hellt sich auf, gleichzeitig erscheinen Fragezeichen in seinen Augen. »Ist das dein Ernst?«

Ist es nicht. Ich würde gerne mehr von ihm bekommen als seinen Schwanz. Doch vielleicht gelange ich darüber an sein Herz.

Aber eins nach dem anderen, noch haben wir uns nicht einmal geküsst!

Ich handhabe es so wie er und gebe ihm darauf keine Antwort. Stattdessen sage ich: »Es hat dich heiß gemacht, Evan und Mila beim Sex zuzusehen. Stimmt's?«

Er zögert einen Moment, bevor er kaum hörbar sagt: »Ich hatte mir vorgestellt, wir wären an ihrer Stelle.«

Werden meine geheimen Träume gerade wahr? Mein Herz hämmert so hart, dass das Dröhnen in meinen Ohren sogar das Rauschen des Wasserfalls übertönt.

»Hast du mich deshalb hergebracht?«, frage ich vorsichtig.

»Ich weiß es nicht«, murmelt er, ohne mich anzusehen.

Natürlich weiß er es. Er will es sich vielleicht nur nicht eingestehen.

Er stützt die Hände neben mir auf dem warmen, flachen Felsen auf und drückt sich aus dem Becken. Dabei spannen sich seine Oberarme an, und Wasser läuft über seine gebräunte Haut.

Als er sich dicht neben mich setzt, sodass sich unsere Beine berühren, kann ich die Beule in seinen engen Shorts sehen. Sie ist beachtlich.

Jay atmet schwer und fixiert mich wie ein wildes Tier, das jede Sekunde seine Beute anspringt. Nun kann ich die Düsternis in seinen Pupillen erkennen. Sie scheint ihn zu verschlingen, und er hat kaum noch Kraft, dagegen anzugehen.

Tu es doch endlich, Jayden!

Mein Unterleib pulsiert, meine Brustwarzen kribbeln, und mein Herz schlägt hart gegen meine Rippen, während ich eine Hand auf seinen leicht behaarten Oberschenkel lege. Er fühlt sich warm und fest an.

Jay schlingt einen Arm um meine Schultern, dann zieht er mich an sich. Er drückt die Lippen an meine Stirn und hält mich einfach fest.

Wieso rührt er sich nicht mehr? Er scheint erstarrt zu sein.

Ich setze alles auf eine Karte und hocke mich rittlings auf ihn. Mit den Fingern fahre ich in sein dichtes, feuchtes Haar und raune: »Ich will dich schon so lange.«

Keuchend legt er den Kopf in den Nacken und öffnet leicht seinen wunderschönen Mund, danach krallt er die Hände besitzergreifend in meine Pobacken. »Mir geht es genauso.«

Trotz Erregung bin ich überrascht. »Davon habe ich bisher nie etwas bemerkt!«

Er gleitet mit einer Hand meinen nackten Rücken nach oben und nestelt am Verschluss meines Bikinis herum. »Ich habe mein Interesse an dir vor mir selbst geleugnet.«

»Aber ... Warum denn?« Was stimmt nicht mit ihm?

»Ich habe Gründe, doch sie haben nichts mit dir zu tun«, raunt er. Anschließend löst er den Verschluss und reißt mir das Oberteil herunter, sodass sich meine Brüste vor seinem Gesicht befinden.

Meine Brustwarzen recken sich ihm hart entgegen. Jay zögert auch nicht lange, senkt den Kopf und saugt einen Nippel zwischen die Lippen. Das Spiel seiner Zunge setzt meinen Körper in Flammen.

Meine Klit pocht, und ich möchte näher zu ihm rutschen, damit ich mich an seiner Härte reiben kann, aber dann könnte er nicht mehr an meinen Brüsten lutschen. Seine Zunge gleitet über meine empfindlichen Spitzen, während er meine

Pobacken knetet. Lustimpulse rasen von dort bis zwischen meine Beine und verstärken mein inneres Glühen.

Ich will ihn endlich küssen, schmecken, an meinen Lippen fühlen! Daher ziehe ich seinen Kopf sanft zurück und drücke ihm meinen Mund auf.

Für einen Moment verharrt er und starrt mich mit aufgerissenen Augen an, aber dann schließt er sie und scheint mit mir zu verschmelzen. Sein Körper entspannt sich, Jay keucht in meinen Mund. Unsere Zungen vollführen einen stürmischen Tanz, und Jay erwidert meine Sehnsucht nach ihm so eindringlich, dass er mir den Atem raubt.

Endlich kann ich näher zu ihm rutschen, und als sich unsere erregten Geschlechter durch die Hosen berühren, keucht Jay erneut auf. »Wenn ich ein Kondom hier hätte, würde ich dich ficken.«

Dass er dieses F-Wort erneut so unverblümt benutzt, macht mich noch mehr an. Ich will schmutzigen, verruchten Sex mit Jayden. Auf der Stelle!

»Ich nehme die Pille und habe keine ansteckende Krankheit«, keuche ich mehr, als dass ich es sage, wobei unsere Küsse nicht nachlassen. »Wie sieht es bei dir aus?«

»Ich bin auch gesund, aber hör auf, mich zu verführen.« Sein verruchtes Lächeln geht mir unter die Haut. »Wir würden es beide bereuen.«

»Mit dir zusammen zu sein, bereue ich keine Sekunde«, wispere ich und grabe die Finger fest in sein Haar. Ich will Jay endlich vollkommen spüren!

Schweißtröpfchen bilden sich auf seiner Stirn, und auch mir ist heiß. Die Sonne steigt höher, es geht auf Mittag zu. Gnadenlos brennt sie auf uns nieder.

»Wir sollten uns abkühlen.« Jayden zieht mich fest an sich, hebt mich hoch und gleitet mit mir ins erfrischende Nass.

Dabei blickt er mich immer noch mit lustverhangenem Blick an, aber auch ein wenig Unentschlossenheit flackert in seinen Augen auf. Er will doch jetzt keinen Rückzieher machen?

Weil ich am Rand des Beckens stehen kann, dränge ich Jayden gegen den Stein und lege meine Hand an seinen Schritt. Stöhnend schließt er die Augen, während seine Erektion durch den Stoff der Hose gegen meine Hand pulsiert. Er legt den Kopf in den Nacken und wirkt, als hätte er eine Schlacht verloren und kapituliert.

Als ich mit der Hand in die engen Shorts fahre und seinen warmen Schaft umschließe, hält Jay mich nicht zurück, sondern bleibt weiterhin wie erstarrt stehen. Anscheinend ist er es nicht gewohnt, derart offensiv von einer Frau angemacht zu werden, was mich einerseits nicht wundert – schließlich befinden wir uns in Thailand –, andererseits hat er doch bestimmt schon unzählige Urlauberinnen verführt!

Ich erkenne mich auch nicht wieder, denn ich habe niemals zuvor einen Mann derart aggressiv angebaggert. Doch ich will diesen sexy Cowboy so sehr, und er hat mich dermaßen angeheizt, dass ich meine Hemmungen verloren habe. Meine Finger legen sich fester um seinen Penis, während ich mit dem Daumen über die pralle Kuppe streiche. Er fühlt sich groß an, und ich weiß nicht, ob er überhaupt in mich passt. An mir ist alles klein, und ich habe erst mit zwei Männern geschlafen, die bei Weitem nicht so gut bestückt waren wie Jay.

»Du spielst mit dem Feuer, Ranja«, knurrt er plötzlich, drückt mich ein Stück weg und zerrt sich die Shorts vom Leib. Er schmeißt sie auf den Felsen, bevor er mich an sich reißt, um mir meinen Slip auszuziehen.

Endlich!

Während wir uns nackt im Wasser gegenüberstehen, verzehren wir uns mit Blicken. Zugleich lassen wir die Hände über den Körper des anderen wandern, um einander zu streicheln und zu erforschen. Schade, dass ich sein bestes Stück nur verschwommen erkenne. Himmel, ist er denn tatsächlich so groß?

Ich habe gehört, dass Dinge durch die Wasseroberfläche betrachtet größer erscheinen, als sie wirklich sind. Deshalb atme ich auf.

Ich liebe die samtige Beschaffenheit seiner Haut, und er ist wirklich überall gebräunt, sogar untenrum. »Du gehst hier wohl öfter nackt zum Baden?«

»Solltest du auch machen«, raunt er. »Erst dann fühlst du dich richtig frei.«

Er verschlingt mich fast mit einem ungestümen Kuss, doch ich genieße sein Temperament und dränge mich an ihn. Seine Erektion drückt gegen meinen Bauch, und ich frage mich, ob ich ihn wirklich ganz aufnehmen könnte.

Jayden hebt mich leicht an den Pobacken hoch, und er reibt sein Geschlecht an meinem. Ich schlinge die Beine um ihn und versuche eine Position zu finden, damit er in mich gleiten kann. Doch er lässt es nicht zu, stellt mich sogar wieder ab und weicht ein Stück zurück. Er atmet so schwer, als wäre er einen Marathon gelaufen. Es ist offensichtlich, dass auch Jay sehr erregt ist, aber er zögert. Erneut erkenne ich Zweifel in seinem Blick.

»Worauf wartest du?«, frage ich sanft, wobei ich mich ihm wieder nähere.

Da schiebt er eine Hand zwischen meine Schenkel, und als er meine empfindsamste Stelle berührt, kralle ich mich keuchend an seinem Arm fest.

Intensiv betrachtet er mein Gesicht, während er mich streichelt und einen Finger in mich gleiten lässt. »Du bist gierig und ungeduldig.«

»Ich will dich einfach schon zu lange.« Himmel, ich kann es kaum erwarten, mit ihm zu schlafen!

Leider zieht er die Hand viel zu schnell zurück, dafür hebt er mich wieder wie zuvor auf den Felsen, während er im Becken stehen bleibt. Nur bin ich diesmal nackt.

Jay drückt meine Schenkel weit auseinander, stellt sich dazwischen und mustert mein Geschlecht. »An dir ist alles wunderschön, Aranja«, raunt er. »Du bist wie eine seltene Blume.« Dann senkt er den Kopf und beginnt, mich sanft zu küssen. Zuerst knabbert er an meinen Schamlippen – was mich bald durchdrehen lässt –, anschließend zieht er sie behutsam auseinander, um meine Klit freizulegen. Als sein Atem darüberstreift, kontrahiert mein Inneres, und Feuchtigkeit dringt nach außen.

Jay sieht sich alles genau an, als hätte er nie zuvor eine nackte Frau betrachtet. Gleichzeitig ist er so vorsichtig, dass ich in sein Haar fahren muss, um seinen Kopf an mich zu pressen, bevor ich tatsächlich noch verrückt werde.

Ich spüre erneut seinen keuchenden Atem, während er die Zunge in meinem feuchten Tal versenkt und mich ausleckt. Meine Klit pulsiert, und köstliche Lustschauer rasen in meinen Unterleib.

Ich stütze mich hinter mir auf dem warmen Felsen ab und öffne mich weit für Jay, stoße ihm mein Becken entgegen, und er sieht begierig zu mir auf, während er mich ununterbrochen leckt und schließlich auch fingert. Er schiebt seinen Zeigefinger in mich, danach zieht er ihn heraus und leckt den glitzernden Saft davon ab.

Er kneift die Augen zusammen und beißt sich auf die Unterlippe, als hätte er nie etwas Köstlicheres genossen, bevor er den Finger erneut in mich stößt. Er bearbeitet mich mit Händen und Zunge, bis ich nicht mehr klar denken kann.

Das Rauschen des Wassers dringt wie aus der Ferne an meine Ohren, der blaue Himmel über uns dreht sich, und es scheint nur uns beide in diesem Paradies zu geben.

Als ich kurz vor dem Höhepunkt stehe, holt Jay mich wieder zu sich ins Becken. Wird er nun mit mir schlafen?

Anstatt in mich einzudringen, nimmt er meine Hand und führt sie an sein Geschlecht, während er erneut seine große Hand zwischen meine Beine schiebt. Immer noch ist er steinhart, und ich massiere seinen mit dicken Adern gemusterten Schaft, wobei seine leicht rauen Finger bei mir für angenehme Reibung sorgen. Wir küssen uns, und ich habe mich nie glücklicher gefühlt.

»Ranja«, murmelt er und schließt die Augen, dann stöhnt er kehlig. Seine ohnehin recht stattliche Erektion scheint noch einmal zu wachsen, und schließlich kommt Jay zum Höhepunkt.

Durch das klare Wasser zu sehen, wie sich sein Penis wegen meiner Berührungen zuckend entlädt, treibt meine Erregung noch einmal in die Höhe. Ich lege meine Stirn an seine Brust und betrachte seine Hand, die mich immer noch streichelt. Als er besonders kraftvoll über meine Klit fährt, wird das Pulsieren darin zu einem Rattern, und schließlich trägt auch mich die Welle der Ekstase davon. Ich schwimme auf ihr, bis sie abebbt. Erst dann wird mein Blick klar, und ich kehre ins Hier und Jetzt zurück.

Ich grinse Jay an und möchte ihn noch einmal küssen, doch er weicht zurück, greift nach seiner Badehose und steigt aus dem Becken. Nachdem er mir einen gequälten Blick zugeworfen hat, als hätte er den größten Fehler seines Lebens gemacht, geht er zu seiner Kleidung und zieht sich an.

Ich schlucke hart und versuche meine Enttäuschung zu

verbergen. Plötzlich hat Jayden wieder diese unsichtbare Mauer zwischen uns errichtet.

Aber warum? Es war doch gerade alles perfekt.

Ich verlasse das Becken ebenfalls, und wir packen schweigend unsere Sachen zusammen. Den feuchten Bikini werfe ich in den Beutel und schlüpfe nackt in meine Kleidung.

»Okay, dann ... gehen wir mal wieder zurück.« Jay schenkt mir die Andeutung eines Lächelns, bevor er seine Stiefel schnürt und anschließend davonstürmt, als wäre ich ein gefährliches Tier.

Der Zauber der Leidenschaft ist gebrochen, die Leichtigkeit zwischen uns verflogen, doch ich bin noch zu verwirrt, um das zu begreifen. Ich laufe hinter Jayden her, versuche auf dem Weg durch den Wald mit ihm Schritt zu halten und bin völlig außer Atem, als wir bei seinem Motorrad ankommen.

Erneut hilft Jay mir den Helm zu schließen, doch diesmal würdigt er mich dabei keines Blickes. Und während ich hinter ihm aufsitze, habe ich das Gefühl, meine Berührungen wären ihm unangenehm. Er wirkt seltsam verkrampft.

Wir sprechen während der Fahrt kein Wort und auch nicht, als wir beim Hotel ankommen, das Motorrad abstellen und zu den Unterkünften der Angestellten gehen. Mir ist schwindelig und auch ein wenig schlecht. Ununterbrochen grübele ich darüber nach, ob ich etwas falsch gemacht habe.

Erst als wir vor unseren Wohnungstüren stehen bleiben und weit und breit niemand zu sehen ist, traue ich mich behutsam zu fragen: »Kannst du mir bitte mal verraten, was das gerade war?«

Er hat die Hand bereits auf die Klinke gelegt, tritt jedoch nicht ein. Stattdessen sagt er leise, ohne mich anzusehen: »Das hätten wir nicht tun sollen. Ich will keine festen Beziehungen.«

Ja, er hat erwähnt, dass er zu keiner festen Beziehung fähig ist, trotzdem bin ich enttäuscht. Es hatte den Anschein, als würde sich alles anders entwickeln.

Ich will aber nicht aufgeben, ihn nicht verlieren. Dazu bin ich zu sehr in ihn verliebt. »Ich hatte dir ja auch gesagt, dass ich nur Spaß haben möchte.« Oh Gott, behaupte ich das schon wieder? Für wen muss er mich halten? »Außerdem ... wenn ich eines Tages zurück nach New York gehe, wäre eine Trennung zu schmerzhaft.«

Zum ersten Mal seit unserer Rückkehr blickt er mir in die Augen. Dabei zieht er die Brauen nach oben. »Du gehst zurück? Wann?«

»Nicht gleich, aber irgendwann ...« Ich will nicht so schnell zurück und könnte auch für immer im Geburtsland meiner Mutter arbeiten. Dad hat Mum in Thailand kennengelernt. Hatte ich gehofft, die Geschichte würde sich wiederholen?

Du bist eine Träumerin, Aranja.

»Also, was sagst du?«, frage ich, wobei mein Puls so heftig an meinem Hals klopft, dass Jayden garantiert bemerkt, wie aufgeregt ich bin.

Erneut lässt er den Kopf sinken. »Ich kann das nicht. Du bist so ein liebes Mädchen, zudem schön und klug ... Ich habe das Gefühl, dich auszunutzen.«

Ich bin lieb, schön und klug und habe bemerkt, wie er auf mich abgefahren ist. Und jetzt bekommt er seinen Moralischen? Es ehrt ihn ja, aber ... Verdammt noch mal, was ist mit diesem Mann los?

»Ich will es doch auch, Jay.« Ich versuche mich an einem verruchten Lächeln. »Das würde auf Gegenseitigkeit beruhen.«

Er nimmt die Hand von der Türklinke, wirft kurz einen

prüfenden Blick über die Schulter – vermutlich, um herauszufinden, ob wir noch unter uns sind – und tritt direkt vor mich.

Hat er es sich anders überlegt? Er wirkt plötzlich entschlossen, ist wieder der alte, coole Cowboy, den nichts erschüttern kann.

Mit kühler Stimme sagt er: »Beste Freunde und Sexpartner ohne Verpflichtungen? Du weißt so gut wie ich, dass das niemals funktioniert.«

Er starrt auf meine Lippen, und ich merke sehr wohl, dass er sich kaum gegen die Vorstellung wehren kann. Nackte Körper, heißer Sex und ungezügelte Leidenschaft. Ich meine … Welche Frau macht einem Mann solch ein Angebot? Jeder Kerl würde Jayden für verrückt erklären, wenn er es ausschlägt!

Was blockiert ihn? »Hast du Angst, dass im Hotel geredet wird?« Soweit ich weiß, arbeitet er schon ein paar Jahre hier, und er klang nicht so, als habe er vor, das zu ändern.

»Das ist es nicht.« Er schweigt einen Moment und blickt mich dann aus kalten Augen an. »Ich will ehrlich zu dir sein, Ranja. Du hast mich an jemanden erinnert, und ich habe mich hinreißen lassen. Es tut mir leid.«

Ich fühle mich, als hätte er mich mit Eiswasser übergossen. Meine Knie werden butterweich, die Umgebung dreht sich.

Und ich hätte beinahe mit ihm geschlafen! Ich dumme Kuh …

Plötzlich verstehe ich. *Nu* muss der Kosename seiner Freundin gewesen sein!

Sehe ich ihr so ähnlich? Dann weiß ich wenigstens, dass ich sein Typ bin, denke ich sarkastisch und möchte ihm entgegenschreien: *Ich spiele weder auf der Ersatzbank noch bin ich ein Pau-*

senfüller, doch ich kann nicht. Außerdem will er mich ohnehin nicht.

Beim Anblick von Jays gequältem Gesichtsausdruck stockt mir der Atem. Hat diese Frau ihn einst so sehr enttäuscht, dass er nicht mehr an sie erinnert werden will, obwohl er sie offenbar noch liebt?

»Lass uns einfach Freunde bleiben, süße Blume, okay?« Er schenkt mir einen entschuldigenden Blick, dann wendet er sich ab und geht in sein Zimmer.

»Okay«, krächze ich und sperre schnell ebenfalls meine Tür auf, bevor ich noch heulend vor ihm zusammenbreche. »Dann bleiben wir einfach Freunde.«

Kapitel 3 – Gestrandet

»Euer letzter Einkauf verlief nicht sehr harmonisch, was?«, fragt mich Chi am nächsten Morgen, als ich mich neben ihn an meinen Tisch setze. Mein Kollege klingt zum Glück weder schadenfroh noch giftig. Einfach neutral.

Verdammt, sieht man mir immer noch an, dass ich die halbe Nacht geheult habe? Ich musste eine Vierteltube Abdeckcreme verbrauchen, um die Spuren zu kaschieren.

Ich könnte immer noch weinen, stattdessen lächele ich Chi an. »Ach, ich bin doch nicht wegen Jayden so schlecht gelaunt, sondern wegen einer anderen Sache.«

Schnell hole ich meine Unterlagen aus der Tasche und versuche mich auf die Namen auf meiner Liste zu konzentrieren. In einer halben Stunde steht eine Fahrt zur Schildkrötenaufzuchtstation an. Doch meine Gedanken schweifen ständig zu Jayden. Er hat sich gestern zum Abendessen im Gemeinschaftsraum der Angestellten nicht neben mich gesetzt, und zum Frühstück hat er sich nicht blicken lassen.

Von wegen, wir bleiben Freunde. Aber ich bin selbst daran schuld. Ich habe es voll vermasselt, mich vor ihm zum Narren gemacht und mich aufgeführt wie eine notgeile Schlampe.

Was war nur los mit mir? Wie konnte meine Libido mit mir durchgehen? Hey, er ist nicht der einzige Mann auf dem Planeten!

Aber der Einzige, der mich interessiert.

Schwermütig seufzend sehe ich meinen Terminkalender durch, als Jayden plötzlich in der Lobby auftaucht. Wie so häufig trägt er seine verspiegelte Sonnenbrille und den Cowboyhut aus Stroh, eine kurze Hose und Schlappen. Sofort schlägt mein Herz schneller.

Der Mann würde sogar in Feinripp-Unterhosen eine gute Figur machen.

Er nickt kurz in unsere Richtung, und Chi hebt die Hand zum Gruß. Danach begibt sich Jay zur Rezeption, um wie jeden Morgen zu überprüfen, ob sich jemand in seine Listen eingetragen hat, die dort aushängen.

»Was ist dann der Grund für deine schlechte Laune?«, fragt Chi so laut, dass Jay kurz zu uns hersieht.

Verdammt … In meinem Kopf rattert es, und das Erstbeste, was mir einfällt, ist: »Mein Bruder.«

»Wieso das?« Chi lässt nicht locker.

»Er hat mich heute Morgen angerufen.« Das ist keine Lüge. »Wie du weißt, arbeitet er in dem Reisebüro meiner Eltern. Ein Kollege, der ein Luxusresort auf Koh Lipe testen sollte, ist krank geworden. Keno ist spontan für ihn eingesprungen, in der Hoffnung, mich treffen zu können. Und ab morgen hätte ich drei Tage frei, kann ihn aber nicht besuchen, weil ich so kurzfristig keinen Flug mehr bekommen habe.« Koh Lipe liegt weit im Süden, fast schon an der Grenze zu Malaysia.

Während ich Chi meine Geschichte erzähle, bin ich mir sicher, dass Jayden aufmerksam zuhört. Er steht zwar vor der Wand, an der seine Listen hängen, aber sein Kopf bewegt sich nicht.

»Na ja, es soll wohl nicht sein«, sage ich schließlich. »Ich hätte mich sehr gefreut, Keno zu sehen.«

»Die Anreise mit dem Flugzeug ist ohnehin sehr umständlich.« Chi tippt etwas in seinen Computer ein. »Du müsstest vom Airport aus noch zwei Stunden mit dem Bus zum Pier fahren, und dann sind es noch einmal fast zwei Stunden mit dem Speedboat auf die Insel.«

»Ich weiß.« Ich wäre ewig unterwegs. Dabei hätte ich meinen Bruder so gerne getroffen. Er fehlt mir, außerdem wäre er eine willkommene Ablenkung. Hier würde ich doch immer nur an Jay denken.

»Es gibt aber noch eine andere Möglichkeit«, meint Chi.

Interessiert stehe ich auf und stelle mich hinter ihn, um in seinen Monitor blicken zu können. »Welche?«

»Du könntest von Phuket aus mit dem Schiff reisen. Zwei Gesellschaften fahren diese Route täglich.«

»Echt?« Zum ersten Mal an diesem Tag hellt sich meine Miene auf. »Ist noch ein Platz frei?«

»Lass uns nachsehen.« Eifrig fliegen seine Finger über die Tasten. »Vielleicht könnte ich dich ein Stück begleiten? Ich würde auch mal wieder gerne meine Eltern besuchen, und diese Linie steuert die Insel an, auf der sie wohnen.«

»Das wird nicht nötig sein«, sagt Jay, der auf einmal direkt neben mir auftaucht.

Vor Schreck schnappe ich nach Luft, weil ich nicht bemerkt habe, dass er zu uns gekommen ist.

Chi und ich starren ihn an. Lässig steht Jay bei uns, die Hände in den Hosentaschen versteckt, und zuckt mit den Schultern. »Ich wollte demnächst ohnehin nach Hat Yai fliegen, um dort Ersatzteile für meine Maschine abzuholen. Ich kann dich mitnehmen und unterwegs auf Koh Lipe absetzen. Es gibt eine kleine Landebahn auf der Insel.«

Chi räuspert sich und schaut Jay mit einer Spur Überheblichkeit im Blick an. »Koh Lipe liegt im Tarutao-Nationalpark. Du darfst dort nicht fliegen.«

»Ich darf«, antwortet er kühl.

»Hast du keine Touren?«, frage ich ihn. Seine Trips und Rundflüge sind beliebt.

»Hat sich bisher keiner angemeldet.«

»Dann ...« Ich schlucke und schaue zwischen Chi und ihm hin und her. »Dann nehme ich dein Angebot gerne an, Jayden.«

Sein Mundwinkel zuckt, ansonsten zeigt er keine Regung, und wegen der verspiegelten Brille kann ich seine Augen nicht erkennen.

»Ich hole dich morgen Vormittag ab.« Mit diesen Worten wendet er sich von uns ab und schlendert zurück zu seinen Listen. Er nimmt eine davon ab, faltet sie zusammen und steckt sie in die Hosentasche. Anschließend verlässt er die Lobby.

Finster blickt Chi ihm nach. »Jetzt sei mal ehrlich, Aranja. Was läuft zwischen euch?«

»Absolut gar nichts«, versichere ich ihm und gehe an meinen Platz. Danach schenke ich Chi ein Lächeln. »Vielen Dank für deine Hilfe. Vielleicht reisen wir ein anderes Mal zusammen mit dem Boot.«

Als sich seine Miene aufhellt, bereue ich meine ernst gemeinten Worte beinahe. Ich möchte ihm keine Hoffnungen machen – schließlich weiß ich, wie es ist, rettungslos verliebt zu sein. Er beginnt, mir etwas über die Insel zu erzählen, auf der seine Eltern leben, aber nur die Hälfte davon findet den Weg in mein Sprachzentrum. Ständig muss ich an Jaydens Angebot denken. Ich habe zugesagt, ohne nachzudenken, was das für uns bedeutet! Werden wir uns nur anschweigen, aussprechen, oder war das ein Hilferuf von Jayden, es doch mit uns zu versuchen?

Schon wieder bin ich seinetwegen völlig verwirrt.
Worauf habe ich mich bloß eingelassen?

* * *

Der Trolley ist gepackt, und ich warte abmarschbereit in meiner kleinen Unterkunft auf Jayden. Da sein Zimmer gleich nebenan liegt, habe ich gehört, dass er vor zehn Minuten geduscht hat. Er braucht nie lange im Bad – zwischen dem Klingeln seines Weckers und dem Verlassen der Wohnung liegt bei ihm nur eine halbe Stunde – und so halte ich es auch. Dann kann ich länger schlafen.

Er war allerdings nicht beim Frühstück – im Gegensatz zu mir –, aber ich habe auch kaum etwas hinunterbekommen. Letzte Nacht habe ich vor lauter Aufregung fast kein Auge zugemacht. Einerseits, weil es bestimmt traumhaft ist, mit einer kleinen Maschine über die Inseln zu fliegen, andererseits, weil Jayden mein Pilot ist. Wir werden eine Weile allein sein.

Warum hat er mir angeboten, mich mitzunehmen? Darüber denke ich unentwegt nach. Will er es vielleicht doch mit uns versuchen? Ich wünsche es mir so sehr.

Gestern beim Mittagessen hat er sich wieder zu mir gesetzt, war jedoch kurz angebunden, hat seine gebratenen Nudeln verschlungen und den Gemeinschaftsraum schnell wieder verlassen. Abends habe ich ihn nicht gesehen und heute Morgen ja auch noch nicht.

Hoffentlich macht er keinen Rückzieher.

Als es an der Tür klopft, springe ich fast an die Decke. Hektisch streiche ich über mein langes, eng anliegendes Kleid, schnappe mir meine Handtasche und schlüpfe in meine Sandalen. Ich habe mir zum Reisen bequeme und vor allem weibliche Sachen angezogen. Leider habe ich weder große Brüste noch einen fülligen, fraulichen Po; ich möchte aber meine dezenteren Rundungen trotzdem betonen. Schließlich weiß ich jetzt, dass ich Jays Typ bin. Dann öffne ich die Tür.

Jayden sieht aus wie immer, grüßt mich mit einem »Hi« und nimmt mir den Trolley ab. »Ist das dein ganzes Gepäck?«

»Ich brauche nicht viel für drei Tage.«

Er hat nur einen Rucksack in Tarnfarben geschultert, wie Soldaten einen haben. Offenbar braucht er auch nicht mehr.

Gemeinsam gehen wir zu den Garagen des Resorts, von wo aus uns ein Angestellter mit dem Auto zu einer nahe gelegenen Wiese fährt. Auf der steht Jaydens weiße Cessna.

Das Hotel konnte sich mit einem Bauern arrangieren, wie Jay mir einmal erzählt hat. Neben dem doch recht holprigen Feld gibt es eine längere Privatstraße, die als Start- und Landebahn dient.

Wir verabschieden uns von dem Fahrer, und Jayden trägt meinen Koffer zu dem kleinen Flugzeug. Er öffnet die Tür, verstaut unser Gepäck im hinteren Teil und hilft mir dann ins schmale, stickige Cockpit.

Die Cessna hat nur sechs Plätze mit Gurten, und vorne neben Jay ist es so eng, dass sich unsere Beine wahrscheinlich ständig berühren werden. Das Leder der Sitze ist abgewetzt, und alles wirkt ein wenig in die Jahre gekommen.

Während ich drinnen auf Jayden warte, untersucht er draußen die Maschine auf Flugtauglichkeit, prüft die Tragflächen, die Bremsen und was weiß ich noch. Ich bin froh, dass er alles genau in Augenschein nimmt.

»Und du kannst mich auch wirklich wieder mit zurücknehmen?«, frage ich, nachdem er eingestiegen ist und mir einen Kopfhörer reicht. »Mache ich dir keine Umstände?«

»Du machst mir niemals Umstände«, antwortet er mit rauer Stimme und lässt den Motor an.

* * *

Eine Stunde später bin ich immer noch fasziniert von der Aussicht. So friedlich wirkt die Welt von hier oben und wunderschön. Wir fliegen über kleine Inseln mit weißen Sandstränden, grünen Dschungel und schillerndes Wasser. Manchmal sehe ich bloß die Küstenlinie vom Festland, dann wieder nur das weite Meer. Dunkle Wolken ziehen vor uns auf; wir werden wohl in Regen geraten. Zum Glück dauern die Niederschläge in Thailand meist nur wenige Stunden.

Jay und ich tragen Kopfhörer mit integriertem Mikrofon und können uns auf diese Weise unterhalten, ohne schreien zu müssen. Es ist doch ganz schön laut im Cockpit. Wenigstens funktioniert die Klimaanlage, deshalb ist es angenehm kühl in der Maschine.

Es ist total cool, neben Jayden zu sitzen, und ich finde es klasse, dass er die Cessna fliegen kann. Ich komme mir vor, als würde ich mit Indiana Jones, dem Helden meiner Kindheit, zu einem Abenteuer aufbrechen.

Jay hat mich gefragt, ob ich auch einmal das Steuer übernehmen möchte – schließlich habe ich auf meiner Seite ebenfalls eines –, aber ich lehnte dankend ab. Ich möchte wirklich nicht für einen Absturz verantwortlich sein.

Ich bewundere es, wie Jay all die Drehknöpfe, Hebel und Instrumentenanzeigen auseinanderhalten kann.

»Wozu sind diese sechs Schalter gut?«, frage ich und deute auf eine Reihe unter seiner Steuerung.

»Das sind die verschiedenen Lichter für die Navigation und die Landung. Sie sind hauptsächlich dafür da, dass man nachts von anderen Flugzeugen oder vom Boden aus gesehen wird.«

»Und dieser kleine silberfarbene Hebel daneben?«

»Das ist der Hauptschalter für die Elektrik wie GPS, Navi, Kommunikation, Radio, Transponder und so weiter.«

Ich habe keine Ahnung, was ein Transponder ist, möchte aber auch nicht nachfragen, um nicht gänzlich ungebildet zu wirken. »Wo hast du fliegen gelernt?«

»Mein Dad hat es mir beigebracht, als ich zwölf war, und später hab ich in Australien den Flugschein gemacht.«

In Australien erscheint es durchaus sinnvoll, weite Strecken mit einem kleinen Flugzeug zurückzulegen. Viele Farmen oder Ranches sind oft meilenweit von der nächsten Stadt entfernt.

Da es nicht einfach ist, in Thailand und besonders in der Nähe der Naturschutzreservate eine Flugerlaubnis zu bekommen, ist Jayden einer der ganz wenigen Piloten, die Rundflüge anbieten. Hier gelten strenge Vorschriften, was Kleinflugzeuge betrifft. Aber die Gesetze sollen mittlerweile gelockert worden sein, weil Thailand großes Potential für die Tourismus-Branche sieht. Es wundert mich trotzdem, wie Jayden an diese Erlaubnis gekommen ist. Schließlich fliegt er hier schon seit vielen Jahren.

Ich drossele meine Neugier jedoch und konzentriere mich wieder auf die wundervolle Aussicht, um nicht ständig Jayden anzustarren. Ich genieße jede Sekunde mit ihm. Leider dauert es nicht mehr lange, bis wir ankommen. Doch natürlich freue ich mich auch auf meinen Bruder. Ich habe ihn vor einem Monat zuletzt gesehen. Wir schreiben uns zwar mehrmals wöchentlich Nachrichten oder skypen. Aber es ist einfach etwas anderes, Keno in die Arme schließen zu können.

Als es plötzlich im Cockpit knallt, schreie ich vor Schreck auf. Schwarzer Rauch dringt zwischen den Anzeigen hervor, rote Lichter leuchten auf, dann blinkt alles unkontrolliert, und die Instrumente spielen verrückt.

Ich presse mir eine Hand aufs Herz und schnappe nach Luft. »Was ist passiert?«

»Vielleicht ist irgendwas durchgeschmort.« Hektisch betätigt Jay ein paar Schalter. »Wir müssen landen!«

»Jetzt?« Rundherum ist nichts als Wasser, und vor uns befindet sich nur eine grüne, sehr unbewohnt aussehende, bergige Insel, auf der es sicher keine Landebahn gibt!

»Mayday!«, übermittelt Jayden per Funk. »Hier spricht C 2004. Hört mich jemand?«

Ich kralle meine Finger seitlich in den Sitz und starre Jay an.

»Mayday! Falls mich jemand hört – ich befinde mich nördlich von Koh Rawi. Leite Notlandung ein!«

Notlandung klingt gar nicht gut.

»Fuck!« Er bedient weitere Schalter an einem Gerät, das wie ein Autoradio aussieht.

»Was ist los?« Oh Gott, das ist das Ende!

»Der Funk ist tot. Ich versuche, das Notrufsignal über den Transponder zu senden.«

Es gibt einen weiteren Knall, und noch mehr Rauch dringt aus der Konsole, sodass ich husten muss.

»Jayden!« Mein Herz schlägt wild vor Panik, und meine Augen füllen sich mit Tränen. »Stürzen wir ab?«

»Noch nicht«, knurrt er. »Wir müssen runter, bevor die Steuerung ausfällt und das Cockpit Feuer fängt!«

»Feuer?«

»Ja, Feuer!« Krampfhaft hält er das Steuer fest. »Das größte Übel an Bord einer Maschine. Unter deinem Sitz ist ein Feuerlöscher. Hol ihn vor!«

Mechanisch gehorche ich und drücke den kleinen roten Löschmittelbehälter an mich. Dann schaue ich zwischen den blinkenden Lichtern, dem Rauch, der Umgebung und Jayden hin und her. Wir gehen verdammt schnell in den Sinkflug und befinden uns vielleicht nur noch dreißig Meter über der Wasseroberfläche.

Soll ich ihm gestehen, dass ich mich in ihn verliebt habe?

»J-Jayden«, stottere ich, »wenn wir gleich sterben, sollst du wissen, dass ...«

»Wir werden nicht sterben!«, unterbricht er mich resolut und presst die Kiefer aufeinander, während er konzentriert nach draußen starrt. Aber die plötzlich erschienenen Schweißtropfen auf seiner Stirn geben mir erst recht Grund zur Besorgnis.

»I-ich bin kein Mädchen, das leicht zu bekommen ist und mit jedem Mann ins Bett steigt. Das wollte ich dir längst sagen. Ich war gestern nicht ich selbst.«

Er gibt mir keine Antwort, und ich weiß nicht einmal, ob er mich überhaupt gehört hat. Die Übertragung der Mikrofone scheint nicht mehr zu funktionieren. Erneut drückt Jayden auf Knöpfe und betätigt Schalter, aber die Anzeigen spielen immer noch verrückt.

»Gut festhalten!«, brüllt er, sodass ich ihn durch das Dröhnen des Motors verstehen kann.

Eine seltsame innere Ruhe erfasst mich trotz Aufregung. Ich darf die letzten Sekunden meines Lebens mit einem Menschen verbringen, in den ich verliebt bin, während wir auf eine grüne Insel zusteuern. Ich sehe nur dichten Wald, hohe Berge und einen Strand, der vielleicht wenige hundert Meter lang ist.

Tod im Paradies ... So habe ich mir mein Ende nicht vorgestellt. Ich hoffe, es geht schnell. Leider sehe ich vor meinem inneren Auge abgerissene Gliedmaßen und Flugzeugteile, die überall auf dem Strand und dem Wasser verteilt sind. Prompt ist meine Panik wieder da.

Kurz bevor wir die Insel erreichen, reißt Jayden das Steuer herum, sodass wir eine scharfe Rechtskurve fliegen und nun geradeaus auf den Strand zurasen. Und da verstehe ich: Das soll unsere Landebahn sein!

»Werden die Räder nicht im Sand versinken?«, rufe ich. »Wir werden uns überschlagen!«

»Das ist ein Leichtflugzeug, mit dem kann man fast überall landen, sogar auf Schotterpisten. Außerdem werde ich auf dem feuchten Sand direkt am Wasser aufsetzen«, erklärt er atemlos. »Der ist fest wie Beton.«

Ich klemme den Feuerlöscher zwischen meine Beine und halte mich am Sitz fest. Während der Strand in rasender Geschwindigkeit näher kommt, erlöschen die blinkenden Lämpchen, und nichts tut sich mehr an der Konsole. Wenigstens hat sie aufgehört zu qualmen.

Nur noch wenige Meter, wenige Meter ... und ich nehme an, dass diese alte Maschine keine Airbags hat.

»Die Landung wird ein bisschen rauer als gedacht!«, sagt Jayden laut. »Halte durch, Baby!«

Er reißt das Steuer an sich, und im ersten Moment denke ich, er meint mich – bis ich kapiere, dass er mit der Cessna spricht.

Als die Räder auf dem Boden aufschlagen, wird meine Wirbelsäule zusammengepresst. Mein Oberkörper fliegt nach vorne, der Gurt schneidet in mein Fleisch, und der Feuerlöscher rutscht zwischen meinen Beinen hindurch in den Fußraum.

»Komm, Baby, komm, Baby«, ruft Jayden ohne Unterlass, während er die Cessna abbremst.

Wir schlittern leicht, und da der Strand sehr kurz ist, fahren wir direkt auf einen Berg abgerundeter Felsen zu. Dahinter beginnt der Dschungel.

»Jayden!« Ich kralle die Finger noch fester in den Sitz, sofern das möglich ist, und schließe die Augen.

Es heißt, man sieht kurz vor dem Tod sein Leben an sich vorbeiziehen. Aber ich sehe nur Jayden und mich, wie es in Zukunft mit uns hätte sein können: Heirat am Strand, Flitterwochen in Australien, denn da wollte ich schon immer einmal hin. Ich liege in seinen Armen und bin glücklich.

Als es aufgehört hat zu rumpeln, bleibe ich mit geschlossenen Augen sitzen und wage kaum zu atmen. Ist es überstanden?

»Ranja!« Ich spüre Jaydens Hand an meiner Wange, dann nimmt er mir den Kopfhörer ab. »Geht es dir gut?«

Ich öffne die Lider und blicke direkt in seine grünen Augen.

»Alles in Ordnung?«, fragt er.

»I-ich denke schon. Ich muss nur gleich ...« Ich presse die Lippen aufeinander und versuche, mein bisschen Frühstück bei mir zu behalten.

Schnell macht Jay mich vom Gurt los und hilft mir aus dem Sitz.

»Wir müssen erst mal raus hier.« Er nimmt den Feuerlöscher an sich, doch der Rauch hat sich zum Glück vollständig verzogen, und es sieht nicht danach aus, als würde etwas brennen. Allerdings kann ich nicht hinter die Konsole blicken. Dann öffnet Jay die Tür, und feuchtwarme Luft dringt ins Cockpit.

Ich greife nach meiner Handtasche, die im Fußraum liegt, und lasse mir von Jayden aus der Maschine helfen. Dabei zittern meine Knie so stark, dass ich mich sofort in den heißen

Sand setzen muss. Die warme Luft und die gnadenlos herabbrennenden Strahlen tun meinem Magen nicht gerade gut. Daher stehe ich auf und torkele unter den Schatten eines Baumes. So wie es aussieht, wird es bald regnen, denn die grauen Wolken schieben sich langsam vor die Sonne. Was aber nicht bedeutet, dass es abkühlt. Es wird nur noch feuchter werden.

»Kann ich dich kurz allein lassen?«, fragt Jay und sieht mich besorgt an.

»Klar.«

Er eilt mit dem Feuerlöscher zurück ins Cockpit und hantiert darin herum. In der Zwischenzeit überlege ich mir, wo wir gestrandet sein könnten. Auf dem Weg zu meinem Bruder sind wir über einige Inseln geflogen, und Jayden hatte, als er den Notruf absetzte, auch eine erwähnt. Aber ich habe den Namen vergessen, und ich kenne längst nicht alle. Mehrere hundert soll es geben, davon sind viele unbewohnt.

Mein Bruder ... Ich muss ihm Bescheid sagen!

Mit zitternden Händen hole ich mein Telefon aus der Handtasche, um Keno anzurufen. Leider habe ich keinen Empfang, weshalb sich mein Magen erneut verkrampft.

Keine Panik, Aranja, beruhigt mich meine innere Stimme. *Wir sind in Thailand und nicht am Arsch der Welt.*

Auf einigen Inseln stehen Hotels. Vielleicht liegt sogar eines in der Nähe.

Resolut stehe ich auf und schlüpfe aus den Sandalen, bevor der Sand zwischen den Riemchen meine Haut wund scheuert. Anschließend gehe ich mit den Schuhen in der Hand zu Jayden.

Er werkelt immer noch im Cockpit herum; ich höre ihn fluchen.

Oh, oh, kein gutes Zeichen. »Was ist los?«

Er dreht mir das Gesicht zu und fährt sich durchs Haar. »Ich kann über keinen Kanal eine Meldung absetzen, alles ist tot.«

»Hast du ein Handy?«

»Hat keinen Empfang.«

»Meins auch nicht.« Mir schnürt es die Kehle zu. »Weißt du, wo wir sind?«

»Ja, auf Koh Rawi.«

»Gibt es in der Nähe ein Hotel?«

»Nein, die Insel gehört zum Tarutao-Nationalpark, ist unbewohntes Naturschutzgebiet.«

Mist!

Als der Himmel plötzlich seine Schleusen öffnet und dicke Tropfen auf das Dach der Cessna klatschen, schlägt Jayden vor, dass wir uns hinten reinsetzen. Zwischen den vier Plätzen, von denen sich zwei jeweils gegenüber liegen, haben wir mehr Platz. Außerdem befinden sich dort unser Gepäck sowie mehrere Flaschen Wasser. Jay bietet mir eine an, und ich nehme sie dankend entgegen. Anschließend setze ich mich neben ihn, und er zieht eine Karte aus seinem Rucksack. Darauf zeigt er mir unsere Position.

»Diese etwa sechs Meilen lange und zweieinhalb Meilen breite Insel ist Koh Rawi. Wir dürften uns ungefähr hier befinden.« Er deutet auf der längeren Seite, die sich von Westen bis Osten erstreckt, mittig im Norden auf eine Bucht. Rechts von Koh Rawi, ein Stück nach unten versetzt, befindet sich eine weitere große Insel: Koh Adang. Und genau an der Südseite schließt sich Koh Lipe an. Er deutet auch darauf. »Und hier ist das Hotel deines Bruders.«

»Wir sind also gar nicht so weit weg von ihm!«

»Luftlinie vielleicht acht, neun Meilen«, bestätigt er.

Aufatmend lehne ich mich zurück. »Gott sei Dank. Meistens werden doch solche Inseln täglich von Schnorchlern, Tourguides und Tagesausflüglern besucht, oder?« Die weißen Strände und die herrlichen Korallenriffe locken Taucher, während sich Abenteurer auf schmalen Pfaden durch den Dschungel schlagen, so wie Jayden, wenn er eine Gruppe leitet.

»Normalerweise kommen schon Touristen auf die Inseln, aber nicht jetzt während der Regenzeit von Mai bis November. Dann haben die Reservate aus Sicherheitsgründen geschlossen und auch, damit sich die Natur erholen kann.«

Stimmt, daran habe ich nicht gedacht! Während der Regenzeit gibt es Monsune, aufgewühltes Wasser und hohen Wellengang. Noch spielt das Wetter aber zum Glück mit, denn bisher hat es keine Stürme gegeben.

»In jedem Nationalpark befindet sich doch eine Ranger-Station, oder? Auch wenn sie geschlossen hat, müssten wir dort ein Satellitentelefon finden.«

Zum ersten Mal seit dem Absturz lächelt Jayden mich an. »Ich bin verdammt froh, dass du so ein schlaues Mädchen bist und einen kühlen Kopf bewahren kannst, obwohl du in der Großstadt aufgewachsen bist.«

»Hast du mir nicht zugetraut, hm?«

Sein Grinsen wird breiter. »Nein.« Leider erlischt es viel zu schnell. »Ich ärgere mich, dass ich mein Trail-Gepäck nicht mitgenommen habe. Darin befindet sich auch ein Satellitentelefon. Und die Ranger-Station ist dummerweise genau auf der anderen Seite der Insel.«

»Woher weißt du das?«

»Ich habe, bevor ich im Heaven Resort angefangen habe, auch mal als Parkranger in verschiedenen Naturschutzgebieten gearbeitet.«

Das ist endlich mal eine klare Auskunft über sein früheres Leben. Ob er sich mir langsam öffnet?

Im Moment habe ich jedoch andere Sorgen. Ich verspüre nicht das Bedürfnis durch den Dschungel zu laufen und gefährlichen Tieren zu begegnen, daher frage ich: »Kannst du den Funk reparieren?«

»Ich will es versuchen, aber zwei wichtige Relais sind durchgeschmort. Offenbar gab es einen Kurzschluss.«

»Waren das die Ersatzteile, die du besorgen wolltest?«

»Nein, ich wollte neue Reifen und Bremsscheiben kaufen. Außerdem sind die Stoßdämpfer bald fällig, und eine neue Batterie bräuchte die alte Lady auch.« Er kratzt sich an der Schläfe und sieht mich zerknirscht an. »Der Absturz hat nichts damit zu tun.«

Sofort drehe ich mich ganz zu ihm und lege meine Hand auf seinen Unterarm. »Das sollte auch kein Vorwurf sein.«

Immer noch ruht sein Blick auf mir, allerdings entzieht er mir langsam den Arm, als wäre ihm meine Berührung unangenehm. Doch das Feuer in seinen Augen spricht eine andere Sprache.

Abrupt bricht er den Blickkontakt ab, als hätte er ihn mit einer scharfen Klinge durchtrennt. Jay steckt die Karte weg und murmelt: »Vielleicht hättest du lieber mit Chi fahren sollen, dann wärst du am Nachmittag bei deinem Bruder gewesen.«

»Du kannst nichts dafür, Jayden. Es war ein blöder Zufall.« Auch wenn ich ihn am liebsten umarmen möchte, tue ich das nicht, denn er schaut mich an, als hätte er einen Geist gesehen. Schnell setze ich hinzu: »Danke, dass du uns heil nach unten gebracht hast.«

»Ich würde nie zulassen, dass dir was passiert, Ranja«, sagt er heiser.

Hitze durchströmt meinen Körper, was nicht nur an der Wärme in der Maschine liegt, die immer mehr zunimmt, obwohl die Tür ein Stück offen steht. Ich spüre mit jeder Faser, dass sich Jay stark zu mir hingezogen fühlt. Er will mich, und ich will ihn, dennoch hält ihn etwas zurück.

»Wie sieht es mit dem Radar aus?«, möchte ich wissen, bevor ich wegen der erotischen Spannung zwischen uns noch Funken versprühe. »Irgendjemand muss uns gesehen haben, oder?«

»Ich kann dir nicht sagen, ob der Transponder noch funktioniert und ein Signal gesendet hat oder ob uns die Luftüberwachung auf dem Radar hatte. Gerade an den Rändern der Fluginformationsgebiete wird die Überwachung oft lückenhaft. Aber keine Sorge: Der Flug war angemeldet. Sie werden nach uns suchen, wenn wir nicht auftauchen.«

Das sind wenigstens beruhigende Neuigkeiten. »Und was sollen wir deiner Meinung nach so lange tun?«

»Wir können abwarten, bis sie uns finden, oder quer durch den Dschungel und über die Berge zur Ranger-Station wandern. Allerdings ist das Gelände sehr unwegsam und selbst für einen erfahrenen Tourengänger kein Zuckerschlecken.« Er wirft einen skeptischen Blick auf meine Sandalen, die ich unter einem Sitz deponiert habe. »Ich nehme an, dass du keine festen Schuhe in deinem Gepäck hast?«

»Nein«, gestehe ich. »Hatte mich auf faule Tage am Strand eingestellt.«

»Dann bleiben wir hier und warten ab. Ich habe genug Wasser für eine Woche an Bord. Essen liefert uns die Natur.«

»Eine Woche?« Das zu hören, schockiert mich jetzt doch etwas. Allerdings bin ich sehr froh, dass er nicht vorgeschlagen hat, allein loszuziehen und mich zurückzulassen.

»Vermutlich stecken wir nicht länger als eine Nacht fest.«

Eine Nacht mit Jayden allein auf einer einsamen Insel … Eigentlich geil.

Als würde er sich auf eine Flucht vorbereiten, weil er meine Gedanken lesen konnte – oder habe ich gerade triumphierend gegrinst? –, steht er rasch auf und zieht eine längliche Metallkiste unter dem gegenüberliegenden Sitz hervor. Daraus holt er ein Buschmesser sowie ein Jagdgewehr. »Ich werde mich draußen mal ein bisschen umsehen.«

»Woher hast du die Schusswaffe?«, will ich wissen.

»Habe ich mal von einem alten Thai bekommen, weil ich … etwas für ihn getan habe.«

Möchte ich wissen, was das war?

Ich erinnere mich an Jaydens seltsame Worte. *In mir schlummert etwas Dunkles, Ranja.*

Was meinte er bloß damit? Sicher nicht, dass er böse ist.

Als er in gebückter Haltung sein Hemd über den Kopf streift, kann ich nicht anders, als auf seinen nackten Oberkörper zu starren. Ich liebe seinen sportlichen, gebräunten Rücken, die geraden Schultern und seine schmalen Hüften, durch die sich sein Oberkörper nach unten zu einem V verjüngt. Jayden schlüpft aus seinen Flipflops, dann zieht er sich Stiefel an.

Weil ich neben dem Ausgang sitze, muss er an mir vorbei. Er beugt sich ein Stück zu mir, sieht mich wieder so an, als wolle er mich verschlingen, und sagt mit rauer Stimme: »Bleib solange hier drin, da bist du sicher.«

Auch wenn Jayden mysteriös und unnahbar ist, habe ich keine Angst mit ihm an meiner Seite. Im Gegenteil. Er weiß, wie man dort draußen überlebt, und ich spüre, dass er mir niemals etwas Schlimmes antun würde. »Hier gibt es doch keine Tiger, oder?«

»Nein, aber Malaienbären, Makaken, Warane und Tigerpythons.«

»Tigerpythons klingt beunruhigend.«

»Das sind Würgeschlangen, die überwiegend nachtaktiv sind. Ich denke nicht, dass du einer begegnen wirst. Warane sind wesentlich gefährlicher.«

Mit diesen Worten tritt er hinaus in den Regen und lässt mich im Flugzeug zurück. Durch die vom Wasser verschleierten Scheiben beobachte ich, wie er den Strand entlangläuft, in der einen Hand das Gewehr, in der anderen die Machete, bis er im Dschungel verschwindet. Dann öffne ich die Wasserflasche, um einige Schlucke zu trinken, und denke über meine Situation nach.

Im Grunde genommen haben sich meine geheimen Wünsche erfüllt: Ich bin mit Jayden im Paradies gelandet. Hier gibt es wirklich nur uns beide ... von den tierischen Bewohnern abgesehen. Ich sollte das Beste daraus machen.

Kapitel 4 – Ufos und Riesenechsen

Eine halbe Stunde später kommt Jayden völlig durchgeweicht zurück. Dicke Tropfen perlen aus seinem Haar und laufen über sein Gesicht, die Brust, den flachen Bauch. Weil er nur gebückt in dem niedrigen Passagierraum stehen kann, tropft auch etwas auf mein Kleid. Seine Hose ist klitschnass, ebenso die Stiefel. Draußen klart es langsam auf, und als die ersten Sonnenstrahlen die Cessna kitzeln, wird die Hitze im Inneren unerträglich. Deshalb bin ich fast genauso nass wie Jay und fühle mich mehr als unwohl.

»Was hast du gesehen?«, will ich wissen, wobei ich zu gerne das lange Kleid ausziehen möchte.

Er verstaut die Waffen unter dem Sitz, dann schlüpft er aus den Stiefeln. »Wenige Meter von hier führt ein schmaler Fluss ins Meer. Ich bin dem Verlauf gefolgt und nach ein paar Minuten auf ein Süßwasserbecken gestoßen. Außerdem habe ich Kokospalmen und Bananenbäume gesehen.«

»Das klingt nach perfekten Bedingungen für Gestrandete.«

Ein Lächeln huscht über seine sinnlichen Lippen. »Da hast du recht. Es hätte uns wesentlich schlimmer treffen können.«

Allerdings. Ich möchte mir nicht ausmalen, was passiert wäre, wenn sich keine Insel in der Nähe befunden hätte. Innerlich zittere ich immer noch und bin stark aufgewühlt. Ich darf nicht daran denken, was passiert wäre, wenn Jayden nicht derart souverän reagiert hätte. Wir könnten jetzt beide tot oder schwer verletzt sein oder im Meer treiben.

Als er am Hosenknopf nestelt, ziehe ich meinen Trolley zu mir. »Ich muss mir auch dringend etwas Leichteres anziehen. Ich schmelze gleich.«

»Ich gehe raus, dann kannst du dich umziehen.« Hastig schlüpft er aus dem feuchten Stoff, sodass er nur noch in einem dunkelroten Slip vor mir steht, hängt die Hose zum Trocknen über eine Lehne und zieht eine andere aus seinem Rucksack. Dann verlässt er die Cessna.

Ich versuche, ihm nicht wieder hinterherzustarren, sondern streife das Kleid ab und hole einen Bikini sowie ein Sonnenschutzspray aus meinem Koffer. Während ich die Badesachen anziehe, habe ich das Gefühl, Jaydens Blicke auf meinem nackten Hintern zu spüren. Die Tür steht offen; er müsste mich sehen können.

Anschließend sprühe ich mich mit dem Sunblocker ein und verteile ihn auf Gesicht, Armen, Bauch und Beinen. Aber beim Rücken brauche ich Hilfe. Ich sollte Jayden fragen und bei der Gelegenheit gleich noch einmal seine Standhaftigkeit testen.

Als ich aus dem Flieger steige, zupft Jay kurz am Schritt seiner legeren grauen Hose herum und sieht mich erneut wie ein Raubtier an. Sofort halte ich ihm das Spray hin. »Kannst du mir bitte den Rücken eincremen?«

»Klar«, raunt er.

Ich drehe mich um, und schon trifft der kühle Strahl des Sprays meine Schulter. Jayden lässt sich Zeit, kreist mit einer Hand gemächlich über meinen Rücken und scheint es zu genießen, mich berühren zu können. Seine Finger gleiten tiefer – und plötzlich liegen beide Hände an meinem rechten Oberschenkel.

Dort hab ich schon, will ich sagen, beiße mir aber auf die Zunge. Jayden an meinen Beinen zu spüren, fühlt sich viel zu gut an, um freiwillig darauf zu verzichten.

Ein kurzer Blick über meine Schulter zeigt mir, dass er hinter mir kniet und mit verklärtem Blick zu mir aufsieht. Lust funkelt in seinen Augen, aber ich erkenne auch diese Dunkelheit darin, von der er gesprochen hat.

Vielleicht sollte ich ihn nicht provozieren, schließlich bin ich allein mit ihm. Er könnte hier alles mit mir machen, und ich hätte ihm nichts entgegenzusetzen. Er ist größer und stärker als ich und mir generell auf dieser Insel haushoch überlegen.

Während er mich betrachtet, fährt er mit seinen Händen auch unter die seitlichen Bändchen an meinem Höschen. Als er dicht an meiner intimsten Stelle zwischen meinen Beinen hindurchgleitet, hole ich zitternd Luft und drehe mich um. Wenn er mich weiterhin so heiß macht, werde *ich* noch über *ihn* herfallen.

Langsam erhebt er sich, lässt das Sonnenspray in den Sand fallen und reißt mich an sich. »Ich kann meine Finger nicht von dir lassen, Ranja«, raunt er an meinem Ohr, während er die Hände an meine Pobacken drückt. »Ich kann einfach nicht.«

»Das musst du auch nicht«, sage ich atemlos, kralle die Finger in seinen Rücken und lege den Kopf in den Nacken, um ihn zu küssen.

Seine Zunge penetriert mich, erobert mich, bringt die letzten Bedenken zu Fall. In Jays Nähe habe ich immer das Gefühl, jemand hätte einen Schalter in mir umgelegt. Ich will dann nur noch diesen Mann, komme, was wolle.

Jay fasst mit einer Hand in mein Haar, um mich besitzergreifend zu halten, und keucht in meinen Mund, während ich mich an ihn schmiege.

»Ich weiß nicht, wie lange ich mich noch beherrschen kann«, knurrt er. »Du hast keine Ahnung, wie sehr ich dich will.«

Lustvolle Impulse schießen bei seinen Worten tief in meinen Bauch. »Ich will dich auch, Jayden. Hör doch endlich auf, dich dagegen zu wehren.«

Als es über uns in den Bäumen raschelt, blicken wir nach oben und entdecken einen etwa fünfzig Zentimeter großen graubraunen Affen. Es handelt sich um eine Meerkatze. Sie starrt zu uns herunter und scheint zu grinsen.

Daraufhin lässt mich Jayden los, tritt einen Schritt zurück und fährt sich über den Nacken. »Wir sollten an unserer Rettung arbeiten«, sagt er schwer atmend und geht zurück zur Cessna.

»Danke auch«, blaffe ich das Tier an. »Du hast mir eben die Chance meines Lebens versaut.«

Der Affe grinst noch einmal und trollt sich davon.

Ich habe die gewaltige Beule in Jaydens Hose gesehen. Sie zeigt mir, wie stark ich ihn erregt habe.

Auch wenn er sich noch so sehr dagegen sträubt – aus welchen Gründen auch immer –, dauert es wohl nicht mehr lange, und wir fallen tatsächlich übereinander her.

***

Während der Mittags- und Nachmittagsstunden sammeln wir am Strand trockenes Holz, was sich wegen des letzten Regenschauers als schweres Unterfangen herausstellt. Jayden und ich wollen ein Rauchfeuer entzünden, damit uns ein möglicher Suchtrupp schneller findet. Ich hoffe, es sucht wirklich jemand nach uns. Ansonsten müssen wir doch noch durch den Dschungel wandern.

Vom Meer weht eine angenehme Brise zu uns, und es ist immer wieder bewölkt, deshalb ist die Hitze gut zu ertragen. Außerdem versuche ich mich, so oft es geht, im Schatten aufzuhalten. Die Sonne ist tückisch in diesen Breitengraden.

Ich trage zerbeulte Wasserflaschen aus PET und anderen Plastikmüll zusammen, weil der gut brennt und raucht. Unglaublich, was man selbst in einem Naturschutzgebiet alles finden kann, und traurig, wie vermüllt unsere Meere bereits sind.

Wir breiten erst einmal alles ein Stück von der Cessna entfernt im Sand aus, damit die Sonne die Sachen so gut wie möglich trocknen kann. Jayden hat eine Plane aus dem Flugzeug geholt, mit der wir das Holz abdecken können, sollte es wieder regnen.

Er hat noch einmal versucht, den Funk zu reparieren, doch ohne die nötigen Ersatzteile sieht er keine Chance, irgendetwas zum Laufen zu bringen. Darüber bin ich nicht wirklich traurig, weil ich mich garantiert nicht mehr in dieses oder ein anderes Flugzeug setzen werde. Zumindest nicht in nächster Zeit.

Jayden hat mit der Machete eine Kokosnuss aufgeschlagen und uns Bananen besorgt. Trotzdem knurrt mein verwöhnter Magen. Wir haben noch ein paar Energieriegel und kleinere Snacks im Flugzeug gefunden, aber die wollen wir lieber aufheben. Jay hat versprochen, heute Abend auf die Jagd zu gehen und uns eine richtige Dschungelmahlzeit zuzubereiten. Ich freu mich schon darauf und hoffe, ich kann ihm helfen. Wenn er mir sagt, welche Blätter essbar sind, könnte ich uns einen Salat zaubern.

Während er nach einem Platz sucht, um das Zelt aufzubauen, das er immer mitnimmt, wenn er unterwegs ist, suche ich noch einmal Holz. Die voyeuristische Meerkatze ist dabei mein ständiger Begleiter. Das Tier erntet von mir skeptische Blicke, während Jayden zu mir her grinst.

»Das Vieh ist mir unheimlich«, sage ich schließlich, als ich bei Jay ankomme. Er steht am Rande des Dschungels und betrachtet eingehend mehrere Bäume.

»Der ist nur neugierig.«

»Was suchst du?«, will ich wissen. Immer noch hat er das zusammengerollte Zelt nicht ausgepackt.

»Den perfekten Platz zum Übernachten. Ich denke, ich habe ihn gefunden.« Er deutet auf drei wenige Meter voneinander entfernt stehende Bäume mit dicken Stämmen, die ein Dreieck bilden.

»Wir schlafen auf einem Baum?«

»Fast. Wir werden in einem Baumzelt übernachten. Ist wie 'ne überdachte Hängematte.«

»Cool! Dann können uns die Ameisen nicht auffressen.«

»Genau«, sagt er. »Ich klettere rauf. Kannst du mir einen Spanngurt zuwerfen, sobald ich oben bin?«

Ich nicke und sehe zu, wie er aus den Flipflops schlüpft und geschickt wie ein Äffchen den Stamm erklimmt. Erst in vier Metern Höhe schlingt er die Beine um den Baum und hält mir eine Hand hin.

Schnell werfe ich ihm den ersten Gurt zu, und er fängt ihn auf.

»Wo hast du so Klettern gelernt?«, will ich wissen.

»Selbst beigebracht. Ist echt nützlich.« Überheblich grinst er zu mir herunter, während er den Gurt um den Baum legt. »Du kannst einen Kletterkurs bei mir buchen.«

»Nein, danke. Ich bin nicht schwindelfrei.«

Sein Lächeln erlischt. »Dann haben wir ein Problem.«

»Muss das Zelt denn so hoch hängen?«

»Ich schlafe immer mindestens vier Meter über dem Meeresspiegel, egal, wo ich bin.«

»Aber so weit hoch kommt doch kein Tier?« Na ja, außer Affen. »Oder gibt es hier doch Tiger?« Unsicher sehe ich mich um.

»Nein, keine Tiger.« Er blickt mich kurz an, und etwas Düsteres huscht über sein Gesicht.

Moment … Sagte er *Meeresspiegel?*

Vorsichtig frage ich: »Du warst schon hier, als der Tsunami kam, oder?« Er hat einmal etwas von zwölf Jahren erzählt, die er bereits in Thailand lebt. Das könnte hinkommen.

Er nickt nur, und das Aufflackern von Schmerz in seinem Gesicht spricht Bände, daher bohre ich nicht weiter nach.

Hat er die Flut am eigenen Leib miterlebt? Stammt davon vielleicht die Narbe, die quer über seine Brust verläuft?

Das Geheimnis um Jayden scheint sich langsam zu lüften. Dennoch weiß ich nicht, warum er von dieser inneren Düsternis gesprochen hat, die angeblich in ihm schlummert. Hat er während der Katastrophe etwas Schreckliches getan, damit er überleben konnte? Oder hat dieses Ereignis einen anderen Menschen aus ihm gemacht, weil er fast gestorben wäre?

***

Eine halbe Stunde später bin ich die Strickleiter hinaufgeklettert und sitze mit Jayden im Zelt. Es ähnelt einem Ufo, besitzt nur diesen einen Schlafraum und wird lediglich durch die Spanngurte getragen.

Nicht darüber nachdenken.

Ich hab mich taffer gegeben, als ich bin, und mich Jayden zuliebe zusammengerissen. Er hat offenbar Furchtbares erlebt, da werde ich wohl in dieser wackeligen Zelt-Hängematte übernachten können. Und eigentlich ist es ganz schön hier oben, zumindest die Aussicht ist fantastisch. Das Zelt hat ein großes Fenster, das bis zum Boden reicht und vor dem ein Moskitonetz hängt. Jay hat es nach oben gerollt, sodass sich uns ein herrlicher Blick über den Strand bietet. Niemals zuvor habe ich schneeweißen Sand und solch türkisblaues Wasser gesehen. Erneut wird mir bewusst, dass ich mit Jayden im Paradies gelandet bin.

Und hier oben werden wir schlafen.

Jay rückt bis zum Rand des Fensters und lässt die Beine hinaushängen, dann hält er mir die Hand hin. »Komm her.«

»Nicht dein Ernst«, sage ich schief grinsend. Lieber bleibe ich im hintersten Winkel sitzen.

»Nun komm schon. Es ist ein tolles Gefühl.« Wenn, dann ist allein er es, der mir ein tolles Gefühl verschafft.

Tief durchatmend krabbele ich auf allen vieren zu ihm, lege mich auf den Bauch und starre in die Tiefe. Wenn wir fallen, schlagen wir auf dem Sand auf.

Über uns spenden die Baumkronen Schatten, und die angenehme Meeresbrise weht ins Zelt. Ich könnte meine Augen schließen und ein Nickerchen halten. Die Hitze hat mich müde gemacht.

»Setz dich neben mich und lass die Beine baumeln, Ranja. Ich pass auf, dass du nicht rausfällst.«

»Du treibst mich wirklich an meine Grenzen«, murmele ich und gebe mich schließlich geschlagen.

Mit wild pochendem Herzen setze ich mich neben ihn und kralle auf der einen Seite die Finger in die Plane, auf der anderen Seite in Jaydens Hose.

»Die Schwerkraft zieht mich nach unten«, sage ich, woraufhin ich mich augenschließend zurücklehne. Mir ist schwindelig, und das Zelt schwingt bei jeder Bewegung. »Ich werde rausfallen.«

Schmunzelnd löst Jay meine Hand von seiner Hose und hält sie fest. »Du gewöhnst dich an die Höhe.«

Da bin ich mir nicht sicher. »Was ist, wenn ich nachts mal raus muss?«

»Dann weckst du mich.«

Es ist ja nicht nur wegen des Abstiegs. Ich hab auch keine Lust beim Pinkeln von einem Tier überrascht zu werden.

Langsam öffne ich die Lider und blicke in Jays Gesicht. Ich habe nicht bemerkt, dass er sich über mich gebeugt hat. Will er endlich mehr? Da ich immer noch nichts weiter als den Bikini trage, hält uns nicht viel ab, es endlich zu tun.

»Was machen wir denn, falls uns eine Kobra beißt?«, frage ich, wobei ich über seine stoppelige Wange streichele. »Vermutlich hast du kein Gegengift dabei?«

Er schüttelt den Kopf. »Falls dich wirklich eine Kobra angreift, versuche ihren Kopf wegzuschlagen und lauf weg. Kobras beißen langsamer zu als andere Schlangen. Außerdem besitzen sie kein Blutgift, sondern ein Nervengift, das die Atmung lähmt. Wenn man bei dem Gebissenen lange genug eine Mund-zu-Mund-Beatmung durchführt, hat er Chancen zu überleben.«

»Du weißt so wahnsinnig viel, Jayden. Ich bin wirklich froh, mit dir abgestürzt zu sein.« Er ist ein harter Kerl, der wahrscheinlich Jahre auf dieser Insel leben könnte, während ich ohne ihn womöglich nicht einmal die erste Nacht überstehen würde.

»Und ich bin froh, dass du jetzt nicht mit Chi auf einem Schiff sitzt.« Er setzt sich wieder auf, zieht mich mit sich hoch und legt einen Arm um meine Schultern. Dann küsst er mich auf den Scheitel.

Ich bin so überwältigt von seiner sanften Art und vor allem von seiner Nähe, dass ich völlig vergesse, Höhenangst zu haben. Wohlig seufzend sinke ich gegen ihn und genieße die Aussicht, bestaune das kristallklare Wasser und kann sogar eine Gruppe von Delfinen in der Ferne ausmachen. »Von hier oben sehen wir gleich, wenn ein Schiff vorbeifährt.«

»Hm«, brummt er in mein Haar.

»Weißt du, woran ich gerade denken muss? Da gibt es doch diesen Film mit Harrison Ford. Er spielt einen Piloten, der gemeinsam mit einer Journalistin auf einer einsamen Insel abstürzt. Und dann kommen Piraten. Die gibt es ja heute noch.«

»Sollen sie nur kommen.« Er deutet auf sein Gewehr, das er mit ins Zelt genommen hat, damit es kein neugieriger Affe stiehlt. »Ich bin vorbereitet.«

Sofort suche ich mit Blicken den Horizont ab. Heutige Seeräuber haben Maschinenpistolen, dagegen könnte Jay mit seiner Flinte nicht viel ausrichten. »Meinst du, hier gibt es welche?«

»Die treiben sich tatsächlich gar nicht so weit weg in indonesischen Gewässern rum, aber überwiegend in der Gegend um Sumatra und Malaysia.« Sein Griff um meine Schultern verstärkt sich. »Aber damals, zu den richtigen Piratenzeiten, waren die Inseln des Tarutao-Nationalparks wirklich ein Versteck für Freibeuter. Tarutao bedeutet *alt* und *geheimnisvoll*, und eine Legende rankt sich um diese kleinen Eilande. Angeblich waren sie lange Zeit verschwunden, einfach wie ausradiert, weil die Prinzessin von Langkawi einen Fluch ausgesprochen hat.«

»Warum hat sie das getan?«

»Aus Rache, weil sie fälschlicherweise wegen Ehebruchs hingerichtet wurde. Vielleicht gab es diesen Fluch tatsächlich, denn es wurden jahrhundertelang vorbeifahrende Schiffe von Piraten überfallen. Erst Mitte des zwanzigsten Jahrhunderts konnte die Royal Navy dem Spuk ein Ende bereiten.«

»Was du alles weißt.« Bewundernd blicke ich ihn an und verliere mich in seinen grünen Augen. Mit dem Bartschatten und der gesunden Bräune sieht er selbst wie ein Halunke aus.

»Ich muss viele Abenteuergeschichten kennen, um meine Kunden bei Laune zu halten.«

»Ich will sie alle hören«, raune ich und komme seinem Mund näher. Ich will noch einmal einen dieser wilden Küsse schmecken.

Als Jays Lider schwer werden und er leicht die Lippen öffnet, knurrt mein Bauch.

Sofort ist das magische Band zwischen uns verschwunden, und Jayden lässt mich los. »Du hast Hunger.«

Diesmal hat es kein Affe vergeigt, sondern ich. Oder es liegt allein an Jay, der sich immer noch gegen unsere Anziehungskraft wehrt.

»Ich such unser Abendessen«, sagt er, während er sein Gewehr schultert, die Luke in der Mitte des Zeltes öffnet und die Strickleiter hinunterlässt, »und du kannst dich solange hier oben ausruhen.«

»Ich bleibe nicht allein in diesem schwebenden Ufo.« Grinsend krabbele ich zu ihm, und er gewährt mir den Vortritt.

Als ich wieder festen Boden unter den Füßen habe, frage ich Jay: »Kann ich mich irgendwo waschen? Ich bin völlig verschwitzt.« So müffelnd möchte ich heute Nacht nicht neben ihm liegen.

»Ich kann dir eine Lianendusche anbieten.« Er nimmt die Machete, die er am Rand des Dschungels in die Erde gerammt hatte, und schneidet damit den unteren Teil einer dicken

Liane durch. Sofort läuft ein klares Rinnsal heraus, und Jay hält sich die Öffnung über den Mund, um daraus zu trinken.

Himmel hilf mir ... Wasser perlt an seinen Lippen vorbei über seinen Hals, die Brust und den flachen Bauch bis zu seiner Hose. Zum Glück bin ich eine Frau, und Jay kann nicht erkennen, welche Wirkung er auf mich hat. Zwischen meinen Beinen pocht es.

»Bisschen spärlich, um sich zu waschen«, sage ich krächzend. Egal, was der Kerl macht, er strahlt immer puren Sexappeal aus.

»Aber gut, um den Durst zu löschen.« Er hält mir die Liane hin, aus der nun nur noch Tropfen kommen. »Willst du mal probieren?«

»Warum nicht!« Wer kann schon behaupten, aus einer Liane getrunken zu haben?

Ich trete zu ihm und nehme ihm den Riesenstängel ab. Da der Wasserstrom fast versiegt ist, sauge ich an der Öffnung und bemerke zu spät Jaydens entrückten Blick.

Schau nicht so, denke ich innerlich grinsend. *Dasselbe könnte ich bei dir machen, wenn du mich nur ließest.*

Die Flüssigkeit schmeckt ein bisschen nach feuchten Putzlumpen, aber das werde ich gewiss nicht erwähnen. Ich will Jayden zeigen, dass ich ihm im Dschungel keine Last sein und mich nicht wie eine verwöhnte Zicke verhalten werde. Ich bin auch alles andere als verwöhnt, musste schon als Kind meinen Eltern im Reisebüro unter die Arme greifen, wenn Not am Mann war, Kataloge einsortieren, Rechnungskopien vom Drucker an die Plätze der Mitarbeiter bringen und beim Saubermachen helfen.

»Das ist kein Drink für eine Lady, aber ich probiere gerne neue Dinge aus«, sage ich schmunzelnd, während ich ihm die Liane zurückgebe.

»Du und eine Lady?«, murmelt Jay. Er spricht seine Gedanken nicht aus, sondern lächelt verrucht. Doch ich weiß genau, dass ihm das Bild, wie ich an der Liane gesaugt habe, nicht so schnell aus dem Kopf gehen wird.

»Meinst du, ich kann mich dort waschen?«, frage ich im Unschuldston und deute auf die Flussmündung.

»Klar«, krächzt er, wobei sein Blick über meinen halb nackten Körper streift. »Ich komm kurz mit und check die Lage.«

»Ich hol vorher nur ein paar Sachen aus der Maschine.« Ich eile zur Cessna, nehme Duschgel, ein Handtuch, ein T-Shirt und einen Slip aus dem Trolley und kehre zu Jay zurück.

Die Sonne steht tief, und die größte Hitze hat nachgelassen. Neue graue Wolken türmen sich am Horizont, Blitze zucken in weiter Ferne, doch der Donner ist hier nicht zu hören. Hoffentlich regnet es bis morgen nicht wieder. Wir brauchen trockenes Holz für das Signalfeuer, noch ist es zu feucht, und wir haben es nicht richtig zum Brennen gebracht. Jay ist der festen Überzeugung, dass wir morgen mehr Erfolg haben werden, und auch, dass wir gefunden werden – zumindest hat er das gesagt. Heute wird gewiss niemand mehr nach uns suchen. Bis ein Trupp organisiert ist, vergehen einige Stunden.

Ich marschiere am Strand hinter Jay her bis zur Flussmündung, aus der klares Wasser über den Sand ins Meer fließt.

»Bade nur dort, wo du den Grund sehen kannst«, sagt er. »Ich bleibe in der Nähe, falls … etwas sein sollte.« Er schenkt mir einen durchdringenden Blick, dann dreht er sich um und sammelt am Waldrand weitere abgestorbene Äste.

Hastig schaue ich mich um, ob sich keine Schlange oder ein anderes Tier nähert. Aber nichts ist zu sehen, selbst die Grinse-Meerkatze nicht. Daher lege ich meine Sachen am Ufer neben einem kleinen Busch ab, entkleide mich und wasche den Bikini mit dem Duschgel aus. Nachdem ich ihn auf den Ast eines nahe stehenden Baumes gehängt habe, begebe ich mich tiefer ins Wasser, doch selbst in der Mitte des Flusses reicht es mir nur bis zu den Oberschenkeln.

Ich weiß, dass Jayden zu mir starrt, auch wenn ich ihm den Rücken zudrehe. Ich spüre ein Kribbeln auf meiner Haut. Ich könnte in die Hocke gehen und bis zum Hals in den Fluss tauchen, denn er ist zwar angenehm kühl, aber nicht eiskalt. Doch ich will Jayden mehr zum Ansehen bieten. Der niedrige Busch würde ihm sonst den Blick auf mich verwehren. Daher bücke ich mich, um mein Gesicht sowie die Achseln zu reinigen, in dem Wissen, ihm volle Draufsicht auf meinen Hintern zu gewähren. Diese paradiesische Umgebung macht einen völlig anderen Menschen aus mir, genau wie vorgestern am Wasserfall. Ich erkenne mich kaum wieder.

Nachdem ich allen Mut zusammengenommen habe, drehe ich mich zu Jayden um. Er hält drei Stecken in der Hand und wischt sich mit dem Unterarm über die Stirn. Mit glühenden Blicken mustert er mich, während ich die Finger zwischen meinen Schenkeln hindurchgleiten lasse, um auch meine intimste Stelle zu waschen.

Verdammt, das sollte ich lieber nicht tun. Das macht mich nur feuchter, als ich ohnehin schon bin.

Als Jayden plötzlich die Stecken fallen lässt, sein Gewehr von der Schulter reißt, es anlegt und auf mich zielt, setzt mein Herz einen Schlag aus. Ich schnappe nach Luft und mache einen Schritt rückwärts, sodass ich fast über einen Stein im Wasser stolpere. Ich sehe den Blitz, der die Waffe verlässt, und ein ohrenbetäubender Knall peitscht über den Strand. Aufgeschreckte Vögel stieben kreischend aus den Baumkronen, dann folgt Stille, in der ich nur meinen wild hämmernden Puls in den Ohren höre.

Bin ich getroffen?

Langsam blicke ich an mir hinunter, doch ich sehe weder Blut noch ein Einschussloch.

Jayden läuft auf mich zu und bleibt hinter dem Busch stehen, vor dem ich meine Sachen abgelegt habe. Er bückt sich und hebt eine über einen Meter lange Riesenechse an ihrem Schwanz auf, sodass sich sein Bizeps beträchtlich wölbt. Dann grinst er. »Abendessen ist uns sicher.«

Was … »Bist du verrückt? Ich dachte, du willst mich erschießen!« Schnell wate ich ans Ufer und wickele mir das Handtuch um.

Sofort legt er das Tier hin. »Ich wollte dir keine Angst machen. Es sah nur so aus, als würde der Waran dich angreifen. Normalerweise tun sie das nicht, aber besonders größere Arten können zu aggressivem Verhalten neigen. Außerdem sind sie gute Schwimmer.«

Mit weichen Knien gehe ich um den Busch herum und betrachte das monströse Reptil. »Das Vieh hatte es auf mich abgesehen?«

»Oder es wollte deine Sachen beäugen. Warane sind neugierige, intelligente Tiere. Ich wollte auf jeden Fall nicht herausfinden, ob es jetzt dich oder dein Handtuch lieber mag.«

Ich hätte nicht ständig zu Jayden blicken, sondern mich mehr auf meine Umgebung konzentrieren sollen! Doch wegen des Busches hätte ich das Tier ohnehin nicht bemerkt.

Während ich am ganzen Leib zittere, murmele ich: »Danke, dass du mich wieder einmal gerettet hast«, bevor er mich in die Arme zieht.

»Es tut mir leid, Ranja.« Beruhigend streicht er über meine nackten Schultern, während ich mir Vorwürfe mache. Ich dumme Ziege habe ihn abgelenkt. Was, wenn er das Vieh nicht gesehen hätte? Jayden würde mir nie etwas antun. Wie konnte ich das auch nur für eine Sekunde glauben? Er ist mein Held.

»Du brauchst dir nichts vorzuwerfen«, sage ich. »Zum Glück hast du auf mich aufgepasst und einen kühlen Kopf bewahrt.«

Verwegen grinst er mich an. »Mir war alles andere als kühl.« Sein Gesicht nähert sich, wobei er raunt: »Meine Rache wird kommen, und dann werde ich dich zappeln lassen, süße Blume.« Er streicht mit dem Daumen über meine Unterlippe, danach lässt er mich los.

Benommen taumele ich zu meinen Sachen, um mich anzuziehen. Bald wird es passieren, ich fühle es!

Kapitel 5 – Dschungelnacht

»Ich hatte keine Ahnung, dass Waran so köstlich schmeckt«, sage ich und lasse mir den Happen auf der Zunge zergehen.

Mit dem spärlichen trockenen Holz, das wir gesammelt haben, hat Jayden ein Lagerfeuer gemacht, das Fleisch in kleine Stücke geschnitten und auf dünne Stöcke gespießt. Funken fliegen in die Nacht, und ich bin froh, dass wir uns am Strand befinden. Denn aus dem stockdunklen Urwald dringen seltsame Laute, als besäße er ein Eigenleben.

Ich sitze auf meinem Handtuch im noch warmen Sand, nur mit T-Shirt und Slip bekleidet, und komme mir wie ein kleines Mädchen im Sommercamp vor. Lagerfeuerromantik, ein süßer Kerl – fehlt nur noch der Gitarrenspieler.

Jayden hat bloß Bermudashorts an und hockt mir gegenüber auf einer Kühlbox, die er aus der Cessna geholt hat. Dabei nippt er an einer Dose Cola und stochert gedankenverloren mit einem Stecken im Feuer herum. Was geht ihm durch den Kopf? Er ist plötzlich so still.

Ein großer, voller Mond strahlt zu uns herunter und bringt den weißen Sand zum Leuchten; Krabben und Krebse in Schneckenhäusern wuseln im Schatten hinter uns vorbei. Welch seltsame, aber wunderschöne Atmosphäre. Piratenhaft, unwirklich.

Jayden hatte dem Waran zuvor die Haut abgezogen und

ihn fachmännisch ausgenommen. Die Innereien hat er im Dschungel vergraben, um keine Tiere anzulocken. Das übrig gebliebene Fleisch hat er in die kleine Kühlbox gepackt, in der er normalerweise Getränke für seine Passagiere bereithält. Bis morgen müsste es darin frisch bleiben, weil die Kühlelemente noch nicht aufgetaut sind.

»Das mit dem Salz war auch eine sehr gute Idee von dir«, sage ich, um ein Gespräch anzuleiern.

Ich deute auf den Metalldeckel der Isolierflasche aus Edelstahl, in der Jay Kaffee dabei hatte. Der große Verschluss ist eine Tasse, und darin haben wir Meerwasser über dem Feuer verdunsten lassen und unser eigenes Salz gewonnen.

Jay sagt dazu nichts, sondern reicht mir schmunzelnd seine Coladose. Ob er sich Gedanken über unsere bevorstehende Nacht im Zelt macht?

Siedend heiß fällt mir ein, dass ich meine Pille heute noch nicht genommen habe! Ich stelle die Dose neben mir in den Sand und öffne meine Handtasche, die ich vorhin aus der Maschine geholt habe, weil ich sie mit ins Zelt nehmen möchte.

Im Inneren der Tasche drücke ich die kleine Tablette heraus, in der Hoffnung, dass Jayden nichts davon mitbekommt. Doch als ich sie schnell im Mund verschwinden lasse und mit Cola nachspüle, hebt er nachdenklich die Brauen.

»Bist du krank?«

»Nein, das ist meine … Pille.« Ich war froh, der Hitze des Tages entkommen zu sein, aber nun glühe ich wieder.

Jayden räuspert sich leise und senkt den Blick erneut auf die Flammen. »Wieso nimmst du sie?«

Die ganze Zeit schweigt er, und nun will er ernsthaft dieses Gespräch führen? »Soll ich dir jetzt wirklich aufzählen, welche Vorteile die Pille abgesehen vom Empfängnisschutz hat?«

Immer noch sieht er mich nicht an. »Ich will eigentlich nur wissen, ob du einen anderen hast.«

»Hab ich nicht, Jayden.« Ich dachte, das wäre klar? Oder … Oh Gott, wegen meines liederlichen Verhaltens muss er denken, ich mache mit jedem rum! »Ich hatte seit Monaten keinen Sex mehr und nehme die Pille nur, weil ich sonst während meiner Periode starke Unterleibskrämpfe habe und blute wie ein abgestochenes …«

»So genau wollte ich es nicht wissen«, unterbricht er mich und fährt sich schief grinsend über den Nacken.

Ich lache. »Du hast gefragt.«

Als Nächstes sehe ich zum bestimmt hundertsten Mal nach, ob mein Handy Empfang hat – was es natürlich nicht hat. Anschließend ziehe ich meine Zahnbürste aus der Tasche und befeuchte sie mit Wasser aus der Flasche. Dann schrubbe ich mir damit über die Zähne. Heute muss es mal ohne Zahnpasta gehen. Die hab ich zuvor vergessen, aus dem Trolley zu nehmen.

»Was macht man eigentlich, wenn man im Dschungel keine Zahnbürste bei sich hat?«, frage ich nuschelnd. »Ich hasse dieses Gefühl, wenn die Zähne belegt sind. Ich würde durchdrehen.«

Ernst schüttelt er den Kopf. »Würdest du nicht. Du hättest andere Sorgen.«

»Hast auch wieder recht.«

»Saubere Zähne sind trotzdem wichtig. Schnell sammeln sich giftige Bakterien an, und das kann übel ausgehen. Es gibt verschiedene Methoden der Mundhygiene im Dschungel. Ich zeige sie den Leuten, die bei mir einen Survival-Trip buchen.«

»Erzählen Sie mir alles, Doktor Grant.«

»Also, entweder reinigt man die Zähne einfach mit den Fingern, auf die man zerriebene Holzkohle gibt …«

»Kohle?«, unterbreche ich ihn.

»Angeblich bindet sie Zucker, hab ich zumindest mal gehört. Oder man stellt eine Art Zahnpasta und eine Bürste her.«

»Jetzt wird es noch ekliger, oder?«

Schmunzelnd schüttelt er den Kopf. »Man kann Schneckenhäuser pulverisieren und vermengt das Ganze mit Asche, Wasser und Kräutern zu einer Paste. Und als Zahnbürste eignet sich ein fingerdickes Stück Holz mit langen Fasern. Die werden eingeschnitten und so lange darauf herumgekaut, bis sie weich genug sind.«

Grinsend zieht er eine richtige Zahnbürste aus seiner hinteren Hosentasche und putzt sich wie ich mit Wasser die Zähne.

»Lass mich raten«, sage ich grinsend. »Während sich deine Kunden mit dem Naturzeug die Zähne schrubben, hast du deine Bürste immer dabei.«

Er zwinkert mir zu. »Hat bisher noch keiner mitbekommen.«

Als er fertig ist, lächelt er mich an, und seine Zähne blitzen im Feuerschein auf. Er hat schöne, gerade Zähne. Die würde ich auch sorgsam pflegen – und am liebsten noch mal mit der Zunge darüberlecken.

Ich würde Jayden ja gerne länger anhimmeln, bin aber damit beschäftigt, Leben auszulöschen. Die Moskitos werden lästig. Zum Glück jucken die Stiche nicht lange.

»Gehen wir schlafen, bevor diese Vampire uns noch komplett aussaugen«, sagt Jayden, schaltet seine Taschenlampe ein und löscht mit Sand das Feuer. Dann leuchtet er auf meine Füße, damit ich meine Sachen zusammenpacken kann. »Musst du noch für kleine Mädchen?«

Nach einem Blick in den schwarzen Dschungel murmele

ich: »Denke nicht.« Ich habe heute ohnehin mehr ausgeschwitzt als getrunken und werde es bis zum Morgen aushalten.

Jay nimmt die Kühlbox und bringt sie zur Cessna. Ich begleite ihn, um mir noch eine Wasserflasche zu holen. Danach machen wir uns an den Aufstieg zu unserem Baumzelt. Ich streife mir die kurzen Henkel meiner Tasche über die Schulter und klettere zuerst die Strickleiter hoch, während Jayden sie festhält. Kurz nachdem ich durch die Öffnung ins Zelt gelangt bin, kriecht auch Jay hindurch und schließt sie.

Wir verstauen unsere Sachen – und Jay sein Gewehr – am Rand und legen uns auf den geöffneten Schlafsack, den Jayden ebenfalls in der Cessna hatte. Als Kopfkissen nehme ich mein zusammengerolltes Handtuch; aufs Zudecken können wir bei dieser Wärme verzichten.

Das Moskitonetz vor unserem »Fenster« ist nun geschlossen, und nur Mondlicht und die Laute des Dschungels dringen herein. Überall zirpt, raschelt und schuhuht es. Vögel geben seltsam krächzende Laute von sich, Fledermäuse bringen über uns die Baumkronen zum Rascheln, Zikaden produzieren ein fast schon ohrenbetäubendes Zirpen, und in der Ferne jault irgendein größeres Tier, vermutlich ein Affe.

Was für ein Lärm! Da ist es nachts mitten in New York wesentlich ruhiger. Bloß würde dort die Dschungelromantik fehlen.

Ich lege mich hin, rolle mich auf die Seite und sehe zu Jayden, der sich im Sitzen die Hose auszieht. Darunter ist er … nackt!

Ich nehme ihn nur in Grautönen wahr und kann leider nicht viel erkennen, weil er sein Bein angewinkelt hat. Aber ich habe ja bereits am Wasserfall mitbekommen, dass er ziemlich gut bestückt ist.

Er streckt sich auf dem Rücken aus und murmelt: »Schlaf gut.«

Hat er die Augen offen? Noch habe ich mich nicht an das Dämmerlicht gewöhnt, um mehr sehen zu können. Er befindet sich nur eine Armeslänge entfernt; ich könnte ihn mit den Fingerspitzen berühren, wenn ich wollte.

»Darf ich dich was fragen?« Ich bin kein bisschen müde, und er hat auch nicht diesen Eindruck vermittelt.

»Hm«, brummt er.

»Wieso hat es dich in dieses Land verschlagen?« Ich will endlich mehr über ihn erfahren. Er spricht fließend Thai, und ich weiß, dass er schon hier war, als der Tsunami kam. Also bereits eine kleine Ewigkeit.

Als er nicht reagiert, glaube ich erst, nie eine Antwort zu erhalten, aber dann beginnt er stockend zu erzählen: »Ich war gerade achtzehn geworden. Wie du weißt, hätte ich die Ranch meines Vaters übernehmen sollen. Mum war früh an einer Infektion gestorben, und Dad hat meinen Bruder Rick und mich allein großgezogen. Molly, die auf der Nachbar-Ranch lebte, kam ein Mal in der Woche zu uns, um uns bei der Abrechnung und bei anderen Dingen zu helfen. Die McCormicks hatten eine Handvoll Mädchen, die sie gedachten, gut verheiraten zu können. Dad und ihr Vater hatten schon zu unseren Sandkastenzeiten beschlossen, Molly und mich zu verkuppeln.«

»In der heutigen Zeit?« Das klingt eher nach Mittelalter.

»Hm. Im Outback ergeben sich auch nicht viele Möglichkeiten, und ich mochte Molly sehr. Sie war ein kluges, hübsches Mädchen.« Er atmet hörbar ein und stößt die Luft aus, als ob es ihn Überwindung kosten würde, mir das zu erzählen. »Es war alles schon beschlossene Sache, auch, dass sie bei uns auf der Ranch leben wird – da habe ich sie mit meinem Bruder im Heu erwischt.«

»Shit.«

»Vielleicht wäre alles anders gekommen, wenn Rick sie nicht gevögelt hätte.«

Als er schweigt, frage ich: »Wie alt war Rick?«

»Er ist ein Jahr jünger als ich und genauso alt wie Molly.«

»Und was passierte dann?«

»Ich war wütend und verletzt. Molly war meine erste große Liebe, und ich bin immer davon ausgegangen, dass wir die Ranch eines Tages zusammen leiten und viele Kinder haben werden.«

Das zu hören, überrascht mich. »Du möchtest Kinder?«

»Wollte ich. Früher.« Er klingt ein wenig verbittert, und ich bohre nicht weiter nach. Ich freue mich, dass er sich endlich öffnet – auch wenn es keine schönen Dinge sind, die ich erfahre. Aber vielleicht tut es Jay gut, wenn er sich alles von der Seele redet.

»Ich habe mit Molly Schluss gemacht, und sie schien erleichtert. Offenbar liebte sie meinen Bruder schon lange, hat sich aber nicht getraut, es mir zu sagen. Ich habe es dort nicht mehr ausgehalten und hätte es nicht ertragen, mit den beiden unter einem Dach zu wohnen. Deshalb habe ich meine Sachen gepackt und bin abgehauen.«

Meine Augen gewöhnen sich langsam an das schwache Licht, weshalb ich Jay besser erkennen kann. Er hat die Arme hinter dem Kopf verschränkt und starrt an die Decke.

Ich versuche, ihn nicht zu offensichtlich zu begutachten, besonders nicht dieses beträchtliche Gerät zwischen seinen Beinen, und frage: »Wieso ist deine Wahl auf Thailand gefallen?«

»Ich habe einfach den ersten Flug genommen, den ich ergattern konnte, und der ging nach Bangkok. Ich hatte nur einen Rucksack dabei und kaum Geld und wusste nicht, was ich machen sollte. Deshalb bin ich durchs Land gezogen, hab mal hier, mal da mitgeholfen, um ein paar Baht zu verdienen, damit ich mir etwas zum Essen kaufen konnte.« Erneut seufzt er schwerfällig. »Bald habe ich bemerkt, dass Führungen durch den Dschungel bei den Touristen beliebt sind. Damit habe ich so viel Geld verdient, dass ich mir zum ersten Mal Urlaub in einem Hotel leisten konnte. Und dann kam dieser verfickte Tsunami.« Er klingt plötzlich so wütend, dass ich lieber schnell das Thema wechsele, obwohl ich darauf brenne, mehr zu erfahren.

»Hattest du nie das Bedürfnis, zurück nach Australien zu gehen?«

»Die ersten Wochen habe ich meine Heimat sehr vermisst und ab und zu Dad angerufen, damit er sich keine Sorgen macht. Ich hatte Schuldgefühle, weil ich ihn allein ließ mit der Ranch. Doch Molly war immer noch mit meinem Bruder zusammen und hat ihn schließlich geheiratet.«

»Und dann bist du einfach hier geblieben?«

»Hm. Jedes Jahr habe ich ihnen aber einen Besuch abgestattet.«

Das hat er mir einmal erzählt.

»Doch nach Dads Beerdigung vor drei Jahren war ich nicht mehr dort.«

»Woran ist er gestorben?«

»Er hatte einen Herzinfarkt. Es ging schnell.«

Jayden klingt so kühl. »War es schlimm für dich?«

»Nein.« Tief atmet er ein. »Ich habe mein altes Leben schon vor Ewigkeiten so weit hinter mir gelassen, dass ich nicht einmal traurig war. Irgendwie habe ich nichts gespürt.«

»Hattest du ein gutes Verhältnis zu deinem Vater?«

»Eher weniger. Er war sehr streng mit meinem Bruder und mir. Vielleicht, weil Mum nicht mehr da war und er alles allein stemmen musste. Doch ich bin ihm heute noch dankbar, dass er mir beigebracht hat, wie man in der Wildnis überlebt.«

Meine Eltern waren auch streng, aber immer gerecht und liebevoll. Ich erinnere mich gerne an meine Kindheit. »Hast du hier eine neue Liebe gefunden?« Ich muss immer daran denken, dass er mich *Nu* genannt hat.

»Das hatte ich. Schneller als erwartet.« Wärme ist in seine Stimme zurückgekehrt. Offenbar hat er Liebe und Geborgenheit bei ihr erfahren.

»Wer ... war sie?«, frage ich vorsichtig, wobei mein Herz heftig klopft. Jayden *redet* mit mir!

»Eine Krankenschwester; ihr Name war Sunisa, aber alle nannten sie Nu. Ich wurde krank, hatte das Dengue-Fieber und hab mich im Krankenhaus schon beim ersten Blickkontakt in sie verliebt.«

»Und sie?«

Er dreht mir das Gesicht zu und lächelt. »Ihr ging es genauso.« Jay starrt mich eine gefühlte Ewigkeit an, bis sein Lächeln erlischt und er abrupt den Kopf abwendet.

Unangenehmes Schweigen breitet sich zwischen uns aus.

»Wieso erinnere ich dich an deine Freundin?«, frage ich behutsam.

»Sie sah dir ähnlich.«

Also hatte ich mit meiner Vermutung recht. »Wieso seid ihr nicht mehr zusammen? Hat einer von euch Schluss gemacht?«

»Nein ... Das Schicksal hat entschieden, dass es nicht sein sollte.«

Er hat sie doch nicht bei der Flutkatastrophe verloren? Bitte nicht ... »Hast du Sunisa kennengelernt, bevor der Tsunami kam?«

Erneut dreht er mir den Kopf zu und lächelt mich an, doch er wirkt angespannt. In einem beschwingten Ton fragt er: »Wieso bist du nach Thailand gekommen, wenn deine Familie in Amerika eine gut laufende Reiseagentur besitzt?«

Oh Gott, sie ist bei der Katastrophe gestorben! Jay versucht, seinen Schmerz zu überspielen, aber selbst in diesem schwachen Licht kann ich den Kummer in seinem Gesicht erkennen. Am liebsten möchte ich ihn umarmen und festhalten.

Ich will ihn nicht noch mehr an das Leid erinnern, deshalb erzähle ich ihm etwas von mir. »Genau aus diesem Grund bin ich hierhergekommen. Ich habe das dringende Bedürfnis, selbst etwas zu schaffen. Mir etwas Eigenes aufzubauen.« So wie Jay. Er hat in einem fremden Land Fuß gefasst.

Als er sich mit dem ganzen Körper zu mir dreht, sodass er auf der Seite liegt, kann ich seinen Traumkörper in voller Pracht sehen. Die breiten Schultern, die schmalen Hüften, die langen Beine ...

Meine Brustwarzen prickeln unter seinen Blicken, ziehen sich zusammen und werden hart. Auch bei Jay schwillt langsam etwas an. Himmel, er ist einfach ungewöhnlich groß!

Jay starrt mich an, und in der Finsternis wirken seine Augen pechschwarz. Dämonisch. Ich kann fühlen, was er will. Seine Lust pulsiert in Wellen zu mir herüber, umspült mich, reißt mich mit sich. Doch wie immer zögert er. Wartet er auf ein Zeichen von mir?

»Es ist echt warm hier drin«, murmele ich deshalb und ziehe mir mein T-Shirt über den Kopf. Danach drehe ich mich ebenfalls auf die Seite. Es wird Zeit, die indiskreten Themen anzuschlagen, darum frage ich frei heraus: »Hattest du Sex mit Urlauberinnen auf deinen Trips?«

Er rollt sich auf den Bauch, sodass er nun fast neben mir liegt und ich seine herrlich knackigen Pobacken anschmachten kann. »Ich hatte hin und wieder was für eine Nacht, aber das waren alles unbedeutende Affären.«

»Wann hattest du deine letzte feste Beziehung?«

»Für so was hatte ich nie Zeit«, raunt er, rutscht plötzlich dicht zu mir, sodass er wieder seitlich liegt, und zieht mich an der Taille an seinen heißen Körper. Dann greift er in meinen Nacken und sagt mit dunkler Stimme: »Wollen wir jetzt reden oder ficken?«

Oh Gott, ich bin auf einmal so aufgeregt, dass ich kaum sprechen kann. Seine beginnende Erektion drückt gegen meinen Bauch – zur selben Zeit wirbeln unzählige Gedanken durch meinen Kopf. Er will mich jetzt, und ich will ihn. Mein Puls wummert hart bis zwischen meine Schenkel. Ich will ihn endlich in mir spüren! Dennoch grübele ich über seine Worte nach.

Er hatte keine Zeit für die Liebe? Warum belügt er sich? Hat ihn Nus Tod so sehr verletzt, dass er nie wieder eine andere Frau in sein Herz gelassen hat?

Chi hat mal gesagt, Jayden sei ein Einzelgänger – also hat er auch keine Freunde. Niemanden. Bisher habe ich ihn außerhalb seiner Arbeitszeiten auch immer allein gesehen.

Werde ich ebenfalls nur eine Nummer für eine Nacht sein? Ich will viel mehr sein: seine Freundin, Geliebte und Seelengefährtin. »Ich bin kein Ersatz für deine verlorene Liebe.«

»Nein, das bist du nicht«, raunt er, wobei sich sein Griff an meinem Nacken verstärkt.

Wir liegen dicht aneinandergeschmiegt, Nase an Nase, und ich streichle über seine knackigen Pobacken.

Wild klopft mein Herz, als ich frage: »Und was bin ich dann?«

»Du bist etwas Besonderes, Ranja. Einzigartig.« Seine Lippen streifen meinen Mund. »Die Geschichte mit Nu liegt Jahre zurück. Ich will im Hier und Jetzt leben. Auch wenn es mir schwerfällt.«

Ich weiß nicht, was genau er meint und ob das bedeutet, dass er mehr für mich empfindet als für seine Affären, denn in meinem Kopf dreht sich alles immer schneller und schneller. Mein Körper glüht, meine Klitoris pocht, und ich will nur noch mit Jay verschmelzen.

»Ich bin nicht der Held, für den du mich hältst, Ranja«, grollt er. »Ich bin ein dunkler Ritter in einer schwarzen Rüstung.«

»Verrätst du mir, warum?«, wispere ich an seinen Lippen.

»Nein.« Er sieht mich gequält an, als würde die Wahrheit alles zwischen uns zerstören. Doch ich denke eher, dass sie nur Jay zerstört. Wie kann ich ihn aus der Finsternis führen?

Vielleicht wird er sich mir eines Tages anvertrauen, und dann werde ich für ihn da sein.

»Jetzt lass es uns endlich tun«, raune ich, und er knurrt an meinem Mund: »Ich kann dir ohnehin nicht länger widerstehen, du Sirene.«

Er schiebt mich zurück und rollt sich auf mich. Seine Lippen pressen sich fast schon brutal auf meine, aber das macht mir nichts aus. Ich bin genauso ausgehungert wie er, kralle die Finger in sein Haar und küsse ihn ebenso gierig zurück. Mein Körper glüht, verzehrt sich nach ihm, und mein Herz füllt sich mit Wärme.

Verliebe dich nicht noch mehr in ihn, flüstert mir eine innere Stimme zu, doch ich habe den Point of no Return längst erreicht. Es gibt kein Zurück mehr. Mein Herz gehört Jayden Grant.

Er reibt seinen Unterleib an meinem, und ich fühle Feuchtigkeit an meinem Bauch. Er verliert Lusttropfen; ich bin ebenfalls feucht für ihn. Ich will auf keinen Fall länger warten.

Daher versuche ich mein Becken zu heben, um mir den Slip abzustreifen, doch Jay lacht nur dunkel an meinen Lippen.

»Nein«, raunt er. »So schnell wird es nicht gehen. Ich habe versprochen, dass meine zuckersüße Rache kommen wird.«

Ich erinnere mich schwach an diese Worte, aber die Gedanken verblassen sofort, als er von mir hinunterrutscht und mir den Slip von den Beinen zieht.

Endlich!

Nun liege ich splitternackt vor ihm. Er kniet zu meinen Füßen und mustert mich mit gierigen Blicken wie ein Raubtier, das darauf lauert anzugreifen. Dabei zuckt seine mittlerweile zu voller Größe angeschwollene Erektion. Himmel, er wird mich damit spalten! Trotzdem verspüre ich keine Angst, im Gegenteil. Ich will wissen, ob ich ihn aufnehmen kann.

Langsam drückt er meine Beine auseinander, wobei seine Hände an den Innenseiten meiner Schenkel nach oben fahren und sich auf das Zentrum meiner Lust zubewegen. Ich will ihn bloß noch dort spüren! Am liebsten hätte ich, dass er mich umfließt, mich einhüllt, ausfüllt und einfach überall ist.

Als er seinen Kopf über meinen Oberschenkeln senkt und mit den Lippen hineinbeißt, dicht an meiner Lende, stöhne ich auf. Seine Zähne schaben über meine Haut, dann zieht er mit der Zunge eine glühend-feuchte Spur von meinem Bauchnabel bis zum Venushügel.

»Jay!«, rufe ich und kralle erneut die Finger in sein Haar, um ihn dort festzuhalten, wo ich ihn haben will.

Ich bekomme nur ein dunkles Lachen als Antwort, woraufhin sein Atem über meine Scham weht.

Jetzt wird er mich gleich lecken. Bitte, Jayden, tu es!

Er tut es nicht, lässt mich los und krabbelt über mich, bis seine dicke, glänzende Eichel vor meinen Lippen liegt. Sofort umschließe ich mit einer Hand seinen kraftvollen Schaft und halte ihn fest, anschließend lecke ich über seinen Schlitz, aus dem dicke Tropfen perlen.

Jayden knurrt, während ich meine Zungenspitze über seine Eichel flattern lasse. Sie schmeckt salzig und nach Mann. Nach Jayden.

Ich packe seine Erektion noch fester, spiele mit der Zunge an seinem Bändchen und stülpe schließlich die Lippen über seine gewaltige Kuppe.

Jayden gibt Laute von sich, die sich wie eine Mischung aus Knurren und Stöhnen anhören. Er verharrt bewegungslos über mir und lässt sich von mir einen blasen. Es ist nicht einfach, ihn tiefer aufzunehmen, aber meine Gier hilft mir, mein Ziel schließlich zu erreichen. Er füllt meinen Mundraum aus, mein Kiefer ist weit geöffnet, doch ich habe es geschafft.

Ich stelle mir vor, wie Jayden die Augen schließt und den Kopf in den Nacken legt. In diesem Moment gehört er mir allein; ich habe ihn in meiner Gewalt. Er bewegt sich immer noch nicht, als hätte er Angst, mir wehzutun. Und während ich sanft an ihm sauge, fließen mehr dieser salzigen Tröpfchen in meinen Mund.

Schließlich zittert Jayden, und das Beben seines Körpers überträgt sich auf den Zeltboden, sodass ich das Gefühl habe, ebenfalls zu zittern. Dann zieht er sich zurück, legt sich auf mich und küsst mich so verlangend, dass ich kaum noch Luft bekomme.

Mein Herz fließt über vor Zuneigung, und ich streichele seinen Rücken, während ich die Beine um ihn schlinge. Ich will ihn endlich in mir spüren, bevor ich durchdrehe! Daher reibe ich meine erhitzte Mitte an seinem dicken, harten Penis, in der Hoffnung, er findet endlich den Weg in mich.

Doch was macht Jayden?

Nachdem er mich schwer atmend angestarrt und mir eine

Haarsträhne aus der Stirn gestrichen hat, rutscht er erneut an mir hinunter.

»Das ist nicht dein Ernst!«, rufe ich und ernte abermals ein dunkles Lachen.

Dann drückt er wieder meine Schenkel auseinander, diesmal ziehe ich die Knie jedoch an, und so öffne ich mich komplett für ihn.

»Eine wunderschöne Blüte«, raunt er, bevor er die Zunge zwischen meinen Schamlippen versenkt.

Ich bäume mich auf, weil meine Klit hart gegen seine Lippen klopft und ich kurz vor dem Höhepunkt stehe. Dabei höre ich ihn schmatzen und lecken, und das macht mich nur noch schärfer.

»Bleib so für mich«, raunt er, wobei er meine Knie an meine Brust drückt.

Ich greife in meine Kniekehlen und spreize zugleich die Beine, um vollkommen zugänglich für ihn zu sein. Niemals zuvor habe ich mich einem Mann so freizügig hingegeben, doch bei Jay und im Schutz der Nacht fühle ich mich verrucht und verwegen. Mit ihm möchte ich noch ganz viele Spielarten ausprobieren.

Seine Zunge flattert über meinen empfindsamsten Punkt, während er meine Schamlippen mit den Fingern auseinanderzieht und hin und wieder tief dazwischen fährt, um von mir zu kosten. Als er einen Finger in mich schiebt, verkrampfe ich mich lustvoll um ihn. Mein Unterleib steht in Flammen, alles pocht und kribbelt und glüht. Aber um zum Höhepunkt zu kommen, brauche ich noch ein bisschen mehr, und das scheint Jay zu wissen.

»Kannst du deine Rache nicht abkürzen?«, frage ich atemlos. »Fick mich endlich, Jayden, oder ich nehme mir jetzt, was ich brauche!«

Abrupt lässt er von mir ab und kommt wieder auf mich. »Wenn ich dich noch länger zappeln lasse, drehe ich selbst durch.« Er greift zwischen seine Beine, und ich fühle, wie sich seine Eichel an meinen feuchten Eingang drückt. »Jetzt ficke ich dich, kleine Blume.«

Als er in mich drängt, werfe ich stöhnend den Kopf zurück und überlasse mich ganz Jayden. Er ist so groß und dick, dass ich befürchte, er spaltet mich tatsächlich, doch dieser süße Dehnungsschmerz erregt mich nur noch mehr. Behutsam drängt er voran, tiefer und tiefer, bis er ganz in mir ist. Ich halte die Luft an, um das harte Pochen um den enormen Eindringling zu genießen. Wenn er sich jetzt bewegt, komme ich auf der Stelle zum Höhepunkt.

Doch er verharrt, als müsste er sich sammeln, um es hinauszuzögern. Dieses Warten ist kaum auszuhalten!

Als ich mich unter ihm winde, zappele und meine Finger in seine harten Pobacken kralle, knurrt er an mein Ohr. »Hör auf, oder ich werde nicht mehr sanft sein können.«

»Dann sei nicht mehr sanft!«, befehle ich – und Jayden gibt seine Selbstbeherrschung auf.

Tief stöhnend gleitet er ein Stück aus mir, nur um kurz darauf fest zuzustoßen. Er pfählt mich regelrecht, sodass ich vor Lust Sternchen an der finsteren Zeltdecke tanzen sehe. Seine Hüften schieben sich vor und zurück, wobei er nie den Blick von mir lässt, und ich muss ebenfalls in seine dunklen Augen sehen. Er nimmt mich hart und immer härter, als würde er endlich alles rauslassen, was sich angestaut hat. Mein Inneres, obwohl es bis zum Äußersten gedehnt ist, kann dennoch nicht genug von ihm haben und scheint nach ihm zu greifen. Der Druck ist so enorm, dass ich zwischen meinen Beinen nur noch aus einem einzigen Pochen bestehe, das tief in meinen Körper hineinpulsiert.

Was macht dieser Mann mit mir?

Das Zelt schwingt gefährlich bei Jaydens harten Stößen, doch ich habe keine Angst, die Gurte könnten nicht halten. Ich stürze nicht ab, sondern werde in einen Strudel aus Lust und Ekstase gezogen. Und während er mich mit sich reißt, kommt auch Jayden zum Höhepunkt. Er pumpt in mich und füllt mich mit seinem Samen, während ich mich immer noch drehe. Ich höre mich seinen Namen rufen, und er raunt meinen, fühle seine Lippen auf meinem Mund nur schwach, weil sich jegliches Gefühl allein auf meinen Unterleib konzentriert.

Ich weiß nicht, wie lange mein Höhepunkt dauert. Ich weiß nur, dass er niemals so endlos und heftig gewesen ist.

»Aranja«, wispert Jayden, und allmählich komme ich wieder in meinem Körper an. Das Zelt steht noch, und die Geräusche des Dschungels kehren ebenfalls zurück.

Jaydens großer Körper hüllt mich ein, begräbt mich unter sich, doch er stützt sich ab, um mich nicht zu erdrücken. Ich fühle mich geborgen, während er weiterhin in mir ist und langsam weicher wird.

Im Zelt riecht es nach unserer Lust, der Mond scheint immer noch für uns. Nachdem wir wieder zu Atem gekommen sind, küssen wir uns sanft.

Ich will ihm sagen, wie schön es für mich war, aber ich möchte den friedlichen Augenblick nicht stören.

Irgendwann, nach vielem Küssen und Streicheln, fallen uns die Augen zu. Jayden legt sich neben mich und zieht mich an sich, und in der Löffelchenstellung schlafen wir schließlich ein. Einer meiner letzten Gedanken ist, wie heiß mir ist, wie klebrig und verschwitzt ich bin, doch das ist mir egal. Ich habe mich nie besser gefühlt.

Kapitel 6 – Abschied

Eng umschlungen sind wir aufgewacht und haben uns mit einem scheuen Lächeln einen guten Morgen gewünscht. Ich habe kaum geschlafen, denn unser Lager war viel zu hart. Doch ich wollte nirgendwo anders liegen als in Jaydens Armen. Hin und wieder hat er im Schlaf gemurmelt und mich danach fester an sich gezogen, als hätte er Angst, ich könnte verschwinden.

Das wird niemals passieren. Ich habe längst mein Herz an ihn verloren.

Kurz nach Sonnenaufgang türmen wir am Strand das gesammelte Holz und die Plastikflaschen auf. Zum Glück hat es nicht mehr geregnet, und so können wir mit etwas Kerosin aus Jays Maschine ein ordentliches Rauchfeuer entfachen. Er gibt zusätzlich ein paar grüne Blätter auf den Stapel, damit es noch besser qualmt.

Danach folgen wir dem Flusslauf bis zu dem Naturpool, waschen uns und reden kaum ein Wort. Jay wirkt verschlossen und unnahbar wie nach unserem ersten Näherkommen am Wasserfall. Was beschäftigt ihn denn bloß?

Als wir zum Strand zurückgehen, möchte ich ihn fragen, da ertönt der Klang eines Signalhorns, und ich blicke aufs

Meer. »Jayden, sieh nur!« Ein graues Patrouillenboot der königlichen Marine ist am Horizont aufgetaucht und steuert auf unsere Bucht zu.

Zum ersten Mal an diesem Morgen lächelt Jay richtig. »Sie haben uns gefunden! Hab ja gesagt, es wird nicht lange dauern.«

Er wirkt direkt erleichtert, während ich ein wenig enttäuscht bin. Einerseits wäre ich gerne noch länger mit Jay im Paradies geblieben, andererseits möchte ich mir nicht vorstellen, was sich mein Bruder für Sorgen macht. Ich kann es kaum erwarten, ihn in die Arme zu schließen.

»Dann ist der Urlaub im Paradies wohl beendet«, murmele ich, wobei ich schwermütig seufze.

»Du hast dich tapfer geschlagen, kleine Blume.« Nun lächelt Jay auch mich an, und mein Herz springt wild in meiner Brust. Sind wir nun zusammen? Ich möchte Jayden so gerne meinem Bruder vorstellen.

* * *

Nachdem wir uns ordentlich angezogen haben – beide tragen wir ein T-Shirt und eine kurze Hose –, helfe ich Jayden, das Zelt abzubauen. Dann verstauen wir alles in der Cessna und holen unser Gepäck.

Wir sind abmarschbereit, als das Schiff etwa hundert Meter vor der Insel ankert. Näher kann es wegen des Riffs nicht kommen.

Ein Schlauchboot wird ins Wasser gelassen, und Jay bittet mich, am Strand zu warten. Daraufhin verschwindet er mit der Metallkiste aus der Maschine, seinem Gewehr und einem kleinen Spaten im Dschungel. Zurück kommt er kurze Zeit später nur mit der Schaufel.

»Warum hast du deine Waffe versteckt?«, möchte ich wissen.

»Das Militär braucht nicht zu wissen, dass ich sie habe.«

Er besitzt wohl keine Lizenz dafür.

»Außerdem ...«, fährt er murmelnd fort, während er Sand auf das Feuer schaufelt, um es zu ersticken, »ist es vielleicht ganz gut, ein Stück Vergangenheit zu begraben.«

Bevor ich ihn fragen kann, was er damit meint, erreichen uns mit dem kleinen, motorisierten Boot zwei Soldaten. Sie fragen auf Englisch, ob wir die vermissten Personen sind, nach denen seit gestern gesucht wird: Mr Grant und Mrs Dean. Sie wären davon in Kenntnis gesetzt worden und hätten die Augen offen gehalten.

Jay antwortet ihnen auf Thai und erklärt, was passiert ist. Kurz darauf befinden wir uns mit unserem Gepäck in dem kleinen Boot, das uns raus zu dem Patrouillenschiff fährt.

»Oje, das Fleisch ist noch in der Kühlbox!«, sage ich, und Jay zuckt mit den Schultern.

»Die Maden werden sich freuen.«

Wir blicken auf die immer kleiner werdende Cessna, die er am Strand zurücklassen musste und irgendwann in den nächsten Tagen holen wird. Dazu muss er jedoch Schwimmer an das Fahrgestell montieren und ein Boot organisieren, das die Maschine abschleppen kann.

Ich werde unser kleines Paradies vermissen.

***

Als wir um die beiden Naturschutzinseln herumgefahren sind, hat mein Smartphone endlich wieder Empfang, und ich kann Keno anrufen. Jayden und ich befinden uns an Deck des Patrouillenbootes, wobei uns rauer Wind um die Ohren weht.

Das Wetter hat abrupt umgeschlagen, der Himmel ist grau, es sieht nach Sturm aus, und ab und zu klatschen mir Regentropfen ins Gesicht.

Als ich endlich meinen Bruder erreiche und ihm schnell die Situation erläutere, ist er völlig aufgebracht, aber heilfroh, dass es mir gut geht.

»Keno, rufst du Mum und Dad für mich an und sagst ihnen, dass alles in Ordnung ist?«, bitte ich ihn. »Ich habe kaum noch Saft auf dem Akku.«

»Klar«, antwortet er. »Ich wollte ihnen erst nichts sagen, um sie nicht unnötig zu beunruhigen, aber heute Morgen musste ich es tun. Ich wusste schließlich nicht, ob wir dich ...«

»Natürlich«, unterbreche ich ihn, »sie haben ein Recht darauf.« Wenigstens mussten sie nur wenige Stunden im Ungewissen verbringen. Mein Bruder hingegen hört sich an, als hätte er die ganze Nacht kein Auge zugemacht. Jetzt bin ich doch froh, dass man uns so schnell gefunden hat.

Nachdem ich aufgelegt habe, damit Keno unsere Eltern informieren kann, sehe ich Jayden etwas abseits stehen und geschäftig telefonieren. Der Wind trägt Gesprächsfetzen an mein Ohr, und ich höre heraus, dass er thailändisch spricht und am liebsten noch heute ein Abschleppboot organisieren will. Er scheint es eilig damit zu haben, was ich auch verstehen kann, schließlich sind seine Rundflüge beliebt. Ich hoffe nur, er nimmt nicht schon wieder vor mir Reißaus. Seitdem wir gerettet wurden, macht er den Eindruck, als hätte er vor irgendetwas Angst. Ich hoffe, dass ich nicht dieses Irgendetwas bin.

***

Die See wird rauer, der Regen nimmt zu, doch zum Glück liegt die winzige Insel Koh Lipe schon vor uns. Ich sehe einen einzigen Urlauber am weißen Strand stehen und winken. Es ist Keno; ich erkenne seine kleine, schmale Statur, das kurze schwarze Haar und vor allem diese hellblauen Bermuda-Shorts, die er seit Jahren im Sommer trägt. Hinter ihm erstreckt sich das Resort, das er testen soll. Robinsonartige Hütten reihen sich unter Palmen aneinander, die von außen urig erscheinen, innen jedoch sämtlichen Luxus bieten.

Das Schiff hält vor dem Riff, wir bedanken uns für die Rettung – und werden sicher demnächst noch mit Behördenkram konfrontiert.

Nachdem wir mit dem Schlauchboot samt Gepäck am Strand abgesetzt wurden, falle ich Keno in die Arme. Wir sind mittlerweile klitschnass, aber das ist mir egal.

»Schwesterchen«, murmelt er in mein Ohr, »mach mir nie wieder solche Angst.«

»Keine Sorge, ich war in den besten Händen.«

Keno ist kaum größer als ich, deshalb muss er ebenfalls aufschauen, als Jayden zu uns tritt. Mein Bruder lässt mich los, um ihm die Hand zu schütteln. »Ich habe schon viel von Ihnen gehört, Mr Grant. Natürlich nur Gutes.«

Klappe, Keno!

Ich grinse schief, während mein Bruder nicht aufhört zu reden und Jay ihn bloß mild lächelnd anstarrt.

»Meine Schwester hat mir gerade am Telefon erzählt, dass sie Ihnen ihr Leben verdankt. Sie scheinen ein wirklich guter Pilot zu sein.« *Und auch noch viele andere Qualitäten zu haben*, sagt Kenos Seitenblick auf mich.

Mein Bruder kennt mich und kann mir wahrscheinlich an der Nasenspitze ablesen, was zwischen Jay und mir passiert ist. Außerdem habe ich ihm schon mehrmals von Jayden vorgeschwärmt.

Bevor es peinlich wird, sage ich schnell: »Jayden hat nicht nur Ruhe bewahrt, als die Instrumente an Bord ausgefallen sind, er hat mich sogar vor dem Angriff eines wilden Tieres gerettet.« Lächelnd sehe ich Jay an. »Er ist mein Held.«

»Ich bin kein Held«, ist das Erste, was er zu meinem Bruder sagt, wobei sein Lächeln erlischt. »Meinetwegen saß Aranja in der Maschine. Sie hätte sterben können. Vielleicht sollte ich die Cessna verkaufen.«

Jays Gesicht ist blass geworden; Regentropfen perlen darüber und fallen ihm von Nase und Kinn.

Unangenehmes Schweigen entsteht – ich weiß nicht, was ich sagen soll. Jayden sollte keine Schuldgefühle haben. Wenn das Leben eines Tages vorbei ist, ist es vorbei. Ich stelle mir vor, dass es für jeden Menschen eine Art Lebenskerze gibt. Die eine ist dicker oder höher, die andere schmaler und niedriger. Und erst wenn sie abgebrannt ist und der Docht erlischt, endet unser Dasein.

»Ihr könnt euch in meinem Bungalow frisch machen«, sagt Keno in die Stille hinein und fährt sich durch sein feuchtes Haar, »und ich suche euch in der Zwischenzeit ein Zimmer.«

»Für mich nicht, danke«, entgegnet Jayden, während wir meinem Bruder durch den Sand zum Resort folgen. »Ich muss mich um mein Flugzeug kümmern.«

»Offenbar zieht ein Sturm auf.« Keno deutet zum Himmel. Tatsächlich sind weit und breit nur graue Regenwolken zu sehen.

»Es wird gleich wieder aufklaren«, meint Jayden. »Ich begebe mich mal zur Rezeption, muss noch ein paar Dinge regeln.«

»Sehen wir uns später?«, will ich wissen, denn er macht

nicht den Eindruck, als würde er zurückkommen wollen. Er ignoriert mich völlig!

»Klar, ich komm dann vorbei.«

»Beach Villa vierzehn, gleich da hinten.« Keno deutet durch den Regen auf eine der Hütten, von deren spitzem Dach das Wasser prasselnd herunterläuft.

Jayden bleibt vor mir stehen, seinen Rucksack geschultert, und blickt mich an, als ob er mir noch etwas sagen wollte.

»Soll ich dein Gepäck nehmen?«, frage ich, doch er schüttelt den Kopf, murmelt: »Bis dann«, und marschiert zwischen den Häuschen davon.

»Habt ihr euch gestritten?«, will Keno wissen, während wir zu seiner Beach Villa gehen.

Vehement schüttele ich den Kopf, sodass Tropfen aus meinem nassen Haar fliegen, und halte meine Tränen zurück. »Es war alles bestens, bis die Navy aufgetaucht ist.« Tief durchatmend lächele ich Keno an. »Aber Jayden ist nun mal kein einfacher Typ.«

***

Eine Dreiviertelstunde später bin ich frisch geduscht, stecke in einem trockenen Kleid und habe mit meinen Eltern sowie meinem Chef telefoniert. Anschließend habe ich es mir auf der Veranda von Kenos Hütte in einer Hängematte bequem gemacht und starre zum Strand, um Kinder zu beobachten, die Muscheln sammeln. Es hat aufgehört zu regnen; der Himmel erstrahlt im schönsten Blau.

Es ist bereits Mittag und Keno ist zum Essen gegangen. Schließlich muss er das Hotel bewerten. Er wollte, dass ich mitkomme, doch ich habe keinen Hunger, obwohl ich heute außer einer Banane und einem Müsliriegel noch nichts gegessen habe. Das sanfte Schaukeln und die schwüle Luft machen mich müde, aber ich bin innerlich viel zu aufgewühlt, um einzuschlafen.

»Hi.« Als Jayden plötzlich auf der Veranda steht, falle ich fast aus der Hängematte.

»Hi!« Mein Puls beginnt sofort zu rasen, und mein Blick bleibt an dem frischen, hautengen T-Shirt kleben, das er sich angezogen hat. Ob ihm klar ist, wie heiß er aussieht? Oder besitzen australische Cowboys von Geburt an einen extrahohen Sexfaktor?

Er stellt den Rucksack am Boden ab, danach setzt er sich auf einen der beiden Liegestühle. Dabei beugt er sich vor und stützt die Ellbogen auf seinen Knien ab. »Ich werde jetzt ans Festland fahren, rüber zum großen Hafen von Pak Nam. Dort habe ich einen Abschlepper organisieren können.«

Das sind einige Meilen. Er wird sicher erst morgen zur Insel zurückkehren können.

»Leider weiß ich nicht, wann die Cessna wieder flugtaugl…«

»Kein Problem, ich fahre mit dem Schiff«, unterbreche ich ihn, weil ich mich garantiert nicht mehr so schnell in ein Flugzeug setzen werde.

»Genieße die Zeit mit deinem Bruder. Warum verlängerst du nicht um ein paar Tage?«

»Das würde unserem Chef wohl nicht gefallen. Außerdem habe ich bereits mit ihm telefoniert und ihm mitgeteilt, dass ich pünktlich zurück bin.«

»Hey, du bist mit dem Flugzeug abgestürzt. Er wird verstehen, wenn du eine Auszeit brauchst.« Als er sich erhebt und sich nach seinem Rucksack bückt, verlasse ich schnell die Hängematte und stelle mich vor ihn.

»Jayden, warte. Kann es sein, dass du mal wieder vor mir davonläufst?«

»Ich will nur meine Maschine bergen.« Er starrt wie ich zuvor auf die muschelsammelnden Kinder, als wären sie interessanter als unsere Unterhaltung.

Ich greife nach seiner Hand und frage leise: »Was ist nun mit uns beiden? Wie geht es weiter?«

Er drückt meine Finger, wobei er den Kopf hängen lässt. »Vielleicht bin ich noch nicht so weit.«

Das hat gesessen.

Mein Magen ballt sich zusammen, und ich bin froh, dass er leer ist. Das ewige Hin und Her geht mir an die Nieren, und ich bin so aufgewühlt, dass ich langsam die Geduld verliere. Doch ich bleibe ruhig, weil ich fühle, dass Jayden ein ernstes Problem beschäftigt. Eine andere Erklärung für sein Verhalten gibt es nicht. Ich kann sehen, wie es ihn innerlich zerreißt!

»Ich weiß, dass du mich willst, Jay. Was blockiert dich bloß? Willst du es dir nicht endlich von der Seele reden?«

Er schüttelt den Kopf, lässt meine Hand jedoch nicht los, als würde er nach Halt suchen.

»Es ist Jahre her, dass du Sunisa verloren hast. Es wird Zeit, dass du wieder lebst.«

Endlich sieht er mich an. »Sunisa ist gestorben, weil ich sie eingeladen habe, ein paar Tage mit mir am Strand zu verbringen, nachdem ich wieder gesund war. Und dann kam dieser verfickte Tsunami und hat sie mir entrissen.« Er klingt wütend, verletzt. Das ist sein gutes Recht. Ich möchte nicht wissen, was er durchgemacht hat. Es muss furchtbar gewesen sein.

»Und du hättest auch sterben können«, fährt er fort, »weil ich wollte, dass du mit mir fliegst und nicht mit Chi hierher fährst.«

»Denkst du, auf dir lastet ein Fluch?« Ist es das, was ihn bedrückt?

Er schnaubt. »Wenn ich an so etwas glauben würde ... Ja. Vielleicht war es ein Zeichen des Schicksals, dass es einfach nicht sein soll.«

»Du denkst doch nicht ernsthaft, der Tsunami war deine Schuld? Oder der Absturz? Oder dass du nie glücklich sein darfst, weil eine höhere Macht das verhindert?« Er sprach schließlich auch von seinem Bruder, der ihm ebenfalls die Freundin weggenommen hat. Halten ihn all diese Ereignisse zurück, mit mir zusammen zu sein? So einen gestandenen Mann wie Jayden Grant?

»Du bist mein Held, Jayden. Du hast die Kontrolle behalten und uns sicher nach unten gebracht. Ich wette, dass nicht viele in solch einer Situation Ruhe bewahrt hätten.«

Natürlich ist es möglich, dass er nach all den Jahren noch um Sunisa trauert, aber ich spüre, dass das nicht alles ist. Jayden kann mir kaum in die Augen sehen.

Ich lege meine freie Hand an seine stoppelige Wange und streiche mit dem Daumen sanft darüber. »Du verschweigst mir etwas, Jay. Du schiebst diese schlimme Geschichte doch nur vor, damit ich nicht tiefer bohre.«

Ein trauriges Lächeln huscht über seine Lippen. »Du bist die intelligenteste Frau, der ich je begegnet bin.«

»Jayden!«, zische ich und entziehe ihm beide Hände. »Rede endlich Klartext!«

Als er mich plötzlich in die Arme schließt und mir tief in die Augen blickt, halte ich die Luft an. Mein Herz klopft so wild, dass mir schwindelig wird.

»Ich will dich, Aranja«, raunt er, wobei sich sein Blick auf meine Lippen heftet, »aber ich kann nicht mit dir zusammen sein, wenn meine Vergangenheit zwischen uns steht.«

»Weil du immer noch um Nu trauerst?«

»Nein.« Erneut sieht er mich direkt an. »Ich habe etwas getan, das ich bisher niemandem erzählt habe.«

»Was?«, hauche ich. »Ist es so schlimm, dass ich dich nicht mehr lieben könnte?«

Sein Griff lockert sich, und er reißt die Augen auf. »Du liebst mich?«

Ja, verdammt!, möchte ich ihm entgegenschreien. Doch das unterlasse ich, da Leute an unserem Häuschen vorbeigehen.

»Süße Blume«, murmelt er, woraufhin neue Schatten über sein Gesicht huschen. »Ich wünschte, mich hätte es damals nach New York verschlagen und wir hätten uns dort kennengelernt.«

»Was hast du denn getan, Jayden? Bitte sag es mir!«

Schwermütig seufzend schließt er die Augen. »Du würdest in mir nicht mehr den Mann sehen, für den du mich hältst. Du würdest mich hassen, mich verachten und hättest vielleicht Angst vor mir, und das könnte ich nicht ertragen. Besser, wir beenden es jetzt.«

»Und ich kann nicht ertragen, wie du mich behandelst!« Ich reiße mich von ihm los und mache einen Schritt zurück. »Hättest du nicht Schluss machen können, bevor wir miteinander geschlafen haben?«

»Wir wollten es beide so sehr ... Da bin ich schwach geworden. Deshalb gehe ich jetzt, bevor es überhaupt kein Zurück mehr gibt.« Seine Stimme klingt hart, aber ich höre dennoch den Schmerz darin.

Ich fühle mich ausgenutzt und will ihn anschreien, finde jedoch keine Kraft. Jayden leidet wie ein gequältes Tier. In seinen Pupillen spiegeln sich Verlangen, Sehnsucht, aber auch Angst wider.

»Hast du ein Verbrechen begangen?«, frage ich so leise,

dass es außer uns niemand hören kann. »Ist es das?« Eine andere Erklärung fällt mir nicht ein.

Er senkt den Blick und hebt seinen Rucksack auf. »Ich wollte dir nie wehtun, Ranja«, sagt er kaum hörbar. »Nach Sunisas Tod habe ich nie mehr so viel für eine Frau empfunden wie für dich.«

Heißt das, er liebt mich auch?

Aus einer Seitentasche holt er eine kleine braune Plastik-Schatulle. Sie sieht abgewetzt und uralt aus.

Als er sie öffnet, funkelt darin ein nagelneuer Silberring, der mit weißen und blassrosa Steinchen besetzt ist. Er ist wunderschön.

Jayden nimmt ihn heraus und greift nach meiner Hand. »Ich möchte, dass du ihn bekommst. Er ist etwas ganz Besonderes. Wie du.«

Als er ihn mir an den Finger steckt, blinzele ich meine Tränen weg. Er passt perfekt.

Ich kann nicht sprechen, bin wie gelähmt. Was wird das jetzt? Jayden, warum verwirrst du mich so?

Er fasst an meine Schultern, um mich noch einmal an sich zu ziehen, dann drückt er seine wunderschönen Lippen auf meinen Mund.

»Leb wohl, süße Blume«, raunt er zwischen unseren heißen, verzweifelten Küssen. »Du wirst mir fehlen.«

Viel zu bald lässt er mich los; seine Augen glänzen. Ein letztes Mal huscht sein Blick über mich, bevor Jay sich abwendet und von der leicht erhöhten Veranda in den Sand springt. Er dreht sich kein einziges Mal um, und schon nach wenigen Sekunden ist er aus meinem Sichtfeld verschwunden.

Ich möchte ihm nachlaufen, ihn fragen, was er getan hat und was der Ring zu bedeuten hat. Doch immer noch bin ich wie gelähmt, leer, fühle mich verlassen.

Das klang wie ein Abschied für immer.

Weil mich meine Beine nicht länger tragen, lasse ich mich auf den Stuhl plumpsen und drehe den Ring an meinem Finger. Er sieht wie ein Verlobungsring aus. Aber das ist er nicht.

Warum hat Jayden ihn mir gegeben? Hat er ihn einst für Sunisa gekauft? Und wie soll ich es ertragen, wenn es zwischen Jay und mir aus ist, wir uns aber im Heaven Resort ständig über den Weg laufen werden?

***

Den Rest des Tages verbringe ich mit meinem Bruder an der Beachbar. Die Strohhütte steht direkt am Strand, und man hat einen wunderbaren Blick auf eine der hügeligen grünen Naturschutzinseln.

Verdammt. Sie erinnert mich an die schönen Stunden mit Jay.

Ich bestelle mir einen Cocktail nach dem anderen, um mein Gehirn zu vernebeln, damit ich nicht losheule. Keno erzähle ich, was zwischen mir und Jayden vorgefallen ist, und er hört mir aufmerksam zu.

»Was soll ich denn jetzt nur machen?«, will ich wissen, bevor ich mit dem Strohhalm den letzten Rest Alkohol aus dem Glas sauge.

»Gib ihm etwas Zeit. Vielleicht kommt er auf dich zu, wenn er bereit ist, mit dir zu sprechen.«

Ich schiebe das Glas weg und greife erneut zur Getränkekarte. Mein Hirn kann noch mehr Betäubung vertragen. Ob ich diesmal den *Sunrise* nehmen soll? Da ist Blutorange und Ananas drin. »Was könnte er denn nur getan haben, Keno?«

Sichtlich angestrengt studiert er mein Gesicht, als könne er darauf Antworten finden. »Vermutlich hat sein Verhalten etwas mit dem Tsunami zu tun. Ich habe damals viele Berichte darüber gelesen. Die Katastrophe hat die Menschen verändert. Womöglich wurde er Opfer einer Massenpanik. Viele tun dann Dinge, die sie sonst nie tun würden.«

»Wie etwa ...«

Keno zuckt mit den Schultern, und ich will mir nicht ausmalen, *was* Jayden getan haben könnte. Hat er sich an jemandem festgehalten, als die Flut ihn mitgerissen hat, und ist diese Person seinetwegen ertrunken?

»Meinst du, er hat jemanden umgebracht?«, frage ich leise, damit es niemand hört.

»Möglich. Aber sicher nicht, weil er ein böser Mensch ist. Vielleicht hatte er furchtbaren Hunger oder war schwer verletzt und brauchte Medizin? In Extremsituationen handeln Menschen oft völlig irrational.«

»Hm«, brumme ich und starre weiterhin in die Karte, ohne jedoch darin zu lesen. Die Buchstaben verschwimmen.

»Und weil er nie jemandem erzählt hat, was auch immer er getan hat, konnte er es auch nie verarbeiten.«

Vor meinem geistigen Auge sehe ich Jayden, der eine Frau würgt, um an ihre Wasserflasche zu kommen ... »Ich hoffe nicht, dass er jemanden getötet hat.«

»Und falls doch?« Keno beugt sich näher zu mir. »Könntest du ihn immer noch lieben?«

»Ich weiß es nicht«, wispere ich. Mir ist heiß, mein Herz wummert heftig, und der Alkohol sowie die Hitze tun ihr Übriges. Ich fühle mich gar nicht gut.

»Womöglich liegen wir völlig daneben, und er hat ein Trauma zurückbehalten, weil er seine Freundin in den Fluten verloren hat und selbst fast ertrunken wäre. Hatte er psychologische Hilfe?«

»Ich weiß es nicht«, antworte ich kraftlos. »Ich weiß immer noch viel zu wenig über ihn.«

***

Nach dem Abendessen sind Keno und ich völlig erschöpft ins Bett gefallen. Weil er kein freies Zimmer mehr für mich bekommen hat, darf ich in seinem Doppelbett schlafen, während er es sich auf der Couch gemütlich gemacht hat. Kaum hat mein Bruder »Gute Nacht« gemurmelt, höre ich ihn leise schnarchen. Er hat seit meinem Verschwinden kein Auge zugetan.

Ich bin auch müde, dennoch liege ich noch ewig wach. Ob Jayden auf dem Festland übernachtet oder bereits auf dem Weg zur Insel ist, um sein Flugzeug zu bergen? Ich wäre jetzt so gerne bei ihm, um in seinen Armen zu liegen wie letzte Nacht.

Irgendwann bin ich dann doch eingeschlafen und werde durch den nervigen Mitteilungston meines Handys geweckt. Verdammt, ich habe vergessen, es auszuschalten. Wer schreibt mir denn ständig Nachrichten?

Jayden vielleicht!

Sofort bin ich wach und taste nach dem Smartphone auf dem Nachttisch. Doch es ist nicht Jayden – natürlich nicht, er hat schließlich nicht mal meine Nummer –, sondern Chi. Was will er? Licht dringt durch die dicken Vorhänge, und die Klimaanlage summt leise vor sich hin. Ohne die wäre es nachts nicht auszuhalten.

Als ich auf die Uhr sehe, erschrecke ich. Es ist bereits zehn!

Keno wälzt sich auf der Couch herum, murmelt: »Was'n los?«, und döst weiter.

»Wir haben das Frühstück verpennt«, sage ich grinsend, während ich Chis Nachrichten abrufe. Er hat mir gestern schon eine geschickt, weil sich im Resort natürlich herumgesprochen hat, was passiert ist. Er war glücklich, als er erfuhr, dass es mir gut geht.

Weißt du schon das Neuste?, schreibt er. *Na klar weißt du es. Ihr seid nun ein Paar, oder? Ich muss gestehen, dass ich schon ein wenig eifersüchtig bin. Aber Jayden ist ein netter Kerl. Er wird dich glücklich machen. Doch warum diese Entscheidung?*

Chi, wovon sprichst du, bitte?, tippe ich schnell ein, weil ich ihm nicht folgen kann.

Na, dass Jayden gekündigt hat. Vermutlich, weil ihr zusammen seid, oder?, schreibt er zurück. *Trang und Kanita leben doch auch zusammen und sind nicht rausgeworfen worden. Und sie arbeiten beide in der Küche, während ihr euch ja nicht in die Quere kommt. Falls das eure Sorge ist …*

Ich lese nicht mehr, was Chi mir sonst noch alles schreibt, sondern starre nur auf das eine Wort: *gekündigt*.

Himmeldonnerwetter noch mal, Jayden! Was hast du angestellt?

Ich wünschte, ich hätte seine Handynummer, aber ich könnte ihn ohnehin nicht erreichen, wenn er sich wieder außerhalb der Reichweite eines Sendemasts befindet.

»Keno! Ich muss sofort zurück auf die Insel!«, rufe ich und springe aus dem Bett.

Diesem Cowboy werde ich ordentlich den Kopf waschen.

Kapitel 7 – Zurück in die Vergangenheit

Keno, der zum Glück einen Bootsführerschein besitzt, hat ein Schlauchboot mit Motor gemietet, mit dem wir gemeinsam zurück nach Koh Rawi fahren. Ich bete, dass Jayden noch dort ist und ich nicht zu spät komme. Ich traue ihm zu, dass er sich nie wieder im Resort blicken lässt und einfach untertaucht.

Es ist Mittag, die See ein wenig unruhig, aber das Wetter hält. Mit dem kleinen Boot sind wir wesentlich schneller unterwegs als mit dem größeren der Marine, doch mir kann es nicht schnell genug gehen. Mein Bruder befindet sich am Heck beim Motor, ich sitze am Bug und kann meinen Blick nicht von der Insel nehmen. Ich weiß nicht mehr genau, wo der Strand lag, an dem wir gelandet sind, und eine Bucht ähnelt der anderen. Allerdings mündet bei unserer ein Fluss ins Meer.

In Kenos Zimmer habe ich zuvor die nötigsten Sachen in meine Badetasche gestopft: zwei Flaschen Wasser, Sonnencreme, ein Handtuch, sämtliche Snacks aus der Minibar, mein Handy und Kleidung zum Wechseln. Ich habe beschlossen, einen letzten Versuch zu unternehmen, zu Jayden durchzudringen.

Als wir um eine Ansammlung großer Felsen fahren und »unsere« Bucht mit der Flussmündung endlich auftaucht, fällt mein Blick zuerst auf einen gelben, ziemlich in die Jahre gekommenen Kahn, der dort ankert. Das muss das Abschleppboot sein!

Jaydens Cessna kommt in Sicht; er steht davor und montiert so etwas wie Kufen, wie ich sie von Wasserflugzeugen kenne, an das Fahrgestell. Er scheint allein zu sein, denn ich sehe weit und breit niemanden sonst.

Keno reduziert die Geschwindigkeit, und in diesem Moment blickt Jayden in unsere Richtung. Er ist noch gute zweihundert Meter weg und starrt einfach zu uns her, während ich ihn ebenfalls fixiere. Ich bin so froh, dass er hier ist.

»Soll ich wirklich nicht warten und dich mit zurücknehmen?«, fragt Keno, während wir uns die letzten Meter ans Ufer treiben lassen. Er klappt den Außenbordmotor hoch, damit dieser nicht den Grund streift, und zieht ein Paddel hervor.

»Ich muss mit Jayden allein sein. Er soll mich zum Hotel bringen. Sollte er nicht mit mir reden wollen, kann ich ihn auf der Fahrt noch löchern.«

Mein Bruder blickt mich eindringlich an. »Dein Handy hat hier draußen keinen Empfang, Aranja. Ich würde mir nie verzeihen, wenn dir was passiert.«

»Er würde mir nie etwas tun oder mich zurücklassen.« Zumindest nicht auf dieser Insel.

Wir sind bloß noch wenige Meter vom Ufer entfernt, und immer noch starrt Jayden uns an. Er ist barfuß und trägt nur eine kurze dunkelgrüne Hose sowie seinen Strohhut; in der Hand hält er etwas, das wie ein Wagenheber aussieht.

Da wirft Jayden das Metallding in einen Werkzeugkoffer und stapft durch den Sand auf uns zu. »Was machst du hier?« Er wirkt alles andere als erfreut. Mein Herz verkrampft sich.

»Wir müssen unser Gespräch fortführen«, erkläre ich ruhig,

ziehe meine Sandaletten aus und steige aus dem Boot. Die Schuhe und meine Tasche nehme ich mit.

»Ich habe dir alles gesagt.«

Am liebsten möchte ich ihn rütteln, schütteln und auf den Kopf stellen!

Er setzt den Hut ab, um mit dem Unterarm über seine Stirn zu wischen. Dabei scheint sein Gesicht fast so hell wie der Sand, der uns umgibt.

Keno zieht das Boot ans Ufer und stellt sich neben mich. »Ich lass dich nicht mit ihm allein, Aranja!«

Jays Augen funkeln vor Empörung. »Sie bedeutet mir am meisten auf dieser Welt. Ich würde ihr niemals wehtun!«

»Das hast du schon«, gibt Keno merklich verärgert zurück. »Schau, dass du es wieder hinbiegst, Cowboy.« Nach diesen Worten drückt mich Keno kurz an sich, murmelt: »Wenn ich bis heute Abend nichts von dir höre, hole ich dich«, und geht zurück zum Boot.

Jayden und ich blicken ihm nach, bis er so weit im Wasser ist, dass er den Motor darin versenken und starten kann.

Erst dann sagt Jay: »Für einen Thai hat er ganz schön viel Feuer im Blut.« Schief lächelnd sieht er mich an. »Wie du.«

»Halb Thai, halb New Yorker«, korrigiere ich ihn.

Jayden grinst immer noch. »Er hat mich *Cowboy* genannt. Offenbar hast du ihm einiges über mich erzählt.«

»Habe ich«, erwidere ich nüchtern. Ich will cool bleiben, auch wenn mein Herz wild hämmert.

Er kratzt sich am Nacken und setzt den Hut wieder auf. »Ich werde deinem Bruder sagen müssen, dass mich nur eine Person auf dieser Welt *Cowboy* nennen darf.«

Wie lange soll dieser unsinnige Small Talk noch dauern? »Hör auf, mich mit diesem Hundeblick anzusehen und vom Thema abzulenken. Warum bist du vor mir weggelaufen?

Was verschweigst du mir, und warum, zum Teufel, willst du kündigen?«

Sein verzerrtes Lächeln erlischt. »Woher weißt du das?«

»Von Chi.«

Jay schnaubt. »Dieses Waschweib.«

»Also, wieso das alles?«

Er starrt auf meine Füße, dann gleitet sein Blick an meinen nackten Beinen nach oben zu meinen Shorts. »Du trägst den Ring.«

»Jayden ... Bitte!« Wenn er das Thema noch länger ignoriert, breche ich entweder in Tränen aus oder laufe Amok.

Tief atmet er ein und schließt die Augen. Als er sie drei Sekunden später öffnet, wirkt er entschlossen.

»Hilfst du mir?« Er deutet auf die Kufen, die er am Fahrgestell anbringen möchte. »Sobald meine Maschine am Haken hängt, bringe ich dich zu deinem Bruder. Und dann reden wir.«

»Versprochen?«

»Versprochen.«

***

Es ist Nachmittag geworden, als wir endlich aufbrechen können. Die Kufen sind montiert, ein dickes Seil befestigt und mit dem Schlepper verbunden.

Ich sitze neben Jayden, der am Steuer des Kahns steht, auf einer Bank, während er die Cessna vorsichtig vom Strand ins Wasser zieht. Er wird mich auf Koh Lipe bei meinem Bruder absetzen und wieder zurück nach Pak Nam ans Festland fahren.

Das kleine Boot besitzt nur über dem Steuer ein Dach und ist nach hinten offen. Wir haben bisher kein Wort über Jays

Vergangenheit gewechselt, und ich weiß nicht, ob er mir tatsächlich etwas darüber erzählen will. Sein Gesicht wirkt angespannt, sein Blick ist starr aufs Meer gerichtet. Die Sonne brennt gnadenlos auf uns herab, aber unter dem schattenspendenden Dach und mit der Brise ist es sehr gut auszuhalten. Ich sehe Jay an, dass er mit sich kämpft, mit mir reden möchte. Was quält dich nur so sehr, Jayden?

»Du hast mir etwas versprochen«, beginne ich vorsichtig.

Er nickt, ohne mich anzusehen. »Das habe ich. Ich weiß nur nicht, wie ich anfangen soll.«

Meine Hände zittern, deshalb verberge ich sie in meinem Schoß. »Vielleicht damit, dass du nach Thailand gekommen bist und das Fieber bekommen hast.«

Er drosselt die Geschwindigkeit, passt auf, dass die Cessna nicht auf das Heck gleitet, und stellt schließlich den Motor ab. Sofort umhüllen uns nur noch das Rauschen des Windes und die Geräusche der Wellen, die sanft gegen das Boot klatschen. Wir haben *unsere* Insel halb umrundet, und das zweite große grüne Eiland liegt vor uns, hinter dem sich Koh Lipe befindet. Der Anblick wirkt friedlich, idyllisch.

Jayden setzt sich neben mich auf die schmale Bank und starrt auf seine nackten Zehen. Er ist barfuß, und auch ich trage keine Schuhe. Langsam gewöhne ich mich daran; bei der Hitze ist das auch viel angenehmer.

»Du musst mir versprechen, dass das Gespräch unter uns bleibt«, sagt er und schaut mich dabei eindringlich an.

»Das verspreche ich. Auch meinem Bruder werde ich natürlich nichts erzählen.« Wird sich Jay mir wirklich anvertrauen? Vor Aufregung springt mir fast das Herz aus der Brust.

»Okay.« Tief atmet er durch, dann blickt er an mir vorbei auf seine Cessna, die hinter dem Boot im Wasser treibt. »Ich hatte also schon ein halbes Jahr in Thailand verbracht, mich zuerst hier und da mit Gelegenheitsjobs durchgeschlagen, anschließend gutes Geld mit Dschungel-Führungen verdient und angefangen, die Sprache zu lernen. Nachdem ich für eine Gruppe chinesischer Urlauber einen Trip organisiert hatte, ging es mir sehr schlecht. Ich bekam hohes Fieber, und am nächsten Morgen fand mich die Wirtin der Pension, in der ich zu dieser Zeit wohnte, mit Schüttelfrost im Bett. Sie hat mich sofort ins Krankenhaus einliefern lassen, aber ich hatte Glück. Das Dengue-Fieber nahm bei mir einen milden Verlauf, und ich konnte nach wenigen Tagen entlassen werden. In dieser kurzen Zeit habe ich mich in meine Krankenschwester verliebt.«

»Sunisa«, murmele ich, und er nickt.

»Es war für uns beide Liebe auf den ersten Blick, und als es mir besser ging und sie Urlaub hatte, habe ich keine Unkosten gescheut und für uns im Dezember einen Bungalow direkt am Strand in einem gehobenen Resort gebucht. Ich wollte ihr zeigen, wie wir in Australien Weihnachten feiern.«

Ich weiß, dass die Thais vor allem in den Hotels und den Shopping-Meilen auch Weihnachtsdekoration anbringen – aber eher wegen der Urlauber, denn als Buddhisten kennen sie kein Weihnachten.

»Es waren die schönsten sechs Tage meines Lebens.« Jay räuspert sich und lächelt mich schief an. »Bevor du kamst.«

»Du brauchst dich nicht zu rechtfertigen«, sage ich und drücke kurz seine Hand. Seine Worte bedeuten mir trotzdem viel. *Bevor ich kam …* Heißt das, er liebt mich auch?

Jayden sieht wieder aufs Meer, wobei er schwermütig seufzt. »Ich war jung, unerfahren in Liebesdingen und verdammt verknallt. Ich wollte sie heiraten, aber sie lachte nur und war wohl der Meinung, ich mache einen Witz. Mir war es aber ernst.«

»Hast du ihr den Ring gekauft?« Ich hebe die Hand, um das schöne Schmuckstück zu bewundern, und er schüttelt den Kopf.

»Nein, der hatte mit Sunisa nichts zu tun. Er gehört zu meiner düsteren Seite.«

Ich platze gleich vor Neugier, aber ich will ihn zu nichts drängen. Daher höre ich ihm brav weiter zu.

»Am Tag, bevor der Tsunami kam, haben wir ein Barbecue am Strand gemacht, bis es dunkel wurde. Dann haben wir eine Himmelslaterne aufsteigen lassen, und anschließend die halbe Nacht ... Du weißt schon.« Er kratzt sich am Nacken, danach erlischt sein Lächeln. »Am nächsten Morgen wollten wir lange schlafen. Die Welle hat uns erwischt, als wir gerade aufgestanden und ins Badezimmer gegangen sind.«

Ich halte die Luft an, weil ich mich kaum zu atmen traue.

»Das Wasser hat die Terrassentür eingedrückt. Das Glas zersplitterte, das Zimmer lief innerhalb von Sekunden voll. Wir waren im Badezimmer eingeschlossen, nackt wie Gott uns schuf. Dort gab es kein Fenster und keine Tür nach draußen. Das Wasser stieg an, bis zur Decke, und wir hatten nur eine kleine Luftblase unterhalb des Giebels, um atmen zu können. Wir dachten, wir müssten sterben. Es war dunkel, wir konnten fast nichts sehen. Ich werde nie Sunisas panische Schreie vergessen. Ich versuchte sie zu beruhigen, sagte ihr, dass wir Sauerstoff sparen müssten, bis das Wasser weg geht ... Doch sie hörte mich nicht.« Zitternd atmet er ein. »Dann hebelte die Flut das Dach des Bungalows ab und wir wurden mitgerissen.«

»Das ist so schrecklich, Jayden.« Ich zwinkere mir eine Träne weg, weil ich sein Leid nachfühlen kann, auch wenn er nach außen hin kaum eine Regung zeigt. Doch ich kann die Angst in seinen Augen sehen, kann beide hören, wie sie verzweifelt nach Hilfe gerufen und geglaubt haben, das wäre das Ende.

»Ich packte gerade noch Sunisas Hand und wir trieben zwischen zwei Häusern des Hotels hindurch. Überall vor uns, neben uns, hinter uns und unter uns schwammen Trümmer, Balken, Tische und später sogar Autos, als wir über die Straße gespült wurden. Die Flutwelle besaß eine gigantische Kraft. Wir tauchten immer wieder unter, und ich versuchte, mich auf einem Surfbrett festzuklammern. Ich rief Sunisa zu, dass ich sie liebe und niemals sterben lassen würde. Dann verlor ich ihre Hand, als wir unter Wasser von etwas gerammt wurden, und ... sie war einfach weg.«

Weg ... Fast kann ich ihr Gesicht sehen. Es ähnelt meinem. Sunisa blickt Jayden ein letztes Mal mit großen Augen an, bevor sie untertaucht. Wie furchtbar und hilflos muss er sich gefühlt haben.

Ich traue mich nicht zu fragen, was dann passierte, sondern warte, bis er von allein weitererzählt.

Zitternd holt er Luft. »Ich schrie nach ihr und tauchte, wurde unter Wasser wieder gerammt, herumgewirbelt und verlor beinahe die Orientierung, weil man absolut nichts in dieser Brühe sehen konnte. Sunisa war weg ... einfach weg ...«

Jayden schließt die Augen und legt den Kopf in den Nacken. Sein Gesicht wirkt angespannt, und ich studiere die feinen Falten um seine Lider. Sind das alles Kummerfältchen? Wie lange hat er um Sunisa getrauert? Oder trauert er immer noch? Es sind so viele Jahre vergangen, aber ich kann mir vorstellen, dass man einen Menschen, den man über alles geliebt hat, niemals vergisst.

Ich könnte Jayden auch nie vergessen.

Er schweigt, und ich will ihm Zeit geben, damit er sich sammeln kann. Eine Delfinfamilie hat sich unserem Boot genähert und umkreist es. Ich beobachte sie, während ich nach Jaydens Hand greife und sie einfach nur halte.

Als er nach endlosen Momenten der Stille plötzlich leise weiterspricht, springe ich vor Schreck fast von der Bank.

»Die reißende Flut schien kein Ende zu nehmen, immer weiter trieb es mich ins Landesinnere, bis ich mich an einem Baum festhalten und nach oben klettern konnte. Dort hockte ich über Stunden nackt in der prallen Sonne und rief immer wieder Sunisas Namen. Tote trieben an mir vorbei, auch andere Leute, die schrien und denen ich nicht helfen konnte. Ich hatte keine Kraft mehr, war völlig am Ende. Nur einmal wäre ich fast vom Baum gesprungen, weil ich dachte, ich würde sie im Wasser sehen.«

»Warst du verletzt?«, möchte ich wissen, nachdem er abermals gefühlte fünf Minuten nur den Boden angestarrt hat.

»Nein. Wie durch ein Wunder hatte ich nur ein paar Kratzer und Prellungen.« Erneut atmet er tief durch. »Als sich das Wasser endlich zurückzog, hatte sich die Welt verändert. Es schien keine Farben mehr zu geben, alles war grau in grau, von Schlamm bedeckt. Unwirklich, wie nach einem Atomkrieg. Ich dachte, ich wäre der Einzige, der noch übrig geblieben ist. Doch ich hatte Hoffnung, dass Sunisa noch lebte – schließlich hatte ich ja auch überlebt. Also fasste ich neuen Mut, obwohl ich Todesängste hatte, dass die Welle zurückkäme. Ich kletterte vom Baum, wickelte mir ein Tuch um, das ich im Dreck fand, und lief ziellos durch die Trümmer. Ich entdeckte andere Überlebende, einige so schwer verletzt, dass sie vor meinen Augen starben. Frauen, Kinder, Alte ... sogar ein Baby. Sunisa fand ich nicht.«

Ich kann beinahe selbst sehen, wie er völlig erschöpft und verzweifelt durch den Schlamm watet, barfuß, die Haut an den Schultern von der Sonne verbrannt, die Füße blutig.

»Ein junger Schwede und eine ältere Deutsche schlossen sich mir an. Wir gingen zum Hotel zurück, in der Hoffnung, dort unsere Liebsten zu finden. Aber da sah es noch schlimmer aus; nur Trümmer und Tod überall. Leichen trieben im Pool, lagen auf Dächern, am Strand. Ich suchte nach Sunisa, rief so lange nach ihr, bis ich keine Stimme mehr hatte … Nichts.«

Jayden kneift die Lider zusammen, spricht jedoch weiter.

»Ein Angestellter des Hotels, der sich in einem höheren Gebäude in Sicherheit bringen konnte, brachte uns etwas zu trinken, dann suchte ich weiter. Am Abend stapelten sich die Toten auf dem ehemaligen Parkplatz des Hotels. Wir hatten sie in Laken gewickelt, ich trug mittlerweile Schuhe und eine Hose, weiß aber bis heute nicht, woher ich die Sachen hatte.« Er drückt meine Hand und schenkt mir einen kurzen, schmerzvollen Blick. »Teilweise erinnere ich mich nicht mehr, was ich den ganzen Tag getan habe. Aber eines werde ich nie vergessen: meine Angst um Sunisa und diese unheimliche Ruhe. Keine Vögel sangen, keine Insekten summten oder zirpten … es war totenstill. Nur die Rufe von verzweifelten Menschen waren zu hören, doch sie nahmen ab, je länger wir suchten und je schwächer wir wurden.«

Jayden betrachtet meine Hand und streicht über den Ring. »Ich schlief mit anderen auf dem Dach eines Gebäudes, das die mehrere Meter hohe Welle nicht umgerissen hatte, immer voller Furcht, das Wasser könne zurückkehren.«

»Hast du seitdem Angst vor dem Meer?«, frage ich vorsichtig.

»Nicht, solange ich es sehen oder darüber fliegen kann.

Aber ich will nie wieder von einer Welle überrascht werden, deshalb schlafe ich nur noch mehrere Meter über dem Meeresspiegel. Auch wenn es mehr als unwahrscheinlich ist, dass erneut ein so verheerender Tsunami die Küste trifft.«

»Wie ging es weiter?« Ich möchte ihn nicht drängen, will aber auch nicht, dass er sich abermals verschließt und ich nie erfahren werde, was ihn noch alles quält.

»In den folgenden Tagen halfen alle Überlebenden und die übrig gebliebenen Angestellten des Hotels den verwundeten Landsleuten und Touristen. Mütter trösteten fremde Kinder, Männer besorgten Trinkwasser und Essen, wir bargen weitere Leichen unter den Trümmern. Immer wieder kehrte ich zum Parkplatz mit den Toten zurück, um nachzusehen, ob Sunisa unter ihnen war, obwohl in der Hitze dieser süßliche, stechende Geruch nach Verwesung unerträglich war.«

Plötzlich lässt er den Kopf sinken und drückt seine Hand auf den Bauch. Langsam spricht er weiter. »Als wir in dem kleinen Dorf hinter dem Hotel nach weiteren Leichen suchten, fanden wir Sunisa, eingeklemmt unter einem abgerissenen Dach.« Jaydens Stimme zittert, ist nur noch ein Hauch. Und während er eine Sprechpause macht, höre ich ihn hart schlucken. »Ihr Körper war aufgequollen, blutig, zerschmettert und starrte vor Dreck. Ich wusste nur mit Sicherheit, dass sie es war, weil sie ein kleines Schmetterlingstattoo mit ihrem Namen an der Leiste hatte.«

Er zerdrückt beinahe meine Hand, aber ich lasse ihn nicht los. Meine Lider brennen, und eine Träne stiehlt sich aus meinem Augenwinkel. Welch unvorstellbaren Schmerz er in diesem Moment erlitten hat, kann ich mir nicht einmal ausmalen. Ich will es mir nicht vorstellen.

»Sunisa war tot, und ich wollte ebenfalls nur noch sterben.«

Er zieht die Nase hoch, unter seinen Wimpern schimmert es feucht.

Am liebsten möchte ich ihn umarmen, ihn streicheln und trösten, aber ich bin wie gelähmt. »Das tut mir so leid«, ist alles, was ich flüsternd hervorbringen kann.

Als er sich aufrichtet und weiterspricht, klingt er gefasster, beinahe ruhig. »Als ich Gewissheit über ihr Schicksal hatte und wusste, dass man sie ihrer Familie zuführen würde, bin ich zu unserem Bungalow gegangen, habe unter den Trümmern den Safe gesucht, meine Papiere und mein Geld genommen und mich auf den Weg zum Flughafen gemacht.«

Er legt eine Pause ein und mustert mich.

Ich muss mich räuspern, um überhaupt einen Ton hervorzubringen. »Hast du jemals einem anderen davon erzählt?«

Er schüttelt den Kopf. »Ich konnte lange Zeit nicht darüber reden, und danach hat niemand mehr gefragt. Ich habe auch meinem Vater nie von Sunisa erzählt. Als ich mit ihr zusammen war, habe ich es nicht getan, weil ich mich zu der Zeit nicht bei ihm gemeldet habe. Und danach schaffte ich es auch nicht. Ich wollte nur vergessen und habe nie wieder von ihr gesprochen. Bis du kamst.«

Jayden war schwer traumatisiert, allein gelassen mit seinem Erlebnis, ohne Hilfe. Ein junger Mann in einem fremden Land. Das muss ihn in seinen Grundfesten erschüttert haben.

»Kommt daher diese Düsternis in dir, von der du gesprochen hast?«, frage ich behutsam.

»Nein, zumindest nicht diese Düsternis.«

»Woher dann?« Was kann schlimmer sein als das, was er mir bisher erzählt hat?

Er entzieht mir die Hand und steht auf, um sich hinter das Steuer zu stellen. Mittlerweile haben uns der leichte Wellengang und die Brise zu nah an die Insel getrieben. Jayden startet den Motor, um uns wieder weiter raus aufs Meer zu bringen.

Da er keine Anstalten macht, sich wieder neben mich zu setzen, stelle ich mich zu ihm. Ich muss mich an der Konsole festhalten, denn das Schiff schwankt leicht. »Dieses Erlebnis war also nicht der Grund, warum du alle Zelte hinter dir abreißen wolltest? Weil ich dich zu sehr an Sunisa erinnere?«

»Nein. Meine Geschichte geht noch weiter.« Er verschränkt die Arme vor der Brust, als würde er nicht wollen, dass ich ihn berühre. Wie ein Pirat steht er vor dem Steuerrad und blickt düster auf die sanften Wogen.

»Ich hatte kein Handy mehr, weil ich das nicht im Safe aufbewahrt hatte, und konnte erst am Flughafen meinen Vater anrufen. Ich hatte ihn völlig vergessen! Er war heilfroh, von mir zu hören, und ich stand kurz davor, in den nächsten Flieger zu steigen, aber ich konnte nicht. Ich wusste, wenn ich Molly und meinen Bruder sähe, würde ich mir Vorwürfe machen, weil ich weggelaufen bin und deshalb Sunisa in den Tod gerissen habe.«

»Jayden, du kannst doch nichts dafür!«

»Ich fühlte mich trotzdem jahrelang schuldig. Weil ich sie eingeladen hatte, überlebt habe und sie nicht.«

»Hast du jemals ihre Familie kennengelernt?«

Er schüttelt den Kopf. »Sie haben nicht in der Nähe gelebt. Ich weiß auch nicht, ob sie überhaupt von uns wussten. Wir waren so verliebt, dass es in der kurzen Zeit, in der wir zusammen waren, nur uns gab.«

»Was hast du dann gemacht, als du beschlossen hast, nicht nach Australien zu fliegen?«

»Am Flughafen habe ich erfahren, dass Piloten gesucht wurden, um Hilfslieferungen in die betroffenen Gebiete zu bringen. Ich bot mich an und fand mich plötzlich am Rollfeld wieder. Ich fühlte mich den Menschen verbunden, wir teilten dasselbe Schicksal, und Thailand war längst meine neue Heimat geworden. Ich wollte helfen … und mein Gewissen dadurch erleichtern. Tatsächlich war es heilsam für mich, die Thais bei den Aufräumarbeiten zu unterstützen, Medizin, Wasser und Nahrung in die Katastrophengebiete zu fliegen, Verwundete ins Krankenhaus zu bringen … und beim Korallen-Ansiedelungs-Projekt habe ich mich später auch engagiert.«

Ich weiß, dass nicht nur die Menschen Schaden genommen haben, auch die Natur. Bauern konnten jahrelang ihre Felder nicht bestellen, weil die Flut den fruchtbaren Boden weggeschwemmt hatte, und das Korallenriff war schwer beschädigt worden.

»Alle versuchten, so normal wie möglich weiterzuleben. Es ist beeindruckend gewesen, wie schnell die Thais alles wiederaufgebaut hatten. Sie haben nicht lange geklagt, sondern dafür gesorgt, dass es weiterging, getreu dem Motto: Mai pen rai.«

In Gedanken übersetze ich diese in Thailand häufig gebrauchte Redewendung: Es ist nichts, das Leben geht weiter.

»Ich funktionierte einfach nur noch und war froh um jede Ablenkung. Immer noch war ich apathisch, gefühllos. Nach einer Weile spürte ich keine Angst mehr, keine Trauer, war wie in Schockstarre. Erst Wochen später konnte ich nicht mehr schlafen, glaubte lange Zeit zu ersticken.« Jayden fixiert weiterhin das Meer, ist ganz weit weg mit seinen Gedanken.

»Wegen der Hilfslieferungen und als Dank für meine Unterstützung wurde mir eine Sonderfluglizenz erteilt. Nachdem vermehrt Touristen zurückkehrten, bot ich mich erneut als Tourenführer an, kaufte mir die Cessna und erweiterte mein

Programm um Rundflüge. Und weil ich heute immer noch Einheimischen helfe, darf ich auch Nationalparks anfliegen.«

»Du verschwindest manchmal mit deinem Flugzeug, und niemand weiß, wohin. Chi meinte, du fliegst auf eine abgelegene Insel?«

»Ich unterstütze noch ein Hilfsprojekt. Auf der Insel wurde damals ein Waisenhaus für Kleinkinder gebaut, die ihre Eltern durch den Tsunami verloren hatten. Ich bringe heute noch Nahrungsmittel und andere Gebrauchsgüter hin, auch wenn die Kinder von damals längst groß sind. Aber es gibt immer noch so viele, die Hilfe brauchen.«

Er ist ein guter Mensch mit einem großen Herzen. Hoffentlich hat ihm das schon einmal jemand gesagt.

»Lange Jahre fühlte ich mich taub, doch schließlich kehrte die Lust zurück, aber nicht die damit verbundenen Emotionen wie Liebe oder wenigstens Zuneigung. Innerlich war ich immer noch tot. Meine Gefühle habe ich erst bei dir wiedergefunden.«

Kann es sein, dass er sich tatsächlich in mich verliebt hat?

Mein Herz schlägt so heftig, dass ich mich setzen muss. Ich würde ihn gerne fragen und mehr über seine Gefühle zu mir erfahren, doch Jayden wirkt immer noch unnahbar. Er bleibt weiterhin stehen, die Arme verschränkt, und starrt hinaus aufs Meer.

»Ich hatte Angst vor Zurückweisung und neuen Schmerzen, Angst, dass du mich verachtest, ja mich sogar hasst, wenn du erfährst …«

»Was, Jayden?« Er ist wie zur Salzsäure erstarrt. »Du klingst, als hättest du jemanden umgebracht.«

»Was würdest du von mir halten, wenn es so wäre?« Er wirbelt zu mir herum, bleibt jedoch stehen. Die Hände hat er nun an den Seiten zu Fäusten geballt.

»Jayden …«, wispere ich, weil sich meine schlimmste Vermutung, die ich tief in mir vergraben hatte, bestätigt. Er ist doch kein Mörder. Niemals!

»Ich hab dir gesagt, dass ich nicht der Mann bin, für den du mich hältst«, knurrt er. »In den Wochen nach der Katastrophe kamen auch solche Leute, die aus der Not Kapital schlagen wollten. Baufirmen haben die zerstörten Hotels zum Spottpreis abgekauft, Banken den armen Menschen unlautere Kreditverträge aufgeschwatzt, und schließlich gab es noch die Diebe, die alles holten, was die Flut anderen weggenommen hatte.«

»D-du warst ein Plünderer?«, frage ich schwach in der letzten Hoffnung, dass er niemanden umgebracht hat, obwohl er es quasi zugegeben hat. Dabei wird mir noch schlechter.

»Nein«, grollt er und seine Augen funkeln. »Du denkst immer noch viel zu gut von mir. Ich habe nicht geplündert, sondern einen Plünderer getötet!«

Mein Hals schnürt sich zu, und Schweiß dringt aus all meinen Poren. Ich muss hart schlucken, bevor ich ein einziges Wort hervorbringen kann: »Wieso?«

»Aus Wut!«, brüllt er und dreht sich um, sodass ich auf seinen zitternden Rücken starren muss. Dann wird seine Stimme ein wenig ruhiger, aber ich höre immer noch den Zorn heraus. »Es war schon spät, ich war müde und wollte nachts nicht mehr zurückfliegen. Ich hatte damals eine Maschine geliehen, die etwas größer war als meine Cessna. In dem Dorf, in das ich Nahrungsmittel und Medizin brachte, waren viele Geschäfte zerstört worden. Die Menschen gruben immer noch im Sand und Schlamm nach ihrer Ware und versuchten zu retten, was ging. So auch ein alter Juwelier. Er hat mich gefragt, ob ich ihn und seine Enkelin mit nach Norden nehmen könnte, denn dort lebten Verwandte von ihnen. Er konnte kaum laufen, weil er sich am Bein verletzt hatte, und alles, was er noch besaß, passte in vier Rucksäcke. Er bot mir Schmuck an, wenn ich ihn mitnehmen würde, doch ich wollte nichts von ihm haben. Ich musste ohnehin in die Richtung. Nach der Katastrophe konnte er ein paar seiner wertvollsten Stücke retten, die er in einem großen, schweren Safe deponiert hatte, den die Flut nicht weit mitgerissen hat. Seine Enkelin – sie muss ungefähr vierzehn gewesen sein – und er waren die Einzigen seiner Familie, die überlebt hatten. Gemeinsam wollten wir seine Habseligkeiten zu meinem Flugzeug bringen, darin übernachten und am nächsten Morgen abfliegen. Ich trug zwei Taschen, das Mädchen eine, und der Mann musste seine auf halber Strecke zurücklassen, weil er kaum laufen konnte. Ich bot ihm an, den Rucksack später zu holen.

Meine Maschine stand auf einer freigeräumten Straße; es war dunkel, und das Mädchen hatte Angst. Also machte ich ein Feuer und ging anschließend allein zurück. Als ich mit dem Rucksack wiederkehrte, hörte ich Schreie und fand den alten Mann am Boden liegend. Und auf dem Mädchen lag ein anderer Kerl und drückte ihr ein Messer an die Kehle. Ich verstand nicht, was er sagte, er sprach nur gebrochen Thai, und meine Sprachkenntnisse waren noch nicht so gut. Aber ich musste auch nichts verstehen, um zu wissen, was er wollte: zuerst seinen Spaß mit dem Mädchen, danach ihre Sachen an sich nehmen.«

Ich habe bis jetzt so gebannt zugehört, dass ich keine Frage gestellt habe. Und Jayden erzählt ohne Pause, ohne Punkt und Komma, als müsse er sich endlich alles von der Seele reden.

»Ich riss ihn zuerst weg von dem Mädchen, da ging er mit dem Messer auf mich los.« Mit der Hand fährt er über die

Narbe an seiner Brust. »Ich konnte gerade noch ausweichen, und er verpasste mir zum Glück nur einen leichten Schnitt.«

Oh Gott, ich lag also richtig mit meiner Vermutung! Als ich seine Narbe zum ersten Mal gesehen habe, glaubte ich sofort an einen Messerschnitt.

»Da ergriff mich unvorstellbare Wut. Ich bin komplett ausgerastet, habe ihn geschubst, und er fiel hin. Er war viel kleiner als ich, mehr weiß ich nicht von ihm. Ich kann mich nicht an sein Gesicht erinnern und sehe nur Blut, sobald ich es versuche. Ich habe ihn mit einem Stein erschlagen, den ich am Straßenrand fand, und so lange auf seinen Kopf eingedroschen, bis er sich nicht mehr rührte.« Zitternd atmet er ein. »In dieser Nacht habe ich ein Monster befreit, meinen inneren Dämon. Ich war frustriert, weil Sunisa und so viele andere gute Menschen gestorben waren, aber dieser Verbrecher überlebt hatte. Weil *ich* überlebt hatte und *sie* nicht retten konnte.«

Plötzlich taumelt Jayden rückwärts, und ich kann gerade noch zur Seite rutschen – da lässt er sich auf die Bank fallen. Sein Gesicht ist weißer als zuvor, seine Augen weit aufgerissen. »Der alte Mann war wieder zu Bewusstsein gekommen und hatte alles gesehen, ebenso das Mädchen. Ich dachte, er würde mich der Polizei ausliefern, aber das hat er nicht. Wir starteten noch in derselben Nacht, nahmen die Leiche mit, und der Alte warf sie, während wir das Meer überflogen, von Bord. Keiner hat über den Vorfall gesprochen.«

Jayden hat tatsächlich jemanden umgebracht, ich habe das nicht für möglich gehalten! Und ich lausche ihm so gebannt, als wäre er nur ein Abenteurer, der eine Lagerfeuergeschichte erzählt, eine erfundene Story.

»Nachdem wir noch in der Nacht gelandet waren, zog der Alte ein Gewehr aus einem Rucksack. Er sagte, ich solle es bekommen, um mich auf meinen Hilfstouren zu schützen. Er hatte es von seinem Bruder, einem Soldaten, der ebenfalls bei der Katastrophe umkam. Ich wollte es nicht, fand es aber später in meiner Maschine. Ich habe es behalten, weil die Seriennummer herausgefeilt war und niemand zurückverfolgen konnte, woher ich es hatte.« Er dreht den Kopf und sieht auf meine Hand. »Den Ring habe ich von dem Mädchen. Sie hat mir erklärt, sie habe ihn selbst hergestellt. Soweit ich sie verstanden habe, war er das erste Schmuckstück, das sie gemacht hatte, ihr wertvollster Besitz. Ich wusste, ich musste ihn annehmen, um sie nicht zu beleidigen. Als sie ihn mir gab, sagte sie auf Englisch: *Für die Frau, die eines Tages wieder in dein Herz finden wird.*«

Oh Gott, Jayden, ich liebe dich so sehr!

Ich drehe den Ring an meinem Finger, während ich weine. Bis jetzt habe ich nicht gemerkt, dass mir Tränen über das Gesicht laufen. Tatsächlich schluchze und zittere ich, während Jay vollkommen ruhig ist.

»Wusste sie, dass du Sunisa verloren hast?«, frage ich ihn und wische mir übers Gesicht.

»Nein«, antwortet er, ohne mich anzusehen. »Ich habe nie jemandem davon erzählt. Ich wusste nicht einmal, wie die beiden heißen. Der Alte hat mir ihre Namen natürlich genannt, aber ich hatte sie vergessen.«

Thailändische Namen sind auch wirklich nicht einfach zu merken.

Jayden umarmt mich nicht, sucht weder Trost bei mir, noch bietet er mir Trost an. Denkt er, ich weine, weil er ein Verbrechen begangen hat? Weil ich ihn nicht mehr liebe?

»Nun weißt du, was ich getan habe«, sagt er leise und schließt die Augen.

Vorsichtig lege ich ihm eine Hand auf den Arm. »Du hast

das Mädchen vor Schlimmerem bewahrt und der Familie die Existenz gerettet. Für mich bist du noch mehr Held als zuvor.«

»Ein Held?«, entgegnet er kaum hörbar und dreht mir den Kopf zu. In seinen dichten Wimpern hängen Tränen. »Ich bin ein Mörder.«

Dieses Wort aus seinem Mund zu vernehmen schickt einen kalten Schauder durch meinen Körper. »Er hätte dich umgebracht, Jayden. Er wollte dich aufschlitzen! Und danach hätte er sicher auch das Mädchen und den alten Mann getötet, um alle Zeugen zu beseitigen.«

Ich drehe mich ihm weiter zu und streiche sanft über die Narbe an seiner Brust. Für ihn mag sie eine Art Brandmal sein, das ihn immer an diese schreckliche Nacht und seine Tat erinnert. Mir zeigt sie, wie mutig er an diesem Tag war. »Du hättest dich mir anvertrauen und nicht weglaufen sollen. Ich bin immer für dich da, Jayden. Immer.«

»Ranja ...« Er schließt meine Hand in seine Faust und seufzt schwer. »Ich hatte Angst, mich in dir zu verlieren und dich dann auch zu verlieren wie Molly oder Sunisa. Aber nachdem wir abgestürzt waren, gab es auf der Insel nur uns beide. Wir waren in unserer Welt, und für einen Moment habe ich vergessen, wer ich war und was ich getan habe. Als wir zurückkehrten und ich deinen Bruder kennenlernte, befiel mich Panik. Ich hatte Angst, dass du mich nicht mehr lieben könntest, wenn du die Wahrheit über mich erfährst. Da ich sie dir nicht sagen konnte, ich dich aber auch nicht anlügen wollte, habe ich die Reißleine gezogen.«

»Warum denn, Jayden? Hast du gedacht, ich reiße dir den Kopf ab?«

»Nein, aber ich hätte deine Ablehnung nicht ertragen können.«

»Weil …?« Verdammt, sag es doch endlich! Stehe zu deinen Gefühlen!

»Weil ich dich auch liebe, Aranja!«, stößt er hervor. »Schon vom ersten Moment an, als ich dich gesehen habe!«

Ich könnte lachen, jubeln und ihm vor Freude um den Hals fallen, ihm sagen, dass ich ihn auch liebe, doch in der augenblicklichen Situation erscheint mir das unangemessen. Jayden liebt mich! Mein Herz springt vor Freude.

Dann hat mich mein Gefühl damals nicht getäuscht. Wir haben uns angesehen und sofort die gegenseitige Zuneigung wahrgenommen.

Erneut zwinkert er eine Träne weg. »Ich habe das Gefühl lange nicht mehr gespürt, und es machte mir Angst. Früher haben mich meine Survival-Trips abgelenkt und wieder halbwegs zu mir finden lassen. Doch als du in mein Leben getreten bist, geriet mein inneres Gleichgewicht erneut ins Wanken, und ich konnte es nicht mehr herstellen. Ich hatte Angst, dass diese Dunkelheit in mir noch einmal hervorkommt und ich etwas Schlimmes tue. Dass ich *dir* etwas Schlimmes antue!«

Jayden ist nach all den Jahren immer noch traumatisiert, weil er das Geschehene nie verarbeitet hat.

»Hast du nie Hilfe gesucht?«, möchte ich wissen.

Er schnaubt. »Doch. Ich bin zu einem Mönch gegangen, der behauptete, ich sei von einem düsteren Geist besetzt. Irgendwann habe ich dann selbst geglaubt, dass in mir etwas Dunkles schlummert, das in Extremsituationen herausbrechen und andere verletzen kann.«

»Es gibt zu viele Scharlatane. Du bist von keinem Geist besetzt.«

»Das weiß ich doch.« Er lacht bitter. »Aber ich wünschte, ich wäre es, dann könnte man ihn austreiben.«

»Du machst dir selbst düstere Gedanken, weil du dir die

Schuld an Sunisas Tod gibst, und danach kam dieser Unfall mit dem Plünderer …«

»Unfall?« Er lacht erneut, und es klingt hart und kalt in meinen Ohren.

»Jayden, wärst du nicht dazwischengegangen, wäre das Mädchen vielleicht tot. Der Juwelier und seine Enkelin haben das Gute in dir erkannt, und ich erkenne es auch.« Als er mich nur ansieht und nichts erwidert, sage ich schnell, um das Thema zu wechseln: »Ich werde Keno nichts erzählen. Er hat vermutet, dass dein Verhalten mit der Katastrophe zusammenhängt, weil du Sunisa verloren hast. Ich werde ihm sagen, dass er recht hatte. Er wird auch nicht nach Details fragen. Das ist nicht seine Art.«

»Wie stehst du jetzt zu mir?«, fragt er rau und schaut mich derart hoffnungsvoll an, dass ich am liebsten schon wieder weinen möchte.

»Ich liebe dich«, antworte ich sanft und lege einen Arm um seine breiten Schultern. Dann ziehe ich Jayden zu mir und schmiege mein Gesicht an seinen Hals, um einen Kuss darauf zu hauchen. Dort riecht er immer besonders gut, nach einem dezenten Parfüm und ihm selbst. Tief atme ich ein und fühle ein Flattern im Magen.

»Du kannst mich noch lieben, nach allem, was du über mich weißt?« Er klingt überrascht.

»Ich kann.« Zitternd hole ich erneut Luft und lächele ihn an. »Du bist ein guter Mensch, Jayden. Obwohl dein Herz so schwer verwundet wurde, teilst du es immer noch mit anderen. Und jetzt auch mit mir. Und nachdem ich endlich weiß, was mit dir los ist, liebe ich dich noch viel mehr und will mit dir eine gemeinsame Zukunft.«

Fest zieht er mich in seine Arme, sodass mir nichts anderes übrig bleibt, als mich auf seinen Schoß zu setzen. Dann küsst er meine Stirn, und seine Lippen verursachen ein elektrisierendes Kribbeln auf meiner Haut. »Ich habe nie zu hoffen gewagt, dass du mir meine Gräueltat vergeben könntest.«

»Da gibt es doch nichts zu vergeben.« Mit dem Daumen streiche ich die feuchte Spur unterhalb seines rechten Auges weg, bevor ich mir mit dem Handrücken über die Lider fahre. »Ich liebe dich, Jayden, und will mit dir gemeinsam den nächsten Schritt wagen.« Mit ihm fühle ich mich geborgen und ganz.

»Ich liebe dich auch, süße Blume.« Er nimmt meine Wangen zwischen die Hände und blickt mir tief in die Augen. »Danke, dass du mich nicht aufgegeben hast und mich begleitest.«

»Ich komme mit dir, egal, wohin.«

Sein Mundwinkel hebt sich zu einem zögerlichen Lächeln. »Dann kann ich dich jetzt nicht zu deinem Bruder bringen, sondern du musst mit mir nach Pak Nam fahren.«

»Sieht so aus«, murmele ich an seinen Lippen, bevor ich ihn erneut küsse und meine Finger in seinem Haar vergrabe.

Epilog – Ein Jahr später

Ich stehe auf unserer Terrasse hoch oben auf den Klippen und sehe hinunter aufs Meer. Die Sonne versinkt am Horizont, und mein langes, fast durchsichtiges Kleid flattert um meinen Körper.

Manchmal kann ich immer noch nicht glauben, dass Jayden und ich ein eigenes Haus und ein Unternehmen haben, das Rundflüge und Survival-Trips anbietet. Jayden fliegt beruflich nicht mehr selbst, dafür hat er einen Piloten eingestellt, denn er hat so viel zu managen. Wir sind die Chefs unserer eigenen Firma, haben ein Büro unten in der Stadt und sogar eine Angestellte, die unsere Kunden betreut und die Angebote verkauft: Rundflüge, Survival-Trips, Dschungeltouren und natürlich auch die Klassiker wie eine Bootsfahrt zum berühmten James-Bond-Felsen oder eine Tempelbesichtigung. Jayden beschäftigt noch zwei Tourguides, selbst leitet er einmal in der Woche eine Expedition mit Übernachtung im Urwald. Das braucht er, um die Seele baumeln zu lassen.

Ich habe alles, was ich immer wollte, und bin happy. Um unser Glück zu vervollkommnen, fehlt uns nur noch etwas Kleines. Aber daran arbeiten wir jede Nacht und manchmal auch tagsüber.

»Ich hasse Abrechnungen. Ich mach jetzt Feierabend«, sagt

Jayden, der aus dem klimatisierten Wohnraum zu mir auf die Terrasse tritt und sich streckt. Er trägt nur eine kurze Hose, wie fast immer, wenn wir allein sind. Diesmal handelt es sich um Badeshorts. Wir springen nach einem langen Tag gerne in unseren Pool, oder ich relaxe im Liegestuhl und lese, während Jay seine Bahnen schwimmt.

Unser Häuschen ist nicht protzig, aber geräumig und gemütlich. Es befindet sich zwischen hohen, Schatten spendenden Bäumen und besteht aus dem Erdgeschoss mit Küche, WC, Büro sowie dem Wohnraum und einer weiteren Etage, in der es ein großes Badezimmer, zwei Schlafzimmer und einen Fitnessraum gibt. Unser kleines Domizil liegt fernab des Trubels auf einer Anhöhe, von der aus wir einen wundervollen Blick auf das Meer, den Strand, die Ortschaft und all die Hotels unter uns haben. Hier oben ist unser privates Reich, unser Paradies.

»Kommst du auch in den Pool?«, fragt Jayden, während er sich von hinten an mich drückt. »Oder musst du noch was tun?«

»Alles erledigt«, antworte ich und drehe mich um. Wohlig seufzend schmiege ich mich an seinen kühlen Körper. »Ich habe das Sportartikelgeschäft aus dem Nachbarort als weiteren Werbepartner gewinnen können.«

Lächelnd küsst er mich auf die Stirn. »Du bist die Beste. Keine Ahnung, wie du die Leute immer um den Finger wickelst.«

»Sicher, dass du keine Ahnung hast?«, frage ich unschuldig und hebe grinsend den Kopf, um zu ihm aufzusehen.

»Ich stehe hier nicht unter deinem Pantoffel«, raunt er, wobei er an meinen Lippen knabbert. »Mit denen versohle ich dir höchstens deinen kleinen Hintern, wenn du frech wirst.«

»Unterstehe dich.« Ich schnappe nach seiner Unterlippe

und halte sie mit meinen Lippen gefangen. »Auscherdem hap isch gar keine Pantoscheln.«

Seine Finger graben sich in meine Pobacken, danach küsst er mich verlangend. Äonen später schwebe ich auf Wolken, wie immer, wenn er mich küsst. Ich kann nie genug von seinem Mund haben, egal, wo er ihn an meinem Körper einsetzt.

»Was gibt es noch Neues?«, fragt er, als wir Luft holen müssen.

»Ich habe mit meinem Bruder gechattet. Er hat Victoria endlich zum Essen eingeladen.« Keno hat sich auf einer Fortbildung in seine Seminarleiterin verliebt und sich lange nicht getraut, sie anzusprechen. Dabei scheint sie auch Interesse an ihm zu haben.

»Wann kommt deine Familie uns noch mal besuchen?«, murmelt Jayden und knabbert nun an meinem Ohr.

Ich werde immer ganz wuschig, wenn er das macht, das weiß er genau. Und es grenzt an ein Wunder, dass er mich noch nicht aufgefressen hat. Außerdem drückt sich seine wachsende Erektion an meinen Bauch. »Sie kommen nächste Woche.« Wir wollen die Hochzeitsvorbereitungen besprechen. Jayden und ich werden uns in drei Monaten am Strand das Jawort geben. Ich kann es immer noch nicht glauben. Bald bin ich Mrs Grant!

Wir wollen unsere Hochzeit im kleinsten Kreis der Familie feiern, nur meine Eltern, Keno und Jays Bruder. Molly wird auch da sein, ihre drei Kinder bleiben jedoch in Australien bei Mollys Schwester.

Jayden sagt, er habe mit seiner Vergangenheit abgeschlossen. Zumindest versucht er es, denn manche Ereignisse wird er wohl niemals los. Aber das ist okay. Sie sind ein Teil von ihm und werden es immer bleiben. Solange er weiß, dass

Sunisas Tod nicht seine Schuld war und er dem Mädchen das Leben gerettet hat, wird er damit leben können. Wir haben nie wieder darüber gesprochen, weder über Sunisa noch über den Plünderer. Aber ich bin für ihn da, sollte er noch einmal Redebedarf haben. Ich werde immer für ihn da sein.

Jay zieht mich fester an seinen Körper. »Wenn wir bald volles Haus haben, sollten wir den Pool heute ausfallen lassen und noch mal das neue Bett einweihen.«

Ich lache. »Das haben wir nun wie oft eingeweiht? Dreiundfünfzig Mal?«

»Vierundfünfzig«, sagt er. »Einmal müssen wir auf jeden Fall noch.« Er hebt mich auf die Arme, trägt mich ins Haus, vorbei an den hellen Bodenkissen und die Treppe nach oben in unser Schlafzimmer. Auch hier ist alles, wie im restlichen Gebäude, in hellen, warmen Farben gehalten, und die Einrichtung beschränkt sich nur aufs Nötigste. Weniger ist mehr, sagen die Thailänder, und so gefällt es Jayden und mir auch am besten. Wir brauchen ohnehin nur uns zum Glücklichsein.

Jay legt mich auf unserem massiven Bett aus Wurzelholz ab, das wir bei einem ortsansässigen Schreiner haben anfertigen lassen, und macht Anstalten, mir mein Kleid auszuziehen.

»Nichts da!« Schnell setze ich mich auf und hole ihn zu mir auf die weiche Matratze. »Ich will mich revanchieren, weil du die Abrechnung übernommen hast.« Eigentlich wäre ich an der Reihe gewesen, aber da ich diese Arbeit noch mehr hasse als Jayden, hat er sich erbarmt.

»Dann will ich aber das Rundum-Verwöhnprogramm.« Frech grinsend schlüpft er aus seiner Hose, lässt sie durch den Raum segeln und breitet sich dann mit hinter dem Kopf verschränkten Händen auf der Matratze aus.

Während ich vor dem Bett hin und her stolziere, kann ich nicht aufhören, ihn anzublicken. Immer noch ist er meine absolute Nummer eins, mein Traummann, mein Herz – und ich kann mir nicht vorstellen, dass es jemals anders sein wird. Nicht nur, weil er so verdammt gut aussieht, sondern weil er mir jeden Wunsch von den Augen abliest, mich aufrichtig liebt und gut zu mir ist. Sehr gut sogar.

Aber ich möchte nicht, dass er das Gefühl hat, er müsse sich anstrengen, um mich nicht zu verlieren. Er soll er selbst sein. Und ich möchte ihm so viel zurückgeben, wie ich kann, weil es mir Spaß macht, Jayden zu verwöhnen.

Ich gehe zu unserer Kommode, um ein Fläschchen Körperöl zu holen. Eine Massage wird Jayden nach dem anstrengenden Tag sicher guttun.

Da raunt er: »Ich will dich nackt.«

»Alles zu seiner Zeit, Tiger«, sage ich lächelnd und freue mich, dass sich bei ihm schon etwas regt.

Na ja, »schon« ist untertrieben, Jayden kann schließlich immer und überall. Bereits ein intensiver Kuss, so wie der auf der Terrasse, lässt ihn hart werden. »Aber ich will mal nicht so sein.«

Ich stelle die Phiole auf den Nachttisch und streife mir das dünne Kleid über den Kopf. Darunter bin ich nackt.

Jaydens Augen werden groß. »Ich wusste, dass ich vorhin kein Höschen gespürt habe!«

»Hm, ich gebe zu, das war Überraschung Nummer eins für dich.« Ich muss ihm etwas erzählen. Etwas, worüber er sich bestimmt freuen wird.

»Was ist Nummer zwei? Die Massage?«

»Vielleicht.«

»Heißer Sex!«

»Den hast du hoffentlich immer.«

Er grinst verwegen, wobei seine Erektion zuckt. »Ist noch steigerungsfähig.«

»Oh … du!« Lachend werfe ich ihm mein Kleid zu, und Jayden legt es sich über das Gesicht, um daran zu riechen.

Sofort ziehe ich es weg. »Du bist unverbesserlich.«

»Was?« Unschuldig blickt er mich an. »Ich steh auf dich. Und er auch.« Er wirft einen kurzen Blick auf sein zuckendes Geschlecht, woraufhin mir heiß zwischen den Schenkeln wird. Ich kann es kaum erwarten, ihn in mir zu spüren.

Jayden lässt mich nicht aus den Augen, während ich Öl auf meine Hand gebe, um es anzuwärmen, und mich dann neben ihm aufs Bett setze. Ich streiche die zart nach Jasmin duftende Flüssigkeit auf seine Arme, Brust und Beine und verwöhne für viele Minuten seinen Körper, doch einen Teil spare ich großzügig aus.

»Das ist nicht verwöhnen«, raunt er, wobei er mich fiebrig anblickt. »Das ist Folter. Wenn du noch länger mit mir spielst, nehme ich mir einfach, was ich will.«

Sofort pulsiert es heftig zwischen meinen Schamlippen. Ich mag es, wenn Jayden mich in Besitz nimmt, mich ausfüllt. Doch heute möchte ich oben liegen.

Damit er es sich nicht anders überlegt, umfasse ich mit meinen öligen Fingern seinen aufgerichteten Schaft.

Stöhnend schließt Jay die Augen, während ich einen Daumen an seiner dicken Ader entlangfahren lasse und dann mit zwei Fingern sein Bändchen massiere.

»Das ist immer noch Folter«, murmelt er.

»Entspanne dich doch«, befehle ich sanft.

»Wie soll ich das schaffen, wenn die aufregendste Frau der Welt nackt neben mir sitzt?« Er richtet sich auf und zieht mich am Nacken auf seinen öligen Körper. Anschließend folgt ein so gieriger Kuss, dass ich beinahe befürchte, tatsächlich von ihm aufgefressen zu werden. Jeder Schlag seiner Zunge schickt feurige Impulse tief in meinen Bauch.

»Hey«, murmele ich. »Eigentlich wollte ich dich massieren, aber du machst mich schwach.«

»Wir können uns gegenseitig massieren. Ich verwöhne dich von innen, du mich von außen.« Er bewegt das Becken, um seinen harten Schaft zwischen meine Beine zu drängen, wobei er meine Pobacken in seinen Händen hält und mich dort positioniert, wo er mich haben will.

Ach, verdammt, vorbei meine Zurückhaltung! Ich kann es genauso wenig erwarten wie er. Daher setze ich mich auf und reibe meine Schamlippen an seiner dicken Erektion. Während ich die Hüften kreisen lasse, massiere ich seine Brust und fahre über die Narbe. Mich wird sie immer daran erinnern, was er getan hat. Dass er sein Leben riskiert hat, um ein Mädchen zu beschützen.

Ich erhebe mich etwas, um erneut seinen dicken Schaft zu umfassen, dann senke ich mich langsam und genüsslich auf ihn. Seine kräftige Eichel dehnt meinen Eingang, aber noch lasse ich sie nicht hinein.

»Ranja«, knurrt Jayden grinsend und packt mich an den Hüften.

Wie immer ist er viel zu ungeduldig. Wahrscheinlich, weil er eine Ewigkeit auf Sex verzichtet hat und nun alles nachholen möchte. Und das tun wir, jeden Tag mindestens ein Mal. Ich genieße jede Sekunde davon.

Eine Hand ruht auf meiner Taille, die andere legt er an meine Brust, um mit seinem leicht rauen Daumen meine Spitze zu necken. Dann nimmt er sie zwischen zwei Finger, drückt leicht zu und zupft daran.

Der sanfte Schmerz schießt sofort in meinen Kitzler, und ich werde so feucht, dass sich Jays dicke Kuppe in mich bohrt.

Er füllt mich aus, Zentimeter für Zentimeter, und drückt auf all meine Lustpunkte, von denen ich vor ihm nicht wusste, dass ich sie besitze. Ich werde feuchter, mein Kitzler hämmert wie verrückt, und als Jayden seine Hand tiefer wandern lässt und mit seinem Daumen über meinen empfindsamen Nerv reibt, komme ich fast zum Höhepunkt.

Schnell ziehe ich seine Hand weg. »Entspannen!«, empfehle ich, woraufhin er grinsend die Arme neben dem Kopf anwinkelt.

»Jawohl, meine Herrin.«

Während ich behutsam auf ihm reite und seinen enormen Umfang in mir genieße, fahre ich über seinen Oberkörper, um seine Brust zu kneten.

»Das nenn ich mal eine Massage«, murmelt er und stöhnt. »Aber du solltest unter mir liegen, wenn ich komme, dann klappt es angeblich schneller.«

»Ich glaube, es hat schon geklappt«, sage ich lächelnd und streiche mir über den Unterleib.

»Wirklich?« Er starrt mich ungläubig und gleichzeitig fasziniert an. »Bist du sicher?«

»Ziemlich sicher.« Mit dem Daumen fahre ich über seine Unterlippe, während ich ihn schneller reite. »Ich habe einen Test gekauft, wollte aber auf dich warten. Doch ich denke, er wird eindeutig ausfallen.« Eine Frau spürt, wenn es so weit ist, oder? Also ich spüre es nicht nur, ich weiß es, genauso wie ich weiß, dass Jay und ich füreinander bestimmt sind.

Meine inneren Muskeln kontrahieren bereits, und ich kann meinen Orgasmus nicht länger zurückhalten. Jayden scheint es genauso zu gehen, denn er kneift die Lider zusammen, krallt die Hände seitlich in meine Pobacken und wirft den Kopf zurück. Als er zum Höhepunkt kommt, raunt er: »Ich liebe dich, süße Blume.«

Er trägt mich mit sich, mein Unterleib pulsiert und glüht, und ich schwebe mit Jay gemeinsam davon ins Paradies der Lüste.

Nachdem die Welle der Ekstase vorüber ist, bleibe ich schwer atmend auf ihm liegen und wispere an seinem Hals: »Ich liebe dich auch, mein Großer.«

Er brummt wohlig, wobei er die Arme um mich legt, und ich lausche den langsamer werdenden Schlägen seines Herzens.

»Dann werde ich also Vater?«

Als ich lächelnd den Kopf hebe, sieht er mich mit einer Mischung aus Erwartung, Freude, aber auch ein bisschen Furcht an. Wir haben vor ein paar Monaten über Kinder geredet und beschlossen, es einfach auf uns zukommen zu lassen, ohne Stress und Druck. Daraufhin habe ich die Pille abgesetzt, und es hat schneller geklappt, als ich dachte.

Schmunzelnd küsse ich seine Nasenspitze. »Wenn alles seinen gewohnten Weg geht, dann wirst du Daddy.«

»Ich bin jetzt schon total aufgeregt.«

»Du wirst ein großartiger Vater sein.«

»Wenn du das sagst, wird es stimmen.«

Erneut schmiege ich mich an seine Brust und streiche über seine Schulter. »So ist es.«

Ich schließe die Augen, um mir vorzustellen, wie sich ein Baby in seinen Armen macht. Es würde mit großen Kulleraugen zu seinem Daddy aufsehen und ihn anlächeln. Und Jayden würde zurücklächeln, Späßchen machen und all seinen tief vergrabenen Kummer vergessen, der ihn noch ab und an quält. Er redet nicht darüber, doch in manchen Momenten kann ich die Düsternis in ihm erkennen.

Er hat zu lange versucht, seine Gefühle zu unterdrücken, aber letzten Endes haben sie ihn überwältigt. Sie warteten, bis ich mich in sein Herz schlich, und haben ihn mit Verlangen und Lust geködert. Und darüber bin ich sehr froh. Sonst hätten wir niemals dieses Glück erfahren. Und bald wird sich ein weiteres Wesen hinzugesellen und Jay vollends verzaubern.

Dieser Mann hat so viel Schmerz erlitten und viele Jahre in Dunkelheit verbracht. Ich will ihm zeigen, dass es weitergeht und dass unsere Liebe auch die schlimmsten Wunden heilen kann. Seine tiefen Narben werden vielleicht niemals verschwinden, aber man kann sie mit einem wohltuenden Balsam überdecken. Und dieser Balsam sollen unser Kind und ich sein.

Ich liebe Jayden und werde ihn immer lieben. Er ist mein Held. Auf ewig.

Happy End

Captured

Kapitel 1 – Sexy SEAL

Ray Tanner, obwohl erst zweiunddreißig Jahre alt, ist der wohl gefährlichste Mann im ganzen Gefängnis. Er ist ein tödlicher Navy SEAL, hat die härteste Ausbildung der Welt genossen und besitzt enorme körperliche und geistige Fitness. Vor einigen Jahren hat er die brutalste Schule der Welt absolviert und war kurz vor seiner Straftat von einem erfolgreichen Einsatz zurückgekehrt. Nur die wenigsten sind stark genug, um diesen Drill zu überstehen. Die Navy hat ihn quasi in allem zum Profi ausgebildet, von chemischer und biologischer Kriegsführung über Militärtaktiken bis zum Tiefseetauchen. Seine Zukunft hätte voller Möglichkeiten sein können, doch er hat sich alles verbaut.

Nun befindet er sich mit zahlreichen anderen Gefangenen im Innenhof der Vollzugsanstalt in Brooklyn, um Sonne zu tanken, während ich vom vergitterten Fenster der Krankenstation zu ihm hinuntersehe und an meinem Tee nippe. Vom dritten Stock aus kann ich ihn beobachten, ohne dass er mich bemerkt, kann seinen gestählten Körper bewundern, sein kantig geschnittenes Gesicht, das durch sein kurz geschorenes, dunkles Haar noch härter wirkt, seine große, muskulöse Gestalt, die breiten Schultern und langen Beine. Obwohl er wie einige andere Häftlinge, die auf der Baustelle arbeiten, einen grünen Overall trägt, sticht er aus der Masse heraus.

Nicht etwa, weil er wie der Stärkste wirken würde – nein, da gibt es weitere Kandidaten –, sondern weil er sich ganz anders bewegt. Geschmeidig wie ein Panther streift er vorbei an den Grüppchen, die sich in jedem Gefängnis bilden. Da gibt es die Mexikaner, die sich beim Basketballkorb aufhalten, die Latinos und Kubaner, die sich in je einer Ecke versammeln, und andere, die auf den Bänken herumlungern. Nur Ray Tanner gesellt sich nirgendwo dazu. Er ist ein Einzelgänger, gehört zu keiner der Gruppen, die sich nach Religion, politischer Gesinnung oder den diversen New Yorker Gangs aufteilen.

»Schlagen sie sich schon wieder die Köpfe ein, Dr. Russel?«, fragt Mr Wollny, der weiter hinten im Raum neue Verbände in den Schrank sortiert. Der Sechzigjährige ist ein Baum von einem Mann, aber lammfromm, und neben mir im Moment die einzige Person auf der Station. Bereits seit zwanzig Jahren arbeitet er in dieser Haftanstalt als Pfleger. Ich hingegen habe erst vor fünf Monaten den alten Arzt abgelöst, der nun seinen Ruhestand genießt. Mr Wollny wird auch bald gehen, weshalb sich die Gefängnisdirektion bereits nach einem neuen Pfleger umgesehen hat. Er wird nächste Woche zu uns stoßen, damit wir ihn anlernen können. Ich werde Mr Wollny vermissen. Er ist doppelt so alt wie ich und nicht nur deshalb für mich wie ein Fels in der Brandung. Er findet sich hier blind zurecht, hat mir trotz meines intensiven Studiums und der Praktika noch viel beigebracht – vor allem mit dem Papierkram habe ich es gar nicht. Er kennt seine Pappenheimer und weiß, wie man sie beruhigt. Außerdem vermittelt er mir mehr Sicherheit als die Wärter mit Pflegerausbildung, die vor der Tür oder sogar im Behandlungsraum auf besonders gefährliche Patienten aufpassen. Die Gefangenen respektieren und mögen Mr Wollny, den hier alle nur »Buddy« nennen.

»Bisher ist alles ruhig«, antworte ich ihm.

»Dann genießen Sie doch Ihren Tee, bevor die uns gleich wieder die Bude einrennen«, sagt er schmunzelnd und sortiert weiter die Verbände. Er ist wie ich, selbst während der Pausen braucht er immer eine Beschäftigung. Meine Beschäftigung besteht aktuell darin, Ray Tanner anzuschmachten und dabei an meinem Tee zu nippen. Ray scheint jeden einzelnen seiner Mithäftlinge zu studieren und die Lage abzuchecken. Was hat er vor?

Als er plötzlich den Kopf dreht und direkt zu mir nach oben blickt, trete ich einen Schritt zur Seite, sodass er mich nicht mehr sehen kann. Mein Herz rast. Ob er bemerkt hat, dass ich ihn beobachte? Seit er letzten Monat zu uns gekommen ist, fasziniert er mich. Wir hatten Gespräche unter vier Augen, weil ich ein Gutachten über ihn erstellen muss, und es knisterte gewaltig zwischen uns. Er braucht mich nur anzusehen, schon erhöht sich meine Pulsfrequenz, und mein Gesicht glüht. Wenn er spricht, kann ich mich nur schwer von seinen Lippen losreißen. Er hat einen verboten heißen Mund mit den sinnlichsten Lippen, die ich je gesehen habe. Jedes seiner Worte verursacht ein wohliges Prickeln überall an und in meinem Körper. Seine Stimme ist leicht rau, dennoch melodiös und vor allem sehr männlich.

Raymond … das ist sein richtiger Name, aber er mag es nicht, so genannt zu werden. Deshalb hat er mich gebeten, ihn mit Ray anzusprechen. Wollte er damit eine vertrauliche Basis zwischen uns schaffen? War das eine Taktik, damit ich ihm glaube? Ich blicke bei dem Mann manchmal nicht durch. Er wirkt geheimnisvoll und verschlossen, und dann offenbart er mir wieder intime Details aus seinem Leben.

Natürlich hat er wie viele andere hier seine Unschuld beteuert. *Ich wurde reingelegt,* hat er gesagt und mir eine abenteuerliche Geschichte aufgetischt. Tatsächlich hat man ihn nackt in einem Hotelbett vorgefunden – neben der erdrosselten Frau eines ehemaligen Schulfreundes. Sein Faible für SM-Spiele sei ihr zum Verhängnis geworden, so wurde behauptet.

Wir haben über seine sexuellen Vorlieben geredet, und er hat mir gestanden, dass er es liebt, eine Frau lustvoll zu unterwerfen. Aber er würde ihr niemals wehtun, nie eine Grenze überschreiten … und Jessica Bettany habe er nie angerührt. Ganz im Gegenteil: Seit Monaten habe er abstinent gelebt, wie er mir geschworen hat. Seine letzten beiden Einsätze hätten ihn so gefordert, dass er keine freie Minute gehabt habe. Er war geil an jenem Abend und auf der Suche nach einer Spielpartnerin. Mit seinem Kumpel war er in einer Kneipe, in der keine Frau nach seinem Geschmack war – und danach kann er sich an nichts mehr erinnern. Und er würde sich erinnern, wenn er Sex gehabt hätte, an jedes kleinste Detail.

Dabei hat er mich angesehen, als würde er seine Fantasien mit mir umsetzen wollen.

Als ich ihn gefragt habe, welchen Frauentyp er bevorzugen würde, antwortete er ohne zu zögern: »Sie, Doc. Ich stehe auf große Mädchen mit ordentlich Oberweite.«

Nach diesem Gespräch habe ich den Kerl nicht mehr aus dem Kopf bekommen.

Ich muss endlich aufhören, mir Sex mit Ray Tanner auszumalen, und zwar genau die Art Sex, die seiner Partnerin das Leben gekostet hat. Dieser Mann ist ein Mörder, eine unberechenbare Kampfmaschine! Ich sollte keinen Gedanken mehr an ihn verschwenden und an meinen Schreibtisch zurückkehren. Ich muss dringend eine Stellungnahme für einen Anwalt schreiben.

Bloß kann ich nicht anders und werfe einen weiteren Blick

auf Ray. Was ist, wenn er wirklich unschuldig ist? Er wäre nicht der Erste, der zu Unrecht hinter Gittern sitzt.

Die Stimmung im Hof hat sich geändert. Die Latinos schubsen einen jungen Mann herum, der einen guten Kopf kleiner ist als die meisten anderen. Das passiert hier ständig. Grenzen werden ausgelotet, Regeln festgelegt, Gangs terrorisieren sich gegenseitig. Hier herrscht das Recht des Stärkeren oder wer die besten Beziehungen hat.

Ray packt den Kleinen am Kragen des Overalls und zieht ihn hinter sich. Dann stellt er sich mit verschränkten Armen vor Sergio. Der Glatzkopf ist fast so groß wie Ray und der Chef der Bande. Hinter ihm bauen sich fünf seiner Anhänger auf.

Komm, Ray, mach keinen Scheiß!, sagt das Engelchen auf meiner rechten Schulter, während das Teufelchen zu meiner Linken kräht: *Zeig's ihnen, Süßer, und lass dich so richtig vermöbeln, damit dich Lana anschließend zusammenflicken und anschmachten kann!*

Ich muss Abstand gewinnen und darf Ray nicht zu nah an mich heranlassen. Ich verhalte mich unprofessionell!

Noch ein paar Jahre werde ich im Knast arbeiten, dann habe ich meine Schulden abbezahlt, kann hier kündigen und meine eigene Arztpraxis eröffnen. Das Medizinstudium hat Unsummen gekostet, was auch ein Grund dafür ist, dass ich diesen Job angenommen habe. Er wird besser bezahlt als eine Stelle im Krankenhaus. Bisher habe ich meine Entscheidung nicht bereut, doch mein Bauchgefühl sagt mir, dass mir meine Zuneigung zu Ray noch zum Verhängnis werden wird, wenn ich ihn nicht sofort vergesse.

Um schneller hier wegzukommen, sollte ich mir einen Mann mit Geld angeln, der mich aus meinem Ein-Zimmer-Apartment rausholt und mich zum Essen ausführen kann.

Für gutes Essen bin ich immer zu haben, was man mir bald ansehen wird, wenn ich mich nicht etwas zügele. Zum Glück verteilen sich meine Kilos auf fast einen Meter achtzig.

Was mich wieder zu Ray führt. Der Kerl ist mindestens zehn Zentimeter größer als ich, entspricht genau meinen Vorstellungen – zumindest äußerlich – und ist der heißeste Typ, der mir bis jetzt untergekommen ist. Es ist so verdammt schwer, als große Frau einen Mann zu finden, zu dem man aufsehen kann. Und verflucht noch mal, Ray hat mir gestanden, dass ich genau sein Typ bin.

Das hat er doch nur getan, um dich um den Finger zu wickeln, Lana, tadelt mich mein Engelchen.

So wird es leider sein.

Den Latinos gefällt es nicht, dass sich Ray einmischt und vor den kleinen Mann stellt. Sergio fackelt nicht lange und holt aus, doch Ray duckt sich blitzschnell zur Seite, sodass der Schlag ins Leere geht.

Oh, oh, das wird dem Gangsterboss nicht gefallen, sagt mein Teufelchen.

Es dauert auch keine fünf Sekunden, da hat Sergio seine ganze Gang auf Ray gehetzt, die ihn nun von allen Seiten mit Schlägen und Tritten bearbeitet.

Zischend hole ich Luft, sodass sich Mr Wollny zu mir ans Fenster gesellt.

»Was ist los?«, fragt er und schaut ebenfalls hinunter in den Hof.

»Eine Schlägerei.«

»Der SEAL und Sergio, die Klinge.«

»Die Klinge?«, frage ich alarmiert.

»Alle nennen ihn so, weil er es immer wieder schafft, sich ein Messer zu basteln. Er hat schon drei Häftlinge verletzt und einem Wärter fast das Auge ausgestochen.«

Oh Gott. Zum Glück hat er sich gestern benommen, als er von mir Tabletten gegen seine Kopfschmerzen wollte.

Mr Wollny schnaubt amüsiert. »Der SEAL könnte alle sechs mit einem Atemzug umpusten.«

»Aber er tut es nicht.« Mir fällt auch auf, dass er sich zurückhält, die Schläge nur halbherzig abwehrt und kaum welche austeilt.

»Der heckt was aus, das sage ich Ihnen.«

Mein Teufelchen feuert Ray an, während ich am liebsten wegsehen möchte, aber ich kann nicht. Es tut mir im Herzen weh, wie sie ihn zusammenschlagen.

Als ich befürchte, dass er gleich zu Boden geht, verpasst er dreien einen Fußkick in den Magen, zwei weitere trifft er am Knie, und Sergio bekommt Rays Faust direkt auf die Nase. Erst, als sich alle Gangmitglieder auf dem Boden winden, greifen die Wärter ein und führen die Unruhestifter ab. Sie haben viel zu lange gewartet – es wirkt beinahe, als wollten sie, dass Ray eine Abreibung bekommt. Ist das ihre Art zu zeigen, dass sie einen ehemaligen SEAL verabscheuen, der eine amerikanische Bürgerin, anstatt sie zu beschützen, erdrosselt hat? Alle Mitarbeiter sind verpflichtet, neutral zu bleiben, genau wie ich. Des Weiteren muss ich den Gefangenen mit derselben Haltung begegnen wie einem Patienten in Freiheit.

In den ersten Wochen habe ich mich damit schwergetan, weil es hier einige wirklich unangenehme Zeitgenossen gibt, die sich über alles beschweren und selbst hinter Gittern noch Straftaten begehen – beziehungsweise werden manche hier drin erst richtig kriminell. Neben HIV-Infizierten, Hepatitis-C-Erkrankten und Drogenabhängigen wimmelt es in Haftanstalten vor allem von Angstgestörten. Hinzu kommen psychosomatische Erkrankungen mit untypischen Krankheitsbildern und Depressionen. Ich bin Psychiater, Dermatologe und Chirurg in einer Person. Nur wenn ich an meine Grenzen stoße, wird der Patient außerhalb behandelt.

An manchen Tagen frage ich mich, warum ich mich auf all das eingelassen habe. Andererseits ist es kein alltäglicher Job, und er stellt mich regelmäßig vor Herausforderungen. Es wird nie langweilig.

Kapitel 2 – Die Spezialbehandlung

Zehn Minuten später drücken zwei Wärter Ray auf die Behandlungsliege in Zimmer eins und fesseln seine Hände in Hüfthöhe mit Handschellen an den dort befestigten Ösen. Das ist ein normales Vorgehen bei überaus gefährlichen und aggressiven Häftlingen. Im Nebenraum höre ich eines der verletzten Gangmitglieder jaulen, während Ray keinen Mucks macht. Dabei ist sein linkes Auge halb zugeschwollen, die Unterlippe blutig, und wie der Rest seines Körpers aussieht, muss ich erst noch herausfinden. Es würde mich nicht wundern, wenn er ein paar angeknackste oder sogar gebrochene Rippen davongetragen hätte.

»Sie sollten sich erst die anderen Gefangenen ansehen, Doktor«, meint einer der Beamten.

Hier entscheide immer noch ich, wen ich zuerst behandele. Außerdem sind nebenan genug Pfleger, die sich um die Erstversorgung kümmern können.

Möglichst freundlich antworte ich: »Mr Tanner hat es am schlimmsten erwischt.«

»Woher wollen Sie das wissen?« Der blonde Mann schenkt mir einen scharfen Blick. »Sie haben die anderen doch noch gar nicht gesehen.«

»Mr Wollny?« Ich drehe mich zu meinem Mitarbeiter um, der sich ein Bild von der Lage verschafft hatte, als kurz nach Rays Eintreffen auch die anderen Verletzten ankamen.

»Mr Tanner hat es tatsächlich am heftigsten getroffen«, pflichtet er mir bei.

Rays Lippen teilen sich leicht, und für den Bruchteil einer Sekunde sieht er mich überrascht an. Er weiß natürlich, dass ich ihn beobachtet habe. Aber offenbar hat er nicht vermutet, dass ich auf seiner Seite stehen könnte – schließlich habe ich stets versucht, auch ihm gegenüber neutral aufzutreten. Allerdings lese ich noch etwas anderes in seinen Augen: Dankbarkeit.

Ich bemühe mich, nicht zu offensichtlich seine muskulöse Gestalt zu bewundern, und ziehe mir Einweghandschuhe aus Latex über. Der Kerl ist so groß und breit, dass er auf der Liege kaum Platz findet. Dabei mustert er mich seelenruhig und macht nicht den Eindruck, als hätte er gerade einen Kampf hinter sich. Er ist weder außer Atem noch verschwitzt. Im Gegensatz zu den Wärtern.

»Was ist passiert?«, frage ich den bevormundenden Beamten scheinheilig, schließlich habe ich alles gesehen.

»Der Kerl hat eine Schlägerei angezettelt«, antwortet er.

Hat er nicht, will ich sagen, wende mich jedoch lieber Ray zu.

»Haben Sie Kopfschmerzen?« Behutsam fahre ich über das Veilchen an seinem Jochbein. Die Augenhöhle scheint intakt zu sein.

»Meinem Kopf geht's gut, Doc, aber meine Rippen haben ordentlich was abbekommen«, raunt er.

Wie ich vermutet hatte. »Die sehe ich mir gleich an.«

Ich ziehe eine Stablampe aus der Brusttasche meines Kittels und leuchte ihm damit in die Augen, um zu überprüfen, ob er eine Gehirnerschütterung davongetragen hat. Gott, dieses

Eisblau seiner Iriden mit den dunklen Sprenkeln ist wirklich wunderschön und lenkt mich fast von meiner Aufgabe ab. Ich muss den Mann untersuchen!

Die beiden Wärter stehen an seinem Kopfende, während mir Mr Wollny eine Kühlkompresse bringt, die ich auf Rays geschwollenes Lid lege. Anschließend holt mein Pfleger einen Tupfer und Desinfektionsmittel, damit ich Rays Lippe versorgen kann. Der kleine Schnitt wird jedoch von selbst heilen.

»Ich muss mir Ihre Zähne noch ansehen«, erkläre ich Ray, nachdem ich seine Verletzung gereinigt habe.

Seine Lippen teilen sich erneut und ich gleite mit dem Finger über seine Zähne, um zu testen, ob einer wackelt. Dabei kommt mir seine Zunge ein Stück entgegen und fährt über meine Fingerspitze.

Selbst durch den Latex versetzt es mir einen Schlag, und das elektrisierende Kribbeln schießt bis zwischen meine Beine. Ich starre Ray erschrocken an, wobei mein Herz wild pocht, aber er sieht immer noch beinahe ungerührt aus. Nur das Funkeln in seinem gesunden Auge verrät seine Absichten. Wieso spielt er mit mir?

Leise räuspere ich mich. »Hier ist ein kleines Eck abgebrochen.« Er hat schöne, gerade Zähne, groß und hell, nur an einem unteren Schneidezahn fehlt ein winziges Stück.

»Ist vom letzten Einsatz«, murmelt er. »Hab den Lauf einer Waffe ins Gesicht bekommen.«

Soweit ich weiß, hat er die Tochter eines Diplomaten aus den Fängen von Terroristen gerettet. Ray wurde als Held gefeiert.

Ein letztes Mal betrachte ich seinen perfekt geformten Mund und erkläre ihm mit einem zittrigen Lächeln: »Das ist alles weniger schlimm, als es aussieht.« Verdammt, der Kerl macht mich nervös! »Ich werde nun Ihren Oberkörper untersuchen.«

Gerade als ich den Reißverschluss an seinem Overall öffnen möchte, steckt ein anderer Wärter den Kopf in den Raum. »Wie lange brauchen Sie noch, Dr. Russel?«

»Ein paar Minuten wahrscheinlich«, antworte ich dem schwarzhaarigen Mann. »Benötigen Sie Hilfe?«

»Wir könnten noch jemanden gebrauchen.«

Ich schicke Mr Wollny nach nebenan und bin nun mit Ray und den zwei Beamten allein.

Mein Teufelchen freut sich, als ich den Reißverschluss am Kragen aufziehe. Eine rasierte und verdammt gut modellierte Männerbrust kommt zum Vorschein und mit ihr eine Menge schwarzer Tattoos: Tribals, Rosen und große Lettern zieren seinen halben Oberkörper. Ich weiß, dass dieser Satz das Motto der SEALs ist: *THE ONLY EASY DAY WAS YESTERDAY – Der einzige leichte Tag war gestern.* Doch etwas anderes hält meinen Blick gefangen. Zwischen den Zeilen wurden offenbar mit Kugelschreiber Wörter auf die Haut gekritzelt: *Hilfe. 4 Augen. Dringend.*

Schnell ziehe ich den Stoff darüber.

»Gönnen Sie meinem Patienten ein bisschen Privatsphäre?«, frage ich die Pfleger. »Ich komme hier allein klar, aber vielleicht können Sie nebenan noch etwas tun. Ich glaube, das wird ein bisschen länger dauern. Mr Tanners Verletzungen scheinen schwerwiegender zu sein.«

Was rede ich da bloß? Ich tue genau das, was mir ein Verbrecher vorschreibt! Doch meine Neugier ist zu groß. Ray hat das alles eingefädelt, um mit mir allein zu sein. Aber warum hat er gewartet, bis es zu einer Schlägerei kam, und sich dann freiwillig vermöbeln lassen? Er hätte Kopfschmerzen vortäuschen können, genau wie Sergio gestern.

»Dann müssen wir ihn ganz festschnallen«, sagt der blonde Beamte.

Ray nickt, und sofort fesseln die Wärter auch seine Füße an die Liege. Normalerweise ist kein Gefangener allein mit mir im Raum, aber alle Instrumente sind weggesperrt. Wenn ich eine Wunde nähen muss, befinden sich immer zwei Beamte bei mir und passen auf, dass sich der Patient weder das Skalpell noch die Schere schnappt. Sollte ich doch einmal allein mit einem Häftling sein, steht immer ein Pfleger vor der Tür. Aber Ray ist gefesselt, er kann mir nichts tun.

Nachdem wir endlich unter uns sind, ziehe ich den Reißverschluss bis zum Bund seines Slips und taste die Rippen ab. Sie sind nicht einmal angeknackst, alles ist in Ordnung bis auf einen leichten Bluterguss auf der rechten Seite.

»Wurden Sie am Rücken auch getroffen?«, frage ich und trage etwas heparinhaltiges Gel auf, das mir Mr Wollny zuvor schon zurechtgelegt hat.

»Nein.«

Ich wünschte, ich hätte keine Handschuhe an, um ihn direkt berühren zu können. Seine Haut sieht samtweich aus.

»Was soll das?« Mit dem Zeigefinger fahre ich über die blauen Buchstaben.

Kurz schaut er zur geschlossenen Tür. Sie hat ein kleines Sichtfenster, durch das ein Beamter ab und zu einen Blick wirft. »Ich brauche Ihre Hilfe, Doc.«

Zwei Narben zieren seinen Körper, und ich weiß nicht, ob ich wissen will, woher er die hat. Bestimmt ist er des Öfteren dem Tod von der Schippe gesprungen, bei seinem Job. Die eine Narbe unter seiner Brust sieht aus, als hätte ihm jemand ein Messer zwischen die Rippen gerammt, eine andere neben seinem Bauchnabel könnte von einer Kugel stammen. Leider habe ich keine Krankenakte von der Navy, die geben sie nicht raus. Ich hatte versucht, sie anzufordern, aber Rays Einsätze waren offenbar so geheim, dass ich nicht einmal etwas über seine Verletzungen erfahren darf. Man hat mir allerdings versichert, dass er in bester körperlicher Verfassung war, als er aus dem Dienst geschieden ist.

»Sie brauchen nicht so traurig zu schauen«, sagt er mit rauer Stimme. »Ich habe es überlebt.«

Himmel, ich habe ihn schon wieder angestarrt!

Sofort weiche ich einen Schritt zurück und greife zum Instrumentenkasten, um einen Wattebausch mit Desinfektionsmittel zu tränken. Dann stelle ich mich mit dem Rücken zur Tür und rubbele damit über die mit Kugelschreiber gekritzelten Buchstaben, bis sie nicht mehr zu lesen sind. »Warum dieser Aufstand? Sie hätten auch Kopfschmerzen vortäuschen können, um mit mir zu sprechen.«

»Ich habe es mit Übelkeit, Schwindel und Herzschmerzen versucht, aber die Wärter haben mich nicht zu Ihnen gelassen.«

»Das kann doch wohl nicht wahr sein!« Mein Magen ballt sich zusammen. Ich muss ein ernsthaftes Wort mit der Leitung reden.

»Da kam mir die Situation im Hof gerade recht«, erklärt er. »Außerdem haben die Typen längst eine Abreibung verdient. Sie machen den Jungen schon seit Tagen fertig.«

»Ist er verletzt?«

»Bisher nur sein Stolz, aber lange hätte es nicht mehr gedauert, und sie wären handgreiflich geworden.«

Hoffentlich lassen die Kerle ihn nun in Ruhe.

Ich will aber jetzt nicht über andere reden, sondern über Ray. Deshalb frage ich frei heraus: »Was wollen Sie von mir?«

»Sie wissen, dass Sie die Einzige in dem Laden sind, der ich vertraue, oder, Doc?«

Ja, das hat er mir bei unseren psychologischen Sitzungen verraten. Mir fehlen unsere Gespräche. Sein Gutachten ist noch nicht ganz abgeschlossen, ich hatte um Aufschub gebeten und die Gespräche ausgesetzt, weil ich nicht mehr neutral bleiben konnte. Aber bald muss ich weitermachen und Resultate liefern.

Als ich nicke, fährt er fort: »Sie müssen mir einen kleinen Gefallen tun.«

»Das können Sie sich abschminken!« Ich nehme den benutzten Wattebausch, um ihn wegzuschmeißen und Rays betörender Nähe zu entkommen.

»Lana ... Bitte!«

»Für Sie Dr. Russel.«

Er hebt den Kopf, sodass die Kühlkompresse auf die Liege rutscht, ballt die Hände zu Fäusten, und seine Oberarme und Bauchmuskeln spannen sich an. Die Handschellen halten jedoch. Selbst ein Mann wie Ray Tanner wird sie nicht sprengen können.

Himmel, diese Muskeln! Der Kerl scheint kein einziges Gramm Fett zu besitzen.

»Doc ...«, stößt er gepresst hervor. »Es ist nichts, was Sie in Verlegenheit bringt. Sie müssen nur etwas für mich aufbewahren.«

Er sieht beinahe verzweifelt aus. So habe ich ihn noch nie erlebt. Der Mann schafft es immer wieder, mich neugierig zu machen.

»Was?«, frage ich und stelle mich erneut so neben ihn, dass die Tür in meinem Rücken liegt.

»Einen Schlüssel«, antwortet er leise, wobei er sich entspannt zurücklegt.

»Was ist das für ein Schlüssel?« Abermals bin ich alarmiert. »Haben Sie den gestohlen?« Ray arbeitet auf der Baustelle in der Nähe der Mauer. Dort wird ein altes Gebäude renoviert – es wäre möglich, dass es da noch Schlüssel gibt. Ansonsten funktioniert hier alles elektronisch, und die Türen öffnen sich nur, wenn man seinen Fingerabdruck einscannt oder eine spezielle Security-Card besitzt. Sogar die Gefangenen haben per Scan Zutritt zu einigen Bereichen und finden dieses neue System gut. Das vermittelt ihnen das Gefühl von ein wenig Freiheit.

»Ich habe nichts gestohlen«, beteuert er. »Der Schlüssel ist von außerhalb. Er bedeutet mir viel, und ich will nur, dass ihn jemand aufbewahrt, bis ich wieder draußen bin.«

Was ein sehr, sehr langer Zeitraum ist. Doch ich sage ihm das nicht, denn ich weiß, wie sehr es ihn fertig macht, hier eingesperrt zu sein. Er war ein SEAL, ein Soldat, der Tag und Nacht gekämpft hat, wenn es sein musste. Er ist mit dem Fallschirm aus fliegenden Flugzeugen gesprungen, hat Meere in Mini-U-Booten durchquert und Wüsten durchwandert. Und nun verbringt er einen Großteil seines restlichen Lebens in einer zehn Quadratmeter großen Zelle.

Mein Herz verkrampft sich beim Anblick dieses tapferen Mannes, der bereits so viel für sein Land geleistet hat. Immer wieder hallen dieselben Worte durch meinen Kopf: *Was, wenn er tatsächlich unschuldig ist?*

»Und wo ist dieser Schlüssel?«, frage ich, denn ein beträchtlich großer Teil von mir möchte ihm diesen Gefallen tun.

»In meiner Unterhose«, antwortet er seelenruhig.

Ich schnaube belustigt. »Wenn das ein erbärmlicher Anmachversuch sein soll, sind Sie bei mir an der falschen Adresse.«

»Ist es nicht.« Ernst blickt er mich an. »Ich schwöre es.«

Gefangene kennen nur eine Sorte von Kontakt: den der Wärter, wenn sie ihnen Handschellen anlegen oder sie durchsuchen. Deshalb bin ich die Einzige, die diese Menschen nicht gewaltsam anfasst. Da entsteht oft eine besondere Form von Intimität. Manche Häftlinge öffnen sich mir dann und erzählen mir von ihren Problemen. Und natürlich gibt es auch solche, die nur zu mir kommen, um die Hände einer Frau auf ihrem Körper zu spüren. Einige verlassen die Station mit einer Erektion. Ich versuche das aus der Sicht der Medizinerin zu sehen und nicht daran zu denken, dass ich für viele Männer hier drin bestimmt nur eine Wichsvorlage bin. Einmal glaube ich sogar gehört zu haben, wie mir ein jüngerer Häftling »Sex-Rapunzel« zuraunte, während ich meinen langen Zopf neu geflochten habe.

»Bitte nehmen Sie den Schlüssel, Doc.« Ray wirft einen verzweifelten Blick zur Tür. »Ich wusste nur keinen anderen Ort, um ihn aufzubewahren. Schließlich werde ich ständig durchsucht.«

Da hat er recht. »Okay. Aber Sie werden mir erklären, wozu er gut ist.«

Ich werfe ebenfalls einen kurzen Blick über meine Schulter, um zu überprüfen, dass kein Wärter von der Tür aus mitbekommt, was ich mache. Anschließend ziehe ich den Reißverschluss weiter auf, bis ich die Wölbung von Rays Geschlecht durch den schwarzen Slip erkenne. Ray hat keine Erektion, was mich ungemein erleichtert. Also hat er mich nicht angelogen.

Ich hebe den Stoff an und schiebe ihn ein Stück zur Seite, sodass ich einen Blick auf Rays Intimzone werfen kann. Sein Schamhaar ist raspelkurz gestutzt und sein Penis beschnitten. Um seinen schlaffen Schaft hat er ein Gummiband gewickelt, das ihn nur leicht einschnürt. Daran ist ein kleiner Schlüssel befestigt. Sieht aus, als würde er zu einem Schließfach gehören.

Niemals im Leben hätte ich gedacht, einmal Rays Penis zu sehen. Wenn die Gefangenen »untenrum« Probleme haben, überweise ich sie direkt zu einem Urologen. Der kommt dann her; weniger gefährliche Sträflinge werden aber auch außerhalb der Gefängnismauern behandelt.

»Will ich wissen, wie Sie den reingeschmuggelt haben?«, frage ich, um die angespannte Stimmung aufzulockern. Daraufhin will ich den Schlüssel hervorziehen – was kein einfaches Unterfangen ist, denn Ray hat das Gummiband mehrfach verknotet. Dabei muss ich natürlich seinen Penis anfassen.

Erneut verfluche ich die Handschuhe.

Ray wirft den Kopf zurück und spannt die Halsmuskeln an. Auch seine Hände ballen sich wieder zu Fäusten.

Gut, er ist abgelenkt, deshalb kann ich seinen Penis studieren. Ich hätte gedacht, ein so großer und starker Mann wie Ray Tanner hätte ein Riesengerät in der Hose, aber er sieht relativ normal aus. Noch, denn er schwillt langsam an.

»Tut mir leid, ich hab es gleich«, sage ich atemlos, bevor ich endlich den kleinen Schlüssel in der Hand halte. Schnell stecke ich ihn in die Tasche meines Kittels.

»Fuck«, zischt Ray und kneift die Lider zusammen. »Ich schwöre Ihnen, Doc, dass es nicht meine Absicht war, einen Ständer zu bekommen. Aber Ihre Berührungen und dieses verflixte Gummiband …«

Er stößt hörbar Luft aus, Schweißtröpfchen bilden sich auf seiner Stirn.

Schnell ziehe ich den Slip wieder hoch und betrachte fasziniert, wie sich Rays Penis unter dem Stoff immer weiter aufrichtet, obwohl ich ihn nicht mehr anfasse. Vermutlich verhindert das enger werdende Gummiband den Rückfluss des Blutes.

»Heben Sie den Schlüssel eine Weile für mich auf«, sagt Ray heiser. »Tragen Sie ihn immer bei sich, am besten an Ihrem Schlüsselbund.«

Er fragt nicht: *Würden Sie das tun?*, sondern gibt einen Befehl.

Typisch SEAL.

»Wofür ist er?«, will ich erneut von ihm erfahren.

Seine Lippen teilen sich, als wollte er es mir endlich verraten, dann schließt er den Mund wieder.

Würde mich das Wissen in Gefahr bringen? Er hat mir doch versprochen, dass es nichts ist, was mich in Verlegenheit bringen würde. Einzig seine Erektion könnte mich in Verlegenheit bringen – tatsächlich fasziniert es mich, diesen großen Kerl festgebunden vor mir liegen zu haben und ihn erregt zu sehen.

Gott, ist das sexy!

»Bitte, heben Sie ihn nur für mich auf«, presst er hervor. »Und nehmen Sie mir endlich das Gummiband ab, oder ich laufe hier mit einem Ständer raus.«

»Spielen Sie keine Spielchen mit mir, Ray!« Langsam werde ich wütend, weil er mir nicht sagen will, wozu dieser Schlüssel dient. Ohne nachzudenken, fahre ich mit der Hand zwischen seine Beine und drücke durch den Stoff der Unterhose seine Hoden leicht zusammen. »Wenn Sie mich verarschen wollen, sind Sie bei mir an der falschen Adresse. Ich weiß, was Sie getan haben!«

Erneut hebt er den Kopf, und seine Bauchmuskeln spannen sich so stark an, dass jedes Tal und jede Erhebung wie gemeißelt aussehen. »Ich würde einer Frau niemals ein Leid zufügen! Ich dachte, das hätten wir bereits geklärt?«

Ich weiß gar nichts mehr. »Wofür ist der Schlüssel?« Ich verstärke den Druck meiner Finger um seine Hoden. Himmel, sind die dick und schwer! »Wenn Sie es mir nicht bald sagen, verarbeite ich Ihre Eier zu Mus!«

Ein dunkles Lachen perlt aus seiner Kehle. Es hört sich dermaßen erotisch an, dass sich ein kleiner Schwall Feuchtigkeit in mein Höschen ergießt. »Sie hätten ein SEAL werden können.«

»Lenken Sie nicht ab!« Ich werfe einen schnellen Blick über meine Schulter, sehe aber niemanden. Die Tür ist zu, und aus dem Nebenraum dringen spanische Flüche. Offenbar flickt Mr Wollny gerade eine Platzwunde.

Ich stelle mich dichter an die Liege und nehme meine freie Hand hinzu, um in die Eichel zu zwicken, die aus dem Bund des Slips lugt. Mittlerweile hat Ray eine ausgewachsene Erektion.

Stöhnend wirft er den Kopf zurück, sein Becken bäumt sich mir entgegen. »Lana«, wispert er, wobei er die Augen schließt. »Ich kann es Ihnen nicht sagen. Bitte ...« Er atmet schwer, und sein Bauch ist ein einziges Waschbrett. Am liebsten würde ich einmal quer darüberlecken.

Rays moschusartiger Duft nach Mann und Erregung dringt in meine Nase, und dieses Aphrodisiakum vernebelt meine Sinne. In meinem Kopf springt ein Schalter um, und ich bin nicht länger Dr. Lana Russel, sondern bloß noch eine aufgeheizte Frau, die diesen Mann zum Höhepunkt bringen will.

Meine Hand verschwindet unter dem Stoff der Unterhose und massiert Rays Erektion, mit der anderen streichele ich seine Hoden.

Ray reißt die Augen auf und raunt immer wieder meinen Namen: »Lana ...« Er versucht die Beine anzuziehen, aber die Fesseln verhindern das. Er befeuchtet die Lippen, wirft den Kopf zurück, sein unterdrücktes Stöhnen wird lauter –

und es dauert keine zwei Minuten, da ergießt er sich auf meine Hand und seinen harten Bauch.

Was habe ich getan?

Schnell löse ich das Gummiband, wische mit einem Papiertuch sein Sperma weg und entsorge alles mitsamt meiner Handschuhe im Müll. Danach kleide ich Ray hektisch an und ziehe den Reißverschluss bis zum Kragen hoch.

Nun ist er doch ins Schwitzen geraten – und ich erst! Mir ist so heiß, dass ich vermutlich gleich verglühen werde. Mein Teufelchen tanzt Rock and Roll, während mein Engelchen vor Scham im Boden versinkt.

»Behandeln Sie Ihre Patienten immer so?«, fragt er, wobei ein verruchtes Lächeln seine Lippen umspielt.

»Nur die, die mir am Herzen liegen«, antworte ich zuckersüß.

Im Augenblick bin ich allerdings weniger taff, als ich vorgebe zu sein. Tatsächlich zittern meine Knie. Zum Glück kann Ray das nicht sehen.

Ich wende ihm den Rücken zu und tue so, als würde ich mir in seiner Akte, die auf dem Schreibtisch liegt, Notizen machen. »Und jetzt noch mal zurück zum Thema …«

»Ich weiß, dass Sie mir nicht vertrauen, Doc«, unterbricht er mich in ernstem Ton. »Sie denken, ich bin schuldig, und das ist Ihr gutes Recht. Schließlich behauptet hier drin wohl jeder, dass er nichts verbrochen hat. Vielleicht können Sie einem Häftling daher nur diesen kleinen Gefallen tun und den Schlüssel aufbewahren?«

»Ich könnte das melden.«

»Werden Sie aber nicht. Mit diesem Schlüssel kann ich meine Unschuld beweisen.«

Überrascht drehe ich mich zu ihm um, und er wirkt erschrocken, als wäre ihm der letzte Satz rausgerutscht. Bei unseren Sitzungen hat er bisher nichts von Beweisen gesagt! »Wieso haben Sie ihn dann nicht Ihrem Anwalt oder dem Richter gegeben?«

Er schnaubt amüsiert. »Die Beweise wären schneller vernichtet gewesen, als ich das Schließfach hätte öffnen können.«

Es ist also doch ein Schließfachschlüssel, ich hatte recht!

Glaubt er, man hat ihn reingelegt? »Zu welchem Schließfach gehört er denn?«

Ray sieht immer noch leicht geschockt aus, was in meinen Augen ein klarer Beweis ist, dass er sich tatsächlich verplappert hat. Ich habe nun genug Informationen, um selbst Nachforschungen betreiben zu können.

Gerade als sich seine Lippen erneut teilen, geht die Tür auf, und der schwarzhaarige Wärter von zuvor tritt ein. »Sind Sie fertig, Dr. Russel?«

Ich nicke und hoffe, dass man mir meine Nervosität nicht anmerkt. »Ja, Sie können Mr Tanner mitnehmen.«

»Wird er auf der Baustelle arbeiten können?«

»Er ist ab morgen wieder voll einsatzfähig.«

Während der Beamte Ray losschnallt, gehe ich zu meinem Tisch und lasse mich auf den Stuhl plumpsen. Ich bin zutiefst schockiert über mein Verhalten, doch ich könnte schwören, Ray hat mich manipuliert. Er wollte es! Er hat mich benutzt! Wegen des Schlüssels und auch, damit ich ihm einen runterhole.

Ich weiß nicht, ob ich ihm jemals wieder in die Augen sehen kann.

Kapitel 3 – Eine Woche später

Es hat nur drei Tage und etwas Recherche im Internet gebraucht, um herauszufinden, dass der Schlüssel nicht zu einem Schließfach, sondern zu einem Postfach gehört – besser gesagt zu einer Post-Box in Brooklyn, in der auch Pakete aufbewahrt werden können. Auf dem Schlüssel ist eine Nummer eingestanzt, deren erste drei Ziffern Hinweis darauf gaben. Leider konnte ich nicht feststellen, in welcher Post-Filiale sich dieses Aufbewahrungsfach befindet. Deshalb habe ich nach meiner Arbeitszeit alle Filialen im Umkreis der Haftanstalt abgeklappert, habe den Schlüssel ausprobiert und hatte nach vier weiteren Tagen endlich Glück.

Mein Herz blieb fast stehen, als ich das Fach öffnete und mir dabei wie ein Verbrecher vorkam. Ich hatte mich ständig beobachtet gefühlt, obwohl ich allein im Raum war. Allerdings fand ich in der Box nicht wie erwartet einen Ordner mit Dokumenten oder Fotos, sondern eine Sporttasche. Ich habe sie an mich genommen und erst in meinem Wagen geöffnet. Darin befinden sich Wechselkleidung in Rays Größe, feste Schuhe, Klebeband, eine Wasserflasche und Energieriegel. Außerdem ein Bündel mit Geldscheinen, ein originalverpacktes Prepaid-Handy und ein sehr gefährlich aussehendes Klappmesser mit einem seltsamen Metalldorn am Griff sowie weitere nützliche Dinge.

Das sind keine Beweise, das ist eine Fluchttasche! Heißt das, er will ausbrechen?

Verdammt, Ray arbeitet auf der Baustelle und kommt dort an schweres Gerät! Aber könnte er damit die Mauer durchbrechen? Sicher nicht, ohne vorher aufzufallen.

Ich werde ihn zur Rede stellen, danach muss ich meinen Fund melden, auch wenn eine innere Stimme schreit, es nicht zu tun. Dennoch – Ray hat mich angelogen, als er sagte, es handele sich um ein Schließfach. Ich darf ihm nichts mehr glauben!

Obwohl … in gewisser Weise ist ein Postfach ja auch ein Schließfach.

Verdammter Kerl!

***

Am nächsten Morgen parke ich meinen klapprigen dunkelblauen Dodge nicht im Gefängnisareal, sondern davor in einer weniger belebten Seitenstraße. Schließlich wird mein Van jedes Mal kurz durchleuchtet, und ich will nicht, dass die Security in die Tasche sieht. Darin befindet sich immerhin ein Messer! Nicht drüber nachdenken …

Fuck, Lana, schimpft mein Engelchen. *Du setzt für den Kerl alles aufs Spiel! Nicht nur deinen Job, sondern die ganze Zukunft!*

Das weiß ich sehr wohl, aber es gibt ein Fünkchen Hoffnung, dass Ray unschuldig ist. Solange ich die Wahrheit nicht kenne, gebe ich ihm noch eine Chance, auch wenn ich mich selbst damit in Gefahr begebe. Himmel, ich verhalte mich mehr als leichtsinnig, aber ich muss ihn fragen, was er plant!

Da sich die Anstalt mitten in New York befindet, fällt es nicht auf, wenn ich zu Fuß erscheine. An manchen Tagen fahre ich tatsächlich mit den öffentlichen Verkehrsmitteln, denn ich hasse es, im Stau zu stehen.

Mein erster Patient ist wie fast jeden Tag der alte Mr Parker, den seine Gicht plagt. Anschließend habe ich eine Sitzung mit fünf Häftlingen, die einen Entzug machen, und danach ist es bereits Mittag. Ich erledige Papierkram und erwarte weitere Patienten.

Den ganzen Tag kann ich mich kaum auf meine Arbeit konzentrieren und hadere mit meinem Plan, Ray zur Rede zu stellen. Doch am späten Nachmittag, kurz vor Dienstschluss, zitiere ich ihn zu mir. Er hätte ohnehin längst zur Nachsorge erscheinen müssen, aber das hat er nicht getan, und schließlich ist es meine Pflicht als Ärztin, mich um seinen Gesundheitszustand zu kümmern. So kann ich gleich zwei Fliegen mit einer Klappe schlagen.

Mr Wollny ist bereits nach Hause gegangen, als zwei Beamte Ray hereinbringen. Diesmal ist er nicht gefesselt, und offenbar hatte er auch schon die Arbeit niedergelegt, denn sein Haar ist feucht, als hätte er gerade geduscht. Er trägt keinen Overall, sondern ein weißes T-Shirt mit dem schwarzen Aufdruck des Gefängnisnamens – Brooklyn Correctional Facility – und eine einfache graue Stoffhose, dazu Schlappen.

Selbst in diesen Sachen sieht er umwerfend aus.

Außerdem ist er einen halben Kopf größer als die Beamten und scheint allein durch seine Präsenz alle zu dominieren. Sofort bekomme ich heftiges Herzklopfen.

»Ich würde gerne mit Mr Tanner unter vier Augen sprechen«, bitte ich die Wärter.

»Dann werde ich ihm Handschellen anlegen«, meint Blondie.

Ich kann den Typ nicht ausstehen und habe ihm deshalb

diesen Spitznamen verpasst. Offenbar hat er eine Abneigung gegen Ray.

Weil ich das dringende Bedürfnis verspüre, Blondies Art zu trotzen, sage ich: »Das wird nicht nötig sein, oder ist Mr Tanner wieder gewalttätig geworden?«

Der Mann schüttelt den Kopf. Na, immerhin lügt er diesmal nicht.

»Es reicht, wenn Sie vor der Tür warten«, erkläre ich. Bevor die beiden den Raum verlassen, fixiert Blondie Rays Hände trotzdem vor dem Körper. Langsam hasse ich diesen Kerl.

Als wir endlich allein sind, biete ich Ray den Stuhl vor meinem Tisch an und setze mich dahinter.

Bisher hat er keinen Ton von sich gegeben, sondern mustert mich gelassen. Der Bluterguss an seinem Auge ist nur noch als gelblicher Fleck wahrnehmbar, und seine Lippe ist so gut wie verheilt.

»Wollten Sie nicht kommen, oder durften Sie wieder nicht?«, ist das Erste, was ich wissen will.

Ich habe mit der Leitung gesprochen, und die hat meine Beschwerde, dass Mr Tanner nicht zu mir gelassen wurde, weitergegeben. Jedoch war sich keiner der Beamten einer Schuld bewusst. Sie alle haben beteuert, dass Ray nie zum Arzt wollte. Wer also hat gelogen?

Anstatt meine Frage zu beantworten, sagt er: »Haben Sie meinen Schlüssel dabei?«

Ist das alles, was ihn interessiert? »Nein, den habe ich nicht dabei, sondern im Auto, gemeinsam mit dem Inhalt des angeblichen Schließfaches, das sich als Post-Box herausgestellt hat!«

Zuerst schenkt er mir einen ungläubigen Blick und hebt die Brauen, aber dann breitet sich ein hinreißendes Lächeln auf seinen supersexy Lippen aus. »Wo steht Ihr Auto denn?«

»Vor dem Gefängnis, oder glauben Sie, ich spaziere mit Ihrer Fluchtausrüstung hier rein und laufe Gefahr, auch verhaftet zu werden?«

Er faltet die Hände im Schoß und beugt sich leicht vor. »Warum haben Sie die Tasche überhaupt mitgenommen?«

»Weil …« … ich eine Träumerin bin. »Ich will einfach glauben, dass Sie unschuldig sind.«

Sein Lächeln verschwindet, und er lehnt sich wieder zurück. »Das bin ich wirklich, Lana, und das werde ich belegen.«

»Und wie? Es gibt gar kein Schließfach mit Beweisen, stimmt's?«

»Das gibt es«, erwidert er in ernstem Ton. »Aber ich bin sicher nicht so dumm und nehme den Schlüssel mit in den Knast. Ich habe ihn gut versteckt.«

»Ich glaube Ihnen kein Wort mehr. Sie haben mich reingelegt!« Innerlich bin ich so aufgeregt und wütend, dass ich ihm am liebsten an die Gurgel gehen würde. Aber ich zügele mein Temperament und senke die Stimme noch etwas mehr, weil ich nicht will, dass die Beamten vor der Tür unser Gespräch mitbekommen.

Als Ray schweigt und sich im Raum umsieht, macht mir die Entschlossenheit in seinem Blick Angst. Er weiß, dass ich die Tasche sowie ein potenzielles Fluchtauto besitze und … Oh Gott, was, wenn alles, was ich getan habe, zu seinem Plan gehört?

Ich habe kaum Kraft in den Beinen, als ich mich erhebe und zur Tür schiele. »Sie haben nur so getan, als hätten Sie sich verplappert, damit ich neugierig werde und herausfinde, zu welchem Fach der Schlüssel passt. Sie wollten, dass ich die Tasche besorge!«

»Mir hätte es gereicht, wenn Sie den Schlüssel aufbewahren. Aber nun haben Sie mir einen Schritt erspart.«

Er gibt eiskalt zu, dass er ausbrechen will?

»Entweder Sie sagen mir jetzt, wo ich die Indizien Ihrer Unschuld finde, oder ich bringe Sie unverzüglich zum Direktor!«

»Das wird nicht nötig sein.« Er erhebt sich ebenfalls, und ich nicke dem schwarzhaarigen Wärter zu, der gerade einen Blick durch das Sichtfenster der Tür wirft. Damit gebe ich ihm zu verstehen, dass Mr Tanners Sprechstunde vorbei ist.

Es schmerzt höllisch, sich in ihm getäuscht zu haben. Ich habe an ihn geglaubt! Aber er hat nur mit mir gespielt, mich benutzt, und ich dumme Kuh ... Oh Gott, mir wird schlecht, wenn ich daran denke, was ich alles mit diesem Kerl getan habe und welche Fantasien ich dabei hatte!

Als die beiden Wachmänner eintreten, sage ich leise zu Ray: »Es tut mir leid, aber ich lasse mich nicht zum Narren halten.«

Dann wende ich mich an die Beamten. »Ich möchte, dass Sie Mr Tanner sofort in seine Zelle zurückbringen. Ich habe Grund zur Annahme, dass er ...« Noch bevor ich meine Bedenken aussprechen kann, schlägt Ray zuerst Blondie mit beiden Handkanten in den Nacken, sodass dieser zu Boden geht, dann wiederholt er die Aktion blitzschnell bei dem anderen Mann.

»Sind Sie verrückt?«, rufe ich und knie mich sofort zu den zweien auf den Boden, um sie zu untersuchen. »Sie sind bewusstlos!«

»Perfekt, aber das hält nicht lange an.« Ray öffnet mit dem Schlüssel eines Beamten die Handschellen, nimmt die Elektroschockpistolen der beiden an sich und steckt sie in die Hosentaschen. Dann fesselt er die Männer mit ihren Handschellen aneinander. Hierzu fixiert er die Hand des einen Wärters am Fuß des anderen und macht einen von ihnen zusätzlich am festgeschraubten Bein meines Schreibtisches fest. Geschickt, nun können sie nicht so schnell Hilfe holen. Dabei lässt Ray mich nie aus den Augen. Ich bin ohnehin zu geschockt, um irgendwie zu reagieren. Unentwegt denke ich darüber nach, was ich jetzt tun soll! Nach Hilfe zu rufen würde nichts bringen, weil niemand in der Nähe ist, der mich durch mehrere geschlossene Türen hört. Stattdessen gilt meine Sorge den Bewusstlosen. »Sie könnten sich erbrechen und ersticken!«

»Das hätten sie verdient«, murmelt er, legt sie aber so auf die Seite, dass das nicht passieren kann. »Sie haben mich mal wieder nicht zu Ihnen gelassen, diese Bastarde.«

Ich sollte Angst vor ihm haben, doch das habe ich nicht. Er hat den Beamten so wenig Schaden wie möglich zugefügt, obwohl er zum Töten ausgebildet wurde. Dabei ist er immer ruhig geblieben; jeder Handgriff sitzt.

Was wird er mit mir machen?

Als er mit den beiden fertig ist, nimmt er noch die Security-Cards an sich, mit denen sich weitere Türen zu nicht öffentlichen Bereichen aufsperren lassen, und greift unter meinen Arm. Dann zerrt er mich auf die Beine. »Wo ist dein Autoschlüssel?«

»I-in meiner Schreibtischschublade.«

Er führt mich hin, und ich überreiche ihm den ganzen Bund, an dem auch mein Haustür- und Postkastenschlüssel hängen. Es ist mir egal, wie ich heute in meine Wohnung komme. Hauptsache, Ray tut mir nichts.

Er steckt ihn ein und zieht mich zur Tür. »Komm, ich nehm dich noch ein Stück mit, Doc.«

»Ich werde nirgendwo hingehen!« Plötzlich rast mein Herz so heftig, dass mir schwindelig wird und die Welt vor meinen Augen verschwimmt. Ich wurde auf solche Situationen vorbereitet, aber so etwas zu erleben, raubt mir alle Kraft.

»Du hast nichts zu befürchten«, erklärt er gefasst und drückt mich an seinen harten Körper, sodass ich nicht umkippen kann. »Ich lasse dich so bald wie möglich laufen.«

»Und wann ist das?«, wispere ich, wobei ich nur Augen für seinen Mund habe. Gott, dieser sündhafte Mund ist wunderschön. Dieser ganze Mann ist wunderschön! Wie kann so etwas Schönes bloß so gefährlich sein ...

Raubtiere sind auch schön und gefährlich.

Beinahe muss ich über meine wirren Gedanken lachen.

»Du musst mir nur zeigen, wo dein Auto steht«, sagt er.

»Okay«, höre ich meine Stimme wie aus weiter Ferne.

»Gehen wir.« Ray nimmt mich an der Hand und öffnet die Tür zum Vorzimmer. Niemand ist da, alles ist still.

Anschließend betreten wir den kahlen Flur mit den grellen Deckenlampen. Auch hier ist es ruhig, trotzdem kann Ray nicht einfach aus dem Gebäude spazieren. Wir müssten zahlreiche Sicherheitsschranken passieren.

Überraschenderweise zerrt Ray mich in die entgegengesetzte Richtung, bis uns eine massive Glastür den Weg versperrt.

»Da geht es nicht nach draußen«, murmele ich, während er einfach meine Hand nimmt und die Finger auf den Scanner an der Wand legt. Die Tür öffnet sich, und wir gehen weiter.

»Wo willst du hin?«, frage ich, als er nicht mit mir redet. Ständig sieht er sich um.

»Da hinten gibt es einen Wäscheschacht, richtig?«

»J-ja.« Dort befindet sich eine kleine Abteilung mit zehn Krankenhausbetten. Vor einem Monat waren während einer Grippeepidemie tatsächlich alle Betten belegt. Die gebrauchte Bettwäsche wird direkt über einen Schacht entsorgt und landet in einem abgetrennten Bereich der Wäscherei, in dem sich nur um die Stationswäsche gekümmert wird.

Ray bringt mich in eine kleine Kammer, die sich mit der Security-Card öffnen lässt. Licht flammt auf, und ich erkenne Regale mit Reinigungsmitteln und die Klappe an der Wand, hinter der sich der Schacht befindet.

»Moment!« Abrupt bleibe ich stehen. »Du hast nicht ernsthaft vor, da runterzurutschen!« Der Schacht führt drei Stockwerke senkrecht nach unten bis in den Keller!

»Die Röhre ist nicht sehr breit. Brems einfach mit den Schuhen und Unterarmen, auf keinen Fall mit der nackten Haut.« Er öffnet die Klappe und hebt mich auf die Arme. »Du kannst die Ärmel des Kittels auch über die Hände ziehen.«

Ehe ich michs versehe, stecken meine Beine in der Öffnung.

»Ray!« Verzweifelt klammere ich mich an seinem Arm fest. »Das ist nicht witzig. Ich bin schließlich kein SEAL!«

»Du schaffst das.« Tief blickt er mir in die Augen. Ihm gefällt selbst nicht, was er mir zumutet – das erkenne ich.

»Aber …«

Er drückt mir einen schnellen Kuss auf den Mundwinkel, woraufhin ich vergesse, auf ihn wütend zu sein. Für den Bruchteil weniger Sekunden gibt es nur uns beide, kein Gefängnis, keine Flucht. Ich wünschte, er wäre kein Verbrecher.

»Wir treffen uns unten«, raunt er, bevor er befiehlt: »Geh gleich zur Seite!« Dann schubst er mich.

Ich stoße einen spitzen Schrei aus, während ich in die dunkle Tiefe stürze. Bremsen!, denke ich und drücke die Beine auseinander. Zum Glück sind geschlossene Schuhe in meinem Job Vorschrift, und ich kann meine Stoffsneaker gegen die Wand pressen. Sofort verlangsamt sich mein Fall.

Ich nehme meine Arme dazu – plötzlich finden meine Füße

keinen Halt mehr, und ich plumpse ins Leere. Ich hatte gehofft, auf einem Berg Wäsche zu landen. Aber woher sollte der kommen? Schließlich ist die Station momentan nicht belegt. Stattdessen treffen meine Füße hart auf dem blanken Fliesenboden auf, sodass die heftige Erschütterung meine Beine staucht. Trotz wöchentlichem Zumba-Training geben meine Knie nach. Ich lasse mich nach vorne kippen, fange mich mit den Händen ab und rolle zur Seite, damit Ray nicht auf mich fällt. Wie erstarrt bleibe ich auf dem Bauch liegen und sehe, wie er weitaus eleganter neben mir landet und dabei bloß kurz in die Knie geht.

Zumba ist eben nicht mit der Ausbildung eines SEALs zu vergleichen, obwohl mich die Tänze jedes Mal an meine Grenzen treiben.

»Lana!« Mit einem Satz ist Ray bei mir und dreht mich auf den Rücken. Sorge spiegelt sich in seinen eisblauen Augen wider. »Bist du verletzt?«

»Mach das nie wieder!« Ich hole aus, um ihm eine saftige Ohrfeige zu verpassen. Danach blicken wir uns schwer atmend an.

Nein, nur ich atme schwer; für Ray war der Sturz durch einen meterlangen Schacht sicher ein Spaziergang.

Um uns herum ist es so ruhig, dass ich das Rauschen meines Blutes höre. Die riesigen Industriemaschinen stehen still, niemand befindet sich mit uns in dem hallenartigen Kellerraum. Die Häftlinge haben nun Freizeit, bevor es zum Abendessen geht.

Wie paralysiert starre ich auf den Abdruck meiner Finger an Rays Wange, während er mich weiterhin besorgt anblickt.

»Die hab ich wohl verdient.«

Er hätte noch viel mehr verdient! Ich hätte mir alles brechen können! Nur bringt mich seine Nähe schon wieder völlig durcheinander, denn er zieht mich an sich, um mir aufzuhelfen. Ich fühle die Wärme, die sein Körper ausstrahlt, und kann Ray riechen. Gott, er duftet einfach gut, nach einem frischen, zitronigen Duschgel und etwas undefinierbarem Rauchigen.

»Wir müssen weiter«, sagt er.

Mir bleibt keine Zeit, den Schock zu überwinden. Ray zerrt mich unentwegt mit sich, und wir verlassen das Gebäude durch die Zulieferer-Ausfahrt. In diesem Gefängnis wird nicht nur die eigene Wäsche gewaschen, sondern auch die eines Hotels. Außerdem werden Hemden und Hosen für die Angestellten einer Sicherheitsfirma gebügelt.

Als wir an die Luft treten, nimmt Ray einen Elektroschocker in die Hand und sieht mich durch zusammengekniffene Lider an. »Schrei nicht, Lana.«

Hart schlucke ich und werfe hastig einen Seitenblick auf die Schockpistole, die er zum Glück nicht auf mich richtet. Dann schüttele ich den Kopf. Ich weiß ohnehin nicht, ob ich einen Laut über meine Lippen bringen könnte. Die Situation kommt mir völlig surreal vor, als würde ich in einem Film mitspielen. Über mir ist strahlend blauer Himmel mit vereinzelten weißen Wölkchen, Vögel zwitschern in der Baumkrone neben uns, und dieser sexy SEAL an meiner Seite will tatsächlich gerade aus dem Gefängnis ausbrechen.

Wach auf, Lana, das ist kein Film! Der Mann, in den du dich verguckt hast, hat dich als Geisel genommen! Und zuvor hat er dich wochenlang manipuliert, mit Worten, Blicken … einem Kuss! Damit du genau das tust, was er will!

Nachdem sich Ray vergewissert hat, dass uns die beiden Wachen auf den Türmen – die übrigens scharfe Waffen besitzen – den Rücken zukehren, läuft er mit mir an der Hand zum Gebäude gegenüber. Es ist die Baustelle, auf der er arbeitet.

Das kleine Haus hat neue Fenster bekommen, und die ebenfalls ausgewechselte Tür lässt sich nur mit der Security-Card öffnen.

Bevor Ray mich hineinzieht, nehme ich all meinen Mut zusammen und schreie: »Hilfe! Hier drüben!«

Sofort blicken die Wachen in unsere Richtung, und keine drei Sekunden später ertönt die Sirene.

»Verdammt, Lana!«, knurrt Ray.

Er schubst mich ins Gebäude, schließt die Tür und schießt mit der Pistole auf den Kartenscanner. Die beiden Projektile mit den Kabeln bleiben in der Bedieneinheit stecken, und fünfzigtausend Volt setzen sie außer Kraft. Funken sprühen, es knallt, und Rauch steigt auf, sodass ich mir reflexartig die Ohren zuhalte und zusammenzucke. Danach starrt Ray mich so wütend an, als würde er überlegen, wie er mich töten soll.

»D-du kannst nicht ernsthaft erwarten, dass ich hier einfach so mit dir rausspaziere!«, rufe ich rechtfertigend. Er lässt die Taser-Pistole fallen und zieht mich weiter durch Staub und Schutt, wobei sich seine Finger in meinen Oberarm graben. Ich muss aufpassen, um nicht zu stolpern. Schaufeln und große Druckluft-Meißelhammer liegen herum, Wände wurden herausgerissen und an anderer Stelle mit neuen Ziegelsteinen eingezogen.

Was will er hier?

Ray bringt mich direkt in den Keller, in dem es kaum besser aussieht, zerrt eine Plane zur Seite, und ein Kanaldeckel kommt zum Vorschein, der sich offenbar fünf Zentimeter unter dem grob freigelegten Betonboden befunden hat.

Zuerst der Wäscheschacht und jetzt ein Kanal? »Ich gehe da gewiss nicht runter! Da gibt es Ratten.«

»Das wirst du, Lana«, sagt er grollend und hebt den schweren Kanaldeckel zur Seite. »Es ist nur ein ganz kurzes Stück.

Die Mauer befindet sich bloß zehn Meter hinter dem Gebäude, und danach geht es gleich wieder nach oben.«

»Woher weißt du das alles?«

»Ich konnte in einem günstigen Moment einen Blick über die Schulter des Bauleiters auf die ursprünglichen Baupläne erhaschen. Dieses Haus befand sich schon hier, bevor die Vollzugsanstalt gebaut wurde, deshalb wurde der Zugang zum Kanal zubetoniert.« Er streift sich das weiße T-Shirt über den Kopf, sodass ich in den Genuss seines gestählten Bauches mit den zahlreichen Tattoos komme, dreht es auf links und zieht es wieder an. Nun kann keiner mehr die Aufschrift mit dem Gefängnisnamen erkennen. »Und jetzt rein mit dir!«

Er holt den zweiten Taser aus der Hosentasche und funkelt mich wütend an. Beinahe bin ich versucht, mich für meinen Schrei zu entschuldigen, aber ich werde nicht länger zulassen, dass dieser Mann Macht über mich hat! Er hat wieder nur einen Schuss in der Schockpistole, weil er keine Nachfüll-Kartuschen dabei hat. Ich könnte mich weigern. Sollte er auf mich schießen, würden mich die elektrischen Impulse für kurze Zeit außer Gefecht setzen. Leider habe ich riesige Angst vor den Schmerzen; außerdem ist diese Waffe nicht ungefährlich. Wenn die Nadeln mit den grusligen Widerhaken in Herznähe einschlagen, könnte ich sterben.

Nur bis zum Auto, dann bin ich Ray los, denke ich und setze mich an den Rand des Einganges, damit er mir nichts tut. In seinem Blick liegt schon wieder diese besorgniserregende Entschlossenheit. So kurz vor seinem Ziel wird er alles tun, um seine Freiheit zu erlangen.

Er greift in meine Brusttasche, zieht die kleine Stablampe heraus und leuchtet in das schwarze Loch. Drei verrostete Sprossen kommen zum Vorschein und der Kanalboden, in dem es feucht glitzert. Außerdem dringt der Gestank nach Fäkalien und Schwefel in meine Nase.

Als plötzlich über uns ein Klirren zu hören ist, weiß ich, dass die Beamten ein Fenster eingeschlagen haben. Sie werden gleich hier sein! Und was dann? Werden sie Ray erschießen?

Ich will nicht, dass jemand verletzt wird! Deshalb überlege ich nicht lange und klettere die Sprossen hinunter. Der Gestank nimmt zu, und ich lande in einer ekelhaften Pfütze, die zum Glück so flach ist, dass nichts in meine Schuhe dringt.

Ray ist augenblicklich hinter mir und zeigt mir den Weg. Gebückt laufen wir durch das große Rohr, biegen an einer Kreuzung rechts ab, kurz darauf wieder links. Ratten sehe ich nicht, dafür muss ich mich wegen des Gestankes fast übergeben.

»Hier unten könnten sich giftige Gase gebildet haben«, erkläre ich ihm. »Wir sollten ...«

»Sind schon da!« Licht dringt von oben in den Kanal, und diesmal geht Ray voran, erklimmt die Sprossen und hievt den schweren Deckel zur Seite. Weil ich im Dunkeln gewiss nicht den Weg zurücklaufen werde, bleibt mir nichts anderes übrig, als ihm nach oben zu folgen.

Wenige Sekunden später stehen wir in der Seitenstraße, in der sich irgendwo mein Auto befindet. Die Helligkeit blendet mich, und für einen Moment schaue ich mich orientierungslos um, starre auf die hohe Gefängnismauer aus Beton, die sich am Fußweg in beide Richtungen erstreckt, und die Fabrikgebäude aus rotem Backstein auf der anderen Seite. Die wenigen Passanten, die sich in dieses ruhigere Industrieviertel verirrt haben, starren merklich verunsichert auf die Mauer, da die Sirene auch hier zu hören ist. Als sie die Taser-Pistole in Rays Hand bemerken, nehmen sie schreiend Reißaus.

»Wo steht dein Wagen, Lana?«, knurrt er. »Schnell!«

»Dort entlang! Der dunkelblaue Dodge!« Ich deute auf meinen alten Van, der ungefähr fünfzig Meter entfernt am Straßenrand parkt, und wir laufen los. Besser gesagt: Ray läuft und zerrt mich wieder einmal mit sich.

Ein Pärchen, das uns entgegenkommt, drückt sich mit dem Rücken gegen die Mauer und lässt uns vorbei. Mein Blick gilt jedoch hauptsächlich dem Nebeneingang des Gefängnisses, einer unscheinbaren Eisentür, die ein Stück hinter meinem Fahrzeug durch die Mauer führt. Noch ist kein Beamter zu sehen, doch sie haben sicher längst den Eingang zum Kanal entdeckt.

Ray läuft nach hinten zum Kofferraum, öffnet ihn und holt seine Tasche heraus. Nachdem er einen kurzen Blick hineingeworfen hat, stellt er sein Gepäck auf dem Beifahrersitz ab.

»Kann ich jetzt gehen?« Ich möchte mich umdrehen und zur Tür hinter mir sehen, zu der ich am liebsten laufen würde, traue mich aber nicht. Ray wird mir doch nicht in den Rücken schießen, falls ich es tue?

»Kannst du.« Er tritt zu mir, steckt den Taser in den Hosenbund und nimmt meine Hand. Tief blickt er mir in die Augen. »Wenn ich meine Unschuld bewiesen habe und du mir verzeihen kannst für all das, was ich dir gerade zugemutet habe, lade ich dich zum Essen ein.« Sein Kopf kommt näher, mein Herz setzt einen Schlag aus.

Als ich glaube, er möchte mich küssen, raunt er: »Leb wohl, Doc«, hebt dann jedoch abrupt den Kopf, starrt mit schreckgeweiteten Augen über meine Schulter hinweg und greift zur Waffe.

Ein Schuss hallt durch die Straße, während Ray mich herumwirbelt und mit seinem Körper abschirmt. Er zuckt zusammen und ruft: »Ins Auto!«

Als mehrere Wärter mit gezogenen Waffen aus der Tür treten und auf uns zulaufen, setzt sich Ray ans Steuer.

Wie bin ich neben ihm auf den Sitz gekommen? Und wer hat die Tasche auf meinen Schoß gestellt?

Ich erinnere mich an nichts, spüre nur, wie Ray mich am Nacken nach unten drückt und mir befiehlt, mich im Fußraum klein zu machen.

Mechanisch gehorche ich, fühle mich wie gelähmt, bin erstarrt, habe nicht einmal Angst.

Während ich vor dem Sitz kauere, startet Ray den Wagen, die Reifen quietschen. Weitere Schüsse fallen – und zu zweit rasen wir davon ins Ungewisse.

Offenbar bin ich also immer noch seine Geisel. Fuck! Kann bitte jemand diesen Tag aus dem Kalender streichen?

Kapitel 4 – Fluchtwagen und Exfreundinnen

Sirenen von Polizei- und Rettungswagen scheinen von allen Seiten zu kommen und hallen von den Wänden der Hochhäuser wider. Immer noch hocke ich gekrümmt im Fußraum meines Dodges, während Ray ihn fluchend durch den Feierabendverkehr steuert. Sicher dauert es nicht lange, und sie haben uns gefasst – schließlich weiß die Gefängnisleitung, welches Auto ich fahre.

Weil mir da unten langsam schlecht wird, krieche ich auf den Sitz und deponiere die Tasche zu meinen Füßen. »Werden wir verfolgt?«

Habe ich eben *wir* gesagt? Ray wird gejagt, ich bin bloß seine verdammte Geisel!

Draußen sieht es aus wie immer, und wir kommen nur langsam voran. Ich habe keine Ahnung, auf welcher vierspurigen Straße wir uns befinden, denn in diesem Teil der Stadt war ich noch nie. Glaube ich. Hier sieht sowieso alles gleich aus, und ich bin immer noch viel zu aufgeregt, um meine Umgebung wirklich wahrzunehmen.

»Bis jetzt hat uns noch keiner entdeckt«, sagt Ray.

Als ich zu ihm blicke, erstarre ich. »Du blutest!«

Sein weißes T-Shirt hat sich am rechten Oberarm dunkelrot gefärbt, und eine dicke Blutspur bahnt sich den Weg unter dem Saum hervor.

Kurz sieht er auf seinen Arm, als hätte er gar nicht mitbekommen, dass er angeschossen wurde. Dann runzelt er die Stirn und flucht. Das F-Wort. Geht mir gerade nicht anders, nur nicht aus denselben Gründen.

»In der Tasche befindet sich Klebeband. Hol es raus!«

Wieder ein Befehl, kühl und sachlich.

Im ersten Moment denke ich: Wenn er will, dass ich ihm verzeihe, sollte er ein wenig freundlicher zu mir sein.

Aber dann versetze ich mich in seine Lage. Wahrscheinlich ist es nichts Neues für ihn, sich eine Kugel einzufangen, und Soldaten haben während ihrer Einsätze keine Zeit, sich um »Bitte« und »Danke« zu kümmern.

Ich schalte um auf Helfermodus, hole das dunkelgraue Klebeband aus der Tasche und schiebe Rays Ärmel hoch. Eine Kugel hat seinen Arm durchbohrt.

»Ist ein glatter Durchschuss«, erkläre ich ihm und betrachte die kleinere Eintritts- und größere Austrittswunde.

Sofort beginne ich, das Klebeband um seinen Arm zu wickeln, um die Blutung zu stoppen. Als ich erfolglos versuche, das dicke Band zu durchtrennen, nimmt es Ray zwischen die Zähne und reißt es ab.

Okay, so macht man das als SEAL.

»Tut mir leid, dass ich den halben Innenraum vollgetropft habe«, sagt er, wobei er zum bestimmt hundertsten Mal in den Rückspiegel sieht. Blaue Lichter blitzen über den anderen Autodächern auf, aber sie sind noch gute zwei Blocks entfernt.

»Bist du sonst noch irgendwo verletzt?«, will ich wissen.

»Nein.« Sanfter setzt er hinzu: »Bei dir alles okay?«

»Ray, du musst ins Krankenhaus. Du brauchst eine Infusion, die Wunde muss ordentlich versorgt werden, Nerven und Gefäße könnten verletzt sein. Außerdem könntest du einen Schock erleiden.« Noch scheint er jedoch stabil zu sein.

»Mir geht es gut. Ist nicht das erste Mal, dass ich angeschossen wurde.« Tief atmet er durch, bevor er mit dem Wagen eine scharfe Kurve macht, von der Straße abbiegt und in ein großes Parkhaus fährt. »Du kannst dich später im Safehouse drum kümmern. Zuerst müssen wir untertauchen.«

Safe... was?

Er zieht ein Ticket, die Schranke öffnet sich, und er fährt nach oben bis in die dritte Etage. Gemächlich rollt er an den parkenden Autos vorbei und stellt meinen Van zwischen einem Kleinbus und einem alten Chevy ab.

Und wie geht es jetzt weiter?

Ständig muss ich auf das Blut starren. Na toll, wird mir mein Wagen von irgendwem ersetzt? Wahrscheinlich hat er auch ein paar Einschusslöcher abbekommen. Ich hab die zweitausend Dollar für den alten Dodge von meinen letzten Reserven zusammengekratzt, schließlich muss ich noch einen Kredit abbezahlen. Ich wollte aber ein großes Auto, in dem ich gut Platz finde.

Ich habe schon wieder völlig irrsinnige Gedanken. Was kümmert mich jetzt mein Auto? Ich wurde gerade entführt, verdammt!

Was viel wichtiger ist: Ray hat mich beschützt. Er hat sich vor mich gestellt und die Kugel abgefangen. Mich mit seinem Körper abgeschirmt. Er ist einer von den Guten, gewiss!

Ray hat die Tasche auf seinen Schoß gestellt, holt daraus ein frisches schwarzes T-Shirt, ein Käppi sowie eine Brille mit einem auffällig dicken Gestell. Schnell zieht er alles an und lässt das blutige, zusammengeknüllte Shirt im Fußraum verschwinden. Mit der Nerd-Brille und der Kopfbedeckung sieht er völlig anders aus.

»Wir wechseln das Fahrzeug«, sagt er, greift sich noch das Klappmesser aus der Tasche und steigt aus.

Wieder *wir.* Das bedeutet, ich werde ihn weiterhin begleiten. Braucht er mich nur, damit ich seine Wunde versorge? Oder bin ich seine Absicherung, seine Geisel, damit er Forderungen stellen kann?

Ich fühle mich immer noch wie gelähmt und beobachte ihn durch die Scheibe meines Wagens, während er mit der Rückseite des Messergriffs beim Nebenfahrzeug das Seitenfenster einschlägt.

Nun weiß ich, wozu dieser seltsame Metalldorn gut ist! Es ist auch nicht einfach, Autoglas zu zerstören, habe ich einmal gehört. Ray – oder wer auch immer diese Tasche für ihn deponiert hatte – hat wirklich an alles gedacht.

Bei dem alten Chevy geht kein Alarm los, während Ray die Splitter mit dem Messer entfernt, und die Etage des Parkhauses wirkt weiterhin wie ausgestorben. Das Glück scheint ihm gewogen zu sein.

Mir auch?

Er öffnet den Chevrolet und wirft die Tasche hinein, wobei er sich ständig umsieht und auch mich im Visier hat. Dann holt er die Wasserflasche heraus, um ein paar kräftige Schlucke zu nehmen. Das ist gut, denn er muss den Blutverlust ausgleichen.

Wie hypnotisiert starre ich auf seinen Kehlkopf, der sich auf und ab bewegt. Schweiß glitzert an Rays Hals, aber noch zeigt er keine eindeutigen Anzeichen für einen Schock. Ich muss seinen Puls messen!

Kurz setzt er die Flasche ab und hält sie in meine Richtung, doch ich schüttele den Kopf. Er braucht es nötiger als ich.

Nachdem er getrunken hat, kommt er zu mir, um mich herauszuziehen.

Das ist wahrscheinlich sein neuer Job: Lana-Mitzerrer.

Gerade als ich ihm sagen will, dass ich seinen Puls überprüfen möchte, drückt er die Hand auf meinen Mund und duckt sich mit mir zwischen den Fahrzeugen. Ich höre Schritte … Wir sind nicht länger allein!

Ray hält mich mit einem Arm umschlungen, während er die andere Hand so fest auf meinen Kiefer presst, dass ich automatisch zurückweiche. Sofort lockert er den Griff.

Ich vernehme das typische »Quik, Quik«, als eine Autotür entriegelt wird, danach versuche ich mich auf meine Atmung zu konzentrieren. Solange meine Nasenschleimhäute nicht geschwollen sind, bekomme ich halbwegs Luft. Nur wenn ich weine oder Schnupfen habe, kann ich nicht mehr durch die Nase atmen. Ich hasse das.

Ray schnauft mir in abgehackten Schüben ins Ohr. Entweder ist er aufgeregt oder doch nicht mehr so fit. Wenn er kollabiert, wäre das sein Aus. Ich würde sofort mit dem Handy, das er in seiner Tasche hat, einen Krankenwagen rufen. Mir ist lieber, er sitzt wieder hinter Gittern, bevor er stirbt.

Eine Tür wird zugeschlagen und der Motor gestartet. Der fremde Wagen fährt davon, und eine Minute später ist es erneut still, sodass wir aufstehen können.

Nachdem Ray die Hintertür des Chevys geöffnet hat, drückt er mich auf den Rücksitz und aktiviert am Türrahmen die Kindersicherung.

»Ich steig sicher nicht aus«, erkläre ich ihm. Im Moment habe ich viel zu weiche Knie dazu.

»Du hast mir auch versprochen, nicht zu schreien.« Er greift nach vorne in die Tasche und holt das Klebeband heraus. »Gib mir deine Hände.«

Zitternd schnappe ich nach Luft. »Du willst mich fesseln?«

»Nur bis wir im Safehouse sind.«

»Nein!« Ich will von ihm wegrutschen, um auf die andere Seite zu krabbeln, da packt er einfach meine Arme, und ehe ich michs versehe, hat er sie mit dem Band verschnürt.

»Wieso tust du das?« Nun kann ich meine Tränen nicht länger zurückhalten. Ich bin von Ray enttäuscht, und er macht mir Angst. »Hast du das auch mit der Frau gemacht, die du getötet hast?«

»Ich habe sie nicht getötet!«, knurrt er, wobei er mir einen mörderischen Blick schenkt.

»Lass mich gehen ... Bitte!« Mein Zittern nimmt zu, und ein Wimmern verlässt meinen Mund. Außerdem rast mein Herz wie verrückt. Zeigt er nun sein wahres Gesicht?

»Ich brauche dich noch.« Er deutet auf seine Verletzung. »Bitte beruhige dich. Ich werde dir nicht wehtun.«

»Ray!«

»Scht.« Er reißt ein Stück Klebeband ab, woraufhin es mir eiskalt den Rücken hinunterläuft. Ich weiß, was er damit vorhat, und weiche erneut zurück.

Nein! »Bitte n...« Schon klebt es auf meinem Mund.

Hektisch hole ich Luft, doch wegen meiner leicht verkrümmten Nasenscheidewand und der angeschwollenen Schleimhäute gelingt mir das nicht richtig. Nur ein winziges bisschen Sauerstoff erreicht meine Lungen; zu wenig, um zu überleben.

Mein Puls rast, und ich atme aufgeregt gegen den Widerstand an. Ich ersticke!

Meine Lungen schmerzen, und vor meinen Augen dreht sich die Welt, während Ray meine Beine ebenfalls mit Klebeband umwickelt. Kurz sehe ich grausige Bilder, wie er mir Gewalt antut, mich mit dem Messer verletzt, in den Kofferraum wirft, in einem Fluss entsorgt ...

»Halte still!«, knurrt er, während er immer noch an meinen Beinen hantiert.

Panisch versuche ich mit den gefesselten Händen das Band am Mund herunterzureißen, aber ich bekomme es nicht richtig zu fassen, weil mein Gesicht feucht ist. Außerdem habe ich kaum noch Kraft, kann nicht mehr einatmen. Ich ersticke … ersticke!

Plötzlich ist Ray über mir, reißt das Band herunter und starrt mich erschrocken an. »Lana!«

Hektisch sauge ich Luft ein, fülle meine Lungen mit dem lebensnotwendigen Gas.

»Ganz ruhig, Lana«, sagt er und streicht mir Haarsträhnen aus dem Gesicht, die sich aus meinem Zopf gelöst haben. »Atme ruhig und tief ein.«

»Ich werde nicht schreien, das schwöre ich dir«, wispere ich atemlos, »aber bitte kleb mir nicht mehr den Mund zu. I-ich bekomme keine Luft.«

Als ich heftig aufschluchze, zieht er mich in die Arme und wiegt mich sanft.

»Das werde ich nicht mehr, das schwöre ich. Es tut mir leid.« Er klingt ehrlich schockiert. »Ich will dir nicht wehtun, wirklich nicht. Mir tut es weh, dir all das zumuten zu müssen, aber ich kann nicht anders. So eine Chance bekomme ich nicht noch mal. Für mich steht alles auf dem Spiel.«

Mit dem Daumen wischt er mir eine Träne von der Wange, und ich erkenne Verzweiflung in seinem Blick. Außerdem ist er blasser geworden. Ich muss nur noch etwas Geduld haben, dann löst sich mein Problem von selbst. Ray wird früher oder später zusammenklappen. Auch an einem SEAL geht ein Durchschuss nicht spurlos vorüber.

Doch sollte er nicht so viel Blut verloren haben und keinen Schock bekommen, habe ich Pech. Wie lange hat er geblutet?

Meist sieht es nach viel mehr aus, als jemand tatsächlich verloren hat, und die Arterien ziehen sich schnell zusammen. Dann bin ich am Arsch.

Während Ray mich weiterhin wiegt, denke ich an meine Eltern. Sie leben in Boston, und ich habe sie vor einem Monat zuletzt besucht. Sie sind so stolz auf das, was ich erreicht habe, doch Mum macht sich immer noch Sorgen um meine Sicherheit. Sie wollte nicht, dass ich den Job im Gefängnis annehme. Hätte ich doch auf sie gehört!

Jetzt erst merke ich, dass Ray meine Beine mehrmals mit Klebeband umwickelt hat. Von meiner weißen Hose blitzt an den Unterschenkeln kaum noch etwas durch.

»Bitte, lass mich gehen«, flüstere ich immer noch kraftlos. Zugleich ärgere ich mich über mich selbst, denn ich genieße es ein wenig, in seinen starken Armen zu liegen.

»Ohne dich schaffe ich es nicht, Lana.« Er küsst mein Ohr, dann lässt er mich los und schnallt mich an. »Ich werde das alles wiedergutmachen. Ich verspreche es.«

»Ray ...« Flehentlich halte ich ihm meine zusammengeklebten Arme hin. Ich fühle mich schrecklich.

Schwermütig seufzend wirft er einen Blick nach draußen, bevor er sein Messer aufklappt, um das Band zu durchtrennen. Dann bricht er an der Tür die Fensterkurbel heraus, verfährt genauso auf der anderen Seite, wobei er hier auch die Kindersicherung aktiviert, und begibt sich hinters Steuer. Dort rückt er das Käppi sowie die Nerd-Brille zurecht und schließt den Wagen kurz. Das alles erlebe ich wie in Trance. Ich kann nicht glauben, dass das wirklich geschieht. Ich sitze gefesselt in einem gestohlenen Auto!

Als Ray losfährt, klappt er die Sonnenblende herunter. Zusätzlich zieht er das Käppi tief in die Stirn – vermutlich, damit die Kamera an der Ausfahrt sein Gesicht nicht erfassen kann. Und wegen der verdunkelten Scheiben kann mich hinten niemand sehen.

Ich versuche mein rasendes Herz zu beruhigen und mich auf die Umgebung zu konzentrieren, während ich die Klebereste von meiner Haut picke. Aktuell fahren wir die Atlantic Avenue entlang Richtung Osten.

Als neben uns ein Polizeiwagen mit eingeschalteter Sirene vorbeifährt, zucke ich zusammen. Ray hingegen bleibt völlig cool, lediglich feine Schweißtropfen perlen an seiner Schläfe herunter.

Ständig beobachte ich ihn über den Rückspiegel, kann aber seine Augen nicht erkennen, erst als er den Kopf hebt und mich ebenfalls im Spiegel betrachtet.

»Ich will nicht, dass du Angst vor mir hast«, sagt er so laut, dass ich ihn trotz des Fahrtwinds höre, der durch das zerstörte Fenster in den Innenraum weht.

»Hallo? Du hast mich entführt und gefesselt!« Meine Stimme klingt schrill; immer noch geht mein Puls viel zu schnell. Ray wechselt die Fahrspur und vermeidet es, mich anzusehen.

Ich sollte reden. Reden beruhigt mich und lenkt mich ab. Ich muss meine Angst und Nervosität endlich verdrängen, um einen klaren Kopf zu bekommen. Außerdem will ich mehr über Rays Fluchtplan wissen. »Woher hattest du den Schlüssel für das Schließfach mit den Sachen?«

Nach kurzem Zögern antwortet er: »Ein Kumpel hat die Tasche gepackt und dafür gesorgt, dass mich der Schlüssel im Gefängnis erreicht. Mit Geld geht eben alles, und wir SEALs halten zusammen.«

»Dann glaubt er an deine Unschuld?«

Ray nickt. »Er kennt mich in- und auswendig. Wir haben gemeinsam die Ausbildung beendet, auf diversen Einsätzen

Seite an Seite gekämpft, vertrauen einander blind. Er weiß alles von mir und ich von ihm.« Er klingt schwermütig. Sicher vermisst er seinen Freund und den Job.

»Wurde er nicht befragt?«

»Nein«, knurrt Ray. »Er war zu der Zeit auf einer längeren Geheimmission unterwegs. Und ich wette: Wäre er im Land gewesen, hätten *sie* eine Möglichkeit gefunden, ihn mundtot zu machen.«

»Wer sind *sie?*«

Als Ray nichts sagt, wechsele ich lieber das Thema. »Fahren wir jetzt zu diesem Safehouse?«

»Nein, zuerst muss ich zu einer meiner Exfreundinnen.«

Diese Worte versetzen mir einen Stich ins Herz. »Warum?«

»Ich muss sie etwas fragen.«

Wir biegen von der Hauptstraße ab und fahren mehrere Nebenstraßen entlang bis zu einer Reihenhaussiedlung. Es handelt sich um ältere Gebäude, und die Gegend sieht leicht heruntergekommen und nicht sehr sicher aus. Überall lungern Jugendliche oder andere grimmig aussehende Gestalten herum. Scheint einer der sozialen Brennpunkte zu sein. Und langsam dämmert es.

Durch das zerstörte Fenster dringt neben den Fahrgeräuschen auch die Restwärme des Sommertages in den Wagen. Zu gerne würde ich meinen Kittel ausziehen und eine Dusche nehmen. Außerdem schwitzen meine gefesselten Beine in der langen Hose.

»Befinden sich im Safehouse die Beweise deiner Unschuld?« Ich bin gespannt, ob ich sie jemals zu sehen bekomme.

»Leider nicht. Ich habe den Schlüssel an einem Ort versteckt, den die Cops sicher längst überwachen. Ich muss mir erst überlegen, wie ich an ihn herankomme. Hätte ich gewusst, dass ich am darauffolgenden Tag verhaftet werde, hätte ich den Schlüssel nicht dort deponiert.«

»Kannst du das Schließfach nicht einfach so öffnen?«

»Leider weiß ich nicht, welches es ist. Ich hatte keine Gelegenheit mehr, das herauszufinden.«

Na, hoffentlich gibt es die Beweise dann auch wirklich. Insgeheim wünsche ich mir, dass Ray entlastet werden kann.

Als er etwas zu fest auf die Bremse steigt, werde ich in den Gurt gedrückt. Beinahe hätte Ray die Auffahrt zu einem zweistöckigen Haus aus rotem Backstein verpasst. Er parkt den Wagen zwischen zwei nah beieinanderstehenden Gebäuden und dreht sich zu mir um.

»Du bleibst im Auto. Bin gleich wieder da.«

»Eigentlich wollte ich mir gerade ein bisschen die Beine vertreten«, sage ich sarkastisch.

»Lana ...«

»Ich bleibe hier! Kann doch gar nicht weglaufen.« Ich drehe das Gesicht zur Seite, als wäre ich beleidigt – nun gut, ich *bin* beleidigt –, und atme auf, als er aussteigt. Das ist meine Chance zur Flucht, auch wenn mir die Gegend nicht geheuer ist.

Ich warte ab, bis er um die Hausecke gebogen ist, und überlege mir einen Fluchtplan. Ray hat die Tasche im Fahrzeug gelassen, das Messer und den Taser jedoch eingesteckt. Deshalb versuche ich, das Band mit den Händen abzuwickeln, was sich als schwere Aufgabe herausstellt. Ray hat meine Beine so geschickt verklebt, dass ich keinen Ansatzpunkt finde!

Okay, ich kann aussteigen und davonhüpfen. Wenn mich jemand so sieht, weiß er sofort Bescheid!

Als ich das Fenster herunterkurbeln möchte, um wegen der Kindersicherung von außen die Tür zu öffnen, sehe ich nur ein Loch in der Verkleidung.

Mist, er hat ja die Kurbeln auf beiden Seiten abgerissen. Der Kerl denkt auch an alles! Dann muss ich eben nach vorne klettern, um dort auszusteigen.

Als ich mich zwischen den beiden Vordersitzen hindurchzwängen möchte, dringen Stimmen an mein Ohr. Sie kommen aus dem geöffneten Fenster des Hauses, in das Ray gegangen ist.

»Sie haben mich zu der Falschaussage gezwungen, Ray«, sagt eine Frau in einem weinerlichen Ton. »Wenn ich nicht genau das gesagt hätte, was sie wollten, hätten sie meinem Baby etwas angetan!«

Gebannt lausche ich und verharre.

»Es tut mir so leid, Ray. Du warst immer gut zu mir, und ich weiß, dass du unschuldig bist.« Ein heftiges Schluchzen dringt nach draußen. »Du könntest keiner Frau etwas Schlimmes antun.«

Die Worte dieser Fremden nehmen sämtlichen Druck von mir und befreien mich von meinen Zweifeln.

»Was waren das für Leute, die dich gezwungen haben zu lügen?«, will er wissen. Dabei klingt er aufgebracht, auch wenn er seine Wut vermutlich zu verbergen versucht.

»Ich weiß es nicht. Sie tauchten nachts auf, standen plötzlich in meinem Haus. Einer von ihnen hatte Tommy im Arm. Ich hatte solche Angst, Ray!«

»Wo war der Vater des Kindes?«

»Wir hatten uns kurz davor getrennt, aber er hätte den Leuten sicher kein Paroli geboten. Orson ist nicht so wie du. Er ist ein Feigling.«

»Ich werde die Leute finden, Julia, und dann werden sie dafür büßen, was sie dir angetan haben.« Ein kurzes Schweigen entsteht, in denen ich erneutes Schluchzen vernehme. Ob Ray diese Julia im Arm hält?

Wenige Sekunden später verabschiedet er sich. »Ich muss wieder los. Leb wohl, Julia.«

»Pass auf dich auf, Ray ...«

Schnell setze ich mich wieder auf den Rücksitz. Zum ersten Mal habe ich einen »echten« Beweis für Rays Unschuld, und die Sache wird immer mysteriöser.

Wieso hat man seine Exfreundin erpresst? Und warum wollte jemand ausgerechnet Ray diese schreckliche Tat anhängen?

Ich habe das Gefühl, gerade in eine ganz große Sache verwickelt zu werden. Aber ich werde nicht mehr vor Ray davonlaufen, sondern ich will ihm helfen, die ganze Angelegenheit aufzuklären.

Weil er mir wichtig ist.

Kapitel 5 – Im Safehouse

Nachdem Ray das gestohlene Auto in einem ruhigen Wohnviertel abgestellt hat, sind wir in der Dämmerung zwischen einigen Häusern hindurchgelaufen, haben ganze Straßenzüge durch Keller zurückgelegt – ich hatte keine Ahnung, dass so viele Gebäude unterirdisch verbunden sind – und sind schließlich in einer Gegend mit alten Lagerhallen und Abbruchhäusern herausgekommen. Dabei hat Ray für keine Sekunde meine Hand losgelassen.

Ich habe keine Ahnung, wo wir sind, und er verrät es mir nicht. Er wird es mir sicherlich auch nicht sagen, damit ich sein Versteck nicht verraten kann, sollte ich doch noch weglaufen.

»Sind wir bald da?« Durch die Anspannung bin ich völlig verkrampft und verschwitzt, doch ich darf mich nicht beklagen. Ray sieht viel schlechter aus. Sein Gesicht ist blass, und er wirkt nervöser als sonst.

»Hier ist es schon.« Wir befinden uns am Seiteneingang eines von außen unscheinbar aussehenden, fensterlosen Backsteingebäudes, das sich nur mit einem Zahlencode öffnen lässt. Ray tippt ihn ins Bedienfeld, und wir treten ein. Ich erwarte völlige Dunkelheit, doch das letzte Licht des Tages dringt über Dachfenster ins Innere und erhellt schemenhaft eine Menge alter Industriemaschinen. Eine dicke Staubschicht bedeckt Generatoren, leere Becken, Förderbänder und andere undefinierbare Geräte.

Wir gehen an der Wand auf einem Gitterrost entlang, sodass man unsere Fußabdrücke nicht erkennen kann, und steigen dann eine Metalltreppe nach oben. Ein Weg aus Gitterrosten verläuft unter dem hohen Dach, und wir müssen durch eine weitere Tür. Hier gibt es kein Codeschloss, sondern einen Schlüssel, den Ray hinter einem lockeren Ziegelstein aus der Wand holt. Wir passieren auch diese Tür und befinden uns in einer Wohnung. Zumindest sieht es hier wie in einer Wohnung aus, auch wenn sie sehr spartanisch eingerichtet ist. Es ist warm und stickig hier drin.

Während Ray einen dicken Metallriegel von innen vor die massive Tür schiebt, wandere ich von Zimmer zu Zimmer, entdecke einen größeren Raum mit einer Küchenzeile, einem Esstisch mit vier Stühlen und einer abgewetzten Couch. Außerdem gibt es zwei Schlafzimmer mit einem Doppelbett und zwei Einzelbetten, die nur mit weißen Laken bezogen sind, sowie ein Badezimmer mit Dusche und einer Waschmaschine und nebenan eine Toilette. Auch hier sind überall nur große Dachfenster, die so trüb sind, dass ich den Abendhimmel nicht erkenne. Obwohl ich die Einrichtung nur noch schwach wahrnehmen kann, scheint soweit alles sauber zu sein.

Ray kommt mit seiner Tasche ins Badezimmer, macht Licht und stellt sich neben mir ans Waschbecken. »Das ist ein ehemaliges Safehouse unserer Einheit. Hier haben Flash und ich letztes Jahr einen Agenten versteckt, auf den ein Kopfgeld ausgesetzt war.«

»Flash?«, frage ich, um die angespannte Stimmung zwischen uns aufzulockern. »Du kennst aber nicht diesen blitzschnellen Superhelden im roten Anzug?«

Lächelnd schüttelt er den Kopf. »So nennt sich mein Kumpel. Wir SEALs haben alle Spitznamen, mit denen wir uns während der Einsätze und meist auch privat anreden. Flash kam zu seinem Namen, weil er am schnellsten von uns allen eine Waffe zerlegen und wieder zusammenbauen kann.«

»Und wie ist deiner?«

»Ace.«

»Ace wie ... Ass? Warum?«

Er zuckt die Schultern, während er seine Tasche am Boden abstellt.

Ich wette, er war ein Ass in allem.

Er schwankt leicht und wirkt plötzlich schwach und verletzlich. Außerdem ist er noch blasser geworden.

»Ich muss deine Wunde versorgen, Ray.« Schnell schlüpfe ich aus meinem Kittel und wasche mir die Hände. »Gibt es hier einen Erste-Hilfe-Kasten oder was Ähnliches?«

»Zeige ich dir später. Ich muss erst mal duschen.«

»Okay, dann ... geh ich mal für kleine Mädchen.« Bevor ich das Bad verlasse, drehe ich mich noch einmal um. »Und ... Ray?«

»Hm?« Er hat gerade sein T-Shirt ausgezogen, und ich erhasche erneut einen Blick auf diesen einmaligen Waschbrettbauch.

Ich muss mich leise räuspern, bevor ich meine Stimme wiederfinde. »Lass das Klebeband noch drauf. Wer weiß, wie lange das Wasser schon in der Leitung steht. Ich spüle die Wunde gleich mit abgekochtem Wasser aus.«

»Ich tu, was du sagst, Doc.« Er schleudert die Gefängnisschlappen, die er immer noch getragen hat, in eine Ecke und öffnet das Band an seiner Stoffhose.

»Eins noch ...« Verdammt, Lana, lass den Mann doch endlich allein! Du legst es direkt darauf an, ihn nackt zu sehen.

»Kann man die Fenster irgendwie öffnen? Ich ersticke hier drin.« Und mir wird von Sekunde zu Sekunde heißer.

»Klar. Neben dem Eingang gibt es ein Bedienfeld. Du musst nur auf *Open* und *All* drücken.«

Sieh ihm in die Augen, Lana! Ignoriere diese wohlgeformten Oberschenkel und den knappen Slip.

Als ich bemerke, dass Ray mich verwegen angrinst, springe ich fast an die Decke. »Danke. Bis ... dann!«

Zügig verlasse ich den Raum und schließe die Tür, bevor ich mich gar nicht mehr von diesem Mann losreißen kann.

Obwohl mich schon seit Ewigkeiten meine Blase drückt, gehe ich zurück zum Eingang und folge Rays Anweisungen. Leise quietschend drehen sich die Fenster, bis sie fast senkrecht stehen, und endlich kommt frische Luft herein. Als ich das Prasseln der Dusche vernehme, versuche ich den Riegel vor der Wohnungstür wegzuschieben, aber er bewegt sich keinen Millimeter. Verdammt, ich bin mit Ray eingesperrt. Ich finde in der Wohnung auch keinen anderen Ausgang. Falls ich fliehen wollte, müsste ich über das Dach entkommen. Doch wie gelange ich dort hinauf? Die Decke ist bestimmt vier Meter hoch.

Ich muss irgendwie meine Eltern benachrichtigen. Vielleicht wurden sie schon über meine Entführung informiert und machen sich schreckliche Sorgen.

Weil ich nirgendwo ein Telefon entdecke, öffne ich vorsichtig die Badezimmertür, um hineinzuspähen. Ich brauche Rays Handy!

Er steht noch in der Duschkabine, und das Glas ist so stark beschlagen, dass ich nur grobe Umrisse ausmachen kann. Perfekt, er wird mich nicht bemerken.

Ich tapse schnell zur Tasche, finde jedoch weder das Handy

noch eine der Waffen. Verflucht! Ray muss sie zuvor versteckt haben.

Na gut, dann gehe ich eben auf die Toilette, die sich in einem winzigen Extraraum neben dem Badezimmer befindet, und werde es mir danach in diesem Safehouse mit Ray gemütlich machen. Ich hoffe bloß, dass es hält, was sein Name verspricht.

Nachdem ich mein kleines Geschäft erledigt habe, werfe ich einen Blick in den Spiegel. Himmel, ich sehe furchtbar aus! Blass, zerzaust und voller Dreck. Die graubraunen Spritzer stammen bestimmt noch aus dem Abwasserkanal, und ein paar Blutflecke erkenne ich auch.

Ich höre nebenan nicht mehr das Wasser rauschen – Ray ist wohl fertig. Ob ich mir auch eine Dusche genehmigen darf?

Als ich aus der Toilette komme, steht Ray nur in Boxershorts vor der Küchenzeile und schüttet Bohnen aus der Dose in eine Pfanne. Das Klebeband bedeckt noch brav seine Wunde. Das nehme ich aber bloß am Rande wahr.

Macht der Kerl das extra? Nun kann ich ihn fast unbekleidet von hinten sehen. Die Hose sitzt tief und liegt eng an, weshalb ich durch den Stoff seine knackigen Pobacken sowie die beiden Grübchen über dem Bund bewundern kann. Himmel, was für eine Sahneschnitte!

Auf dem rechten Schulterblatt hat er auch ein Tattoo – einen blauen Enterhaken, um den sich ein Seil windet –, und seinen unverletzten Oberarm ziert ein verdammt echt aussehender Delfin, der sich aus den Fluten erhebt. Die Sonne scheint auf der Haut des Tieres zu glitzern.

»Wow, sieht der schön aus«, sage ich und streiche über das Bild.

Finger weg, Lana!, warnt mich mein Engelchen. *An Ray verbrennst du dich nur!*

Hab dich nicht so, Angsthäschen, sagt meine dunkle Seite. *Endlich bist du allein mit diesem Knusperriegel!*

Oh Mann, dieser halbnackte Kerl bringt mich komplett um den Verstand! Seit er in mein Leben getreten ist, führe ich permanent innere Dialoge. Die Träumerin und der Aufpasser liegen in ständigem Zwist. Wenn ich nicht ein Semester Psychologie studiert hätte, würde ich denken, ich werde tatsächlich verrückt.

»Das ist Storm«, erklärt mir Ray, und ich brauche einen kurzen Moment, um zu verstehen, dass er den Delfin meint. »Er hat mir mal das Leben gerettet, als ich fast ertrunken wäre.«

»Was ist passiert?«

»Wir hatten einen Einsatz im Indischen Ozean. Ich musste eine Sprengladung an einem Boot anbringen und bin dann stundenlang im Meer getrieben, weil meine Einheit das Signal verloren hatte. Es war dunkel, die See rau, und ich dachte erst, ein Hai wollte mich auffressen – dabei war es ein neugieriger Delfin, der mich angestupst hat. An ihm konnte ich mich festhalten, bis mich meine Kumpel rausgezogen haben. Ich habe ihn Storm getauft.«

»Ich bin froh, dass Storm auf dich aufgepasst hat«, sage ich und weiche schnell einen Schritt zurück. Wir führen hier keine normalen Gespräche, ich bin nicht mit Ray im Urlaub, sondern mit ihm in einem verdammten Safehouse eingesperrt! Das sollte ich mir stets bewusst machen.

»Hast du Hunger?«, fragt er, während ich weitere unauffällige Schmachtblicke auf ihn werfe. »Ich hab ein paar Konserven gefunden.«

Hunger? Und wie! Aber auf den Mann, der halbnackt für mich kochen will. »Ich hatte mittags nur ein halbes Sandwich.«

Sein Mundwinkel hebt sich. »War das ein Ja?«

»Definitiv.« Himmel, ich rede nur Stuss!

Er rührt mit einem Löffel in der Pfanne herum, wobei er mich nie aus den Augen lässt. »Ich hab übrigens bemerkt, dass du in meine Tasche gesehen hast.«

Verdammte Hacke! Noch mehr Hitze strömt in mein Gesicht.

»Hast du was gesucht?«, will er wissen.

Dabei starre ich ihn einfach nur an und überlege mir eine Ausrede. »Ähm ... ja ... also ich wollte dich fragen, ob du mir eins deiner Shirts leihst, damit ich meine Sachen waschen kann. Und eine Dusche fände ich auch toll, falls deine Geisel das darf. Ich rieche nach Kloake.«

Sofort erstirbt sein Lächeln. »Du bist nicht meine Geisel.«

Ich gehe nicht darauf ein, deute auf den Wasserkocher und sage so kühl, wie es mir trotz innerer Glut möglich ist: »Du kannst ja schon mal Wasser abkochen und dich nach Verbandszeug umsehen. Sobald ich sauber bin, legen wir los.«

Kapitel 6 – Rays Geschichte

Ray hat nichts mehr zu meiner Herumschnüffelei gesagt, sondern mir ein Bohnengericht aufgetischt, das gar nicht übel schmeckt. In einem seiner großen T-Shirts, das mir bis knapp über die Pobacken reicht, sitze ich ihm gegenüber, weil ich alles bis auf meine Unterwäsche in die Waschmaschine gegeben habe. Zum Essen trinkt er Bier aus der Dose, das er im Kühlschrank gefunden hat, während ich mich mit Wasser begnüge.

Möglichst unauffällig betrachte ich ihn. Seine Lider scheinen mit jedem Bissen schwerer zu werden, und er reibt sich ständig über die Schläfen. Das ist kein gutes Zeichen.

»Es wird Zeit für Ihre Behandlung, Mr Tanner«, sage ich deshalb, erhebe mich und stelle unsere Teller in die Spüle. Darum kümmere ich mich später. Anschließend nehme ich den Verbandskasten an mich, den Ray zuvor rausgesucht hat.

»Wo wollen Sie mich haben, Doc?« Er lehnt sich im Stuhl zurück und legt den Kopf in den Nacken. Das wäre die perfekte Position, um ihn auf den Mund zu küssen.

Als sich seine Lippen teilen und er mich verrucht angrinst, schaue ich mich schnell nach einem geeigneten Behandlungsplatz um. Zwischen uns knistert es schon wieder, und ich weiß nicht, ob ich das gut finden oder eher Angst davor haben sollte. Ich will Ray mit jeder Sekunde, die ich ihn kenne, mehr, doch da nagen immer noch diese Zweifel an mir.

Und vor allem: Mache ich mich mitschuldig an seiner Flucht, wenn ich ihn versorge? Verflucht, ich habe immerhin seine Tasche besorgt!

Jetzt nicht darüber nachdenken.

Ich überlege, ob er sich auf die Couch setzen soll, aber dann entscheide ich mich fürs Bett. »Gehen wir ins Schlafzimmer. Besser, du liegst.«

»Liegen klingt perfekt.« Er lallt leicht und wirkt benommen. Schwankend läuft er vor mir her und lässt sich dann rücklings ins Doppelbett fallen. Es gibt keine Kissen, keine Decken, doch das weiße Laken sieht sauber aus.

Erneut grinst er mich selig an, wobei seine Augen glasig erscheinen.

»Sag mal, hast du was genommen?« Mit ihm stimmt doch was nicht.

Er deutet auf den Kasten in meiner Hand. »Da waren Tabletten drin, und ich habe drei geschluckt.«

Ich mache ihn auf und entdecke neben Verbänden und Kompressen eine leere Medikamentenschachtel, die ein starkes Schmerzmittel enthalten hat. »Und mit wie viel Bier hast du die runtergespült?«

»Mit zwei Dosen.«

Männer! »Das nächste Mal fragst du mich, bevor du einfach was schluckst! Das kann üble Wechselwirkungen geben. Du hättest nur eine Tablette nehmen dürfen.«

»Aye, Doc«, lallt er. »Aber ich hab doch solche Angst.«

Mein starker SEAL fürchtet sich?

»Ich verrate dir was, Doc.« Er streckt den Arm nach mir aus und greift nach meinen Fingern. »Vor zwei Jahren hab ich mir hier 'ne Kugel eingefangen. Is' glatt durch die Schutzweste gegangen.« Er deutet auf die Narbe neben seinem Bauchnabel. »Summ Glück is sie in meinem Muschkel schtecken geblieben. War nich tragisch, trotzdem hat Flash meine Hand halten müssen, als sie mich in den OP geschoben haben.«

Er nuschelt zunehmend, während er den Zeigefinger auf seine Lippen legt. »Aber pscht, das darf keiner wissen.«

Grinsend setze ich mich neben ihn auf die Matratze. »Ich bin Ärztin. Alles, was du mir anvertraust, verlässt niemals meinen Mund.«

»Gut, schehr guuut.« Er lässt meine Hand los und schließt die Augen. »Und jetzt fang an, bevor die Tabletten nischt mehr wirken.«

»Zu Befehl, Sir.« Ich gehe zurück in die Küche, um das abgekochte Wasser in eine saubere Schüssel zu füllen. Anschließend stelle ich sie auf den Nachttisch und packe mehrere sterile Kompressen aus. In der Box liegt auch eine dicke Spritze. Mit ihr werde ich die Wunde gut ausspülen können.

Danach sehe ich in den einfachen Holzschrank, der im Raum steht. Darin finde ich tatsächlich zusammengelegte Decken und zwei Kopfkissen. Eines davon nehme ich heraus, hebe Rays Kopf an und schiebe es ihm unter.

»Das kann jetzt trotz Schmerzmittel wehtun«, erkläre ich ihm, wobei ich nicht weiß, ob er mich hört. Offenbar ist er eingeschlafen.

»Tu, was du tun musst«, murmelt er träge.

Doch nicht. Der Kerl liegt allerdings da wie ein Toter. Hoffentlich kollabiert er nicht. »Dreh dich auf die Seite.«

Als er sich zu mir und somit auf seinen verletzten Arm drehen will, merke ich, wie unkonzentriert er ist. Das sind die Nachwirkungen seiner Verletzung, und natürlich ist es auch darauf zurückzuführen, dass er sich mit Medikamenten zugedröhnt hat. Er steht völlig neben sich. Ich könnte ihm jetzt alles Mögliche antun. Zum Beispiel ein Messer aus der Küchenschublade holen. Oder ihn ans Bett fesseln …

»Vertraust du mir, Ray?«, frage ich leise.

»Du weißt schon, was du tust«, antwortet er, diesmal wieder klarer. Aber ich wollte nicht wissen, ob er an meine medizinischen Fähigkeiten glaubt.

Nachdem er endlich richtig herum liegt, sodass er mir den Rücken zukehrt und sein Arm seitlich auf seinem Brustkorb ruht, fahre ich mit der Verbandsschere unter das Klebeband, um es zu durchtrennen. Dabei zuckt er nicht. Erst als ich beginne, es vorsichtig abzuziehen, stöhnt er leise.

Sofort höre ich auf und streiche ihm durch sein kurzes Haar. Es ist herrlich weich. »Hast du Angst vor Schmerzen?«

»Ich habe Angst, die Kontrolle zu verlieren. Vor Schmerz ohnmächtig zu werden und nicht mehr Herr meiner Sinne zu sein.«

»Du hattest vor deiner OP also Angst vor der Narkose?«

»Hm«, brummt er. »Ich muss immer wissen, was um mich herum passiert. Und wenn ich nicht selbst Herr der Lage bin, brauche ich jemanden bei mir, dem ich vertraue.« Schwerfällig holt er Luft. »Ich mag es auch nicht, wenn andere in meinen Eingeweiden herumstochern. Das macht mich ziemlich nervös. Ich wollte mich nur ein bisschen betäuben, aber die Tabletten beamen mich total weg. Du musst mich wecken, wenn du was Seltsames hörst, versprochen?«

»Versprochen.« Also scheint das Safehouse doch nicht so sicher zu sein. »Was, wenn es brennt und der Ausgang versperrt ist?«

»Dann gibt es Alternativen.«

»Welche?«, frage ich und ziehe mir Einmalhandschuhe über.

Als er schweigt, was mir fast klar war, frage ich: »Wie lange warst du das letzte Mal hier?«

»Zwei Wochen«, sagt er gähnend. »Aber du stellst die falschen Fragen.«

»Ich will dich nur ablenken. Siehst du, das Klebeband ist unten, und du hast es nicht mal bemerkt.« Ich beuge mich leicht über ihn und sehe, wie er schmunzelt.

Die beiden Wundöffnungen bluten leicht, deshalb klemme ich Ray ein Verbandstuch unter den Arm, damit nichts aufs Bett rinnt. Dann tauche ich eine sterile Kompresse in das abgekochte und noch leicht warme Wasser, um damit die Wundränder abzutupfen. Ich muss abgestorbene Gewebereste entfernen, damit Ray keine Blutvergiftung bekommt. Dabei versuche ich ihn als Patienten zu sehen und nicht als einen Mann, der mir gefällt. Seine fast nackte, große Gestalt füllt das halbe Doppelbett aus, weshalb es mir schwerfällt, ihn nicht ständig anzustarren. Er könnte ein Mann aus einer anderen Zeit sein, ein Krieger und Kämpfer. Ein Wikinger vielleicht. Oder Highlander. Dazu fehlt ihm nur das lange Haar.

Lana, du hast zu viele Filme gesehen und hattest schon zu lange keinen Mann mehr.

Obwohl ich nicht schüchtern bin, hatte ich bisher kaum Beziehungen. Die wildeste Zeit hatte ich während meiner Studentenjahre, in denen ich ein paar simple Erfahrungen sammeln konnte. Aber vom Hocker gerissen hat mich bisher kein Kerl. Es war auch nie der eine dabei, der wirklich zu mir gepasst hätte. Ich möchte einen selbstbewussten Mann, der weiß, was er im Leben will, einen, der mich im Notfall verteidigen und auf Händen tragen könnte. Ray könnte all das. Er ist groß und stark.

Während wir uns über Belangloses unterhalten, schneide ich so behutsam wie möglich winzige Hautfetzen von der größeren Austrittswunde ab. Im Verbandskasten habe ich eine feine, steril verpackte Schere gefunden, und die Spritze wird auch gleich zum Einsatz kommen. Ray hat riesiges Glück, dass nicht so viel Gewebe verletzt ist und kein Knochen getroffen wurde. Der Wundkanal ist höchstens vier Zentimeter lang. Doch egal, wie groß oder klein die Verletzung ist – es besteht immer die Gefahr einer Entzündung.

Ray zuckt manchmal leicht, wenn ich an ihm herumschneide, sonst liegt er fast reglos da. Doch ich erkenne, dass er Schmerzen hat. Dicke Schweißtropfen perlen über seine Stirn, und sein Körper bebt minimal.

Ich wünschte, ich hätte ein stärkeres Analgetikum für ihn.

Normalerweise leide ich nicht so sehr mit meinen Patienten, weil ich stets versuche, emotionalen Abstand zu wahren – aber bei Ray gelingt mir das nicht. Meine Hände zittern leicht, die Ader an meinem Hals pulsiert heftig, und ich schwitze. Ich will ihm nicht wehtun, doch wenn sich die Verletzung entzündet, muss er ins Krankenhaus, oder er wird sterben.

»Ich muss mit der Spritze noch deine Wunde spülen«, erkläre ich und ziehe das lauwarme Wasser mit dem dicken Kolben in den Hohlraum. »Das wird kein Zuckerschlecken. Möchtest du etwas zum Draufbeißen?«

»Bring es nur schnell hinter dich«, murmelt er. Er lallt nicht mehr; die Wirkung des Schmerzmittels lässt langsam nach.

»Okay …« Ich habe keine Kanüle angebracht, sodass ein kräftiger Wasserstrahl durch den Wundkanal gepresst wird. Ray stöhnt unterdrückt und kneift die Lider fest zusammen. Wasser und frisches Blut dringen auf der anderen Seite der Wunde heraus und sammeln sich in dem Tuch unter seinem Arm. Kurz blutet es stark, was gut ist, denn somit wird noch mehr ausgespült, was nicht in seinem Körper bleiben sollte.

»Geschafft«, sage ich schließlich und atme auf, während ich ihm einen frischen Verband anlege und die Einmalhandschuhe ausziehe.

Auch Ray atmet tief ein. »Saubere Arbeit, Doc. Danke.« Er dreht sich auf den Rücken und sieht mich erschöpft an. »Wann kannst du das Scheißding zunähen?«

»Frühestens in drei Tagen. Ich muss sicher sein, dass kein abgestorbenes Gewebe mehr darin ist. Übermorgen muss ich deshalb noch mal alles reinigen.«

»So lange wirst du nicht mehr bei mir bleiben müssen. Ich werde morgen versuchen, an den Schlüssel für das Schließfach zu kommen.«

»Ray, du brauchst zuvor dringend eine Tetanusspritze, Antibiotika und am besten noch eine Infusion mit einer Elektrolytlösung, um deinen Blutverlust auszugleichen.«

»Zuerst brauche ich die Beweise.«

Sturer Kerl! Aber ich verstehe ihn. Ich würde auch alles daransetzen, meine Unschuld belegen zu können, um nicht mehr zurück ins Gefängnis zu müssen.

Ich kontrolliere seinen Puls, aber Ray geht es gut. Ich würde höchstens einen schwachen Schock diagnostizieren. Er sollte auf jeden Fall viel trinken und sich ausruhen.

Während ich alle besudelten Tücher und Gegenstände einsammele, frage ich ihn: »Willst du mir jetzt vielleicht erzählen, was vor deiner Verhaftung wirklich passiert ist?«

»Ich habe dir das Wichtigste bereits gesagt, aber ich kann dir gerne noch die ausführliche Version liefern. Ich erzähle sie dir als Gute-Nacht-Geschichte.« Er setzt sich auf, verlässt das Bett und taumelt aus dem Raum.

»Wo willst du denn hin?« Ich nehme die Schüssel mit dem blutigen Wasser sowie sämtlichen Abfall mit und folge ihm in die Küche. Er öffnet einen der unteren Schränke, in dem sich ein größerer Safe befindet. Ray gibt eine Kombination ein und holt … eine Pistole heraus!

»Ist die geladen?«, frage ich, wobei ich mit einem mulmigen Gefühl im Bauch auf die Waffe starre.

Ray zieht den Lauf zurück, danach holt er kurz das Magazin aus dem Griff. »Hm. Aber leider sind nur noch zwei Patronen drin.« Anschließend wühlt er im Safe herum, als würde er noch etwas suchen.

»Ist es hier doch nicht sicher?«, frage ich.

»Ich will nur nicht überrascht werden, das ist alles. Niemand tut dir hier was.«

Hoffentlich entdeckt uns wirklich niemand. Auch wenn ich dringend meine Eltern informieren möchte, dass es mir gut geht, will ich nicht, dass Ray gefunden wird, bevor er nicht diese ominösen Beweise hat.

Ich entsorge den Abfall im Müll und wasche mir danach im Badezimmer die verschwitzten Hände und das Gesicht. Dann hole ich meine Wäsche aus der Maschine, um sie auf die Leine zu hängen, die quer durch den Raum gespannt ist. Anschließend sehe ich nach Ray. Er hat sich wieder ins Bett gelegt und schiebt etwas unter sein Kopfkissen. Ich vermute, die Pistole.

»Schlaf gut«, sage ich, hole eine zusammengefaltete Decke aus dem Schrank und breite sie über ihm aus.

Er hält meinen Arm fest. »Du wirst neben mir liegen.«

Wieder ein Befehl, aber einer, dem ich insgeheim gerne nachkomme.

»Okay«, sage ich heiser. »So kann ich wenigstens regelmäßig nach dir sehen.«

Ich nehme mir auch ein Kissen sowie eine dünne Decke aus dem Schrank, lösche das Licht und strecke mich neben ihm auf dem Rücken aus. Es ist stockdunkel, nur durch das geöffnete Fenster über dem Bett dringt Lichtsmog herein. In New York ist es selbst nachts nie finster.

Plötzlich greift Ray nach meinem Handgelenk, ich höre ein »Klick«, spüre kaltes Metall und weiß nach dem zweiten »Klick« sofort, was er getan hat: Er hat mich mit Handschellen an sich gefesselt! Die hat er wahrscheinlich auch aus dem Safe.

»Ist das dein Ernst?«, frage ich empört und zerre an seinem gesunden Arm. »Du willst, dass ich dir vertraue, aber mir vertraust du nicht? Glaubst du, ich töte dich im Schlaf, nachdem ich dich gerade verarztet habe? Oder haue ab? Ich habe keinen Schimmer, wie ich hier rauskommen soll.«

Drückende Stille senkt sich auf uns, und erst eine gefühlte Ewigkeit später antwortet er: »Ich hab dich nur gern in meiner Nähe.«

Das nehme ich ihm sogar ab.

Na gut, dann schlafe ich eben gefesselt. Das wird Ray nicht gefallen, denn ich bin ein sehr unruhiger Schläfer und wälze mich ständig von einer Seite zur anderen. Falls ich heute überhaupt einschlafen kann. Ich habe auch noch viel zu viele Fragen. »Wieso wurde Julia erpresst?«

»Du hast uns gehört?«

»Die Fenster waren offen und ihr nicht gerade leise.« Ich muss ihm ja nicht auf die Nase binden, dass ich vorhatte zu fliehen. »Wieso sollte dich jemand hinter Gitter bringen wollen für eine Tat, die du nicht begangen hast?«

»Vielleicht, weil sie wussten, dass mir Jessica etwas verraten wollte.«

»Jessica Bettany, die ... Tote?« Ich habe, bevor ich ein Gutachten über Ray verfassen sollte, alle Artikel über den Fall gelesen, die ich im Internet finden konnte.

»Hm«, brummt er.

»Du hast mir versprochen, die ausführliche Version zu erzählen. Ich bin ganz Ohr.«

Unsere Hände berühren sich, und ich verspüre ungeheure Lust, meine Finger mit seinen zu verschränken. Also mache ich es einfach. Seine große Hand liegt perfekt in meiner.

»Ich kannte Jessica seit der Highschool«, beginnt Ray. Er hat vollständig aufgehört zu lallen und hört sich nun klarer, aber immer noch müde an. Die Nebenwirkungen von Medikamenten und Bier scheinen verflogen zu sein. »Sie, ihr Mann Scott und ich waren beste Freunde. Wir lebten in derselben Straße in einem schönen Wohnviertel in der Nähe des Flushing Meadows Parks. Meine Eltern leben da heute immer noch. Nach dem College stand fest, dass Jessie und Scott heiraten werden, aber zuerst wollte er ihr was bieten können, Geld verdienen. Wir haben überlegt, ob wir zusammen etwas aufziehen, zum Beispiel ein Fitnessstudio eröffnen. Wir waren beide sportlich, interessierten uns aber auch für das Militär, und wir wollten einfach mehr erreichen, höher hinaus. Als Scott vorschlug, wir sollten uns bei den Navy SEALs bewerben, weil man da gutes Geld verdienen kann, sagte ich sofort zu. Schließlich war mein Vater bei den Marines, und er war stolz auf mich, dass ich unserem Land ebenfalls dienen wollte.«

»Und deine Mutter?«

»Die hatte natürlich Angst um mich.«

Genau wie meine, als ich mich für den Job im Gefängnis beworben hatte.

»Also schrieben wir uns ein, wurden zur Aufnahmeprüfung zugelassen und bestanden beide die sportlichen und schriftlichen Anforderungen.«

»SEALs müssen ja nicht nur gut kämpfen können, sondern auch einige Sprachen beherrschen, oder?«

»Das und noch viel mehr. Schnelles Auffassungsvermögen und ein gutes Gedächtnis sind enorm wichtig, nicht nur, um im Notfall spontan korrekte Entscheidungen zu treffen, sondern auch, um die zahlreichen komplizierten und technisch aufwendigen Geräte bedienen zu können.«

»Nach der Aufnahmeprüfung geht es aber erst richtig los, hab ich gehört.« Ich habe natürlich einiges an Lektüre über SEALs verschlungen.

»Ja, dann begannen die wohl härtesten Monate meines Lebens. Schwimmen und tauchen mit verbundenen Händen und Füßen, beweisen, dass man teamfähig ist, und in der sogenannten *Höllenwoche* wurden wir ununterbrochen an unsere Grenzen getrieben. In der ganzen Woche bekommst du nur vier Stunden Schlaf ab, treibst stundenlang im eisigen Meerwasser, bist immer in Bewegung. Du musst Liegestütze machen, schwimmen, rudern, dann wieder kilometerweit laufen, Boote tragen, Sit-ups machen. Dreck bedeckt alles bis auf die Augen, und wegen des Salzwassers brennen deine Abschürfungen. Am übelsten ist jedoch der Schlafentzug. Irgendwann bekommst du Halluzinationen oder schläfst während des Essens ein. Teamwork und Kameradschaft sind während dieser Woche unverzichtbar, und nur diejenigen, die wirklich ein SEAL werden wollen, halten durch. Das sind nicht immer die körperlich Stärksten. Ganz viel passiert im Kopf, und die Ausbilder wollen gleich zu Beginn wissen, wer den Anforderungen nicht gewachsen ist.«

Ich kann mir Ray vorstellen, wie er im kalten Meerwasser in der Brandung saß, eingehakt bei seinen Nebenmännern, und die Wellen über ihn hinweggerollt sind. Er hat gezittert, war unterkühlt, aber hat niemals aufgegeben.

Mit dem Daumen fährt er über meinen Handrücken, und ich blicke zu ihm. Langsam kann ich ihn im diffusen Licht erkennen. Die Decke reicht ihm nur bis zum Bauchnabel; den freien Arm hat er neben dem Kopf angewinkelt.

Dummer Kerl, er sollte seinen verletzten Arm stillhalten! Er muss doch höllische Schmerzen haben, oder steht er noch unter Drogen?

Während er mich ansieht, erzählt er weiter. »Nur fünfundzwanzig Prozent überleben diese ersten Wochen, und die meisten von ihnen schaffen dann auch den Rest. Scott jedoch schied am zweiten Tag der Höllenwoche aus. Körperlich war er fit, aber er hat die psychischen Belastungen nicht ertragen.«

Ich hätte wahrscheinlich nicht mal einen Tag überstanden.

»Während der Höllenwoche sind Flash und ich Freunde geworden. Wir haben in den darauffolgenden Monaten Seite an Seite trainiert, die Taucher- und Fallschirmausbildung absolviert, gelernt, mit Waffen und Sprengstoff umzugehen, und mussten uns mehrere Fremdsprachen aneignen. Jedes Teammitglied muss perfekt abschneiden, damit es allen denkbaren Situationen zu Wasser, zu Luft oder zu Land gewachsen ist.« Er klingt schwermütig. Sicherlich betrübt es ihn, kein SEAL mehr zu sein.

»Welche Sprachen sprichst du denn?«

»Fließend Spanisch, Französisch und Russisch und ein paar Brocken Arabisch und Chinesisch.«

»Wow, das ist beeindruckend!«

»Glaub mir, das war für mich an der ganzen Ausbildung das Schwerste. Lieber hätte ich die Höllenwoche noch mal wiederholt.«

»Das kann ich mir bei dir gut vorstellen.« Ich lächele ihn an und er grinst zurück.

»Was hat Scott danach gemacht?«, frage ich schnell, damit ich nicht dem Impuls nachgebe, mich auf ihn zu rollen. Ich würde so gerne in seinen Armen liegen und bin Ray nicht mehr böse, dass er mich an sich gekettet hat.

»Als ich auf der halben Welt eingesetzt wurde, konnte er eine Ausbildung zum Wachmann in einer großen Firma machen, während Jessie in einer Steuerkanzlei anfing. Ich glaube, sie war ganz glücklich, dass Scott kein SEAL wurde und bei ihr war. Ein Jahr später haben sie geheiratet.«

»Warst du auf der Hochzeit?«

»Ich wäre total gerne gekommen, aber ich war in der Arktis stationiert.«

Wie wäre mein Leben verlaufen, wenn Ray noch SEAL wäre und wir uns kennengelernt, ja, ineinander verliebt hätten? Wie oft hätte ich ihn gesehen?

Lana, du träumst schon wieder!

Tatsächlich bin ich müde, deshalb schließe ich die Augen. Auch Ray höre ich gähnen. Es war ein langer, harter Tag.

»Scott hatte sich verändert, nachdem sich unsere Wege trennten«, erzählt er weiter. »Zuerst war mir das nicht bewusst, denn ich war wegen der Einsätze immer abgelenkt, und wir hatten uns nur einmal kurz getroffen, als ich meine Eltern besucht habe. Das war schon nach der Hochzeit. Scott arbeitete mittlerweile als Bodyguard für diverse Politiker, war manchmal tage- oder wochenlang weg. Er konnte sich ein neues Auto leisten und ein großes Haus, und zwar innerhalb kürzester Zeit. Auch wenn Scott mich ignorierte und kaum auf meine SMS antwortete, hatte ich heimlich Kontakt zu Jessie. Wir telefonierten öfter, und sie hielt mich auf dem Laufenden, lud ihren Kummer bei mir ab und erzählte mir, dass sich Scott ihr gegenüber auch immer mehr verschloss. Diese Telefonate wurden mir später leider zum Verhängnis, denn Scott unterstellte uns eine Affäre. Dabei hatten wir nie etwas miteinander, waren lediglich gute Freunde.«

»Inwiefern hatte sich Scott verändert?«, frage ich und drehe mich auf die Seite, um Ray noch näher zu sein.

»Er redete nicht mehr mit mir, und Jessie schloss er völlig aus seinem Leben aus, zumindest was das Berufliche betraf. Sie glaubte, er hätte eine andere, mit der er sich heimlich verabredete.«

»Klingt zumindest alles danach.«

»Ja, aber das würde nicht erklären, wieso Scott mit Geld um sich werfen konnte. Jessie kannte sich als Steuerberaterin damit aus, und sie hat natürlich nachgeforscht. Er hatte keine Schulden, aber sie wusste auch nicht, wovon er das Haus abbezahlt hat. Als sie ihn darauf ansprach, muss Scott ausgerastet sein und mit Scheidung gedroht haben. Von da an war sie still.«

»Das klingt alles seltsam. Wie hat er es geschafft, das mit dem Geld zu verheimlichen?«

»Er hat erst behauptet, eine größere Summe von einer Tante geerbt zu haben, und Jessie hat ihm das abgenommen.«

Scott und Jessica müssen eine seltsame Ehe geführt haben, aber ich will mich nicht zu lange mit den beiden aufhalten, sondern mehr von Ray erfahren. »Ob sich Scott von dir abgewandt hat, weil er kein SEAL geworden ist?«

»Ich habe auch erst gedacht, er hat es nicht verkraftet, dass er die harte Ausbildung nicht gepackt hat.«

»Er war eifersüchtig.«

»Vielleicht. Dabei hatte er keinen Grund dazu. Er hatte Jessie, die ihn über alles geliebt hat, und offenbar ja auch einen guten Job.«

»Und wie bist du dann mit ihr im Bett gelandet?«, frage ich vorsichtig und lege die Hand auf seinen Bauch. »Das war jetzt nicht so gemeint, wie es geklungen hat.«

»Wenn ich das wüsste«, murmelt er. »Ich bekam eine Einladung zu Scotts dreißigstem Geburtstag von ihr. Sie wollte Scott und mich einander wieder näherbringen und ebenso, dass ich mal mit ihm rede, ihn aushorche, ob eine andere Frau im Spiel ist. Die Feier fand in einem großen, angemieteten Saal statt, auch ein paar Politiker waren anwesend. Es war sehr unpersönlich, ich kannte außer Scott und Jessie niemanden. Da war ich sehr froh, als sie mich zum Tanzen aufgefordert hat.« Er legt seine Hand auf meine, die auf seinem Bauch ruht, als würde er mich doppelt festhalten wollen.

»Jessie scheint sehr nett gewesen zu sein.«

»Das war sie. Aber nicht nur deswegen hat sie mich auf die Tanzfläche geholt, sondern auch, um mit mir ungestört zu reden und mir heimlich den Schließfachschlüssel zu geben.«

»Was hat sie gesagt?« Gespannt halte ich den Atem an und reiße die Augen auf.

Ray blickt mich an. »Sie erzählte mir, dass sie Unterlagen im Aktenvernichter gefunden hätte. Ihrer Meinung nach deuteten diese darauf hin, dass Scott in etwas Furchtbares verwickelt ist, wahrscheinlich in krumme Geschäfte. Der Schredder hatte wohl den Geist aufgegeben, ohne dass es Scott gemerkt hat. Er hat zehn Blätter auf einmal vernichten wollen. Jessie hat die Papiere genommen und in einem Schließfach versteckt.«

»Was waren das für illegale Geschäfte?«

»Das habe ich nie erfahren. Bevor sie mir mehr sagen konnte, eilte Scott auf die Tanzfläche, um mich abzulösen.«

»Ob er gewusst hat, dass sie dir was erzählen wollte?«

»Im Nachhinein kommt es mir so vor.«

»Und warum kam sie damit zu dir?« Langsam schiebe ich meinen Oberschenkel auf den von Ray. Ich will mich an ihn schmiegen, mit ihm kuscheln – traue mich aber nicht. Er unternimmt keinen Versuch, mir näherzukommen, außer dass er meine Hand hält.

»Jessie wollte nicht zur Polizei, weil sie Scott liebte. Aber sie wusste auch nicht, was sie sonst tun sollte. Sie wollte meinen Rat und bat mich darum, mal mit ihm zu reden.«

»Ich glaube, sie hat dir vertraut, weil du ein Navy SEAL warst, also jemand, der für sein Land kämpft und es beschützt. Vielleicht hatte sie sogar Angst vor ihrem Mann.«

»Sie machte nicht den Eindruck, und ich habe ein gutes Gespür.« Er drückt meine Hände fester und lächelt. »Ich freue mich, dass du keine Angst mehr vor mir hast.«

Er wirkt immer müder, gähnt ständig. Einerseits möchte ich ihn endlich schlafen lassen, andererseits will ich alles erfahren. Ich will die ganze Geschichte kennen, um ihm vielleicht helfen zu können. Falls wir geschnappt werden und Ray wieder hinter Gitter kommt, würde ich die Beweise beschaffen. Es tut mir in der Seele und im Herzen weh, diesen starken Mann gefangen zu sehen. Er kam mir ohnehin immer wie ein Löwe im Käfig vor. Ihm wurde ungerechterweise die Freiheit genommen, und ich werde alles daransetzen, dass er sie zurückerhält.

»Wie ging es weiter?«, frage ich, als er längere Zeit schweigt.

»Nach der Feier sind Scott und ich noch was trinken gegangen. Ich bin bis dahin den ganzen Abend über nüchtern geblieben, weil ich mich langsam vortasten und ihn aushorchen wollte. Wir fuhren mit seinem Wagen zu unserer ehemaligen Stammkneipe, und ich habe ihn gebeten, mich kurz … irgendwo abzusetzen, damit ich den Schlüssel verstecken konnte.«

»Wo war das?« Als er nicht weiterredet, schnaube ich enttäuscht, ziehe die Hand von seinem Bauch und rolle mich auf den Rücken. »Du vertraust mir immer noch nicht. Ich bin nicht dein Feind, Ray.«

Ich muss wohl so verletzt geklungen haben, dass er sich zur Seite rollt und mir ins Ohr flüstert: »Der Schlüssel ist im Haus meiner Eltern. Ich habe Scott gesagt, dass ich schnell nach dem Rechten sehen und meiner Mum Bescheid geben wollte, dass es später werden würde. Auch wenn ich schon seit Jahren nicht mehr zu Hause wohne, verfällt sie sofort in alte Gewohnheiten, sobald ich zu Besuch bin. Wie Mütter eben so sind.«

Mein Herz rast. Hat er mir die Wahrheit gesagt?

Ich glaube schon.

Leider bin ich so überrascht, dass ich nicht weiß, was ich darauf erwidern soll.

Ray legt sich erneut auf den Rücken und hält meine gefesselte Hand. »Ich habe Scott zuerst gefragt, wie es in seiner Ehe läuft und im Job. Aber er hat nichts Konkretes rausgelassen und mir auch nur die Erbschaftsstory aufgetischt. Wir haben viel getrunken, über früher geredet, und er wollte eine Menge über meine Zeit bei der Einheit wissen. Ich habe mich über sein Interesse gefreut. Natürlich habe ich bemerkt, dass mit ihm etwas nicht stimmt und er mir was verschweigt oder ständig ausweicht. Er wirkte auch sehr nervös und hat sich immer wieder umgesehen. Um etwa drei Uhr morgens bin ich in der Kneipe aufs Klo gegangen, hab noch einen Tequila mit ihm getrunken, den er bereits bestellt hatte, und von da an habe ich einen Filmriss.« Schwerfällig holt er Luft. »Ich hätte mich mehr auf meine Umgebung und nicht auf die hübschen Mädchen konzentrieren sollen, aber ich war schon zu lange allein und wollte die Nacht in den Armen einer heißen Braut verbringen. Leider war keine da, die mir gefallen hat. Sonst wäre die Sache vielleicht anders ausgegangen.«

»Scott hat dir also was in den Drink geschüttet?«, frage ich.

»Vermutlich, und ich bin erst am Morgen in einem Hotelbett wieder zu mir gekommen. Neben mir lag Jessie, nackt, gefesselt und ... tot.« Erneut atmet er hörbar ein. »Egal, wie betrunken ich war: Ich hätte sie nie angerührt, weil sie mit Scott verheiratet und auch nicht mein Typ war.«

Ich kann mir vorstellen, wie Scott ihn ins Auto gebracht hat, als er bereits benommen war, ins Hotel gefahren ist und ... »Wie hat er eingecheckt?«

»Es war ein Automatenhotel. Scott brauchte nur meine Kreditkarte, die ich natürlich dabei hatte. In solchen Hotels gibt es kein Personal. Du buchst das Zimmer über ein Terminal und erhältst einen Zugangscode.«

»Also gibt es keine Zeugen.«

»Nein.«

Shit ... »Was ist Scott für ein Typ? Du wiegst locker neunzig Kilo, Ray. Er konnte dich doch sicher nicht so einfach tragen.«

»Er ist tatsächlich eher schmächtig. Ich traue ihm zu, dass er Jessie tragen konnte, sie war ein Fliegengewicht. Aber mich hätte er wohl kaum allein die Treppe nach oben bekommen. Das Zimmer lag im ersten Stock. Glaub mir, darüber habe ich mir auch schon den Kopf zerbrochen.«

»Dann hatte er Hilfe. Deine Ex hat doch mehrere Leute erwähnt, die sie bedroht hatten.« Als Ray nicht weiterspricht, sage ich: »Scott hat sie erdrosselt, weil sie etwas wusste, das ihn belastet hätte.«

Ray seufzt müde. »Ich kann mir einfach nicht vorstellen, dass Scott sie umgebracht hat.«

»Dann die Leute, für die er offensichtlich arbeitet. Da muss eine Organisation dahinterstecken.«

»Ja, nach Julias Aussage bin ich mir diesbezüglich sicher. Aber Jessie hatte Haut von mir unter den Fingernägeln, Lana, und ich Kratzer auf dem Arm, als hätte sie sich gewehrt. Was, wenn ich es doch war?« Er klingt so müde und verzweifelt, dass ich mich sofort zu ihm drehe und einen Arm um ihn lege.

»Du warst es nicht, Ray. Hier versucht jemand eine große Sache zu vertuschen.«

»Morgen wissen wir hoffentlich mehr«, sagt er leise. Er klingt immer erschöpfter.

»Sie hatten keine Kinder, oder?«

»Nein. Aber … sie war im zweiten Monat schwanger.«

»Oh Gott, das ist furchtbar!«

»Scott wusste es offenbar nicht. Es war aber sein Kind.«

»Wenigstens konnten sie dir das nicht auch noch anhängen.« Das ist alles unglaublich. »Warum hat er dich nicht gleich getötet?«

»Dann hätte die Polizei ja nach dem wahren Mörder fahnden müssen.«

»Stimmt.« Ganz schön gut durchdacht, das Ganze. »Ich bin mir sicher: Dein ehemaliger bester Freund wollte dir den Mord anhängen, um dich aus dem Weg zu räumen und gleichzeitig einen Täter zu haben.«

»Sieht so aus. Aber da ich keinerlei Beweise habe und der Minister, den er zuletzt bewachte, für ihn ausgesagt hat, hatte ich schlechte Karten.«

»Und du hast deinem Anwalt nichts von dem Schließfach erzählt, weil du Angst hattest, dass er auch geschmiert wurde?«

»Das wurde er hundertprozentig. Das war wohl der schnellste Prozess des Jahrhunderts. Er hat sich nicht gerade angestrengt, meine Interessen zu vertreten.«

»Das ist alles ganz schrecklich.« Wenn ich mir vorstelle, mir wäre so etwas passiert … Ein kalter Schauder läuft mir über den Rücken.

»Die Falschaussage von Julia hatte mir dann endgültig das Genick gebrochen«, murmelt er, während er mich fester an sich zieht, sodass sich unsere Nasen beinahe berühren. »Ich konnte im Gericht nicht glauben, was sie erzählt, habe beinahe gedacht, ich hätte zwei Seelen in mir, hätte eine gespaltene Persönlichkeit und weiß vielleicht nichts davon, dass ich es liebe, Frauen zu quälen. Aber jetzt habe ich Gewissheit. Jemand hat sie erpresst, und es war nicht Scott allein. Doch er muss der Drahtzieher sein, denn er allein wusste, neben meinen Exfreundinnen und Flash, von meiner Neigung zu besonderen Spielarten. Und dieses Wissen hat er gegen mich verwendet.«

»Genau wie die Anrufe.«

»Und den Tanz am Abend zuvor. Er will gehört haben, wie Jessie und ich uns in einem Hotel verabredet haben.«

»Und er hat nichts dagegen unternommen?«, will ich wissen.

»Er hat ausgesagt, dass er zu betrunken und sich erst nicht sicher war. Nachdem Jessie nicht nach Hause kam, hat er Stunden später in dem Hotel nach ihr gesucht. Der Vorhang des Zimmers war nicht ganz zugezogen, Scott hat uns gesehen und die Tür eingetreten.«

»Er konnte gleich die Polizei rufen, und es wäre kein Verdacht auf ihn gefallen, wenn sie am Tatort Spuren von ihm gefunden hätten, weil er schon vor den Beamten da gewesen ist.« Das Puzzle fügt sich perfekt zusammen.

»Ja, er hat wirklich an alles gedacht.«

»Er hat aber einen Fehler gemacht, weil er nicht aufmerksam genug seine Beweise vernichtet hat. Und wir werden diese Beweise finden, Ray, und dann wird Scott für all das büßen, was er dir angetan hat.«

»Weißt du …« Er zieht meinen Kopf näher zu sich und steckt die Nase in mein Haar. »Das Schlimmste für mich ist, nicht zu wissen, warum er mir das angetan hat. Wir waren unser halbes Leben lang beste Freunde.«

»Manchmal kennt man jemanden schon so lange und weiß doch nicht, wie es in ihm aussieht.« Ich lege die freie Hand auf seine Brust, genau auf die Stelle, an der sein Herz ruhig, aber kraftvoll schlägt. »Und manchmal ist es umgekehrt.«

»Danke, dass du an mich glaubst.« Er greift in meinen Nacken und küsst mich auf den Scheitel.

»Ray, halte endlich deinen Arm still«, sage ich. »Abgebrühter SEAL hin oder her, die Wunde muss heilen.«

»Gleich«, raunt er.

»Danke, dass du mir alles erzählt hast.« Ich sehe zu ihm auf, um ihm einen schnellen Kuss auf den Mund zu geben, den er matt, aber mit einem Lächeln, erwidert.

»Willst du nicht endlich die dämlichen Handschellen abnehmen?«, murmele ich an seinen Lippen.

Der Griff in meinem Nacken lockert sich, und Ray stößt die Luft aus, als wäre ihm eine große Last genommen worden. Vielleicht hat er aber auch nur wegen der Schmerzen die Zähne zusammengebissen.

»Ray?«, wispere ich.

Ist er tatsächlich eingeschlafen, oder tut er nur so?

Er war sehr müde und erschöpft. Ich glaube, er schläft wirklich.

Gähnend lege ich mich auf den Rücken und starre durch das gekippte Fenster in den trüben Nachthimmel. Gott, was für ein Tag! Ich kann mir immer noch nicht vorstellen, dass ich das alles heute wirklich erlebt habe.

Ray hat mich angelächelt und geküsst. Na ja, es war kein richtiger Kuss, trotzdem hat er mein Herz wild zum Schlagen gebracht. Aber das schafft mein sexy SEAL auch ohne Körperkontakt. Diesem Mann trieft Charme aus jeder Pore, außerdem besitzt er Humor, und ich stehe auf seine leicht dominante Art.

Stopp! Ich sollte schleunigst aufhören, mich in einen Flüchtigen zu verlieben. Himmel, wahrscheinlich leide ich am Stockholm-Syndrom!

Nein, ich fand Ray auch vorher schon wahnsinnig attraktiv und interessant. Hoffentlich können wir morgen endlich an die Beweise gelangen.

Kapitel 7 – Überraschungsbesuch

Was für ein verrückter Traum. Ray ist aus dem Gefängnis geflohen und hat mich mitgenommen. Er wurde angeschossen, wir haben uns in einer Wohnung versteckt, und ich habe seine Wunde versorgt.

Als ich die Augen aufschlage, brauche ich ein paar Sekunden, um im Morgenlicht zu erkennen, wo ich bin. Wie spät mag es sein? Sieben Uhr? Auf jeden Fall weiß ich jetzt, dass ich nicht geträumt habe. Verdammt, das ist wirklich passiert!

Ray hat sich in Löffelchenstellung an meinen Rücken geschmiegt, und mein Herz beginnt heftig zu schlagen, weil er seine Hand unter mein T-Shirt geschoben und auf meinen nackten Bauch gelegt hat. Sofort ziehe ich ihn ein, weil ich mir neben Rays gestähltem Körper dick und unsportlich vorkomme. Und die Seitenlage ist für mich besonders unvorteilhaft, weil sämtliche Eingeweide der Schwerkraft folgen wollen.

»Hör auf, deinen Bauch einzuziehen«, murmelt Ray hinter mir in mein Haar.

Langsam lasse ich wieder locker, woraufhin er mich noch mehr zu sich heranholt. Himmel, wie sehr ich es genieße, von ihm gehalten zu werden! Ich wünschte, wir könnten das Bett nie verlassen.

»Ich bin nicht vollkommen«, wispere ich, und er raunt: »Du bist perfekt. Ich liebe deine sanften, weiblichen Rundungen.«

Ray findet mich perfekt?

Nun schlägt mein Herz aus anderen Gründen schneller. Ich spüre, was er will, und ich will es auch, will mich an seinem Adoniskörper reiben und vor allem diesen besonders harten Körperteil von ihm spüren, der sich gegen meinen Po drückt.

»Ich musste dich festhalten«, sagt er rau, wobei er seine Hand höher wandern lässt, bis sie an der Unterseite meiner Brust anstößt. »Du hast dich die halbe Nacht hin und her gewälzt und warst erst ruhig, als ich dich an mich gezogen habe.«

Schon die kleinste Berührung von ihm entfacht einen Großbrand in mir. Meine Brüste spannen und sehnen sich nach mehr, nach seinen großen, kraftvollen Fingern. »Ich wollte dich nicht vom Schlafen abhalten, aber das ist bei mir leider Normalzustand.« Ich schlafe allgemein schlecht, doch nach dieser Nacht fühle ich mich erstaunlich ausgeruht ... und zu allen Schandtaten bereit. Ich will mich umdrehen, aber Ray hält mich wie in einem Schraubstock gefangen. Und als er seine Hand auf meine Brust drückt, richtet sich mein Nippel auf, und das köstliche Ziehen fließt hinunter zwischen meine Schenkel.

»Du kannst dich erst entspannen, wenn dich jemand hält. Oder fesselt.« Er keucht in mein Ohr, dann schiebt er am Nacken mein Haar zur Seite, um mich dort zu küssen. Sanft knabbert er an meiner Haut und macht mich fast rasend vor Lust. Ich winde mich, aber er lässt mich nicht los. Stattdessen widmet er sich meiner anderen Brust und drückt auch diese sanft. »Ich glaube, das ist genau das, was du brauchst.«

Nun erst bemerke ich, dass Ray uns die Handschellen abgenommen hat. Er betastet abwechselnd meine Brüste und zwirbelt meine Nippel, sodass auch ich immer erregter werde. Meine Gedanken verschwimmen, ich will nur noch überall von ihm berührt werden, und als er seine Hand zwischen meine Beine legt und durch den Slip die Finger in meinen Venushügel krallt, keuche ich vor Lust.

Halt, er ist verletzt!

Bevor ich keinen klaren Gedanken mehr fassen kann, schiebe ich seine Hand weg. »Ray, du darfst deinen Arm nicht zu viel bewegen.« Er muss höllische Schmerzen haben.

»Okay, Doc«, raunt er. »Dann leg dich auf mich.«

Als ich mich erneut umdrehen möchte, setzt er hinzu: »Mit dem Rücken.«

Ich soll mich mit dem Rücken auf seine Brust legen? Das stelle ich mir nicht gerade gemütlich vor. Aber weil ich neugierig bin und Ray vertraue, will ich es machen. Hauptsache, er hört endlich auf, seinen verletzten Arm zu bewegen.

Während ich mich aufrichte, befiehlt er: »Zuerst ziehst du dich aus. Ich will dich ganz nackt.«

Ich traue mich nicht, ihn anzusehen, denn vielleicht träume ich ja doch noch, und sobald ich mich ihm zuwende, löst er sich auf. »Ich mache das nur, wenn du deine Shorts ausziehst.«

»Das hab ich doch längst.«

Nun hält mich nichts mehr – ich knie mich hin und schaue ihn an. Tatsächlich liegt er splitternackt im Bett und die Zudecke befindet sich irgendwo bei seinen Füßen. Doch alles, worauf ich starren kann, sind seine Bauchmuskeln und die Erektion, die schräg nach oben ragt. Dieser Mann ist ein Gott, und das weiß er sehr wohl! Wie viele Frauen hat er bisher allein durch sein Aussehen ins Bett bekommen?

Hart räuspere ich mich und versuche, in sein Gesicht zu blicken. »Wie geht es dir?«

Ich bekomme ein dickes Grinsen als Antwort. »Gut, aber es ginge mir noch besser, wenn ich meine Schulden bei dir beglichen hätte.«

»Welche?«

»Ich stehe noch mit einem Orgasmus bei dir in der Kreide.«

Er spricht völlig unverblümt über Sex und darüber, was er will, sodass mir Hitze in jeden Winkel meines Körpers schießt. Aber ich mag das, schließlich soll man ja miteinander reden, oder?

Ray setzt sich ebenfalls auf und lächelt verschmitzt. »Jetzt hat es dir die Sprache verschlagen.« Er starrt mich endlose Sekunden lang an, dann fasst er in mein Haar, und sein Blick wirkt entrückt. »Du bist so wunderschön.«

Ich muss wie ein zerrupftes Huhn aussehen, denn mein Zopf hat sich aufgelöst und meine Haare stehen in alle Richtungen.

Kurz begutachte ich seinen Verband, aber der sieht okay aus. Nur Ray ist ein wenig blass im Gesicht.

Während er mich mustert, mache ich nichts anderes bei ihm. Erneut wandert mein Blick zurück zu seinem Penis. Die pralle Kuppe glänzt feucht, und ein weiterer Tropfen perlt darüber.

Ray lässt seine Hand von meinem Nacken über den Stoff zu meinen Brüsten gleiten. »Ausziehen, Lana«, befiehlt er mit düsterer, sexy Stimme.

Ohne zu zögern komme ich seinem Wunsch nach, streife das Shirt über meinen Kopf und lasse mich von ihm berühren. Er wiegt meine Brüste mit einer Hand und beugt sich schließlich vor, um meine Nippel abwechselnd in den Mund zu saugen.

Wie erstarrt knie ich neben ihm, um seine Zuwendungen

zu genießen. Ich bin aufgeregt, weil ich weiß, welchen Ruf er hat, und weil ich nicht weiß, ob ich mich darauf einlassen kann. Da keimt ab und zu ein winziger Funke Restzweifel auf.

»Ich liebe Frauen, bei denen es was zum Anfassen gibt«, raunt er an einen meiner Nippel, bevor er ihn erneut einsaugt und mit einer Hand meine Brust knetet.

Ich lasse meine Finger in sein kurzes Haar gleiten und will Ray endlich küssen. Richtig küssen.

Leider weicht er viel zu bald zurück. »Du bist immer noch nicht ganz nackt.«

Meine Knie zittern, als ich mich auf der Matratze erhebe, um aus dem Slip zu steigen. Dabei lässt mich Ray keine Sekunde aus den Augen. Er leckt sich über die Lippen und lässt sich ins Kissen zurücksinken. Seine Blicke prickeln überall auf meiner Haut, besonders auf meinen Brustspitzen und zwischen meinen Schenkeln. Wenn allein seine Blicke schon solch eine Wirkung auf mich haben ... Himmel, ich werde feucht, nur weil er mich wie ein gefährlicher Krieger ansieht, der jede Sekunde über seine gefangene Sklavin herfallen will.

»Und jetzt leg dich auf mich«, fordert er.

Ich drehe mich um und gehe in die Hocke, um mich umständlich mit dem Rücken auf ihm auszustrecken. Dabei passe ich auf, nicht seine verletzte Seite zu berühren.

Schließlich liege ich leicht schräg auf ihm, sodass unsere Köpfe nebeneinander auf dem Kissen ruhen.

»Und jetzt?«, frage ich, weil ich diese Stellung seltsam und auch ein wenig unbequem finde. Will er von hinten in mich eindringen? Ich weiß, dass Ray gesund ist, schließlich habe ich seine Blutproben ins Labor geschickt, als er eingeliefert wurde. Aber das schützt mich nicht vor einer Schwangerschaft. Weil ich schon so lange ohne Freund bin, nehme ich auch nicht die Pille oder verhüte mit der Spirale.

»Stell die Beine auseinander, damit ich dich dort berühren kann.« Er streift mit der Hand an meiner Taille vorbei, krallt die Finger in meinen Venushügel, und ich bäume mich ihm leicht entgegen.

»Du bist wie ein Wildpferd, das man in einen zu kleinen Stall gesperrt hat«, raunt er. »Brich endlich aus. Ich will, dass du dich fallen lässt und genießt. Du kommst mir oft sehr verkrampft vor.«

Er glaubt mich zu kennen? Nun gut, er hat recht, ich bin kein Mensch, der mal eben lockerlassen kann, schon gar nicht beim Sex. Doch mit Ray ist es irgendwie anders. Er hat mir bereits mehrfach zu verstehen gegeben, dass er meinen Körper sexy findet, sodass ich keine Scheu habe, mich vor ihm zu zeigen. Außerdem gibt es zwischen uns eine besondere Verbindung. Die habe ich bereits gespürt, als er zum ersten Mal auf die Krankenstation gekommen ist.

Ich öffne meine Schenkel und lasse es zu, dass Ray diese unerträglich heftig pochende Stelle berührt. Es ist wie eine Erlösung, als er endlich über meine Klitoris reibt und mit einem Finger in mich gleitet. Erneut bäume ich mich seiner Hand entgegen und genieße es, wie er mich bearbeitet. Dabei geht er nicht zimperlich mit mir um und berührt mich fester, als es je ein Mann bei mir getan hat. Und mir gefällt es. Meine Atmung hat sich zu einem abgehackten Keuchen beschleunigt, und ich erkenne mich nicht wieder. Ich liege einfach auf ihm, reglos und mit gespreizten Beinen, und lasse mich von ihm befriedigen.

Doch ein Kuss wäre noch schön. Deshalb drehe ich ihm den Kopf zu, blicke ihn flehentlich an und keuche gegen seinen Mund. Bitte küss mich, Ray.

»Welche Spielarten hast du schon ausprobiert, Lana?«, raunt er.

»Keine besonderen.«

»Ich würde sie dir gerne alle zeigen. Aber nicht hier, nicht jetzt.« Er leckt sich über die Lippen, während er weiterhin meine Klitoris bearbeitet. Ich will meine Schenkel schließen, um den Druck zu erhöhen, doch er gibt mir einen Klaps auf meine Schamlippen und befiehlt: »Schön weit offen lassen.«

Sofort nehme ich die Beine wieder auseinander. Jetzt wünsche ich mir entgegen aller Vernunft doch, dass er in mich eindringt, aber ich kann seine Erektion nicht fühlen, weil ich zu weit oben liege. »Was ist mir dir? Willst du nicht auch ...«

Als er mich sanft in den Kitzler zwickt, komme ich fast. »Jetzt bist du dran, Honey. Mein Schwanz wird sich gedulden, auch wenn er am liebsten in deine nasse, heiße Pussy tauchen möchte.«

Wenn er weiter mein Kopfkino anheizt, werde ich mich einfach umdrehen und mich auf ihn setzen!

Moment, hat er mich eben *Honey* genannt? »Hast du jetzt einen neuen Spitznahmen für mich?«, will ich wissen. »Was ist mit *Doc?*«

Drei kurze Schläge treffen meinen Venushügel. »Hör auf, dir über alles Mögliche Gedanken zu machen!«

Zwischen meinen Schenkeln pocht und glüht es. Mein Inneres verkrampft sich, und ich stehe kurz vor einem Orgasmus. Doch davor möchte ich ihn küssen!

Ich lecke ebenfalls über meine Lippen und starre auf seinen Mund, der sich nur Millimeter vor meinem befindet.

»Ich würde dich gerne gespreizt und festgebunden sehen, Lana, doch erst, wenn ich meine Unschuld bewiesen habe. Vorher wirst du dich nicht wirklich fallen lassen können.«

Er versteht mich wirklich.

»Du liebst also SM?« Hart keuche ich an seinen Mund, während seine Finger immer schneller über meine Klit reiben.

»Nein, das hat die Presse völlig falsch dargestellt, weil die Begriffe ständig verwechselt werden. Ich stehe auf Fesselspielchen, das ist etwas anderes. Aber man kann beides wunderbar miteinander kombinieren.« Wie zum Beweis zwickt er mich erneut, sodass ein Schwall meiner Creme aus mir hervorquillt. Ray verteilt sie sofort zwischen meinen Schamlippen, um alles noch glitschiger zu machen.

»Lass deine Beine gespreizt, Lana«, raunt er. »Ich will dich fühlen. Lass dich fallen. Spür, was meine Finger mit dir anstellen.«

Nach dem letzten Wort drückt er endlich die Lippen auf meinen Mund. Hungrig taucht seine Zunge in mich und umspielt meine. Seine Lippen sind herrlich weich und doch unnachgiebig. Wir küssen uns, züngeln miteinander und schnappen nach dem anderen. Reine Gier treibt uns an. Ich hatte nie so viel Lust auf einen Mann.

Ich nehme kaum noch etwas um uns herum wahr, nur meinen Körper, Ray unter mir, seine Finger und seinen herrlichen Mund. Die Hand auf seiner verletzten Seite hat er auf meine Brust gelegt, um diese besitzergreifend zu halten, mit der anderen reibt er weiterhin über meinen Kitzler.

»Ray«, wispere ich, während er meinen empfindsamen Nerv immer härter bearbeitet.

»Komm für mich, Honey. Genieße einfach.«

Und als er mich abermals küsst, diesmal mit zärtlicher Hingabe, schießt ein köstliches Ziehen in meinen Unterleib. Mein Kitzler pocht gegen seine reibenden Finger, und ich stöhne in seinen Mund. Der Höhepunkt ist lang, heftig und verdammt gut. So einen habe ich bisher nur erlebt, wenn ich mich selbst befriedigt habe. Ein Wirbel reißt mich davon, trägt mich an die Decke und setzt mich Sekunden später wieder ab.

Als ich meine Gedanken gesammelt habe, bleibe ich schwer atmend auf ihm liegen und schließe die Augen. Wow!

»Kommst du immer so schnell?«, fragt er und klingt leicht amüsiert.

»Nein, das war neuer Rekord«, sage ich grinsend. Es gefällt seinem männlichen Ego wohl, dass er bei mir so schnell Erfolg hatte. Ich wette, er kann mich noch in ganz andere Sphären bringen.

»Daran müssen wir noch arbeiten. Du solltest das Vorspiel länger genießen.«

»Vielleicht weißt du aber auch einfach, welche Knöpfe du bedienen musst. Ich hätte mich nicht länger beherrschen können.« Ich öffne die Augen und lächele ihn an. »Du hast die Anatomie der Frau bestimmt schon ausgiebig erforscht.«

»In den letzten Jahren leider nicht mehr. Seit ich mich dazu entschieden habe, ein SEAL zu werden, habe ich wie ein halber Mönch gelebt.«

»Und wann warst du mit Julia zusammen?«

»Ich habe sie vor drei Jahren kennengelernt, als ich einen Monat Urlaub hatte und meine Eltern besucht habe. Sie war unsere Briefträgerin.«

»Lass mich raten: Du hast in Unterhosen die Tür aufgemacht.«

Er lächelt verrucht. »So ähnlich. Mum hatte mich gebeten, vormittags, als ich gerade aus dem Bett gefallen bin, an die Gartentür zu gehen und einen wichtigen Brief entgegenzunehmen. Julia ist regelrecht in mich hineingelaufen, und es hat sofort zwischen uns gefunkt.«

Es macht mich glatt ein bisschen neidisch, mir vorzustellen, wie sie gegen seinen harten Körper geprallt ist. »Und wie lange wart ihr zusammen?«

»Drei Wochen. Danach war ich ein Jahr in Kabul, und als ich zurückkam, war sie mit einem anderen verlobt.«

Ob das der Typ war, von dem sie das Baby hat? Vielleicht frage ich ihn das ein anderes Mal. Jetzt möchte ich mich frisch machen und gemeinsam mit Ray überlegen, wie wir an die Beweise gelangen. Wundervoller Sex hin oder her – ich will noch mehr davon, aber das bekomme ich nur, wenn Ray endlich frei ist. Deshalb rolle ich mich von ihm herunter und möchte ihm noch einen Kuss geben, erstarre jedoch, als ich das Blut sehe, das durch seinen Verband sickert.

»Verdammt, Ray, du hättest stillhalten sollen!«

»Das war es mir wert.« Grinsend riecht er an seinen Fingern, sodass mir gleich wieder Hitze in die Wangen schießt.

Unmöglicher Kerl!

Ray sieht nicht gut aus. Er schwitzt und ist käseweiß im Gesicht.

»Ich mach dir gleich einen neuen Verband.« Ich decke ihn zu, gehe ins Bad, wasche mich schnell und kehre mit dem Verbandsmaterial zu ihm zurück.

»Weißt du, dass du der Traum fast aller männlichen Insassen bist?«, fragt er, als ich mir erneut sein T-Shirt überstreife und in den Slip steige.

»*Fast* aller?« Überheblich grinsend wackele ich mit den Brauen, während ich mich zu ihm setze und den alten Verband abrolle.

»Hm«, brummt er. »Weil der Rest nur auf Männer steht.«

Als ich das Einschussloch sehe, vergeht mir das Grinsen. Es ist stark gerötet, heiß und geschwollen. »Die Wunde hat sich entzündet. Du brauchst Antibiotika!« Noch sieht es nicht allzu tragisch aus, und sein Körper könnte durchaus selbst damit fertig werden. Ray ist stark und gesund. Aber mehr als genug Ärzte haben auch schon starke Männer an solche Infektionen verloren.

»So schnell haut mich nichts um«, murmelt er.

»Ein kleines fieses Bakterium hat dich schneller in die Knie gezwungen als eine Woche ohne Nahrung auf hoher See, SEAL.«

Als er nicht darauf antwortet, sondern mich nur seltsam anstarrt – ja, er wirkt nun sogar ein wenig ängstlich, als würde er genau wissen, dass ich nicht spaße –, desinfiziere ich die Wundränder und lege einen neuen Verband an. »Wenn du nicht bald ein Antibiotikum bekommst ...« Tief hole ich Luft. »Ich werde welches holen.«

Kaum sitzt der Verband, hält er mich am Arm fest. »Du wirst nirgendwo hingehen, Doc.«

Ach, jetzt bin ich wieder Doc? »Vertraust du mir immer noch n...«

Plötzlich reißt er die Augen auf, zieht seine Waffe unter dem Kissen hervor und springt aus dem Bett. Nackt, wie er ist, stellt er sich vor mich, um mich mit seinem Körper abzuschirmen.

Ein fast genauso großer Mann mit blondem Stoppelhaar steht im Türrahmen und richtet eine Pistole auf Ray.

Oh Gott, ist das etwa Scott? Ein Polizist kann es fast nicht sein, denn der Typ trägt keine Uniform, sondern ist ganz normal in lange Jeans und ein hellblaues T-Shirt gekleidet.

Sofort lässt Ray den Arm sinken. »Scheiße, Flash, ich hätte dich fast erschossen!«

»Ace!« Der andere lässt die Waffe hinter seinem Rücken verschwinden. »Du hast es tatsächlich geschafft.«

Die beiden fallen sich in die Arme und halten sich fest.

Finde nur ich es befremdlich, dass Ray nichts anhat? Na ja,

so kann ich ihn wenigstens auch mal von hinten ausgiebig betrachten. Himmel, wie trainiert man sich so einen harten Arsch an?

Nachdem sich die beiden genug geknuddelt haben, lässt Ray seinen Freund los und schlüpft in seine Shorts, die er unter der Zudecke hervorgezogen hat. Dabei betrachtet Flash mich unverhohlen. Zum Glück trage ich wenigstens meinen Slip und Rays T-Shirt!

Das ist also Rays Navy-Kumpel? Ich hätte mir fast in die Hose gemacht!

Ich habe so weiche Knie, dass ich mich auf den Rand der Matratze setzen muss.

»Woher wusstest du, wo du mich findest?«, will Ray wissen und legt seine Pistole auf den Nachttisch.

»Weil ich dich kenne, Ace. Daher bin ich auch über das Dach gekommen, die Tür ist ja verriegelt. Tut mir leid, wenn ich euch erschreckt habe.«

»Weiß jemand, dass du hier bist?« Ray lässt sich ins Bett fallen und lehnt sich gegen die Rückwand.

»Natürlich nicht. Ich habe ein paar Tage Urlaub, bevor es zu einem neuen Einsatz geht, und wollte dich unbedingt sehen. Im Gefängnis, mit dieser blöden Scheibe zwischen uns, konnten wir ja nie reden.«

Rays Lächeln verkrampft sich. Es schmerzt ihn sicher sehr, nicht mehr Teil der Truppe zu sein.

Schief grinsend wendet sich Flash an mich. »Und das ist die Geisel, von der man überall hört? Ihr seid auf allen Kanälen.«

Ich habe es ins Fernsehen geschafft, yay. »Ich bin keine Geisel. Eher Rays persönliche Pflegerin.«

»Deshalb auch die Handschellen.« Flash wirft einen Blick auf die Metallfesseln, die neben Rays Waffe auf dem Nachttisch liegen. Danach mustert er die zerknitterten Laken und mein wirres Haar. »Verstehe«, sagt er schmunzelnd, wobei er sich lässig gegen den Türrahmen lehnt.

Am liebsten möchte ich unter das Bett kriechen. Stattdessen stehe ich auf, um Flash die Hand zu geben. »Dr. Lana Russel.«

»Sehr erfreut.« Er nennt mir nicht seinen richtigen Namen und wendet sich wieder Ray zu. »Du siehst beschissen aus, Kumpel.«

»Du nicht auch noch ...«, murmelt er und verdreht die Augen.

»Er braucht dringend Antibiotika«, erkläre ich, »aber er lässt mich ja nicht weg.«

»Du bist auch viel zu auffällig! Es gibt nicht viele so große und hübsche Frauen da draußen.«

Soll mich seine Schmeichelei milde stimmen? Da hat er sich geschnitten.

»Außerdem ist dein Gesicht jetzt weltbekannt«, setzt er hinzu.

Da hat er recht.

Flash stößt sich vom Rahmen ab und fährt sich über den Nacken. »Ich könnte gehen, wenn Sie mir genau sagen, was er braucht.«

»Auf keinen Fall!« Vehement schüttelt Ray den Kopf. »Ich will nicht noch jemanden in die ganze Sache verwickeln.«

Flash und ich ignorieren ihn, und ich frage: »Welches Krankenhaus liegt in der Nähe?«

»Das an der Main Street, Ecke Memorial Avenue.«

»Kennen Sie sich dort aus? Da stehen mehrere Gebäudekomplexe.«

Flash schüttelt den Kopf. »Ich war noch nie drin.«

»Aber ich, denn dort habe ich mehrere Monate ein Praktikum gemacht.«

Die beiden Männer tauschen wissende Blicke aus, und schließlich seufzt Ray resigniert. »Machen wir es wie mit Mr Panmaker?«, fragt er.

Flash nickt. »Das könnte klappen.«

Kapitel 8 – Kammerspiele

Das darf nicht wahr sein. Ich sehe aus wie Herman Monster! »Habt ihr vielleicht noch eine aufklebbare Warze für mich?«

»Du sollst keinen Schönheitswettbewerb gewinnen«, sagt Ray und rückt die schwarze Perücke zurecht, unter die ich mein langes Haar gestopft habe. Deshalb wirkt mein Kopf riesig.

Die Perücke lag ganz unten im Schrank – sie hat damals der Agent getragen, den Ray und Flash hier versteckt hatten. Ich bin wieder in meine weiße Hose, das Shirt und den Arztkittel geschlüpft. Zum Glück sind die Sachen in der aufgeheizten Wohnung schnell getrocknet. Mit der Perücke und Rays Nerd-Brille bin ich ein völlig anderer Mensch.

»Du siehst richtig streng aus«, flüstert Ray mir ins Ohr. »So musst du dich mal verkleiden, wenn …« Als er leicht schwankt, bugsiert ihn Flash sofort ins Bett.

»Du glühst richtig, Ace! Wir sollten endlich los.«

»Ja, aber du gehst mit Lana nicht über das Dach. Ich lass euch raus.« Er begleitet uns noch bis zur Tür und schiebt den schweren Riegel zur Seite. Dann greift er in meinen Nacken, zieht mich an sich und raunt: »Pass auf dich auf.«

Nachdem er mir einen viel zu kurzen Kuss aufgedrückt hat, sagt er zu Flash: »Bring sie mir bloß wieder, Kumpel.«

»Ich komme zurück, Ray«, versichere ich ihm. »Ich vertraue dir. Vertrau du auch mir.«

***

Wenige Minuten später sitze ich in Flashs Leihwagen, einem schwarzen Pick-up, und wir diskutieren, wie wir im Krankenhaus vorgehen.

»Ray möchte sicher nicht, dass du Probleme bekommst. Du machst dich mitschuldig«, erkläre ich ihm. »Deshalb bleibst du lieber im Auto. Mir fällt schon was ein, wie ich an die Sachen komme.«

Empört blickt Flash mich an. »Hey, ich würde alles für ihn tun. Außerdem hänge ich bereits mit drin, schließlich habe ich die Tasche für ihn deponiert.«

»Ich bin froh, dass es jemanden gibt, der an ihn glaubt.«

»Da wären wir ja schon zwei«, murmelt er, während er das Fahrzeug durch den Morgenverkehr manövriert. »Wir bringen die Rollstuhlnummer. Ace killt mich, falls dir was zustößt.«

»Ist es nur deswegen? Oder hat er Angst, dass ich ihn doch noch verraten könnte?«

»Ich würde an seiner Stelle auch keinem vertrauen«, meint Flash. »Ich bin zu gespannt, wer ihm diese Scheiße aufgehalst hat. Ich hoffe, er bekommt den Dreckskerl.«

Amen.

»Dort rein.« Ich deute auf eine Nebenstraße, die direkt zum Besucherbereich führt, und Flash nimmt die Abfahrt zur Tiefgarage. Er zieht ein Ticket, die Schranke öffnet sich, und wir suchen uns einen Parkplatz in der Nähe des Aufzuges.

»Ace hat nicht mal mir verraten, wo sich die Beweise befinden. Ich bin ihm deswegen auch nicht böse.«

Ray hat seinen allerbesten Freund nicht eingeweiht, aber

mich schon? Mein Herz erwärmt sich. Na ja, wo genau der Schlüssel liegt, weiß ich auch nicht. Wahrscheinlich würde ich ihn niemals finden. Hoffentlich auch kein anderer.

»Vielleicht hat er Angst, dass man dich beschattet«, sage ich.

»Keiner weiß, dass ich in der Stadt bin. Ich komme nicht aus New York, meine Familie lebt in Atlantic City.«

»Hoffentlich observiert uns wirklich keiner.« Ich will Ray nicht enttäuschen, das wurde er in letzter Zeit zu oft. Bloß kann ich mich kaum konzentrieren, weil ich so aufgeregt bin. Was, wenn sie mich schnappen? Was wird dann aus ihm?

Die nächsten Minuten erlebe ich wie in Trance. Als wäre ich ferngesteuert, schnappe ich mir einen Rollstuhl, den ein Besucher nicht zurückgebracht hat, und Flash setzt sich hinein. Er trägt Rays Käppi und lässt den Kopf hängen. In seinem Schoß liegt ein Rucksack, den er im Auto hatte. Dort wollen wir die Medikamente verstecken.

Die Rollstuhlnummer ist wirklich nicht schlecht, denn viele blicken unbewusst weg, wenn Menschen in Rollstühlen in der Nähe sind. Die einen möchten nicht starren, um die körperlich eingeschränkte Person nicht zu belästigen, andere reduzieren Menschen mit Handicap auf ihre Defizite und ertragen keine Bilder von Hilflosigkeit und Leid.

Ich schiebe Flash durch die Flure, in denen es an diesem Morgen schon von Patienten, Pflegern und Ärzten wimmelt. Die Notaufnahme ist voll, durch den Schichtwechsel kommt es zu Staus. Perfekt für uns.

»Wo müssen wir hin?«, will Flash wissen.

Wir fahren in den zweiten Stock, in dem es ruhiger ist, und ich schiebe ihn in einen kaum besuchten Nebengang. Dort deute ich auf eine verschlossene Tür. »Da drin müsste ich das meiste bekommen. Zumindest Antibiotika und Schmerztabletten.«

Außer uns befinden sich nur noch zwei Leute in der Nähe, ein großer blonder Mann in einem weißen Kittel, der mir den Rücken zudreht, und ein etwas kleinerer, dünner mit dunklem Haar. Sie haben die Köpfe zusammengesteckt und unterhalten sich leise. Sie scheinen uns nicht zu beachten.

»Wir brauchen eine Zugangskarte«, sage ich. »Die haben hier nur Ärzte und Pfleger.«

In dem Moment geht die Tür auf, eine Frau eilt heraus und ich stelle den Fuß in den Rahmen.

»Na los, ich halte hier draußen die Stellung«, sagt Flash. »Wenn dich jemand überrascht, versteckst du dich.«

»Okay.« Ich husche hinein und befinde mich in einem etwa zwanzig Quadratmeter großen Raum voller Regale, auf denen sich Medikamente und Laborzubehör bis unter die Decke stapeln. Abgesehen von dem einen Mal kürzlich bei meiner Entführung hat mein Herz niemals zuvor so heftig gerast. Ich bin hier, um Eigentum des Krankenhauses zu stehlen. Für Ray werde ich zur Kriminellen.

Nein, zu seiner Lebensretterin!, rede ich mir ein, damit ich nicht kehrtmache.

Ich werfe ein paar Verbände in den Rucksack, weil ich die gleich am Eingang finde, dann suche ich Antibiotika. Die finde ich leider nicht, dafür Schmerztabletten.

Verdammt, es gibt keine Antibiotika mehr hier! Und leider auch weder Tetanusspritzen noch Infusionsbeutel mit Elektrolytlösung – wobei mir das bereits zuvor klar war. Die befinden sich in einem anderen Raum. Hoffentlich gelange ich dort auch so reibungslos hinein und finde zumindest ein Antibiotikum, das Ray so dringend braucht.

Ich möchte schon zum Ausgang, da sehe ich im Vorbeigehen ein Eisenpräparat. Das sollte ich auch einstecken.

In dem Moment öffnet sich die Tür einen Spalt.

Shit!

Ich erstarre und weiß im ersten Augenblick nicht, was ich tun soll. Da höre ich Flash im Flur sagen: »Entschuldigung, wo finde ich die nächste Toilette?«

»Den Gang runter und gleich die erste Tür rechts«, antwortet ein Mann, dessen Stimme mir bekannt vorkommt. Nur mir fällt nicht ein, woher.

Shit! Shit! Shit! Ich drücke den Rucksack an mich und gehe im hintersten Winkel des Raumes in die Hocke. In diesem Regal stehen Flaschen und Kanister mit Desinfektionsmittel. Als ich zwischen den Behältern hindurchspähe, erkenne ich eine Person, von der ich nur den weißen Kittel und die Knie sehen kann. Es handelt sich um einen Arzt. Hoffentlich braucht er nichts aus dem hintersten Regal!

Zu meinem Pech betritt auch noch ein zweiter Mann den Raum. Ich sehe von ihm nur die schwarzen Hosenbeine.

Dann höre ich ein »Klick«. Offenbar haben sie die Tür von innen verriegelt. Was geht hier vor?

»Musst du wirklich eine Doppelschicht machen?«, fragt der eine.

»Tut mir leid. Dr. Shea ist ausgefallen, und sie hat mich gebeten, mich um ihre Patienten zu kümmern. Zwei davon haben wirklich schlimme Neurodermitis.«

Verdammt, woher kenne ich diese Stimme?

»Du fehlst mir so, Brandon«, sagt der Erste. »Wirst du es denn bis Mittag schaffen? Wir sind doch bei Mila und Evan eingeladen.«

Brandon? Das ist doch nicht ... Neugierig geworden stehe ich auf und luge zwischen zwei oberen Regalböden hindurch. Doch, er ist es, der Mann, bei dem ich während der Ausbildung ein Praktikum gemacht habe: Dr. Brandon Livingston. Mein Gott, war ich in diesen blonden Hünen verknallt! Er sieht auch immer noch verdammt gut aus. Zwar ganz anders als Ray, weil Brandon viel weniger Muskeln hat, aber genauso männlich.

»Bis Mittag bin ich bei euch«, sagt er.

»Ich liebe dich.« Der dunkelhaarige junge Mann fällt ihm um den Hals, drückt ihn mit dem Rücken gegen die einzige freie Wand in diesem Raum und küsst ihn stürmisch.

Ich hatte keine Ahnung, dass Brandon schwul ist! Aber das erklärt, warum man ihn nie an der Seite einer Frau gesehen hat.

»Hör auf, mich heiß zu machen, Alfie. Ich kann sonst die nächsten Stunden nicht mehr klar denken.«

»Ich kenne eine Blitztherapie, die dir zumindest hilft, die Zeit zu überbrücken.« Der jüngere Mann geht in die Hocke und nestelt an Brandons Hose herum. »Ich mach es schnell, und ich mach es gut, wie immer.«

»Alfie, es könnte jemand herein…«

»Ich habe abgesperrt.«

Als ich das Geräusch des Reißverschlusses höre, kauere ich mich wieder in meine Ecke und versuche die schmatzenden Geräusche und das verhaltene Stöhnen auszublenden.

Oh Mann, das darf jetzt nicht wahr sein! Nicht hinsehen, Lana!

Was wird Flash denken, wenn ich so lange mit den beiden in diesem Raum eingesperrt bin? Hoffentlich bewahrt er Ruhe. Bestimmt hat er mit seinen SEAL-Sinnen längst festgestellt, was Brandon und sein Freund hier drin vorhaben.

Endlose Minuten später höre ich erneut das Ratschen des Reißverschlusses.

»Bis dann«, sagt Alfie in einem süffisanten Ton und verlässt den Raum.

Gott sei Dank!

Aber warum regt sich Brandon nicht?

Als ich abermals spähe, steht er immer noch an die Wand gelehnt da, hat die Augen geschlossen und ein zufriedenes Lächeln im Gesicht. Der Glückliche. Die beiden müssen sich nicht vor dem Gesetz verstecken.

Als plötzlich wieder die Tür aufgeht, zuckt Brandon zusammen. »Was suchen Sie hier? Sie haben hier nichts verloren!«

»Tut mir leid, ich habe mich im Raum geirrt.« Das ist Flash!

»Moment, sind Sie nicht der Mann, der eben noch im Rollstuhl saß?«

»Was haben Sie mit der Frau gemacht?«, knurrt Flash finster und schließt die Tür. Dann ruft er: »Lana?«

»Welche Frau?« Mutig stellt sich Brandon ihm entgegen. »Sofort raus hier, oder ich rufe die Polizei!«

Mann, Flash ist offenbar einer von der kampfeslustigen Sorte. So viel zum unauffälligen Verhalten.

»Ich bin hier!« Ich verlasse meine Deckung, bevor das halbe Krankenhaus auf uns aufmerksam wird ... und weil ich eine Idee habe.

»Und wer sind Sie?« Als Brandon meinen Rucksack sieht, holt er ein Handy aus dem Kittel. »Ich rufe jetzt die Polizei.«

»Brandon, nicht. Ich bin es, Lana Russel.« Schnell ziehe ich die hässliche Brille ab, doch die Perücke lasse ich lieber auf, weil ich nicht weiß, ob ich mein Haar so schnell wieder darunter verstecken kann.

»Lana?« Er runzelt die Stirn. »Du bist doch entführt worden?«

»Ja ... Nein! Also eigentlich ...«

Er reißt die Augen auf und weicht vor uns zurück, wobei er Flash durch zusammengekniffene Lider mustert. »Hat dieser Mann dich genötigt, hier etwas zu stehlen? Ist er der entflohene Häftling?«

»Nein!«, rufen Flash und ich gleichzeitig.

Ich wende mich Rays Kumpel zu und bitte ihn leise: »Lass mich das regeln, ich kenne Brandon. Warte vor der Tür.«

Murrend lässt Flash uns allein.

»Lana, ich muss die Polizei rufen!« Als Brandon auf seinem Handy herumtippt, lege ich meine Hand darauf.

»Bitte tu das nicht. Es ist alles ganz anders, als du denkst.« Ich erkläre ihm meine Lage und erzähle ihm die Kurzversion – dass Ray hereingelegt wurde, unschuldig ist und ich freiwillig bei ihm bleibe, um mit ihm die Sache aufzuklären. »Ich brauche deine Hilfe, Brandon. Ich habe schon fast alles, bloß Antibiotika, eine Tetanusspritze und Elektrolyte gehen mir noch ab.«

Als er mich wortlos anstarrt, frage ich mit Nachdruck: »Hilfst du uns?«

»Ich …« Kopfschüttelnd fährt er sich durch das blonde Haar. »Lana, das halbe Land sucht nach euch! Ich kann dich doch nicht einfach so hier rausspazieren lassen.«

»Bitte!« Ich möchte tapfer sein, für Ray, dennoch stehlen sich Tränen in meine Augen. »Wir sind Ärzte, wir haben doch geschworen, Leben zu retten. Und ich will mehr als das, nicht nur Rays Gesundheit bewahren, sondern ihm wieder eine Zukunft schenken.«

Seine Brauen schieben sich zusammen. »Und wenn er dich benutzt?«

»Ich bin sicher, er ist unschuldig. Es gibt zu viele Ungereimtheiten. Er wurde hereingelegt!«

Erneut fährt er sich durchs Haar, wobei er einen finsteren Blick zur Tür wirft. »Und wer ist dein Bodyguard?«

»Niemand. Du hast ihn nie gesehen.«

Brandon seufzt schwerfällig. »Verdammt, Lana, du bringst mich in eine echt blöde Lage.«

»Ich weiß das, und es tut mir schrecklich leid. Ich werde auch niemals erwähnen, dass du mir geholfen hast.«

Er hilft mir doch?

»Verflucht«, murmelt er und blickt mich wenig begeistert an. »Wir treffen uns in fünf Minuten in der Toilette am Ende des Ganges. Ich bringe alles mit, was du noch brauchst.«

»Danke!« Erleichtert falle ich ihm um den Hals.

»Und ... Lana?«, sagt er, als ich mich von ihm löse. »Bitte erzähle niemandem, was du gesehen hast.«

Sofort schießt Hitze in meine Wangen. Das habe ich beinahe vergessen! »Ich habe nichts gesehen. Ehrlich! Du warst nie hier und ich auch nicht.« Zum Glück habe ich wirklich nicht hingesehen, sonst würde ich die Bilder wohl nie aus dem Kopf bekommen. Zwei schöne Männer beim aufregenden Liebesspiel – das hat was. Ich freue mich, dass Brandon einen Partner gefunden hat, der ihn vergöttert. Er hat es wirklich verdient.

***

Fünf Minuten später übergibt Brandon mir in der Besuchertoilette tatsächlich den Tetanusimpfstoff, die Antibiotika und einen Infusionsbeutel. Flash macht große Augen, denn er war sich nicht sicher, ob Brandon ohne die Cops zurückkommen würde.

Erneut falle ich ihm um den Hals. »Danke, Brandon. Das werde ich dir niemals vergessen.«

Er drückt mich kurz und weicht zurück. »Und jetzt geht, bevor euch noch jemand entdeckt.«

»Kannst du mir noch einen klitzekleinen Gefallen tun?«

Sein Gesicht erstarrt. »Was noch?«

»Kannst du bitte meinen Eltern ausrichten, dass es mir gut geht?«

Nun mischt sich Flash ein. »Und wie soll er das machen? Er müsste zugeben, dass er dich gesehen hat.«

»Stimmt. Aber ich könnte einen Brief hierlassen, und Brandon könnte behaupten, dass er ihn zufällig auf der Toilette gefunden hat.«

»Weil du hier ... was getan hast?«, fragt Flash.

»Na, die Sachen für Ray besorgt. Natürlich nicht auf dem Klo.« Ich rolle mit den Augen. »Aber ich will den Diebstahl auf meine Kappe nehmen.«

»Na schön, aber die Sachen, die ich dir mitgebracht habe, kann ich bei einem anderen Patienten angeben. Das wird niemandem auffallen.«

»Danke dir tausend Mal.«

Schwermütig seufzend reicht Brandon mir einen Kugelschreiber, und ich reiße ein Blatt von der großen Papierrolle ab, an der man sich die Hände abtrocknen kann. Darauf schreibe ich:

Mum, Dad, macht euch bitte keine Sorgen um mich. Alles wird gut.

Hab euch lieb.

Lana

Damit sie auch sicher wissen, dass ich es bin, setze ich noch hinzu:

Sagt Attila, dass ich ihm eine Extraportion Fischcracker mitbringe, wenn ich ihn demnächst besuche.

Attila ist ihr schwarzer Kater Boo, den nur ich so nenne, weil er solch ein wilder Racker ist. Ich knuddele ihn jedes Mal stundenlang, wenn ich bei meinen Eltern bin. Ich wette, er würde auch Ray lieben.

Kapitel 9 – Der Schlüssel

Ray hat sich nur zwei Tage gegönnt, um sich zu erholen. Zum Glück besitzt er eine sehr gute Konstitution, und die Antibiotika haben auch sofort angeschlagen. Ich habe seine Wunde noch mal gespült und werde sie morgen zunähen können. Ich hoffe, das geschieht dann in einem Krankenhaus, denn heute wollen wir den Schlüssel holen.

In den letzten beiden Nächten haben wir uns einfach nur aneinandergeschmiegt, sehr viel geküsst und geschlafen. Wir waren völlig ausgelaugt. Auch mich haben die Geschehnisse ziemlich mitgenommen. Doch wenn das alles vorbei ist, will ich Ray an jedem einzelnen verdammten Tag bis an den Rest meines Lebens … Stopp, Lana, wer weiß, ob er dich dann noch will.

Was, wenn er mich wirklich nur benutzt, wie Brandon gesagt hat?

Ich will nicht daran denken. Ich glaube an Ray, an das Gute in ihm. Er war ein SEAL und hat nicht ohne Grund die Aufnahmetests bestanden.

Flash hat uns mit Essen versorgt, mir Kleidung gekauft und uns einen kleinen Fernseher mitgebracht, damit wir die Nachrichten verfolgen können. Nach Ray und mir wird immer noch mit Hochdruck gefahndet. Ray wird als sehr gefährlich und gewalttätig beschrieben, was mich richtig wütend macht. Es wird verdammt schwer werden, ungesehen ins Haus seiner Eltern zu gelangen – zumal zwei Cops in einem zivilen Polizeifahrzeug ununterbrochen in der Straße stehen, wie Flash uns erzählt hat. Er ist unser Spion. Leider ist er nur noch zwei Tage in der Stadt, dann muss er wieder zum Dienst antreten.

Mein Auto wurde mittlerweile gefunden, ebenso das zweite gestohlene Fahrzeug. Die Polizei glaubt, dass sich Ray nicht mehr in New York befindet, aber sogar meine Wohnung und das Haus meiner Eltern in Boston werden überwacht, wie Flash in Erfahrung bringen konnte. Vielleicht wollen sie nur, dass Ray sich sicher fühlt und einen Fehler macht.

Mum und Dad haben meine Nachricht bekommen, aber in den Medien wird es so dargestellt, als hätte Ray mich gezwungen, Medikamente zu stehlen. Ein Graphologe, der bei der Forensikabteilung der Polizei arbeitet, soll das anhand meines Schriftbildes herausgefunden haben. Entweder arbeitet dort ein Scharlatan, oder der Mann hatte keine Ahnung, oder jemand liefert der Presse gefälschte Beweise, um die Jagd auf Ray anzuheizen.

Flash war die meiste Zeit bei uns, und wir haben viele Pläne geschmiedet und fast alle wieder verworfen. Als ich mit Ray allein war, habe ich ihn gefragt, warum er Flash nicht zu seinen Eltern geschickt hat, um den Schlüssel zu holen.

Ray hat einerseits Angst, dass Flash festgenommen und durchsucht wird – oder falls wirklich eine Bande dahintersteckt, er verletzt oder sogar getötet wird –, andererseits befürchtet er, Flash könne auch für dieselben Leute arbeiten wie Scott. Dass Flash die Tasche gepackt hat und uns jetzt hilft, könnte auch eine Falle sein, damit der Feind erfährt, wo die Beweise versteckt sind.

»Aber dann hätte sicher längst jemand das Haus deiner Eltern durchsucht«, habe ich ihm gesagt.

Weil Rays ehemals bester Freund Scott ihn hintergangen hat, hat er Vorbehalte gegen jeden, der ihm in seinem früheren Leben nahestand. Ich bin die Einzige, die nichts mit seiner Vergangenheit zu tun hat.

»Das allein ist es nicht«, hat er mir weiterhin erklärt. »Dad ... Er hat schon einmal einen Einbrecher erschossen. Auf seinen Sohn wird er wohl nicht zielen.«

Das ist allerdings ein Argument. Hoffentlich hat sein Vater einen besseren Schlaf als ich. »Kennen sie Flash nicht?«

»Sie haben ihn einmal kurz gesehen, aber das ist ewig her.«

Natürlich hat Ray seinem Kumpel nichts von dieser Vertrauenssache erzählt, aber ich wette, Flash kann sich denken, was los ist. Er trägt es mit der stoischen Fassung eines SEAL und guten Freundes, der sich für Ray endlich wieder ein geregeltes Leben wünscht.

Schließlich ist nur ein Plan übrig geblieben, mit dem wir alle leben können: Flash wird die Cops vor dem Haus ablenken, danach gehen Ray und ich hinein, um den Schlüssel zu holen.

Als Tatzeit haben wir uns Mitternacht ausgesucht. Ray meinte, dann liegen seine Eltern bereits seit zwei Stunden im Bett.

Natürlich war er dagegen, dass ich ihn begleite, aber ich werde nicht von seiner Seite weichen. Sollte die Polizei ihn stellen, bin ich die einzige Versicherung, die er hat. Solange ich bei ihm bin, werden sie hoffentlich nicht auf ihn schießen.

Flash nimmt uns in seinem Leihwagen mit, und wir fahren in ein gehobeneres Wohnviertel in der Nähe des Flushing

Meadows Parks. Zwei Blocks vor dem Haus der Eltern hält er an.

»Ich wünsche euch alles Glück der Welt«, sagt er und umarmt Ray, der vorne neben ihm sitzt. »Wenn ich zurückkomme, will ich mit euch beiden feiern gehen.«

Wir wissen nicht, ob wir Flash noch einmal sehen, bevor er zu seinem Einsatz muss. Deshalb beuge ich mich von hinten zwischen den Sitzen vor und drücke ihn ebenfalls. »Danke für alles.«

Er hat noch zwei neue Prepaid-Handys besorgt – eines für ihn, eines für mich –, damit nun jeder eines hat und wir ihn im Notfall in den nächsten zwei Tagen erreichen können. Ansonsten endet hier unsere kurze, gemeinsame Zeit. Ray will ihn nicht noch mehr in die Sache verwickeln.

Ich habe Flash versprochen, dass ich für alle Kosten aufkommen werde, sobald ich wieder Zugriff auf mein Konto habe. Aber er will kein Geld von mir.

Schwermütig trete ich mit Ray auf den Fußweg und blicke Flashs Pick-up nach, als er davonfährt. Er wird mir fehlen.

»Wie heißt er eigentlich wirklich?«, will ich von Ray wissen.

»Bartholomew.«

Ich grinse. »Was für Eltern nennen ihr Kind denn so?«

»So hieß sein Großvater, aber seine Eltern rufen ihn Barry.«

Für mich wird er immer Flash bleiben.

Ich trage lange Jeans und ein graues T-Shirt, dazu wieder diese hässliche Perücke. Außerdem hat Flash mir eine Handtasche gekauft, in der ich alles mit mir trage, was wir brauchen – wie zum Beispiel Rays Medikamente und Verbandszeug. Diese Tasche ist weniger auffällig als ein Rucksack. Hilfe, ich komme mir vor wie eine Gangsterbraut! Erneut nagen Zweifel an mir, die ich ganz schnell zur Seite wische. Ich tu das Richtige!

Ray hat sich für die Brille und das Käppi entschieden, und Flash hat sich ebenfalls eine Kopfbedeckung besorgt: einen knallroten Cowboyhut. Nun gut, im Dunkeln ist die Farbe eher nicht zu erkennen, aber mit dem Stetson und dem weißen T-Shirt fällt er trotzdem sofort auf und mit diesem Körperbau sowieso, der dem von Ray sehr ähnlich ist. Von hinten könnte man sie für Zwillinge halten, denn die beiden sind fast genauso groß und breit.

Flash wird vor dem Haus kurz aussteigen, sich umsehen und gleich wieder wegfahren. Das müsste die Cops aus der Reserve locken.

Es ist kurz vor Mitternacht, aber immer noch so warm, dass ich schwitzen müsste, aber vor Aufregung ist mir eiskalt. Wir haben es bis hierher geschafft. Falls jetzt noch was schiefgeht, würde ich durchdrehen. Auch wenn ich nur drei Tage lang aus meinem geregelten Leben gerissen wurde, reicht mir das völlig. Es soll endlich alles wieder normal laufen. Ich vermisse sogar meine winzige Wohnung.

»Was, wenn sie ihn schnappen?«, flüstere ich Ray zu, während wir durch die ruhige Straße laufen. Zahlreiche Autos parken am Straßenrand, und ich vermute in jedem die Polizei.

»Das werden sie nicht.«

»Oder ihn später identifizieren? Der Leihwagen ist schließlich auf eine Firma zugelassen.«

»Dann wird er behaupten, er hätte meine Eltern besuchen wollen, es sich dann aber anders überlegt, weil es schon zu spät gewesen ist.«

Ja, das klingt plausibel, sofern er eine gute Ausrede hat, was er von ihnen wollte.

Ray zieht die Waffe und hält sie in seiner großen Hand verborgen, als wir in die richtige Straße biegen.

»Sind die Cops noch da?« Flash hat gesagt, sie sitzen in

einem dunkelblauen Ford SUV. Leider kenne ich mich mit Autos nicht so gut aus, und im matten Licht der Laternen kann ich nicht alle Embleme sehen.

»Sie sind weg, aber wir sollten uns beeilen.« Ray schiebt die Waffe zurück in seine Hosentasche, dann gehen wir weiter bis zu einem zweistöckigen Reihenhaus.

Er öffnet ein Türchen im Zaun, und wir begeben uns in den Vorgarten, in dem überall solarbetriebene Stablampen stecken. Das ist ja hier so hell beleuchtet wie bei einem Gala-Empfang! Deshalb benehmen wir uns möglichst unauffällig und gehen Hand in Hand, als wären wir ein Pärchen, das gerade nach Hause kommt.

»Wie gelangen wir nach drinnen?«, frage ich flüsternd, nachdem wir die drei Stufen zur kleinen Veranda erklommen haben.

»Mit dem Ersatzschlüssel.« Ray bückt sich und drückt in Bodennähe zwei leicht versetzte Holzlatten auseinander, mit denen die Wand verkleidet ist, und ein Schlüssel fällt in seine Hand.

»Dein Vater hat solche Angst vor Einbrechern, lässt aber den hier einfach draußen?«

»Nein, den habe ich versteckt, damit ich ihn bei meinen Einsätzen nicht verliere.« Er öffnet die Fliegengittertür, danach steckt er den Schlüssel ins Schloss der massiven Haustür und dreht ihn zwei Mal um.

Allein das leise Klicken lässt mich fast an die Decke springen. Vor Anspannung und Aufregung zittere ich so stark, dass meine Zähne klappern. Deshalb presse ich die Kiefer aufeinander. Ich unterdrücke den Wunsch, mich ständig umzusehen, und folge Ray in die Dunkelheit. Er macht kein Licht, sondern tippt als Erstes einen Zahlencode in ein Bedientableau. Eine Alarmanlage gibt es hier also auch.

»Puh«, sagt er leise, »Dad hat zum Glück nicht den Code geändert.«

Er hält eine kleine Taschenlampe auf seine Füße gerichtet. Aus diesem Grund sehe ich auch so gut wie nichts von der Einrichtung.

Ich bleibe ihm dicht auf den Fersen und beiße mir vor Nervosität Haut von der Innenseite meiner Unterlippe.

»Wo müssen wir hin?«, will ich wissen, weil Ray mir immer noch nicht verraten hat, wo genau er den Schlüssel versteckt hat.

»Ins Badezimmer.« Er lotst mich zu einer schmalen Holztreppe, die nach oben führt. Ich vermute mal, das Badezimmer liegt genau neben dem Schlafraum seiner Eltern.

Mit gezogener Waffe marschiert Ray voran, während er mit der anderen Hand den Strahl der Taschenlampe auf die Stufen richtet.

Hoffentlich wachen seine Eltern nicht auf oder müssen plötzlich auf die Toilette.

Ray hat mir nie gesagt, wie sie zu der Sache stehen, ob sie ihm geglaubt haben oder nicht. Immer, wenn ich das Gespräch in die Richtung gelenkt habe, ist er ausgewichen.

Sein Vater war sicher furchtbar enttäuscht von ihm. Wenn »enttäuscht« überhaupt das richtige Wort ist. Wie müssen sich Eltern fühlen, die erfahren, dass ihr Sohn ein Mörder ist?

Vor Aufregung kann und will ich mir das nicht ansatzweise vorstellen. Ich bin ebenfalls schon wieder dabei, eine Straftat zu begehen. Zuerst besorge ich Ray die Fluchttasche, dann stehle ich Medizinartikel, jetzt breche ich auch noch ein.

Wobei – ist es denn wirklich ein Einbruch? Ray hat schließlich einmal hier gewohnt und besitzt einen Schlüssel.

Als er mich in einen Raum drängt, die Tür schließt und

Licht macht, kneife ich die Lider zusammen. Verdammt, ist das hell!

Ich habe ein altes Badezimmer erwartet, wie das im Haus meiner Eltern, mit hellblauen Kacheln, einer Wanne auf Füßen und einem großen Boiler, stattdessen ist es modern eingerichtet mit Holzmöbeln und sandfarbenen Fliesen.

»Das sieht noch so neu aus«, flüstere ich.

»Ja, meine Mutter wollte endlich ein neues Badezimmer, also haben sie es vor zwei Jahren renovieren lassen. Zum Glück, so hatte ich gleich ein passendes Versteck. Es musste schließlich schnell gehen, denn ich wollte Scott nicht lange warten lassen, bevor wir in die Bar gefahren sind.«

Jetzt bin ich neugierig.

Ray geht zur Badewanne, die ebenfalls mit großen sandfarbenen Fliesen verkleidet ist, greift mit den Fingern in eine Fuge und nimmt eine der Kacheln an der Seite ab. Dahinter erkenne ich einen Hohlraum. »Da drin befinden sich die Wasserleitungen und ...« Er legt sich auf den Bauch und fährt fast mit dem ganzen Arm in die Öffnung. »... der Schlüssel.«

Mein Herz springt wild in meiner Brust umher. Es gibt ihn also wirklich!

Ray klopft sich Staub vom Arm, steckt den kleinen Schlüssel in die Hosentasche und drückt die Fliese wieder an. »Jetzt lass uns hier schnell verschwinden.«

In diesem Moment geht die Tür auf, und das Erste, was ich wahrnehme, ist der Lauf eines Gewehrs. Ein großer grauhaariger Mann im Pyjama richtet es auf uns. Rays Vater, der Ex-Marine! Die Ähnlichkeit zwischen den beiden ist nicht von der Hand zu weisen. Und er sieht verdammt wütend aus.

Sofort stellt sich Ray vor mich und hebt die Hände. Die Pistole lässt er jedoch nicht los. »Dad, ich bin es!«

»Raymond«, sagt Mr Tanner kühl, ohne die Waffe sinken zu lassen. »Du miese Ratte. Was suchst du hier?«

Die gezischten Worte sind für mich wie ein Schlag in den Magen. Wie fühlt sich dann erst Ray?

»Ich habe nur was geholt«, sagt er, und ich höre Enttäuschung heraus. »Wir wollten gerade gehen.«

»Was ist da los, Matt?«, dringt eine aufgeregte Frauenstimme aus dem Flur herein. »Mit wem sprichst du?«

»Geh wieder ins Bett, Ellie«, knurrt Mr Tanner.

»Ich dachte, ich hätte Rays Stimme gehört.«

»Ich bin es auch, Mum!«, ruft er, woraufhin ich leicht zusammenzucke.

»Ray?« Ein grauer Wuschelkopf taucht neben der massiven Schulter von Mr Tanner auf. Rays Mutter trägt ein knöchellanges Nachthemd und ist eine kleine Frau mit einem sympathischen, runden Gesicht. Sie drückt sich die Hand auf den Mund, wobei ihre Augen noch größer werden.

»Wolltest du uns ausrauben?«, fragt sein Vater. »Und wer ist das?« Er nickt in meine Richtung, ohne den Lauf von Ray zu nehmen.

»Das ist Dr. Lana Russel.«

Die Brauen seines Vaters schieben sich zusammen. »Du kreuzt hier mit deiner Geisel auf?«

»Ich bin nicht seine Geisel, nicht mehr«, sage ich schnell und stelle mich mutig neben Ray, der mich jedoch sofort wieder hinter sich drückt. »Er hat niemanden umgebracht und will garantiert niemanden ausrauben.«

Sein Vater schnaubt. »Und Sie glauben ihm?«

»Ja, das tue ich.«

Rays Mutter drängelt sich an ihrem Mann vorbei, und obwohl dieser einen Fluch zischt und noch versucht, sie am Nachthemd zurückzuhalten, stellt sie sich zwischen Rays

Vater und uns. »Was, wenn er doch unschuldig ist, Matt? Er ist unser Sohn! Ich habe immer gesagt, dass er so etwas Schreckliches nicht getan hat.« Sie legt die Hand auf die Waffe, und zu meiner Erleichterung lässt Mr Tanner sie sinken.

Auch Ray nimmt die Arme herunter, behält seine Pistole jedoch ebenfalls in der Hand.

»Ich werde die Polizei rufen«, knurrt sein Vater und verlässt den Raum.

Seine Mutter blickt uns entsetzt an. »Geht, schnell!«

Anstatt zu verschwinden, umarmt Ray sie und murmelt in ihre grauen Locken: »Ich habe Jessie nicht umgebracht, Mum.«

»Ich weiß.« Sie macht sich von ihm los und zwinkert ein paar Tränen weg. Anschließend wendet sie sich an mich: »Ist mit Ihnen alles in Ordnung, Liebes?«

»Es ist alles bestens, Mrs Tanner. Ich helfe Ihrem Sohn, seine Unschuld zu beweisen.«

»Danke«, wispert sie, dann scheucht sie uns aus dem Badezimmer. »Geht jetzt. Ich liebe dich, Ray.«

»Ich liebe dich auch, Mum.« Er gibt ihr noch einen Kuss auf die Wange, danach zieht er mich an der Hand nach draußen.

***

Kurze Zeit später steigen wir in ein Taxi, das Ray eine Straße weiter angehalten hat. Er nennt dem Fahrer eine Adresse in der Union Street, und der Wagen setzt sich in Bewegung.

»Was wollen wir da?«, will ich wissen, obwohl ich mich kaum konzentrieren kann. Das Zusammentreffen mit Rays Eltern hat mich völlig aus der Bahn geworfen, und ich werde heute wohl nicht mehr aufhören zu zittern.

»Dort gibt oder gab es vor einem Jahr ein Internetcafé, das vierundzwanzig Stunden geöffnet hat, außerdem einige Geschäfte, Restaurants, Bars und Nachtclubs. Da ist immer was los, und wir werden nicht auffallen. Ich will heute noch herausfinden, wo dieser Schlüssel passt.«

»Ich kann es auch kaum erwarten.« Ich schmiege mich an Rays Schulter und mustere den kleinen Schlüssel, den er zwischen den Fingern dreht. Eine vierstellige Nummer ist in das Metall gestanzt worden, und man kann nicht erkennen, zu welcher Einrichtung er gehört. Aber das werden wir herausfinden.

Ich sehe hinaus auf die Straße, nehme aber kaum etwas wahr außer den Rücklichtern des vor uns fahrenden Autos. Nur, dass Ray plötzlich sehr nachdenklich wirkt, bemerke ich sofort. Außerdem ist auch er sichtlich nervös. Diesmal knabbert er an der Lippe herum.

»Willst du darüber reden?«, frage ich.

»Worüber?«

»Deine Eltern.«

»Nicht wirklich«, sagt er so leise, dass uns der junge Taxifahrer nicht versteht – aber der hört sowieso vorne Musik und kaut wie verrückt auf seinem Kaugummi. Wahrscheinlich handelt es sich um einen Studenten, der sich was dazu verdienen muss.

»Für Dad bin ich gestorben«, murmelt Ray bedrückt. »Er hat gesagt, ich habe die Familie entehrt und sein Andenken in den Schmutz gezogen. Er war ein Held, hat Auszeichnungen für seinen Mut und für all das, was er für dieses Land geleistet hat, bekommen. Ich habe sein Leben ruiniert.«

»Daran trägst du keine Schuld. Wir werden das allen beweisen.« Ich drücke seinen Oberschenkel und sehe zu ihm auf. Sein Blick ist nach draußen gerichtet, seine Gesichtszüge angespannt.

Tief atmet Ray ein. »Dad hat mich kein einziges Mal besucht. Er ist felsenfest davon überzeugt, dass ich es war. Er glaubt eher den Lügen Fremder als seinem Sohn.«

»Und deine Mum?«

»Sie hat mir Briefe geschrieben, in denen sie beteuert hat, dass sie mich liebt und mir glaubt.«

»Was hast du ihr geantwortet?«

»Gar nichts. Ich habe nicht gewusst, was ich ihr sagen soll. Ich hatte immer das Gefühl, sie redet sich nur ein, dass ich es nicht war, wobei sie im Grunde dieselbe Meinung hat wie mein Dad.«

»Sie hat nicht diesen Eindruck gemacht.«

Zum ersten Mal an diesem Tag sehe ich ihn lächeln. »Das hat sie wirklich nicht.«

Weil die Tour nur wenige Minuten dauert, erfahre ich leider nicht mehr über seine Eltern.

Nachdem Ray bezahlt hat, betreten wir in einer belebten Straße das hell erleuchtete Café, das es zum Glück immer noch gibt und in dem sich nur ein paar Jugendliche aufhalten. Während sich Ray gleich zu einem Computer in der hinteren Ecke begibt, hole ich uns Kaffee aus einem Automaten. Ich brauche jetzt dringend Koffein. In weiser Voraussicht hat mir Flash etwas Kleingeld in die Handtasche getan. Er hat wirklich alles berücksichtigt. Auch bei Ray bemerke ich stets, wie durchdacht er alles angeht. Die beiden sind SEALs durch und durch.

Als ich mich neben ihn setze, hat er bereits den Schlüssel in einen Scanner gelegt und ein Regierungsprogramm geöffnet, zumindest sieht die blaue Benutzeroberfläche mit dem goldenen Emblem verdammt danach aus. Es zeigt einen Adler, der einen Marineanker, einen Dreizack und eine Pistole in seinen Klauen hält.

»Ist das ein Navy-Programm?«, flüstere ich Ray zu, während ich ihm den Kaffee reiche.

»Ja, damit kann ich herausfinden, zu welchem Schloss der Schlüssel gehört. Die eingeprägte Nummer ist ein Code des Herstellers, der uns gleich zu unserem Ziel führt.«

Keine zwei Minuten später hat das Programm eine Adresse in New York ausgespuckt.

»Florax, eine Gartenbaufirma?« Von der hab ich noch nie gehört.

»Für die hat Jessie zuletzt gearbeitet!« Er nimmt den Schlüssel aus dem Gerät, schiebt ihn wieder in die Hosentasche, und wir verlassen mit den Kaffeebechern in den Händen den Laden.

»Was hat sie für die Firma getan?«, will ich wissen.

»Soweit ich mich erinnere, hat sie diese in betriebswirtschaftlichen Fragen beraten.«

»Viele Firmen stellen ihren Angestellten Fächer oder Spinds zur Verfügung. Meinst du, die Beweise liegen noch dort?«

»Ich hoffe es«, murmelt er.

Arm in Arm ziehen wir durch die Straßen, während wir am Kaffee nippen und überlegen, wie wir weiter vorgehen. Dabei habe ich ständig das Gefühl, beobachtet zu werden. Ray sieht sich auch mehrmals um. Er würde mir doch sagen, wenn uns jemand verfolgt?

»Wir sollten noch ein bisschen schlafen«, schlägt er vor. »Wir kommen vermutlich nicht vor sechs ins Gebäude. Wir müssen warten, bis die Reinigungsfirma dort ist und die Ruhe nutzen. Die ersten Angestellten werden nicht vor acht auftauchen.«

»Wo sollen wir hin? Zurück ins Safehouse?«

»Nein, das ist zu riskant, wir haben uns bereits viel zu lange dort aufgehalten. Wir mieten uns für die nächsten fünf Stunden irgendwo ein Zimmer.«

***

»Irgendwo« ist ein Stundenhotel in einer düsteren, verschmutzten Nebenstraße, das schon von außen zwielichtig wirkt. Allein der Name »Rosemaries Inn« lässt mich erschaudern. Vielleicht bin ich aber auch nur übernächtigt oder habe zu viel Koffein in mir. Dank Ray an meiner Seite verspüre ich aber trotzdem keine Angst.

Bevor wir reingehen, halte ich ihn zurück. »Wenn dein Vater wirklich die Polizei gerufen hat, werden sie jetzt nach einer Frau mit schwarzen Haaren suchen.« Ich ziehe mir die Perücke ab und stopfe sie in die Handtasche. Dann beuge ich mich vor, sodass mein langes Haar über mein Gesicht fällt, um es auszuschütteln.

Als ich mich wieder aufrichte, steht Ray hinter mir. Hat er mir auf den Po gestarrt?

Räuspernd drehe ich mich um. »Ich trage es nur selten offen und hoffe, ein bisschen verändert auszusehen.« Auf den Fahndungsfotos war ich mit Zopf abgebildet.

»Zieh die noch an.« Er setzt mir seine Nerd-Brille auf, legt seine Hände auf meine Wangen und zieht mich zu sich. »Du siehst scharf aus, Honey.«

Langsam liebe ich es, wenn er mich so nennt. Dann klingt seine Stimme warm, und Hitze macht sich in mir breit.

Für ein paar Sekunden scheinen wir uns in einer Blase zu befinden, in der es ausschließlich uns beide gibt. Ich nehme die Umgebung nicht mehr wahr, sondern nur noch Rays Augen, die im Schein der alten Lampe, die über dem Eingang hängt, nicht mehr eisblau, sondern hellgrau aussehen. Er hat etwas von einem Wolf – wild, gefährlich und einsam. Zärtlich streiche ich ihm mit dem Daumen über eine dunkle Braue.

Unsichtbare Finger reißen an meinem Herzen und verursachen ein Ziehen hinter meinem Brustbein. Ich habe mich in diesen Mann verliebt, und ich kann mich nicht gegen meine Gefühle wehren. Vielleicht machen sie mich blind, aber ich habe mich bisher selten in jemandem getäuscht. Wenn ich in Rays Augen blicke, glaube ich, einen tapferen, intelligenten, aber auch sensiblen Mann zu erkennen, der ein großes Herz hat und wirklich niemals einer unschuldigen Person wehtun könnte. Andererseits sehe ich auch den Kämpfer, der über Leichen gehen würde, um alle, die er liebt, zu beschützen.

Bisher hatte Ray keine Gelegenheit zu kämpfen, und ich hoffe, es läuft alles glatt, sodass es nur ein Kampf auf dem Papier wird. Ich will nicht, dass jemand verletzt wird.

»Lass uns reingehen«, raunt er und wirft noch einen kurzen Blick über die Schulter, bevor er die Tür öffnet.

Drinnen sieht es gepflegter aus, als es von außen den Anschein macht, zumindest ist der Eingangsbereich hell und freundlich. Das hätte ich nicht erwartet. Eine ältere Frau, die ihr braunes Haar streng nach hinten gekämmt und zusammengebunden hat, sitzt hinter einer kleinen Rezeption. Ich bezahle bar für ein Zimmer im zweiten Stock, während Ray sich im Hintergrund hält.

»Der Große ist wohl schüchtern«, sagt sie grinsend, schiebt mir einen Schlüssel hin und entblößt braune Zähne. »Aber da habe ich das richtige Zimmer für euch.« Nun fallen mir die Ekzeme in ihrem Gesicht und an den Händen auf. Wahrscheinlich nimmt sie Crystal Meth, und das schon länger. Ihr von Drogen zerfressenes Gehirn wird sich unsere Gesichter nicht merken können.

»Braucht er vielleicht noch einen kleinen Motivationsschub?«, fragt sie zwinkernd.

»Nein, danke, den Großen hab ich im Griff.« Schief grinsend wende ich mich Ray zu und ziehe ihn mit zur Treppe. »Wo sind wir hier bloß gelandet?«

Schmunzelnd hebt er die Brauen. »Du hast mich im Griff?« Plötzlich presst er mich im Treppenhaus gegen die Wand und drückt mir einen gierigen Kuss auf. »Ich kann es kaum noch erwarten, dich im Griff zu haben.«

Bevor ich etwas erwidern kann, lässt er mich schon wieder los, und wir suchen unser Zimmer. Dieser kurze »Übergriff« hat mir den Atem geraubt, alles dreht sich. Ich weiß, was Ray will, ich fühle es seit Tagen. In uns beiden hat sich jede Menge sexuelle Spannung angestaut. Wären die Umstände andere, hätte ich ihn schon lange überfallen und mir genommen, was ich brauche. Allerdings sieht das, was ich wirklich will, etwas anders aus. Ich will, dass Ray mich nimmt. Ich will von seinem großen, starken Körper bedeckt werden, gehalten werden, genommen werden.

Als er die Tür öffnet, traue ich meinen Augen nicht. Das ist ein verdammtes SM-Zimmer! Die Wände sind rot gestrichen und mit Bildern von Nackten in allen möglichen Stellungen dekoriert. Das massive Metallbett ist mit schwarzen Laken bezogen, Gurte hängen an allen vier Ecken, und auf dem Schreibtisch steht eine Schüssel mit einer bunten Kondom-Mischung.

Ray lässt sich davon nicht beirren, sperrt zwei Mal ab und schiebt eine schwere Kommode vor die Tür. Will ich wissen, was da alles drin ist? Die Ärztin in mir sieht Sexspielzeug, von dem mir jede Menge Krankheitserreger zuwinken.

Danach geht Ray zum einzigen Fenster, um es zu schließen. Immerhin ist das Zimmer gut durchgelüftet und die Hitze des Tages entwichen, doch es riecht leicht nach Zigarettenrauch.

»Denkst du, uns hat jemand beschattet?« Ich stelle den Rucksack neben den Nachttisch und sehe mir das Bettlaken genauer an. Scheint sauber zu sein, keine Flecken, keine Krabbeltiere. Ich will nicht von Bettwanzen überfallen werden.

»Ich fühle mich beobachtet, seit wir das Internetcafé verlassen haben.« Er geht ins Badezimmer, und ich höre, dass er sich wäscht.

»Ich hatte auch ständig ein Kribbeln im Nacken.« Nachdem ich meine Sneaker von den Füßen gekickt habe, werfe ich einen Blick nach draußen in die düstere Gasse. Dort regt sich nichts. »Wir leiden schon an Verfolgungswahn.« Was kein Wunder ist, wenn man unsere Situation bedenkt.

Falls wir keine Beweise finden ... Ich kann mir kein Leben auf der Flucht vorstellen.

Himmel, ich tu schon wieder so, als wären Ray und ich füreinander bestimmt und als gäbe es nur die eine Möglichkeit: für den Rest des Lebens zusammenzubleiben.

Während ich noch mit mir selbst hadere, kommt Ray aus dem Badezimmer. Er trägt nur eng anliegende schwarze Shorts und hat die Pistole in seiner Hand. Sein Haar ist feucht und verstrubbelt, und er sieht so verdammt süß und sexy aus, dass ich erneut ganz schwach werde.

Ich werfe einen kurzen Blick auf seinen Verband, aber der ist trocken und sauber. Ich werde ihn erst morgen wieder wechseln.

»Lass uns jetzt noch ein paar Stunden schlafen«, sagt er, danach legt er die Waffe auf den Nachttisch und streckt sich auf dem Bauch aus, sodass ich seine herrliche Rückansicht bewundern kann.

»Hm«, summe ich, bevor ich ebenfalls ins Badezimmer eile,

um mich frisch zu machen und mich bis auf das T-Shirt und den Slip zu entkleiden. Endlich raus aus diesem engen BH.

Ein paar Minuten später lege ich mich auf den Rücken neben Ray, lösche das Licht und decke mich ebenfalls nicht zu. Es ist viel zu warm. Ich versuche, zur Ruhe zu kommen, doch ich kann nicht, ich bin immer noch zu aufgewühlt. Aber nicht nur wegen der jüngsten Ereignisse, sondern wegen sexy SEAL Ray, dieses Zimmers und all der Kondome. Die schreien geradezu danach, benutzt zu werden.

Offenbar bekommt Ray auch kein Auge zu, denn er wälzt sich genau wie ich ständig hin und her, bis er schließlich auf der Seite liegen bleibt und mich an seine breite Brust zieht. Dann ist er still, aber mich wühlt sein körpereigener Duft, gemischt mit dem Geruch von frischer Seife, nur noch mehr auf. Ich muss ihn spüren, streichele über seinen Rücken und kann nicht genug von seiner weichen Haut bekommen.

»Schlaf endlich«, murmelt er, woraufhin seine Hand in meinen Nacken fährt. »Oder ich binde dich fest.«

»Vielleicht solltest du das tun«, flüstere ich, weil ich mir ohnehin unentwegt vorstelle, wie er mich fesselt, sobald ich eingeschlafen bin, und mich dann einfach nimmt.

Meine Augen haben sich an die Dunkelheit gewöhnt, und das matte Licht der Stadt, das von draußen hereindringt, erhellt unsere Körper.

»Ich will dich nicht in so einem Bumshotel ficken und schon gar nicht an dieses Bett binden. Ich will dich in meinem Bett haben, Lana.« Er rollt sich auf mich und sieht mir fest in die Augen. »Falls du mich nach all dem immer noch willst.«

»Ich will«, antworte ich mit wildem Herzklopfen – seine Worte verursachen einen köstlichen Schwindel in meinem Kopf. Empfindet er vielleicht auch mehr für mich? »Ich will dich jetzt, Ray. Das könnte unser einziges Mal werden, falls ...« Ich will es nicht aussprechen, aber ich habe das Gefühl, dass es schlecht ausgeht und wir geschnappt werden.

»Hey ...« Er hüllt mich mit seinem Körper ein, als würde er meine aufsteigende Panik spüren und mich beschützen wollen.

Mit beiden Händen fahre ich über seine leicht stoppeligen Wangen, dann in sein kurzes Haar. »Lenk mich ab, Ray. Ich will an nichts anderes mehr denken als an dich.«

Als er an meine Lippen keucht, spüre ich, wie sich seine beginnende Erektion an meinen Schamhügel drängt. Meine Brustwarzen prickeln und werden hart, mein Kitzler pocht.

Wir reißen uns die Kleider vom Leib, Ray holt ein Kondom und legt sich auf mich. Dann knetet er meine Brüste und saugt an ihnen, bis es leicht schmerzt.

»Ich würde dir gerne so viel zeigen«, raunt er, »dir unendliche Lust bereiten, jeden Winkel deines Körpers erforschen und verwöhnen. Aber jetzt will ich dich nur noch ficken. Ich war zu lange in keiner Frau und kann mich einfach nicht länger beherrschen.«

»Ich will nichts anderes«, sage ich schwer atmend und schiebe ihn dennoch etwas von mir. »Aber du darfst deinen Arm nicht belasten.«

Als er sich auf den Rücken rollt, setze ich mich auf sein Geschlecht und reibe mich daran.

»Frau Doktor, ich begebe mich ganz in Ihre Hände«, sagt er lächelnd. Sein verschmitzter Gesichtsausdruck sorgt dafür, dass sich meine Brust mit Wärme füllt und Sehnsucht mein Herz erfasst. Ich will diesen Mann! Und ich will ihn nicht verlieren.

Es gibt kein langes Vorspiel; wir wollen es beide viel zu

sehr. Nach ein paar wilden Küssen, während Ray wie hilflos unter mir liegt und die Finger in meine Oberschenkel krallt, führe ich mir seinen Penis einfach ein.

Himmel, dieses Gefühl habe ich zu lange nicht mehr gespürt. Erst jetzt weiß ich, wie sehr ich es vermisst habe, vollständig ausgefüllt zu werden. Mein Inneres schmiegt sich an Rays Erektion, und er bäumt sich auf, um noch tiefer in mich zu stoßen. Immer, wenn er seinen verletzten Arm ausstreckt, um nach meinen Brüsten zu greifen, drücke ich ihn weg, bis ich mich schließlich ganz auf ihn lege, mich an seinem gestählten Körper reibe und auf seiner Erektion reite, bis wir beide unsere Erlösung finden. Danach bleibe ich auf seiner Brust liegen, um seinem Herzen zu lauschen, und genieße das Nachrauschen und die Trägheit, die mich schnell müde werden lässt.

Ich liebe dich, Ray Tanner, denke ich, während er meinen Rücken streichelt und einen Kuss auf meine Stirn drückt. Ich will dich nicht verlieren.

Kapitel 10 – Offenbarungen

Nachdem uns der Weckruf seines Handys um sechs aus dem Schlaf geschreckt hatte, haben wir uns schnell fertig gemacht und sind mit dem Taxi zu der Firma gefahren, für die Jessie gearbeitet hat. Es nieselt, und der Himmel ist so grau und trüb wie mein Inneres.

Ich trage meine Haare wieder offen, während Ray das Käppi aufhat. Auf der gegenüberliegenden Straßenseite observieren wir unter der Markise eines Imbissstands den Eingang der Firma, trinken Kaffee und essen Pancakes. Beinahe scheint es, als wären Ray und ich zwei Kollegen auf dem Weg zur Arbeit, die sich morgens noch einen Snack gönnen. Bloß bekomme ich kaum einen Bissen hinunter. In den letzten Tagen bin ich sicher um ein paar Kilo leichter geworden.

»Ich geh dann mal«, sagt er, drückt kurz meine Hand und joggt zwischen den langsam fahrenden Autos hindurch auf das Gebäude zu. Es herrscht bereits reger Verkehr.

Florax befindet sich neben zahlreichen anderen Firmen im zehnten Stock eines Hochhauses, in dessen Glasfassade sich die umstehenden großen Gebäude spiegeln. Leider gibt es in der Eingangshalle eine Rezeption, wie Ray mir erzählt hat. Wir kommen nicht ohne Anmeldung zu den Aufzügen. Deshalb checkt Ray nun die Lage, während ich allein hier stehe und wenigstens so tue, als würde ich am Kaffee nippen.

Neben dem Imbiss gibt es einen Zeitungsstand. Ich spähe hinüber, ob ich eine auffällige Schlagzeile erkennen kann, die uns betrifft, sehe jedoch keine. Die Aufregung über Rays Flucht hat abgenommen, neue Überschriften zieren die Titelblätter. Wir dürfen aber nicht weniger vorsichtig sein als sonst. Ich komme mir ohnehin schon wieder beobachtet vor.

Was, wenn wir in eine Falle laufen?

Ständig halte ich die Augen offen und betrachte die Menschen um mich herum. Die meisten haben es eilig, weil es leicht regnet; niemand scheint mich wahrzunehmen.

Als Ray neben dem Gebäude auftaucht und mir zunickt, überlege ich für den Bruchteil einer Sekunde tatsächlich, ob ich nicht die Beine in die Hand nehmen und davonlaufen soll. Ich muss nicht bei ihm bleiben, er braucht mich nicht mehr – außer es geht etwas schief. Er hat immer noch ein Loch im Arm, das genäht werden muss. Doch ich wette, er würde das auch selbst schaffen. Irgendwie …

Aber wie soll ich diesen Mann verlassen können, der so viel durchgemacht hat? Dort drüben gibt es vielleicht Antworten, und ich bin genauso neugierig darauf, sie zu bekommen. Außerdem kann ich ihm nicht den Rücken zukehren. Dazu sind meine Gefühle für ihn zu stark.

Nachdem ich tief durchgeatmet habe, überquere ich an einer Ampel die Straße. Danach folge ich Ray um das Gebäude herum bis zu einem unscheinbaren Seiteneingang. Davor parkt ein grüner Kleinbus einer Reinigungsfirma.

»Meinst du, die machen gerade bei Florax sauber?«, frage ich.

»Das weiß ich nicht. Ich habe einen Mitarbeiter der Reinigungsfirma durch die Tür im Erdgeschoss gehen sehen. Vermutlich gibt es weitere Aufzüge im Gebäude, aber es ist zu riskant für uns, sie zu benutzen. Doch hier gelangen wir wenigstens hinein.«

Als er am Griff zieht, staune ich. »Es ist offen?«

»Hab vorhin was eingeklemmt, als einer rausgekommen ist.« Er zieht ein zusammengefaltetes Stück Kaugummipapier aus dem Türschnapper und wir betreten ein Treppenhaus. Weit und breit gibt es keinen Fahrstuhl.

»Müssen wir zu Fuß die zehn Stockwerke nach oben?« Für einen SEAL ist das wahrscheinlich so entspannend wie ein Nickerchen, aber für mich – Zumba hin oder her – wird das kein Zuckerschlecken.

»Ich schieb dich an, wenn du nicht mehr kannst«, sagt er und nimmt meine Hand.

* * *

Bereits im vierten Stock schmerzen meine Oberschenkel, und im fünften bekomme ich kaum noch Luft, weil Ray ein irres Tempo an den Tag legt. Da passt es mir ausgezeichnet, dass wir das Geräusch einer zufallenden Tür hören. Ich weiß nur nicht, ob es von oben oder unten kam.

Ray drückt die Tür in unserer Etage auf, überprüft kurz die Lage und schiebt mich in einen verlassenen Bürogang. Dann positioniert er sich mit gezogener Waffe am Türspalt.

Es ist still im Treppenhaus, nichts rührt sich, deshalb marschieren wir kurze Zeit später weiter.

Schließlich habe ich es irgendwie bis in den zehnten Stock geschafft. Meine Lungen brennen, meine Oberschenkel stehen ebenfalls in Flammen, und ich schwitze.

»Okay, lass uns die Fächer suchen.« Ray möchte die Tür öffnen, aber sie geht nicht auf. »Abgesperrt.« Aus meiner Handtasche holt er Drähte und eine aufgebogene Büroklammer, die er bereits gestern Abend dort deponiert hat – für den Fall, dass der Ersatzschlüssel nicht mehr bei seinen Eltern gelegen hätte. Damit schafft er es innerhalb von zwei Minuten, das Schloss zu öffnen. Klebeband und eine kleine Taschenlampe habe ich auch dabei, und ich komme mir mehr denn je wie eine Gangsterbraut vor.

Als wir die Büroräume von Florax betreten, wummert mein Herz heftig. Immer noch habe ich das Gefühl, nicht allein zu sein, und auch Ray läuft mit gezogener Waffe durch die Flure, wobei er sich ständig umsieht.

Schließlich erreichen wir die Garderobe der Mitarbeiter, in der es eine ganze Wand voller Spinde und kleinerer Fächer gibt. Zu so einem gehört der Schlüssel. Rays Hand zittert, als er die Nummer überprüft, den Schlüssel ins Schloss steckt und die Tür öffnet.

Ich stehe dicht an seiner Seite, um einen Blick in das Fach werfen zu können. »Da ist was!«

Er greift hinein und holt eine dunkelblaue Krawatte, ein Männerdeo und eine dünne Mappe heraus.

Ich sehe nur noch schwarze Pünktchen, mein Puls rast, und mein Mund ist trocken. »Was steht drin?«

Als Ray die Mappe aufklappt, finden wir einen Lebenslauf von einem Marten Stone, der sich hier für den Posten als Ingenieur bewerben will. Sonst nichts.

Krawatte, Deo und Mappe gleiten aus Rays Hand und fallen auf den Boden. Dann geht er in die Knie, wobei er die Waffe nicht loslässt. »Fuck, das sind nicht Jessies Sachen!«

Ich nehme die Unterlagen an mich, um sie noch einmal durchzusehen. Es ist und bleibt eine Bewerbung.

Nein ... bitte nicht!

Mir wird noch schwärzer vor Augen. Ray kann seine

Unschuld nicht beweisen und wird auf ewig ein Flüchtiger sein!

Mein Hals schnürt sich zu, meine Augen füllen sich mit Tränen. Meine Vorahnung hat sich bestätigt, trotzdem trifft es mich eiskalt. Ray wird zurück ins Gefängnis gehen.

Ich habe keine Kraft mehr in den Beinen und sacke neben ihm auf den Boden. Während ich Löcher in die gegenüberliegende Wand starre, flucht er. »Es war alles umsonst. Ich habe dich wegen nichts in Gefahr gebracht!« Er wirkt aufgebracht und zittert. Resigniert seufzend legt er die Stirn auf seine angezogenen Knie. »Geh, Lana. Lass mich allein.«

Nun greift etwas von seiner Wut auf mich über. Er möchte mich ernsthaft wegschicken, nach allem, was wir durchgemacht haben? »Willst du schon aufgeben? Du bist ein verdammter SEAL, die geben niemals auf!«

»Ich bin kein SEAL mehr!«, knurrt er, funkelt mich wütend an und dreht den Kopf weg.

»Wir müssen doch etwas tun können?« Denken, Lana, denken! »Das Fach wurde nach Jessies Tod sicher ausgeräumt.« Obwohl meine Knie heftig zittern, erhebe ich mich, lege alle Sachen zurück und schließe das Türchen, um unsere Spuren zu verwischen.

Himmel, ich denke schon wie ein Verbrecher! Aber wir müssen hier weg, uns erneut verstecken.

Ray fährt sich kopfschüttelnd durch das Haar, seine Stimme klingt rau. »Alles war umsonst, die Beweise sind weg.« Ich hab ihn nie zuvor derart verzweifelt erlebt. »Jemand hat sie gefunden und verschwinden lassen.«

»Vielleicht nicht.« Ich hocke mich abermals neben ihn und lege einen Arm um seine Schultern. »Wir dürfen die Hoffnung nicht verlieren, ich will nicht aufgeben!«

Überrascht sieht er zu mir. »Du kämpfst für mich? Warum?«

Würde ihm das Mut machen, wenn ich ihm meine Gefühle gestehe? Doch was würde ich tun, wenn er sie nicht erwidert?

Ich bin zu feige, daher weiche ich ihm aus und sage: »Wenn wir nachsehen könnten, was mit dem Inhalt passiert ist ... Ich meine, es wird doch grundsätzlich alles aufgezeichnet.«

»Das können wir womöglich!« Neue Zuversicht schwingt in seiner Stimme mit. Er steht auf und reicht mir die Hand. »Ich brauche einen Computer!«

Einen Moment später befinden wir uns im Eingangsbereich der Baufirma, wo sich kein Mensch befindet. Während ich an der gläsernen Tür Wache halte und aufpasse, dass niemand kommt, hackt sich Ray am Empfang in das System.

»Ich hab was!« Er notiert sich etwas auf einem Zettel, schaltet den Computer aus und kommt zu mir. »Das Fach wurde eine Woche vor Scotts Geburtstagsfeier angemietet, aber nicht unter Jessies Namen, sondern von einer Samantha Walker. Nachdem die Gebühr nicht bezahlt und der Mieter nicht ausfindig gemacht werden konnte, wurden die Sachen hier im Keller eingelagert!« Seine Augen glühen. »Das muss Jessie gewesen sein! Dr. Samantha Walker ist eine Figur aus ihrer Lieblingsromanserie!«

»Handelt die von Ärzten?«

»Nein, da geht's um genmanipulierte Superkrieger.« Wir laufen wieder zurück zum Treppenhaus, und Ray überprüft, ob die Luft rein ist. Leiser erzählt er weiter: »Jessie hat mich genötigt, mal meine Thriller zu ignorieren und Teil eins zu lesen, damit sie sich mit mir darüber unterhalten konnte. Scott war nicht so der Büchernarr.«

Ray liest gerne? Der Mann wird mir immer sympathischer. »Das Buch muss dir gefallen haben, wenn du dich noch an den Namen erinnern kannst.«

»Na ja, welcher Held würde nicht gerne von so einer sexy Ärztin zusammengeflickt werden?« Er nimmt meine Hand, damit ich nicht über die Stufen stolpere. Erst dann wird ihm wohl bewusst, was er gesagt hat, und wir schauen uns gleichzeitig an.

Wird er tatsächlich rot um die Nase? Hatte er Fantasien mit dieser fiktiven Ärztin? Hat er sich deshalb von mir auf der Untersuchungsliege … Wenn ich daran denke, wird mir selbst heiß. Was hatte ich mir nur dabei gedacht?

Offenbar weiß er, was in meinem Kopf vorgeht, denn er setzt schnell hinzu: »Das ist eine Dystopie und alles erfunden, denn wo auf der Welt gibt es solche perfekten Kerle? Muckis, Hirn und dann auch noch die besten Liebhaber überhaupt.«

Ich werfe ihm einen weiteren, prüfenden Seitenblick zu, während wir eilig nach unten gehen, und würde am liebsten sagen: Also, ich kenne da einen.

Bei der Kellertür angekommen muss Ray noch einmal das Schloss knacken, danach gelangen wir in einen langen, kahlen Flur, von dem mehrere Brandschutztüren abgehen. Auf einer steht »Florax«.

Es dauert nicht lange, und Ray hat auch dieses Schloss geknackt. Dann betreten wir einen Lagerraum, in dem sich in mehreren stabilen Metallregalen Kisten bis unter die Decke stapeln. Offenbar werden hier sämtliche alten Akten der Firma aufbewahrt.

»Reihe 19, Regal 5, Karton 87095/16«, liest Ray von seinem Zettel ab.

Müsste sich ein SEAL diese paar Zahlen nicht merken können?, will ich fragen, um die Situation ein bisschen aufzulockern. Aber ich möchte Ray nicht schon wieder daran erinnern, dass er kein Soldat mehr ist. Wahrscheinlich ist er genauso aufgeregt wie ich und hatte Angst, die Zahlen zu vergessen.

Das ist kein Einsatz, bei dem er andere Leben retten muss, nun muss er sich selbst retten. Seine gesamte Zukunft steht auf dem Spiel – einfach alles!

Werden wir hier wirklich fündig? Ich zerspringe gleich vor Aufregung!

Als Ray »Hier ist er!« ruft, zucke ich zusammen.

Er zieht einen flachen Karton in Kopfhöhe aus dem Regal, dann reißt er den Deckel herunter. Ein roséfarbener Seidenschal bedeckt den Inhalt, und Ray nimmt ihn heraus.

»Gehörte der Jessie?«, frage ich und kann kaum sprechen, so hart klopft mir das Herz bis zum Hals.

»Ich weiß es nicht.« Seine Stimme klingt heiser. »Hier drin liegt auch eine Mappe.«

Der Schal segelt geräuschlos zu Boden, während Ray einen dünnen Papp-Ordner aus dem Karton zieht. Ansonsten befinden sich nur noch ein Kugelschreiber und eine neue Haarbürste darin, zumindest erkenne ich keine Haare zwischen den Borsten. Dann lässt Ray die Schachtel fallen und hebt mit zitternden Händen den Aktendeckel an.

Bis zur Hälfte geschredderte Dokumente liegen darin und jede Menge feine Papierstreifen.

Ray nimmt vier halbe Blätter heraus und sieht sie schnell durch. Fotos von bekannten Gesichtern – von drei Männern und einer Frau –, die ich gerade nicht zuordnen kann, sind darauf gedruckt, aber wirklich verwirrend finde ich den Text. Der ergibt absolut keinen Sinn, besteht nur aus einer unlogischen Aneinanderreihung von Buchstaben. Des Weiteren hat Jessie die Kopie eines Gebäudeplans dazugelegt. Auch der ist teilweise vernichtet.

»Scheiße«, murmelt Ray.

»Was ist los? Kannst du damit irgendwas anfangen?«

»Allerdings. Die Zeilen sind verschlüsselt. Ist ein einfacher

Militärcode, doch ich habe so eine Ahnung, was das ist.« Er bückt sich, um den Kugelschreiber aus dem Karton zu holen.

»Dann kannst du das lesen?«

»Gleich, ich muss das erst dechiffrieren.« Er schreibt fünf Buchstaben in eine Reihe und setzt die nächsten darunter. Danach notiert er Wörter über dem Text, zuerst bei dem Dokument mit dem Bild einer älteren grauhaarigen Frau.

Ich lese laut mit: »Miranda Quick abbrechen. Befehl ausgesetzt. Neuen Auftrag erwarten.«

Auf das andere Blatt, das einen schwarzhaarigen, jüngeren Mann im Anzug zeigt, schreibt er: »Walter Rory verlässt Büro Punkt 22. Schwarzer Mercedes, Kennzeichen ... Strangulieren im Wagen ...«

Rory ... »Das war doch dieser Politiker?«

»Hm«, brummt Ray und übersetzt auf einem anderen Blatt weiter.

»Man hat Mr. Rory zu Hause erhängt aufgefunden und gedacht, es sei Selbstmord gewesen!« Ich erstarre und drücke mir die Hand an die Brust. Ist es das, was ich glaube? »Und dieser Minister ...« Ich deute auf das Bild mit dem blonden Mann, »... ist doch verschwunden?« Nun erinnere ich mich vage an die Nachrichten. Das ist schon über ein Jahr her.

»Der wurde offenbar auch getötet«, sagt Ray und notiert genaue Angaben, wie der Mann vergiftet und anschließend entsorgt werden sollte.

»Oh Gott, das bedeutet ...« Ich kann es nicht aussprechen!

Ray blickt mich genauso fassungslos und entsetzt an, wie ich mich fühle. »Scott ist ein Auftragskiller, und das hier waren seine Opfer. Als Bodyguard diverser Politiker sitzt er auch noch direkt an der Quelle.« Er stößt einen derben Fluch aus und stützt sich mit einer Hand am Regal ab. »Jessie muss etwas geahnt haben, schließlich waren die Gesichter dieser Leute in den Medien.«

»Wieso tut er das?« Ich kann mir nicht vorstellen, dass ein Mensch, mit dem Ray so viele Jahre befreundet war, ein Killer ist!

Ray deutet auf eine fünfstellige Zahl, bei einem anderen Auftrag hängt sogar noch eine Null dran. »Weil er dafür sehr hohe Summen bekommt.«

Und dafür lässt er seinen besten Freund ins Messer laufen? Was stimmt mit manchen Leuten nicht?

Ich sehe Ray an, wie bedrückt er ist. Mit hängendem Kopf starrt er auf die halb geschredderten Mordaufträge.

Ich lehne mich leicht an ihn und schmiege meine Wange an seine Schulter. »Nun hast du die Beweise. Du bist endlich entlastet!«

Er geht nicht darauf ein, sondern schüttelt ständig den Kopf. »Scott ist wie ich zur Navy gegangen, um unserem Land zu dienen, und jetzt spielt er den Lakai für eine politisch motivierte Organisation.«

Hat Ray nicht gesagt, Scott wollte wegen des Geldes ein SEAL werden? Vielleicht hat er seinen Freund doch nicht so gut gekannt, wie er dachte. Wenn man einer Person zu nahe ist, kann das auch blind machen.

Ich sehe mit ihm in die Akten. »Du glaubst, da steckt ein Geheimbund dahinter?«

»Eine Terrorzelle.« Er legt die Papiere zurück in die Mappe, dann nimmt er meine Hand und sieht mir tief in die Augen. »Ich kann das alles noch nicht verarbeiten. Aber eines weiß ich, Lana: Ohne dich würde ich jetzt nicht hier stehen.« Fest umarmt er mich. »Danke, dass du an mich geglaubt hast.«

»Weißt du, ich bin sehr froh, mich nicht in dir getäuscht zu haben.« Ich lege ebenfalls die Arme um ihn und kann den Blick nicht von seinen Lippen nehmen. Sein männlicher Mund, der von seinem Bartschatten eingerahmt wird, hat niemals anziehender auf mich gewirkt als jetzt. Ray ist unschuldig! Nun steht ihm alles wieder offen. »Ich freue mich so für dich. Jetzt wird alles gut.«

»Ja«, raunt er lächelnd – dann erobern seine Lippen meinen Mund.

Sofort schmiege ich mich noch fester an seinen harten, warmen Körper, weil ich am liebsten mit ihm verschmelzen möchte, und genieße seine fordernde Zunge in mir. Sie nimmt von mir Besitz, und weil ich genauso gierig auf ihn bin, fechte ich mit ihr einen heißen Kampf aus, der mein Herz heftig zum Schlagen bringt.

»Wildpferd«, sagt er grinsend, als sich unsere Lippen voneinander lösen, und ich lächele zurück.

Seine Hände gleiten in meinen Nacken, um mich fest und sicher zu halten. Ich habe mich nie geborgener gefühlt und wünschte, Ray hätte bereits alles hinter sich und wäre wirklich frei.

Ich will ihm endlich meine Gefühle gestehen, ihm sagen, wie viel er mir bedeutet. Deshalb wispere ich an seinen Mund: »Ray, ich ...«

Plötzlich drückt er mich von sich und legt den Finger auf die Lippen. Alarmiert blickt er mich an, und ich weiß sofort: Etwas stimmt nicht.

»Wir sind nicht mehr allein«, flüstert er und zieht die Pistole heraus. Danach drückt er mich in die Hocke. »Drei Leute nähern sich uns. Ich habe aber nur zwei Kugeln im Magazin.«

Er will auf sie schießen? »Vielleicht sind es nur Wachleute

aus dem Gebäude?«, frage ich so leise, dass ich meine Stimme selbst kaum höre.

Er schüttelt den Kopf und starrt durch die Regale hindurch. Ich folge seinem Blick und mir bleibt fast das Herz stehen. Ein mit einer Sturmhaube maskierter Typ schleicht mit gezogener Pistole durch den übernächsten Gang, ein zweiter steht ebenfalls bewaffnet vor dem Ausgang, und den dritten sehe ich nicht.

Könnten das Polizisten sein?, überlege ich, als ein Mann ruft: »Ich weiß, dass du hier bist, Ray! Du und deine angebliche Geisel, die mit dir gemeinsame Sache macht!«

»Scott«, wispert Ray und schiebt die Mappe mit den Beweisen zwischen zwei Kartons ins Regal. Danach bedeutet er mir, mich unter dem tiefsten Fach zu verstecken. Dort ist kaum Platz und der Boden staubig, aber ich quetsche mich hinein und lege den Kopf auf meine Handtasche. Mechanisch befolge ich Rays Anweisungen, weil ich in seinen Augen erkenne, dass die Lage wirklich ernst ist.

Oh Gott, Scott ist da, und er hat Verstärkung dabei! Ob das die Typen sind, die auch Julia und ihr Baby bedroht haben?

»Du rührst dich nicht von der Stelle!« Ray stellt zwei schmale Kartons vor mich und nimmt mir fast die komplette Sicht. »Wenn ich das nicht überlebe, nimm die Beweise und bring sie zur Polizei. Wenigstens meine Eltern sollen erfahren, dass ich Jessie nicht umgebracht habe.«

»Aber ...«

Er zieht die Schock-Pistole, die er noch aus dem Gefängnis hat, aus seiner Hosentasche, um sie zu mir unter das Regal zu schieben. »Falls dich einer entdeckt, drück ab. Aber ich werde alles daransetzen, dass sie dich nicht finden. Du verlässt die Deckung erst, wenn ich es dir sage oder sich keiner mehr rührt.« Mit diesen geflüsterten Worten lässt er mich allein.

Schnell klammere ich eine Hand um den Griff des Tasers, fühle mich jedoch kein bisschen sicherer. Tatsächlich klopft mein Herz so laut, dass es bestimmt jeder hören kann. Ich habe riesengroße Angst um Ray und mich. Wir sind so weit gekommen. Es darf nicht alles umsonst gewesen sein!

Ich sehe schon die Schlagzeilen – Scott wird als Held gefeiert, weil er uns zur Strecke gebracht hat. Weil er uns getötet hat!

»Warum hast du mich da reingezogen, Scott? Wir waren beste Freunde!«, höre ich Ray aus einer ganz anderen Ecke des Lagers. Wie ist er so schnell dorthin gekommen?

»Du hast hinter meinem Rücken mit Jessie über mich geredet!«

»Sie war genauso meine Freundin! Nur mit dem Unterschied, dass wir eine rein platonische Beziehung geführt haben.«

Ich weiß, wieso Ray so viel redet. Er will die Typen von mir ablenken, lockt alle in seine Richtung!

»Warum hast du mir das angetan, Scott? Wir waren jahrelang beste Freunde!«

»Beste Freunde?«, hallt es verächtlich zurück, dann höre ich einen leisen Knall.

Oh nein, hat da jemand geschossen? Vielleicht mit Schalldämpfer? Dann kam der Schuss nicht aus Rays Waffe!

»Sie hat zu dir aufgesehen, war stolz, weil du ein SEAL geworden bist«, sagt Scott. »Weißt du, wie schäbig ich mir vorkam?«

»Sie war genauso stolz auf dich, Scott!«

War also doch Eifersucht mit im Spiel? Aber das erklärt nicht, warum er die anderen Menschen umgebracht hat.

»Und wie nennst du das, was du jetzt machst?«, fragt Ray. »Du tötest Menschen für Geld!«

»Ich mache nichts anderes, als du getan hast«, antwortet Scott. »Wir sind beide Killer.«

Als plötzlich keiner mehr redet, halte ich die Luft an. Was ist los?

Ich schiebe vorsichtig einen Karton in der Nähe meines Kopfes zur Seite, damit ich mir einen Überblick verschaffen kann. Leider befinden sich auch auf dem Boden des Lagers so viele Dinge, dass ich nur ein Stück des Gangs sehen kann und den Ausgang. Davor steht immer noch Scotts Begleiter Nummer eins, zumindest erkenne ich dessen Stiefel. Eine Flucht ist also aussichtslos.

»Wie hast du uns gefunden?«, ruft Ray, wieder aus einer anderen Richtung.

»Ich habe Tag und Nacht vor dem Haus deiner Eltern auf dich gewartet. Ich wusste, du würdest kommen, ich hatte das im Gefühl. Als die Cops so dumm waren und auf deinen Kumpel reingefallen sind, bin ich im Auto geblieben und habe gewartet, bis ihr wieder rausgekommen seid. Seitdem verfolge ich euch und habe Verstärkung mitgebracht. Danke, dass du mich hierhergeführt hast, Ray.«

Mein Magen ballt sich zusammen, Übelkeit breitet sich aus. Wenn Scott ihm das alles brühwarm erzählt, kann das nur eines bedeuten: Er will uns nicht lebend davonkommen lassen.

»Ich vermute, du hast die Beweise gefunden, die Jessie dir geben wollte«, sagt Scott. »Ich war mir sicher, dass sie die Unterlagen in der Firma versteckt hat, wusste aber nicht, wo. Ich hätte auch darauf kommen können, dass sie das Fach unter einem anderen Namen angemietet hat. Doch ich habe damals nicht weiter nachgeforscht, um den Verdacht nicht auf mich zu lenken.«

Ray hat sich die Regalnummer auf einem Zettel notiert,

und die Schrift hat sich bestimmt auf das nächste Blatt durchgedrückt. Scott musste die Nummer nur ablesen, und schon wusste er, wo wir sind. Zumindest hab ich das in Filmen öfter gesehen, wenn die Detektive mit einem Bleistift die Nachrichten sichtbar machen.

Scott lacht verächtlich. »Wieder kanntest du meine Frau besser als ich, Ray.«

»Weil du dich nie für ihre Hobbys interessiert hast, Scott. Du hättest Jessie besser zuhören sollen.«

»Ray, der Frauenversteher.«

Plötzlich sehe ich jemanden auf mich zukommen. Dieser Jemand trägt keine Stiefel, wie der Mann am Eingang, sondern schwarze Halbschuhe. Er bleibt direkt vor mir stehen, sodass ich seine dunkelgrauen Hosen erkenne. Im nächsten Moment richtet sich der Lauf einer Waffe mit einem Schalldämpfer auf mich.

Oh Gott, ich werde sterben!

Jeder meiner Muskeln bebt, panisch schnappe ich nach Luft. Mit aller Kraft umklammere ich den Griff des Elektroschockers und sehe wie in Zeitlupe das maskierte Gesicht des Gangsters vor mir auftauchen. Nur die Augen sind wegen der Sturmhaube zu erkennen. Braune Augen. Dichte Wimpern.

Er streckt den Arm aus, der Lauf richtet sich auf meinem Kopf. Ich kneife die Lider zusammen, bin wie gelähmt, kann nicht abdrücken, nicht um Hilfe schreien, sondern nur winselnde Laute von mir geben. Wahrscheinlich würde ich sowieso nicht einmal treffen, so sehr zittert meine Hand.

Als ein ohrenbetäubender Knall ertönt, weiß ich: Das ist mein Aus. Gleich werde ich entweder Schmerzen haben oder gar nichts mehr spüren.

Wird meine Seele an einen anderen Ort kommen, wenn ich

sterbe? Wird Ray auch dort sein, falls er es nicht schafft? Ich will ihn nicht verlassen, will mit ihm zusammen sein, auch über den Tod hinaus!

Als ich nichts fühle, außer meiner Angst und meinem rasenden Puls, öffne ich langsam die Lider und blicke in die toten Augen des Mannes, der mich umbringen wollte. Ein Loch prangt seitlich im Stoff der Maske; jemand hat ihm in den Kopf geschossen.

Ray!

Hektisch blicke ich mich um, aber niemand ist in der Nähe. Sogar der Stiefelmann vor dem Eingang ist verschwunden. Verdammt, wo sind sie alle?

Gedämpfte Schüsse fallen, schnelle Schritte hallen durch den Keller, wieder Schüsse, einer davon knallt regelrecht. Ray muss seine letzte Kugel verbraucht haben.

Ist er noch am Leben? Die Gangster sind in der Überzahl, oder waren es zumindest. Hat Ray einen erschossen? Wie geht es ihm? Ich drehe hier unten gleich durch! Und ich kann nur im Staub liegen und nichts tun.

Meine Nase juckt; vehement versuche ich ein Niesen zu unterdrücken. Doch der Staub gewinnt. Ich niese in meine Armbeuge, um den Laut zu dämpfen, und hoffe, dass ihn niemand gehört hat.

Da kommen Schritte näher ... Es ist der Stiefelmann! Er weiß, wo ich bin!

Erneut umklammere ich den Taser, fest entschlossen, diesmal abzudrücken. Ich strecke den Arm aus meinem Versteck, dann den Kopf. Doch Ray ist schon da. Er hat sich von hinten an den Maskierten herangeschlichen, packt seinen Schädel und reißt ihn mit einem kräftigen Ruck herum, sodass ich ein Knacken höre. Der Mann bricht zusammen, und Ray nimmt dessen Waffe an sich.

Er hat ihn mit bloßen Händen getötet. Er ist eine Kampfmaschine, hat gelernt, zu überleben und in solchen Situationen einen kühlen Kopf zu bewahren. Ich bin so froh, dass er wohlauf ist.

Erneut fallen gedämpfte Schüsse, Ray geht zu Boden und wirft sich vor mich, schirmt mich mit seinem Körper ab. Noch ein Schuss ist zu hören, dann zuckt Ray, stöhnt unterdrückt und flucht leise.

Nein … »Ray!«

»Bleib unter dem Regal!«, befiehlt er, während er den toten Stiefelmann vor sich zieht und als Schutzschild benutzt. Währenddessen feuert er in den Gang, bis das Magazin leer ist.

Nachdem Scott noch drei Mal zurückgefeuert hat, wird es ruhig. Wo ist er? Hat Ray ihn getroffen? Ist er tot?

»Lana, alles okay?« Ray dreht den Kopf in meine Richtung. Er hat Blutspritzer im Gesicht. Ist das sein Blut?

»Mir geht's gut«, antworte ich weinend. »Du bist verletzt.« Als er sich aufrafft, habe ich seinen blutigen Oberschenkel vor Augen und nehme durch einen Tränenschleier wahr, wie schnell sich der Fleck vergrößert.

»Ich kümmere mich jetzt um Scott. Bleib da unten!« Er zieht einem der Gangster den Gürtel aus der Hose, wickelt ihn um das verletzte Bein und nimmt die Waffe des anderen Toten in die Hand. Danach schiebt er beide Leichen vor mich, sodass ich überhaupt nichts mehr erkennen kann. »Ich habe Scott ins Knie geschossen, er kann nicht weit gekommen sein. Ich muss ihn aufhalten!«

Schon ist er wieder weg.

Erneut kommt es zu einem Schusswechsel, und Scott sagt: »Warum musstest du dich einmischen, Ray? Jessie war schwanger!«

»Du hast sie doch getötet, Scott! Du und deine Lügen! Sie hat dich über alles geliebt.«

Es wird abermals ruhig, sodass ich vor Aufregung fast explodiere, dann ruft Scott: »Na, keine Munition mehr, Ray? Ich habe mitgezählt!«

Scheiße!

Ray steckt in Gefahr, er braucht Hilfe!

Mit aller Kraft versuche ich die Toten vor mir wegzuschieben. Doch es will mir einfach nicht gelingen. Sie liegen dort wie hingegossen! Deshalb räume ich an meinem Kopfende Kartons zur Seite, bis ich aus meinem Versteck kriechen kann.

Immer noch ist alles still, und ich schleiche mit der Schock-Pistole in der Hand durch den Gang.

Wo sind sie?

Als ich erneut Scotts Stimme höre, ganz in der Nähe, lasse ich fast den Taser fallen.

»Da bist du ja, du miese Ratte! Ohne Munition bist du nicht mehr so taff, was? Noch einen Schritt näher und ich töte dich, Ray.«

Ich bücke mich und sehe die Beine zweier Leute im nächsten Gang. Die schwarzen Hosenbeine müssen zu Scott gehören. Er steht so, dass ich mich in seinem Rücken befinde, sobald ich um die Regalwand biege. Ich habe einen Schuss, und das ist mehr, als Ray hat. Ich muss es versuchen.

Vorsichtig schleiche ich um die Ablage herum. Scott zielt mit der Pistole auf Ray, in der anderen Hand hält er ein Messer.

Ray steht keine drei Meter von ihm entfernt. Starr hält er den Blick auf Scott gerichtet, als würde er mich gar nicht bemerken. Scott hat schwarze Jeans und ein helles Hemd an. Seine Sturmhaube hat er nach oben geschoben und trägt sie wie eine Mütze, sodass ich braunes Haar erkennen kann. Er ist nicht so groß wie Ray und sogar kleiner als ich. Und so einer will Ray das Wasser reichen?

Ich halte den Taser mit ausgestreckten Armen vor mich und schleiche näher an Scott heran.

»Was willst du jetzt tun, hm?«, fragt Ray, wobei er mich immer noch nicht beachtet. »Mich erschießen? Das hättest du gleich tun können, anstatt mich neben deiner toten Frau ins Bett zu legen!«

Scott steht auf seinem unverletzten Bein und schwankt leicht. Blut tränkt auch seine Hose. »Du hast mein Mädchen auf dem Gewissen, du allein, Ray. Jetzt töte ich deines. Ich werde dich erst danach umbringen. Du sollst zusehen, wie ich sie ausbluten lasse. Oder soll ich sie erwürgen, Ray? Weißt du, wie schwer es mir gefallen ist, Jessie zu ...«

Ich drücke ab. Die Elektroden schießen in Scotts Rücken, er zuckt zusammen, geht in die Knie und kippt vornüber. Quälende Schmerzen durchströmen nun seinen Körper, aber ich fühle kein Mitleid, sondern halte den Auslöser noch eine Weile länger gedrückt.

Ray humpelt sofort zu ihm, nimmt ihm das Messer ab und steckt es in seinen Hosenbund, die Waffe schleudert er mit dem Fuß davon. »Lana! Verdammt, du hättest im Versteck bleiben sollen!«

»Und seelenruhig zulassen, dass Scott uns umbringt?« Ich zittere am ganzen Körper, und meine Hände sind so verkrampft, dass Ray sie vom Taser lösen muss.

Etwas sanfter sagt er: »Ich hatte alles im Griff, wollte nur mehr von seiner erbärmlichen Story hören, bevor ich ihn umbringe!« Er reißt Scott die nadelförmigen Elektroden raus und richtet seine Pistole auf ihn. »Aber ich denke, ich habe genug gehört.«

Was hat er vor? »D-du hast doch keine Patrone mehr?«

»Scott hat sich verzählt. Eine habe ich noch übrig. Entweder hat er geblufft, oder er ist allgemein zu dumm zum Zählen.« Er geht zu Scotts Waffe, die er zuvor mit dem Fuß weggeschleudert hat, und drückt ab. Nichts passiert.

Meine Knie sind so weich, dass ich mich gegen ein Regal lehnen muss. Schwarze Punkte tanzen vor meinen Augen, mir ist schlecht. Ray hatte wirklich alles unter Kontrolle. Wie konnte ich nur daran zweifeln? Schließlich ist er ein SEAL!

»Das Klebeband, Lana, gib es mir!«

Stimmt, wir müssen Scott fesseln. Seine Betäubung wird nicht lange anhalten.

Ich laufe zurück, um meine Handtasche zu holen, an die ich nicht mehr gedacht habe, und halte Ray dann das Klebeband hin. Doch er beachtet mich nicht, sondern zielt mit der Pistole auf Scott.

»Tu es, Ray«, presst der hervor. Er hat die Augen geöffnet, kann sich aber noch nicht bewegen. »Na los, drück ab!«

»Nicht ...« Ich stelle mich hinter Ray und lege eine Hand auf seinen Arm. »Mach es ihm nicht so leicht. Er wird ins Gefängnis kommen und büßen für das, was er dir und Jessie angetan hat.«

»Er hat mir alles genommen«, knurrt Ray.

»Das hat er nicht. Wir können nun deine Unschuld beweisen. Wenn du ihn erschießt, dann ...« Tief hole ich Luft. Ich will nicht, dass er etwas Dummes anstellt! »Außerdem hast du mich, und ich will dich nicht verlieren.«

»Du bist eine starke Frau und kommst auch ohne mich klar«, knurrt er, wobei er immer noch auf seinen ehemaligen Freund zielt.

»Ja, das würde ich«, antworte ich trotzig und knie mich vor Scott. »Aber ich will nicht mehr ohne dich sein. Hörst du,

Ray? Ich will deinen verdammt heißen Knackarsch jeden Tag neben mir im Bett liegen haben!«

Langsam lässt er die Waffe sinken und sagt in ernstem Tonfall, ohne mit der Wimper zu zucken: »Okay, das ist ein Argument.«

Resolut ziehe ich am Klebeband und lege Scott die Hände hinter seinem Rücken zusammen. Erst dann steckt Ray die Waffe weg, um mir zu Hilfe zu kommen. Gemeinsam fesseln wir den Kerl, wobei Ray mir ständig überraschte Blicke zuwirft.

Nachdem Scott verschnürt ist, wickele ich noch etwas von dem Band um sein verletztes Knie, ohne auf seine Schreie Rücksicht zu nehmen. Dann stelle ich mich neben Ray. »Was macht dein Bein? Du musst schnell versorgt werden.«

Immer noch starrt er mich an. »Du bist eine unglaubliche Frau, Lana.«

»Wir müssen einen Krankenwagen rufen.« Ich hole das Handy aus meiner Tasche, aber weil es hier unten keinen Empfang hat, gehe ich zum Ausgang und rufe den Rettungsdienst an. Nachdem ich durchgegeben habe, was sich ereignet hat und dass es hier auch Tote und einen Verbrecher gibt, kehre ich zu Ray zurück. Er steht immer noch neben Scott und mustert ihn nachdenklich.

»Ich habe noch ein Argument für dich, Dummkopf«, sage ich resolut, bevor er doch noch auf blöde Ideen kommt. »Ich habe mich in dich verliebt!« So, jetzt ist es raus. »Und ich glaube, du hast mich auch gern. Schließlich hast du dir meinetwegen schon die zweite Kugel eingefangen.«

Plötzlich steckt er die Waffe weg, zieht mich in die Arme und küsst mich. Mit dieser Reaktion habe ich nicht gerechnet, und weil die ganze Situation irgendwie bizarr ist, entspanne ich mich nur langsam.

»Ich habe dich mehr als gern, Lana«, murmelt er an meinen Lippen. »Ich liebe dich, und ich würde mich für dich immer wieder anschießen lassen.«

Er liebt mich?

Ich muss ihn so perplex angesehen haben, dass er lächelnd hinzusetzt: »Seit unserer ersten Sitzung habe ich dich nicht mehr aus dem Kopf bekommen.«

»Ich dich auch nicht«, gestehe ich ihm.

Er ist so weiß im Gesicht, dass ich Angst habe, er verliert gleich das Bewusstsein. »Setz dich hin, Ray. Die Sanitäter werden jeden Moment hier sein.«

Er gehorcht ohne Widerworte, zieht mich mit sich und legt einen Arm um meine Schultern.

»Honey«, raunt er, wobei er mir fest in die Augen blickt. »Kannst du im OP in meiner Nähe bleiben?«

Grinsend antworte ich: »Ich werde nicht von deiner Seite weichen. Nie wieder.«

Epilog – Ein Jahr später

Ray hat es wieder getan, und ich liebe es. Ich schwebe mit verbundenen Augen festgezurrt in einer Liebesschaukel über unserem Bett. Diesmal mit dem Gesicht nach unten, Arme und Beine gespreizt. Ray hat mich nackt in dieser Position fixiert und drei Saugschalen an meinen empfindlichsten Stellen angebracht: zwei kleine – wie man sie beim Schröpfen verwendet – an meinen Nippeln und eine größere an meiner Vulva. Mein Venushügel, die Schamlippen und meine Klitoris werden durch den Unterdruck in die ovale Schale gesogen, die mit einem Schlauch und einer Kolbenpumpe verbunden ist. Sie sieht wie eine große Spritze aus und hat einen kräftigen Zug. Dadurch ist in der letzten halben Stunde mein frisch rasierter Schambereich auf das Dreifache seiner Größe angeschwollen.

Ray war die ganze Zeit über bei mir, hat meine Arme und Beine massiert, meinen Po geknetet und mir den Rücken gestreichelt. Es dauert, bis mein Geschlecht richtig dick ist, aber ich liebe es, während dieser Vorbereitungsphase von Ray verwöhnt zu werden. Auch wenn ich sicher lächerlich aussehe, wie ich so in den Bändern hänge mit all den Dingen an meinem Körper, genieße ich jede Sekunde. Ich bin völlig entspannt, nur das Pochen meiner Klit macht mich ein wenig unruhig, denn sie ist in dieser verdammten Saugglocke eingesperrt. Wenn Ray mich nicht endlich dort berührt, zerspringe ich!

Aber es wäre sinnlos, ihn zu fragen, ob er mich von den Schalen erlöst. Er allein bestimmt, wann es so weit ist. Ray pumpt noch einmal nach, sodass sich meine Schamlippen an den Kunststoff schmiegen – was ich nicht sehen kann, aber weiß. Beim ersten Mal bin ich erschrocken, wie stark sich dort unten alles vergrößert hat, aber die Schwellung geht nach ein paar Stunden zurück. Während dieser Zeit bin ich untenrum superempfindlich, und Ray nutzt das gnadenlos aus, um mich mehrfach zum Höhepunkt zu bringen. Er hat eine unglaubliche Ausdauer und kann mehrmals am Tag seinen Mann stehen. Mein sexy Ex-SEAL ist nicht nur eine Kampf-, sondern auch eine Sexmaschine.

Als er ohne Vorwarnung die kleinen Nippelsauger von meinen Brustwarzen entfernt, hole ich scharf Luft. Der zarte Lustschmerz verwandelt sich in ein ziehendes Stechen, als Ray sanft hineinzwickt. Ich stöhne vor Erregung, aber auch vor Frust. Ich will ihn endlich in mir spüren! Ich bin nass und bereits so stark geschwollen, dass schon das Kitzeln mit einer Feder an meiner Klit einen Höhepunkt auslösen könnte.

Wir beide haben schnell herausgefunden, dass ich ein bisschen Schmerz beim Liebesspiel anregend finde, und Ray genießt es, alle möglichen Toys an mir auszuprobieren. Wir haben bereits einiges getestet und sind nun bei dieser Schaukel und der Pumpe angelangt. Am liebsten fesselt er mich, und ich habe auch Freude daran gefunden. Gefesselt zu sein verschafft mir Ruhe und inneren Frieden; ich kann mich auf mich und meine Sexualität konzentrieren, den stressigen Alltag ausblenden.

»Du bist jetzt bereit, gefickt zu werden«, raunt er und nimmt mir endlich die Augenbinde ab.

Ich blinzele und blicke genau auf seine prächtige Erektion. Ray steht nackt auf dem Bett und kann es offenbar genauso wenig erwarten wie ich, dass es endlich richtig losgeht.

Er fasst mich am Kinn und drückt mir seine Eichel zwischen die Lippen. Gehorsam sauge ich daran, während er sich an mir bedient und sich an meinem Mund befriedigt. Ich schmecke seine salzige Lust und züngele an der prallen Kuppe. Ray einen zu blasen macht mich noch heißer. Zwar bin ich ihm in dieser gefesselten und gespreizten Position völlig ausgeliefert, aber wenn er in meinem Mund steckt, habe ich Macht über ihn. Ich sauge leicht an und lecke fester, bis Ray leise stöhnt. Seine Bauchmuskeln ziehen sich zusammen, sein Penis zuckt. Dann lässt er mein Kinn los, um mit beiden Händen meine Brüste zu massieren. Dabei geht er leicht in die Knie und wiegt meine Brüste, als wäre er ein Händler und sie seine Melonen. Ich mag es, wenn er das tut. Ich fühle mich von ihm benutzt, aber auf eine erotische Art. Er spielt mit meinem Körper und macht mit ihm, was er will. Doch dabei gibt Ray mir das Gefühl, die begehrenswerteste Person der Welt zu sein.

»Honey, es macht solchen Spaß mit dir«, sagt er atemlos und weicht zurück. Seine Erektion ist prall und wippt leicht, während er die Liebesschaukel dreht, sodass er sich zwischen meine geöffneten Beine stellen kann. Endlich lässt er Luft in die Saugschale, und der Unterdruck verschwindet. Er legt den Sucker zur Seite, um unverhohlen meine dick geschwollene Weiblichkeit zu begutachten.

»Das sieht unglaublich geil aus.« Er pustet auf meine Schamlippen und die Klitoris, die dazwischen herausragt, und mein Inneres zieht sich zusammen. Meine Empfindlichkeit hat sich stark erhöht, alles ist gut durchblutet.

»Ray ...«, flehe ich und zappele in den Seilen. »Bitte, berühr mich endlich!«

»Ah, du kannst ja auch sprechen«, sagt er mit einem Schmunzeln in der Stimme.

»Ich könnte betteln, aber das hilft mir bei dir nicht«, murmele ich.

Er legt seine kräftigen Hände auf meine Pobacken, um sie auseinanderzuziehen. »Du hast schnell gelernt, Honey.« Plötzlich leckt er über meinen Anus, und ich winde mich noch mehr.

»Bitte! Fick mich endlich, Ray, oder ich werde wahnsinnig!«

Ein raues Lachen vibriert in seiner Kehle. »Mein Wildpony ist wie immer zu ungeduldig.«

»Du hast mich lange genug gefoltert!« Meine Klitoris pocht und kribbelt so stark, dass ich endlich Erlösung finden will.

»Du bist nach dem Pumpen noch viel nasser und enger als sonst. Ich könnte das den ganzen Tag machen.« Er krallt die Finger in meine Pobacken und gleitet in mich. Mein Schoß krampft sich um seine Erektion zusammen, aber immer noch berührt er nicht meine Klit.

»Ray!«, flehe ich.

Während er kräftig in mich stößt, kontrahiert mein Inneres in immer kürzeren Abständen. Ich komme gleich zum Höhepunkt, es fehlt nicht mehr viel. Ich genieße jeden Stoß, bin jede Sekunde so weit – da zieht er sich zurück.

Ich will protestieren, aber als ich sehe, dass er den Vibrator aus der Nachttischschublade holt, bleibe ich stumm. Endlich!

Ray kniet sich neben mich, nimmt einen tiefen Atemzug zwischen meinen Schenkeln und bohrt die Zunge in mich. Er leckt mich eine Weile, ohne meine Klitoris zu berühren. Ich weiß, dass er das nur macht, um sich herunterzubringen. Er will es noch länger auskosten und meine Erregung weiterhin auf einem hohen Level halten. Mein Körper steht unter Spannung, meine Brüste prickeln, in meinem Unterleib zieht es köstlich.

Endlose Sekunden später schaltet er den Vibrator ein, stellt sich hinter mich und dringt erneut in mich ein. Kurz darauf setzt er das Toy direkt auf meine hochsensible, vergrößerte Klit.

Augenblicklich rollt die Erlösung heran, meine Vagina zieht sich fest um Rays Erektion zusammen, und meine Klit pulsiert heftig. Ein befreiender Schrei verlässt meinen Mund, und ich zappele in der Schaukel, während Ray gnadenlos den Massagestab auf meinem Geschlecht kreisen lässt.

Wenn wir die Pumpe benutzen, dauert mein Höhepunkt viel, viel länger. Und während ich immer noch im Lustrausch taumele, kommt auch Ray. Mit einem leisen Knurren ergießt er sich in mich, stößt langsamer und tiefer, bis er verharrt. Er wartet immer, bis ich den Gipfel der Ekstase erreicht habe, erst danach gönnt er sich Erlösung.

Ray schaltet den Vibrator aus und lässt ihn aufs Bett fallen, dann bindet er mich los. Anschließend zieht er mich in seine starken Arme, und wir legen uns gemeinsam unter der Schaukel auf die Matratze. Meine Muskeln schmerzen leicht, weil ich zu lange in dieser seltsamen Position gehangen habe, doch das war es mir wert.

Während ich noch nach Luft schnappe, betrachtet mich Ray abermals unverhohlen, zieht einen meiner Schenkel zu sich und begutachtet mein gerötetes und stark geschwollenes Geschlecht. Es pulsiert unter seiner eingehenden Musterung, und ich weiß schon jetzt, dass Ray mich in spätestens einer halben Stunde erneut verwöhnen wird. Es ist Sonntag, wir haben beide frei, und es regnet. Ein perfekter Betttag in unserem wunderbaren, neuen Heim.

»Du bist so schön«, sagt er lächelnd und beugt sich über mich, um mich zu küssen. »Ich liebe dich.«

»Ich liebe dich auch.«

Wir tauschen zärtliche Küsse, bleiben eng umschlungen liegen und genießen, was wir haben und dass wir uns haben.

Verrückt, wie sich mein Leben innerhalb eines Jahres geändert hat. Ich muss öfter daran denken. Ray hat die Operation gut überstanden, die Kugel hatte keine Knochen getroffen. Viele Wochen hat er gehumpelt, aber nun sieht man ihm die Verletzung nicht mehr an.

Er hat vom Staat eine großzügige Entschädigung und eine Auszeichnung bekommen, weil dank seiner Hilfe die Morde aufgeklärt werden konnten. Ray wollte das Geld jedoch nicht und hat es mir gegeben. »Weil du mir ein neues Leben geschenkt hast und du die wahre Heldin bist«, hat er gesagt. Damit habe ich – nachdem Ray nicht lockergelassen hat – meinen Kredit abbezahlt und in der Nähe seiner neuen Arbeitsstelle eine Praxis eröffnet. Mein Traum ist wahr geworden.

Am Anfang wollte jeder die entführte Ärztin sehen, die es in die Medien geschafft hat, und ich konnte mich vor Terminen kaum retten. Mittlerweile hat sich die Sensationsgier zum Glück gelegt, und alles läuft in geregelten Bahnen.

Ray und ich haben ein Haus auf dem Gelände des Militärstützpunktes bezogen, in dem er nun als Ausbilder arbeitet. Es befindet sich mitten im Grünen, umgeben von Wald und Wiesen, und bis zu meiner Praxis habe ich es auch nicht weit. Zu meinen Eltern ist es ebenfalls nur noch eine halbe Stunde mit dem Auto, und Mum ist froh, dass ich nicht mehr im Gefängnis beschäftigt bin.

Ray hat mich vor Gericht völlig aus der Sache rausgehalten, hat alle Schuld auf sich genommen und behauptet, er hätte mich manipuliert – was er in gewisser Weise ja auch hat. Nach ein paar Wochen Untersuchungshaft und nachdem der Fall neu aufgerollt worden war, kam Ray frei. Diesen Erfolg haben wir sofort mit unseren Freunden gefeiert, wobei wir Flash und Brandon mit seinem Lebensgefährten eingeladen haben. Obwohl die beiden uns geholfen haben, hat Ray sie nie erwähnt, damit auch sie keine Probleme bekommen.

Flash hat gefragt, ob Ray zur Einheit zurückkommt, aber das war nicht möglich. Als SEAL braucht man eine absolut weiße Weste, außerdem ist Rays Gesicht nun so bekannt, dass er womöglich nicht mehr verdeckt operieren könnte. Das Risiko wäre für alle Beteiligten zu groß. Die Navy hat ihm aber den neuen Posten im Stützpunkt angeboten, und Ray liebt es, junge Rekruten an den Rand ihrer Belastbarkeit zu treiben und ihnen alles beizubringen, was sie wissen müssen, um unser Land zu verteidigen.

Ich hätte ihn nicht gehindert, weiterhin als SEAL zu dienen, weil ich weiß, wie sehr er seinen Job geliebt hat. Insgeheim bin ich jedoch froh, dass ich ihn nun täglich sehe.

Für viele ist er wieder ein Held – er hat einen Verbrecherring aufgedeckt. Mit den Beweisen, die wir gefunden haben, und Scotts Aussagen konnte eine Terrorzelle ausgehebelt werden. Nun sitzt sein ehemals bester Freund im Gefängnis. Der Gerechtigkeit wurde Genüge getan.

Scott war, kurz nachdem er die Ausbildung bei der Navy abgebrochen hatte, von einem angeblichen Regierungsbeamten angesprochen worden, der offenbar gezielt nach jungen, manipulierbaren Leuten gesucht hat, die einen starken Hang zum Patriotismus haben. Scott sollte als eine Art Undercover-Agent seinem Land dienen und es von »falschen Propheten«, die es in den Untergang treiben, befreien. Er fühlte sich plötzlich wichtig und gebraucht, doch diese geheime Organisation hat ihm eine Gehirnwäsche verpasst, sodass er schließlich auch seine geliebte Jessie opferte.

Ray hat den Verrat seines Freundes immer noch nicht richtig verwunden, dafür hat er sich mit seinem Vater versöhnt. Als Rays Unschuld bewiesen war, hat sich Matt tatsächlich entschuldigt und ihn in die Arme geschlossen. Dabei hat Ellie ununterbrochen geweint vor Freude. Ich wette, sie hat ihrem Mann ordentlich den Kopf gewaschen. Mittlerweile habe ich sie als eine starke Frau kennengelernt, die sich auch von einem Ex-Marine nicht herumkommandieren lässt.

Ray betrachtet mich immer noch, dann schenkt er mir einen langen, genussvollen Kuss. Anschließend lächelt er mich an, wobei sein Blick verklärt wirkt. »Willst du meine Frau werden, Lana?«

»Was?« Ich weiß nicht, was ich antworten soll, denn wir haben nie über das Thema gesprochen. Ich bin völlig überrumpelt.

Nachdem ich ihn weiterhin sprachlos anstarre und einfach nur sein markantes, männliches Gesicht mustere, auf dem sich gerade alle möglichen Emotionen widerspiegeln, fragt er: »Willst du mich heiraten, Honey?«

Als sein Lächeln schwindet, umarme ich ihn fest und antworte grinsend: »Oh ja, das will ich.«

Merklich erleichtert atmet er auf. »Für einen Moment habe ich gedacht, du würdest Nein sagen.«

»Nein?« Ich zwinkere eine Freudenträne weg und küsse ihn auf die Nasenspitze. »Denkst du, ich lasse mir diese Chance entgehen? Welche Frau bekommt im wahren Leben schon den Mann ihrer Träume?«

»Wenn ihn jemand verdient hat, dann du«, sagt er frech.

Meine Gefühle für ihn sind so kolossal, dass ich manchmal weinen möchte vor Überwältigung. »Ich lasse dich nie wieder los, Ray Tanner. Nie wieder.« Tief blicke ich ihm in die wunderschönen eisblauen Augen und kann mein Glück kaum begreifen. »Ich liebe dich so sehr, mein großer, starker Held.«

Happy End